Dans ses vies passées, **Elise Kova** a obtenu un MBA, vécu au Japon et travaillé pour une grosse société technologique. Cependant, elle est bien plus heureuse dans sa dernière incarnation, dans la peau d'une écrivaine à plein temps. Lorsqu'elle n'écrit pas, elle joue à la console, dessine, regarde des *anime* ou communique avec ses lecteurs sur les réseaux sociaux. Elle est heureuse de vivre à Saint Petersburg, en Floride, mais adore voyager.

Pour de plus amples informations sur ses travaux, des extraits et des concours, vous pouvez vous abonner à sa newsletter ici :
http://elisekova.com/subscribe

Vous pouvez la retrouver ici :
http://elisekova.com/
https://twitter.com/EliseKova
https://www.facebook.com/AuthorEliseKova/
https://www.instagram.com/elise.kova/

Elise Kova

UN PACTE AVEC LE ROI ELFE

Traduit de l'anglais (États-Unis) par Nenad Savic

BIGBANG

Big Bang est une collection des éditions Castelmore

Titre original : *A Deal with the Elf King*

Design par Marcela Medeiros

Loi n° 49-956 du 16 juillet 1949 sur les publications destinées à la jeunesse

Dépôt légal : janvier 2023

ISBN : 978-2-36231-719-4

Bragelonne – Castelmore
60-62 rue d'Hauteville – 75010 Paris

E-mail : info@castelmore.fr
Site Internet : www.castelmore.fr

Pour ceux qui ont besoin d'une pause
et d'un autre verre.

N
Carron
Westwatch
Le royaume des Elfes

Le Midscape
Quinnar

Chapitre premier

Les Elfes ne viennent dans notre monde que pour deux raisons : la guerre et les épouses. Dans les deux cas, leur apparition est synonyme de mort. Et cela se passe aujourd'hui.

Je tends une main tremblante vers le pot suivant. Mon réconfort et mon calme sont cachés dans les pots de plantes séchées alignés sur les étagères de ma boutique. Si je cherche bien, si je les explore davantage, si je persiste à mélanger leurs contenus, il se peut que je trouve un semblant de paix. Il me reste deux cataplasmes, une potion de sommeil, un fortifiant et plusieurs baumes apaisants à préparer, ce qui représente environ cinq heures de travail. Et je n'ai que deux heures devant moi.

Si la Reine humaine n'est pas découverte à Capton, ce sera la guerre. Une guerre qui conduira à la destruction de l'humanité par la puissante magie des Elfes. Afin de respecter le traité et de garantir la sécurité de l'humanité pour un siècle de plus, nous devons la trouver. Pour elle, bien entendu, ce sera quasiment un arrêt de mort.

C'est l'absence de reine qui rend nerveuse toute la ville, moi y compris.

La clochette de la porte d'entrée m'arrache à mon travail et à ma méditation.

— Désolée, mais je ne suis ouverte que pour les urge…

Je me fige en reposant sur le comptoir un lourd pot contenant des racines de valériane. Il y a un reflet familier sur le verre, un homme aux cheveux châtains et au regard de biche portant un sac lourd. Je relève vite la tête pour confirmer ma première impression.

— Luke ! Qu'est-ce que tu fais ici à cette heure ?

Luke porte des vêtements plus traditionnels que son habituelle tenue de Gardien de l'Orée. Son pantalon foncé est bien repassé et sa tunique bleu ciel immaculée. Les Gardiens de l'Orée entretiennent le temple et la forêt bordant la ville, au pied de la grande montagne. Ce sont eux qui s'occupent des Elfes, d'habitude, et qui empêchent les habitants de Capton de traverser accidentellement l'Orée, la barrière qui sépare notre monde des terres des Elfes et de la magie sauvage.

J'oublie aussitôt mon travail, relevant le plateau du comptoir pour passer de l'autre côté. Luke pose son lourd sac et me prend dans ses bras. Notre étreinte est plus longue qu'un simple câlin entre amis.

Il desserre un peu les bras, mais ne me lâche pas complètement. Il me prend par la taille, et je ne sais pas quoi faire de mes mains. Je décide finalement de les poser sur ses épaules, alors que j'ai envie de lui toucher le torse.

— Il fallait que je passe te voir, dit-il en me caressant la joue.

Je relève le menton et déglutis difficilement. J'ai envie de l'embrasser.

Cela fait au moins six mois que j'ai envie de l'embrasser. Depuis qu'il m'a accompagnée dans les marais gelés pour trouver des racines d'hiver. Depuis qu'il m'a confié que l'absence de Reine humaine lui donnerait le triple de travail, l'empêchant de passer du temps avec moi.

J'avais probablement déjà envie de l'embrasser à l'époque où, enfant, je ne connaissais pas la signification de ce mot, lorsque nous jouions dans les bois, au tout début de notre amitié. Désormais, je ressens le *besoin* de l'embrasser, ce qui rend les choses encore plus difficiles à supporter. Si je l'envisageais seulement comme un ami, je serais capable de l'embrasser – plusieurs fois, même – par jeu, pour voir, ou simplement parce qu'il me le demanderait. Je pourrais lui tenir compagnie sans avoir des papillons dans le ventre.

Ce besoin, cependant, rend insupportables les moments que nous passons ensemble. Parce que je ne peux pas l'embrasser, justement. Si je le faisais, ce serait trop cruel… pour nous deux.

— Bon, eh bien, tu m'as vue !

Je m'écarte en lissant mon tablier. En sa présence, je suis en guerre contre moi-même. Je souffre à chaque seconde. J'ai envie qu'il me reprenne dans ses bras, mais ce désir m'est interdit. Je le sais au plus profond de moi-même. Je n'ai pas de temps à lui consacrer, le devoir m'appelle. En tant qu'ami, il me prend déjà trop de temps.

— Avec les Gardiens, vous devez être très occupés. Il faut préparer l'arrivée de la délégation elfe, ce soir. On sortira en forêt demain.

À condition qu'il y ait un demain.

— J'ai envie qu'on y aille maintenant, me dit-il d'un ton que je croyais réservé à mes rêves. Mais j'aimerais qu'on aille plus loin que la forêt.

— Qu'est-ce que tu racontes ?

Je retourne derrière le comptoir où j'ajoute quelques plantes séchées dans un de mes biens les plus précieux : une bouilloire en argent.

C'est un des deux cadeaux que j'ai reçus de Luke. Cette bouilloire, il me l'a offerte quand j'ai obtenu mon diplôme d'herboriste à l'académie de Lanton, de l'autre côté du détroit. Quant à son premier cadeau, c'est le collier qu'il m'a offert quand j'étais petite et qui ne m'a jamais quittée. Les deux sont sublimes.

Comme la plupart des objets elfiques. Ils sont rares, aussi. En général, je m'efforce de dissimuler le collier sous mes vêtements, histoire de ne pas attirer l'attention. Pas question que Luke soit accusé de favoritisme.

— J'aimerais partir loin, dit-il en montrant le sac à ses pieds. J'ai préparé tout ce qu'il faut pour voyager. Un bateau nous attend au port.

Je secoue la tête comme pour remettre ses mots dans l'ordre et les rendre intelligibles.

— Voyager ? Un bateau ?

— On commencera par Lanton, bien sûr. Tu y as gardé des liens depuis l'académie, n'est-ce pas ? On pourrait loger chez certains de tes vieux amis.

Il me propose cela sur le ton de la conversation, comme s'il s'agissait d'une promenade sur les falaises, au sud de la ville. Il me regarde droit dans les yeux, cependant, et c'est ce qui me permet de dire qu'il est sérieux. L'effroi a un goût métallique.

— Après, on verra bien. Ça te dirait d'explorer les grands déserts du Sud ? Ou bien les montagnes d'ardoise de l'Ouest ?

Je me force à rire. J'aimerais croire qu'il plaisante.

— Qu'est-ce qui te prend ? On ne peut pas partir comme ça. J'ai des obligations, ici. Et toi aussi, d'ailleurs ! Qui réparera les os, stoppera les fièvres et tiendra la Faiblesse à distance, si je m'en vais ?

Enfin, pour cette dernière, je ne peux pas faire grand-chose. La Faiblesse continue d'empoisonner la vie des habitants de Capton ; j'ai beau me donner du mal, elle est toujours là.

— Notre travail, c'est ce que nous faisons, pas ce que nous sommes. Rien ne nous oblige à demeurer ici. Nous ne sommes pas comme les anciens, qui sont obligés de rester à proximité du fleuve, de l'Orée, pour ne pas mourir. Nous, on peut partir. Sans problème.

— Même si c'était vrai, les Elfes arrivent aujourd'hui. J'ai un boulot à finir devant la mairie. Je ne peux pas laisser tomber tout le monde. M. Abbot a besoin de sa tisane, et Emma de son fortifiant, autrement, son cœur…

Luke s'avance et pose les coudes sur le comptoir.

— Luella, il faut partir, dit-il à voix basse en désignant l'étage du regard.

— Mes parents ne sont pas encore réveillés.

Leur chambre se trouve juste au-dessus de la boutique, et je n'ai entendu aucun bruit depuis deux heures que je suis à mon poste.

— Les Gardiens n'ont toujours pas trouvé la Reine humaine. Et puis, de toute façon, la lignée perd de sa magie depuis un bout de temps.

Il paraît que le pouvoir de la Reine, lorsque celle-ci meurt, se transmet à une autre. Personne ne sait ce qui se passerait si les Elfes ne trouvaient pas de nouvelle reine à prendre. Cela ne s'est jamais produit.

— Certains de mes collègues Gardiens pensent qu'elle n'est pas ici, que la magie s'est dissipée. Raison de plus pour partir tant que c'est possible.

Depuis le traité signé par les Elfes et les humains il y a trois mille ans, Capton a donné une Reine par siècle, sans faute. La trouver n'a jamais été difficile, puisque c'est la seule humaine à posséder de la magie. Mais cette fois, aucune jeune femme de la ville n'a jamais réparé quelque chose par la pensée, ni fait pousser des plantes dans un sol mort, ni même forcé des animaux à lui prêter allégeance.

Cela fait cent un ans que la dernière Reine humaine a été choisie, et la ville souffre à cause de cela.

— Raison de plus pour que je ne parte pas. La Faiblesse se répand. Les gens meurent jeunes, autour de cent dix ans. Je me dois de faire mon possible pour que ça s'arrête.

Et si la guerre doit éclater, nous aurons besoin de guérisseurs. Je ne dis rien de tout cela, cependant. J'ai trop peur.

— S'il n'y a pas de reine, tu n'y pourras rien. La connexion de la ville avec l'Orée se meurt, et les gens mourront aussi. Notre espérance de vie ne dépasse même plus vraiment celle des gens qui vivent hors de notre île. (Luke me prend par les mains.) Les Elfes arrivent, et j'ai fait un rêve terrible. S'il te plaît, partons.

— Luke… (Je caresse la barbe de trois jours, toute dorée, qu'il arbore toujours. Je me demande s'il se la laisse pousser ou s'il la tond soigneusement. En tout cas, j'aime bien.) Tu as l'air de ne pas avoir dormi. En plus, tu es stressé, et la journée va être longue. Je vais te préparer un fortifiant et une potion à prendre ce soir pour dormir.

—Je n'ai pas dormi parce que j'ai préparé notre départ. La guerre va éclater. (Luke passe sous le comptoir. Je suis coincée : le comptoir d'un côté, les étagères chargées de plantes séchées de l'autre, Luke devant moi et pas de sortie derrière.) Il faut partir, te mettre en sécurité.

—Luke, dis-je d'une voix incertaine. (J'aimerais croire qu'il plaisante, mais je vois bien qu'il est sérieux.) Je ne peux pas partir comme ça.

—Bien sûr que tu peux. (Son ton me glace. La manière dont il me regarde me coupe le souffle. Je dois penser à respirer.) Je veux partir avec toi, passer plus de temps avec toi, Luella. Tu sais que… que je t'aime depuis longtemps.

J'ouvre et referme la bouche plusieurs fois. Oui, je sais. Et je l'aime aussi. J'ai souvent rêvé de ce moment. Dans mes rêves, toutefois, je porte quelque chose de plus joli qu'une tunique de travail, et je ne sens pas l'huile de lavande.

Comme je ne réponds pas, son enthousiasme retombe.

—Écoute, je me disais que… enfin, je croyais…

—Je t'aime aussi. (À peine ai-je prononcé cette phrase, que mes sensations reviennent. Mes pieds cessent de me picoter, et mon corps tout entier éclate de rire.) Je t'aime depuis que je suis toute petite.

—Alors, viens avec moi, Luella, lance Luke en me caressant les mains avec les pouces.

Mon âme s'envole au plafond, mais mes pieds sont profondément enracinés dans la terre de ces gens que j'ai juré de servir.

— Tu sais que je ne peux pas, je chuchote.

— Mais tu m'aimes.

— Oui.

— Alors, allons-y, insiste-t-il en tirant sur mes poignets.

— Je ne peux pas ! (Je ne bouge pas. Sa mine devient subitement sombre.) J'en ai envie, Luke. J'aimerais bien pouvoir partir, mais c'est impossible. Cette ville a tellement investi en moi. Je me dois d'être là quand les gens auront besoin de moi.

Les habitants de Capton ont payé mes années d'études à l'académie car mes parents n'en avaient pas les moyens. Ils ont pris en charge mes frais de logement. Ils m'ont donné de l'argent durement gagné.

— En plus, je continue d'une voix plus douce, si on ne trouve pas la Reine humaine et si le Conseil n'arrange pas les choses avec les Elfes, nous n'aurons nulle part où aller. L'humanité sera condamnée. Je préfère rester avec les nôtres pour affronter l'avenir, quel qu'il soit.

— On trouvera un moyen, insiste-t-il, mais je secoue la tête. Si tu m'aimes vraiment comme je t'aime, nous nous contenterons de cet amour.

— Mais…

Il ne me laisse pas le temps de finir ma phrase. Il franchit la distance qui nous sépare, me prend par la taille d'une main, pose l'autre sur ma joue. Il relève mon visage, et je ne résiste pas. Je n'en ai pas envie.

Ses lèvres trouvent les miennes et je ferme les yeux.

Sa barbe est rugueuse sur mon visage, mais je le remarque à peine. Je ne pense qu'à l'embrasser. En matière de baiser, comment sait-on si on en fait trop ou pas assez ?

Soudain, je regrette de ne pas avoir cédé aux garçons de l'académie, de ne pas les avoir laissés m'apprendre à embrasser lorsqu'ils ont découvert que j'étais complètement inexpérimentée. Mais j'attendais ce moment-là, ces lèvres-là.

Il s'écarte subitement. Je suis mal à l'aise, frustrée. Rien ne se passe vraiment comme je l'avais imaginé. Je ne plane pas, mon cœur ne bat pas la chamade. Quelque chose en moi est comme détaché… triste?

J'entends un «hum!» discret derrière nous. Luke se retourne. Je suis écarlate alors que je croise le regard rieur de ma mère, qui a les mêmes yeux noisette que moi. Je suis déjà gênée et, pour ne rien arranger, ma bouilloire se met à siffler. Ma potion de sommeil est en train de déborder sur le comptoir.

—Oh!

Je me dépêche de nettoyer. Mère me rejoint en riant et retire la bouilloire du feu.

—Luke, quel plaisir de te voir. Tu restes pour le petit déjeuner?

—Pourquoi pas? répond-il dans un grand sourire.

Avec un peu de chance, le besoin de se remplir l'estomac lui fera oublier son projet fou. Quand il sera repu, il réfléchira à tête reposée.

—J'ai du travail, leur fais-je remarquer inutilement.

—On ne travaille pas l'estomac vide, remarque ma mère en rangeant une mèche rousse –du même roux clair que moi– dans son chignon. Fais donc une pause, ma fille. Il y a peu de chances qu'une personne meure par manque de soin durant les vingt minutes qu'il te faudra pour manger un scone et un œuf à la coque.

— Je me laisserais bien tenter par vos scones, madame Torrnet.

— Pour toi, c'est Hannah, Luke, tu le sais bien ! glousse ma mère en levant les yeux au ciel. Suivez-moi donc à l'étage.

Une assiette de scones trône au centre de la table, parfumés à la lavande et à l'orange. La diversité des plantes qui poussent sur notre île est incroyable. Excessive. Elle devrait être impossible, mais la source d'eau principale de la ville traverse l'Orée, où l'impossible devient possible.

Père est attablé, les lunettes posées sur le bout du nez, à compulser des documents. Sans doute relit-il le discours qu'il va prononcer devant l'Hôtel de ville.

— Bonjour, Luke, dit-il sans lever les yeux. (Luke est un habitué de notre cuisine depuis que nous avons appris à marcher. Il y est autant à sa place que la cocotte en fer de ma mère ou mes plantes aromatiques, sur le rebord de la fenêtre de derrière.) Je ne m'attendais pas à te voir aujourd'hui. Mais c'est aussi le jour où tu escortes Luella en forêt.

— Oui, je pensais faire ça avant le lever du soleil, histoire de pouvoir retourner à ma mission au plus vite, explique Luke d'un ton badin, en s'asseyant et en se servant un scone.

Heureusement, il garde pour lui son projet de m'enlever.

— Que comptent faire les Gardiens au sujet de la présente situation ? demande Mère, qui s'affaire autour d'un poêlon.

Notre cuisine est tout en longueur ; elle traverse la maison comme elle traverserait un navire.

— Mère…

— Nous faisons notre possible pour trouver la Reine humaine, répond calmement Luke.

— Peut-être qu'il ne devrait pas y avoir de Reine humaine, remarque Mère.

— Hannah…, intervient Père.

— C'est la vérité, Oliver, et tu le sais. Le Conseil est mauvais, tout comme les Gardiens, ajoute-t-elle, aussi bouillante que l'eau d'où elle sort des œufs.

— Euh… on pourrait prendre notre petit déjeuner tranquillement ? je demande.

J'en ai assez d'entendre que les Gardiens accusent le Conseil de ne pas chercher la Reine humaine plus activement en interrogeant les habitants de la ville, ou que le Conseil accuse les Gardiens de ne pas partager leurs reliques elfiques et leurs histoires susceptibles d'aider à identifier la Reine humaine.

Père est convaincu que les Gardiens cachent quelque chose. Luke affirme le contraire et dit que le Conseil rechigne à divulguer certaines informations au temple. Tous les deux attendent que je prenne leur parti, alors que tout ce qui m'intéresse, c'est la santé des habitants de l'île. Je refuse d'avoir un cheval dans cette course.

— S'il n'y a pas de Reine humaine, alors nous mourrons de mille manières horribles. Les Elfes useront de leur magie sauvage pour nous écorcher, nous changer en animaux de la forêt, faire cailler notre sang ou pire. Personne n'a envie de cela, j'imagine, insiste Père en feuilletant ses documents.

— Nous mourons déjà, remarque Mère en disposant les œufs sur un plateau, qu'elle pose sur la table. Tu as entendu parler de la Faiblesse. Hommes et femmes tombent comme des mouches. Nous mourons comme les gens du continent.

— Dès qu'il y aura une Reine humaine, l'ordre sera rétabli et le traité respecté, dit Père. Et ce sera la fin de la Faiblesse.

— Est-ce vrai ? demande Mère à Luke. Sommes-nous certains que la situation reviendra à la normale ?

— C'est ce que disent les textes, confirme Luke en écalant un œuf.

Elle soupire et attrape un scone, qu'elle coupe en deux en marmonnant.

— Cette idée de Reine humaine me révulse, dit-elle, mais s'il faut en passer par là, finissons-en. Mon cœur saigne quand je pense à la famille qu'on va priver de son enfant…

Mère serre ma main sur la table. Normalement, je ne risque pas grand-chose. Historiquement, les reines ont été désignées alors qu'elles avaient entre seize et dix-sept ans. Je me rappelle l'époque où mes parents me surveillaient comme un couple de faucons. Par chance, il n'y a aucune trace de magie en moi.

— Quelle terrible manière de marier sa fille, conclut-elle.

— À propos de mariage…, intervient Luke. Luella ne vous a rien dit ?

Mes parents se tournent vers moi. Je les regarde successivement, Luke et eux. Je ne sais pas du tout de quoi il parle.

— Elle ne nous a pas dit quoi ? s'étonne Père.

— Luella a accepté de m'épouser.

Chapitre 2

Je recrache ma gorgée d'eau dans ma tasse.

— Luella, tu aurais dû nous en parler ! s'exclame Mère en joignant les mains. C'est une formidable nouvelle !

— Je te croyais trop occupée avec ta boutique pour penser à ces choses-là, s'étonne Père alors que je n'ai pas fini de cracher mes poumons. Est-ce que ça va ?

— Eh bien… (Je tousse.) Fausse route, désolée.

L'épouser ? Quand lui ai-je donné mon accord ? Jamais, en fait ! Je lance à Luke un regard oblique. Il sourit jusqu'aux oreilles.

Je ne peux pas me marier. Je le lui ai déjà dit. Je l'ai même dit à tout le monde, histoire que les amies de ma mère cessent de se mêler de mes affaires.

Je n'ai pas le temps de me marier. Je n'ai pas de temps à consacrer à Luke, quelle que soit la nature de notre relation. En réalité, je n'ai jamais réfléchi au mariage.

J'ai dix-neuf ans et, depuis toujours, je sais que je suis destinée à vivre avec mes arbres et mes herbes, et non avec un homme. Et cette perspective m'a toujours plu et comblée. Le mariage ? La maternité ? Les fonctions d'épouse ?

J'ai des sujets de préoccupation plus importants. Maintenir les gens en vie, par exemple.

—Mère, Père, veuillez nous excuser, dis-je en me levant. J'ai des visites à effectuer avant d'aller à l'Hôtel de ville, et Luke a du travail aussi. On va en forêt tout de suite ? je demande à Luke en lui lançant un regard appuyé.

—Oui ! intervient Mère. On s'occupe de la vaisselle. Amusez-vous bien.

Elle rayonne, tandis que Père me regarde avec méfiance.

Cela m'embête de laisser mes parents faire la vaisselle alors qu'ils ont déjà préparé le petit déjeuner, mais j'ai besoin de respirer. De parler à Luke, aussi, de régler cette histoire de mariage. Je l'entraîne au rez-de-chaussée, dans la boutique, devant son sac débile posé à côté de la porte, puis dans le matin frais de Capton.

—Qu'est-ce que c'est que cette histoire ? je m'emporte en lui faisant face, dans la rue. Un mariage ?!

—Tu as dit que tu m'aimais.

—Je n'ai pas beaucoup d'expérience, mais il y a une différence entre dire à quelqu'un qu'on l'aime et vouloir l'épouser.

Il penche la tête sur le côté et, un sourire doux aux lèvres, pose les mains sur mes épaules.

—N'est-ce pas ce que tu as toujours voulu ?

—Quoi ?

—Toi et moi, ensemble. Nous nous aimons, Luella. Depuis des années. Je suis ce qu'il y a de mieux pour toi.

—Ce n'est pas le problème…

Il me prend par le bras et m'entraîne dans la rue flanquée de maisons.

— Il est temps pour toi de profiter un peu de la vie et de penser à autre chose qu'à ton travail.

— Mon travail me rend heureuse.

— Et moi non ?

— Si, mais…

Il m'embrasse sur le bout du nez pour me faire taire.

— Dans ce cas, je suis tout ce dont tu as besoin. Ton père pourra nous marier lui-même…

Luke parle de soie, de fleurs et de toasts comme nous gravissons l'escalier étroit qui conduit au chemin caillouteux serpentant paresseusement sur la falaise, au-dessus de l'océan. Au loin, la rivière se jette dans le vide, plongeant dans la mer écumante. Ses eaux bleu vif sont sous la protection des Gardiens, tout comme la forêt vers laquelle nous nous dirigeons.

Notre île est petite. Elle se trouve juste en face de Lanton, sur le continent. Capton, notre ville solitaire, est sise à l'abri d'une baie. J'ai grandi dans ce mince ruban coincé entre la montagne et la mer. Une forêt de séquoias noueux tapisse le paysage entre la grande montagne qui nous domine et la ville. Le temple forme un genre de pont entre les deux.

Les historiens de Capton disent que le temple a été construit dans un lointain passé, avant la guerre qui a précédé la signature du traité, mais j'ai du mal à imaginer qu'une structure aussi ancienne puisse être toujours debout. Il est plus probable qu'un des Gardiens originels l'ait bâti pour abriter son ordre.

Un chemin surplombé d'arches part du flanc du temple. Ce chemin, je ne l'ai jamais arpenté car je n'en ai pas le droit, même escortée d'un Gardien. Il est réservé à la Reine humaine et aux Elfes. Luke me dit qu'il se déroule à travers les parties les plus sombres de la forêt, jusqu'au pied de la montagne.

C'est le chemin qui mène à l'Orée, la frontière entre le monde humain et les terres sauvages et magiques.

Capton est un peu un entre-deux ; en tout cas, j'en suis venue à voir les choses comme cela. La ville se trouve du côté humain, non magique de l'Orée. Notre proximité avec cette frontière et la rivière qui la traverse donne à notre île une grande diversité biologique et une longue espérance de vie à ses habitants. Le prix à payer, cependant, est la Reine humaine. Pour honorer le traité, nous devons donner l'une des nôtres chaque siècle. Pour le bien de l'humanité, Capton doit porter ce fardeau.

Pour la énième fois, je me demande à quoi ressemble l'Orée. Si je me retrouvais face à ce lieu mythique, aurais-je conscience de voir la frontière entre l'humanité et la magie sauvage ? L'air y est-il électrique comme dans les instants qui précèdent un orage d'été ? Le vent me secouerait-il comme sur une corniche ? Pourrais-je franchir la limite sans même m'en rendre compte pour ne plus jamais revenir, comme dans les histoires qu'on raconte aux enfants ?

Je secoue la tête pour en chasser ces idées dangereuses. En matière d'Orée, les mystères ne manquent pas. Une chose est certaine, cependant : la reine est la seule humaine à pouvoir s'y aventurer et revenir en un seul morceau.

— Qu'est-ce qu'il y a ? me demande Luke.

— Rien.

— Tu m'écoutais, au moins ?

— Bien sûr.

— Et qu'est-ce que je disais ?

— Euh…

Il glousse et se penche vers moi. Ses doigts effleurent doucement ma tempe alors qu'il coince une de mes mèches rebelles derrière mon oreille. Je l'ai embrassé, je lui ai dit que je l'aimais, nous sommes pour ainsi dire promis l'un à l'autre, mais je rougis.

— Tu devrais te les laisser pousser. (Son regard est rivé sur mes cheveux, près de mon oreille. Je contiens un frisson comme ses doigts s'attardent là.) Je préférais quand ils étaient longs.

— Ils se prenaient dans les ronces quand je cueillais des plantes.

Je m'excuse presque. Il sait pertinemment pourquoi je me suis fait couper les cheveux à l'académie.

— Peut-être pour le mariage, ajoute-t-il.

— Ah…

— À quoi tu pensais ? Pour de vrai, je veux dire…, demande-t-il tandis que nous arrivons en bordure de la forêt.

Je commence à cueillir de petites fleurs poussant au pied des séquoias. Je les appelle les étoiles du matin car elles éclosent à l'aube. Elles sont efficaces pour renforcer le corps et l'esprit, et je m'en sers pour soigner Emma et M. Abbot.

Lorsque j'étais petite, j'imaginais qu'elles poussaient exclusivement pour moi. Mais la forêt paraissait en meilleure santé, à l'époque. Elle est toujours vivante, bien sûr, mais d'une manière plus calme et discrète. En grandissant, j'ai perdu mon amie imaginaire, cependant.

— Luella, à quoi tu penses ? insiste-t-il avec un début d'impatience.

J'ai envie de lui dire que cette idée de fiançailles me donne envie de vomir dans ses chaussures. Il compte beaucoup pour moi – je l'aime –, mais j'ai fait le vœu d'être toujours là pour les habitants de Capton, et cette obligation passera avant tout le reste. J'ai envie qu'il m'explique ce qui lui a pris.

— Je pensais à la fois, il y a très longtemps, où nous nous sommes aventurés trop loin dans la forêt et où nous nous sommes retrouvés nez à nez avec le loup.

Une bête massive, d'ombres et de ténèbres, avec un regard jaune transperçant l'atmosphère surnaturelle et épaisse de ces lieux.

Je regarde entre les arbres, craignant de voir ces yeux encore une fois. Bizarrement, je n'avais pas eu peur, ce jour-là, même si j'avais affirmé le contraire à Luke pour le rassurer. La réalité ne lui aurait pas forcément fait plaisir.

Il y avait eu de l'intelligence dans le regard de la bête. Des connaissances et des secrets. Des secrets qui m'avaient semblé à portée de main et inaccessibles à la fois.

— Aucune bête, aucun homme ne pourra te faire du mal tant que je serai à ton côté, dit Luke en s'accroupissant à côté de moi et en posant la main sur ma nuque. (Il fait rouler sur ma peau les perles noires du collier qu'il m'a offert.) Et tant que tu porteras ça.

— Je ne l'ai jamais retiré, réponds-je en touchant le pendentif.

Il s'agit d'une pierre ressemblant à un arc-en-ciel pris dans un filet de pêcheur. Luke en a une similaire au poignet. C'est une pierre spéciale normalement réservée aux Gardiens.

Raison pour laquelle je l'ai toujours gardée sous mes vêtements.

— Parfait. Continue de le porter et ne t'aventure jamais dans la forêt sans moi.

— Évidemment ! (Je glousse en secouant la tête.) Tu as toujours tellement peur pour moi.

— Je n'aimerais pas te savoir seule ici, murmure-t-il. (Il se redresse et se tourne vers l'est. La montagne dissimule l'horizon, mais des rayons orangés embrasent ses pics.) Il est toujours temps de partir, tu sais, me fait-il remarquer.

— Je ne peux pas, dis-je comme la première fois.

— Nous serons mari et femme. Quitter la maison sera tout à fait normal.

— Pas pour les gens de Capton, ni pour moi. (Ayant cueilli toutes les fleurs dont j'ai besoin, je me relève.) Tu devrais y aller, les Gardiens ont besoin de toi.

— Je te raccompagne d'abord.

Je lui demande presque de ne pas le faire. Je le trouve bizarre. J'ai du mal à reconnaître mon meilleur ami.

Mais il est fatigué. Je le crois quand il dit qu'il a eu des cauchemars à cause des événements de la journée. Vu les commandes que j'ai reçues récemment, j'ai l'impression que la moitié de Capton a du mal à trouver le sommeil.

Luke est convaincu que nous risquons tous de mourir, d'où son comportement.

De retour à la boutique, il m'embrasse devant la porte. Comme la première fois, ce baiser est vide, mais je me raccroche de toutes mes forces à l'idée que je m'en faisais avant qu'il survienne, aux rêves que je faisais de lui et moi.

— Si tu changes d'avis, chuchote-t-il, le bateau est prêt. Partons ensemble, s'il te plaît.

— Luke, je…

Il se détourne déjà. Je le regarde s'éloigner à grands pas. Il ne se retourne pas. Alors je pivote sur les talons en soupirant et j'entre dans ma boutique.

Lorsque le soleil a fini de se lever, je commence mes visites. Les Elfes n'arriveront pas avant la nuit. Mes potions s'entrechoquent dans mon panier ; la moitié d'entre elles sont encore chaudes. J'ai dans la tête la liste longue et complète de mes patients, mais je ne dois en voir que la moitié, ce matin : ceux qui sont trop faibles, malades ou blessés pour se rendre à l'Hôtel de ville tout à l'heure.

J'effectuerai le reste de mes livraisons quand mes patients seront réunis au même endroit. D'ici là, j'aurai normalement le temps de terminer mes préparations.

Pour commencer, il y a Douglas, un pêcheur alité depuis deux semaines à cause d'un accident de harpon. Normalement, une blessure de ce genre aurait dû guérir après un bain dans la rivière, et pourtant, elle est toujours rouge et furieuse, purulente. En plus, Douglas a de la fièvre.

Après, il y aura Cal. Sa fille a attrapé froid cet hiver et a du mal à s'en remettre. Puis Amelia, qui a des règles douloureuses, surtout en ce moment. Et puis Dan, qui ne trouve plus la force de sortir du lit pour faire son travail de charpentier.

Je passe donc de porte en porte, je prends des nouvelles, je m'assure qu'ils n'ont besoin de rien, que j'ai fait mon possible. Cela ne suffit pas, malheureusement ; leur état semble s'être dégradé. Leurs maux persistent comme pour démontrer que mon travail ne sert à rien, pour se moquer de moi.

Je suis devenue herboriste pour aider les gens, mais depuis la fin de ma formation, il y a un an, la situation n'a cessé de se dégrader. Tout le monde me dit que je fais du bon boulot, que le problème, c'est l'absence de Reine humaine. Toutefois, je ne peux pas m'empêcher de me dire que je n'en fais peut-être pas assez.

Heureusement, M. Abbot est le dernier sur ma liste, ce matin, et il ne va pas trop mal. Autrement, je ne sais pas si je l'aurais supporté.

— Entrez, entrez, me dit-il en me faisant signe de le suivre de sa main parcheminée.

— Monsieur Abbot, je ne vais pas pouvoir rester, ce matin, mais je vous ai apporté votre tisane pour…

— J'ai déjà mis la bouilloire sur le feu, me coupe-t-il en s'activant dans sa cuisine. Votre tisane n'a jamais le même goût quand je la prépare.

— Je suis sûr que si, réponds-je en vidant mon panier sur le plan de travail.

— Et elle ne marche pas aussi bien, insiste-t-il comme d'habitude.

— Je crois plutôt que vous aimez avoir de la compagnie, dis-je en souriant et en me mettant au travail, tandis que l'homme s'attable.

— Vous ne pouvez pas en vouloir à un vieil homme.

— Bien sûr.

M. Abbot n'est pas le premier à me dire qu'il ne parvient pas à répliquer mes tisanes, baumes et cataplasmes à la maison, même quand je leur fournis les bons ingrédients et des instructions détaillées. J'imagine que c'est à cause de ma bouilloire elfique. Les Gardiens disent qu'il subsiste un peu de la magie sauvage dans les objets fabriqués par les Elfes. Si c'est vrai, il est possible que le collier de Luke soit à l'origine d'une partie de mon talent.

En tout cas, je suis heureuse que mes cadeaux me soient utiles. S'il faut que j'intervienne personnellement dans la préparation de mes potions, eh bien soit ! Raison de plus pour rester à Capton.

— La ville fourmille d'activité, aujourd'hui, reprend M. Abbot en regardant par la grande fenêtre.

Il habite près des docks, pas très loin de la grande place de l'Hôtel de ville.

— Les Elfes arrivent, lui fais-je remarquer.

— C'est vrai.

— Vous devriez rester chez vous. Cette agitation ne vous ferait pas du bien.

— Si c'est vous qui me le demandez, j'imagine que je devrais vous écouter, dit-il en fronçant les sourcils tandis que je lui tends une tasse. (Son regard semble perdu dans le lointain.) Ils vont prendre une nouvelle jeune femme, c'est ça ?

— Malheureusement. (Je fais glisser mon index autour de mon mug en repensant à la conversation de ce matin, autour du petit déjeuner.) Enfin, aucune femme de Capton ne possède de magie...

— Les Gardiens sont à l'affût du moindre signe.

Luke avait reçu pour mission de me surveiller pendant trois ans, entre mes quinze ans et mes dix-huit ans. Mes parents et lui m'avaient constamment à l'œil, lorsque j'étais à Capton. Luke est même venu m'observer à plusieurs reprises à Lanton.

Autrefois, ma mère pensait que mes talents d'herboriste étaient des manifestations de ma magie, mais Luke lui a expliqué que j'avais simplement bénéficié d'une bonne formation.

— Ils le sont toujours, dis-je en buvant une gorgée de tisane, mais ils n'ont trouvé aucune jeune femme susceptible d'être la Reine humaine.

— C'est une blessure qui ne se referme jamais, soupire-t-il.

— Vous parlez du traité ?

— Je parle du fait de perdre un membre de sa famille. Une fille, une sœur. Pour toujours.

— La Reine humaine peut revenir à Capton au milieu de chaque été, lui fais-je remarquer.

Il le sait, évidemment, puisqu'il a cent vingt ans.

— Oui, mais elles ne sont plus pareilles. Alice avait changé.

Alice... C'était le nom de la dernière Reine humaine. J'imagine que ce n'est pas une coïncidence.

— Qui est Alice ?

— Ma sœur, répond-il en focalisant sur moi son regard laiteux. Et avant que vous me posiez la question, oui, elle était bien ce que vous pensez.

— Votre sœur était la Reine humaine ?

Il hoche la tête. Dire que je ne le savais pas... Pourquoi ne le mentionne-t-on jamais ? Pourquoi ne nous l'a-t-on pas appris ? M. Abbot me rend visite à la boutique tous les deux jours depuis un an. Et je lui préparais des potions et des cataplasmes avant même de recevoir ma formation.

— Je ne savais pas, dis-je d'un ton un peu coupable.

— Vous découvrirez bientôt que le nom de la mariée disparaît très vite des conversations de son peuple. Celle qui nous quittera sera oubliée comme si elle n'avait jamais vécu parmi nous. Elle deviendra la « Reine humaine », tout simplement.

Je frissonne. On nous parle des Reines humaines à l'école élémentaire ; tout le monde, à Capton, connaît ces histoires. Assister au départ de la Reine est un rite de passage pour toute une génération. Avant cette conversation – lorsque la Reine humaine n'était qu'une idée, un concept, pour moi –, je n'ai jamais pensé au fait qu'Alice nous avait forcément rendu visite, même si je ne l'ai jamais vue.

— Je crois que – consciemment ou non – les gens oublient par gentillesse, explique M. Abbot avec un sourire las. Comme si, en ne prononçant pas son nom, la douleur de la disparition s'estompait. Comme s'il était si facile d'effacer une personne de sa famille, de sa communauté.

— Je n'y avais jamais pensé…

— Maintenir la paix entre deux mondes n'est pas chose aisée.

Il porte sa tasse à ses lèvres d'une main tremblante et avale une gorgée mesurée. Lorsqu'il la repose sur sa soucoupe, ses gestes sont plus assurés. Je suis soulagée de constater que la potion a l'effet escompté.

— Il vous est arrivé de la revoir, en été ? m'enquiers-je par curiosité.

J'essaie de l'imaginer en compagnie de la Reine humaine, installé à cette même table usée et balafrée.

— Oui. Nous avons aussi correspondu par courrier.

— Les lettres peuvent traverser l'Orée ?

Un millier de questions me brûlent la langue et tournoient dans ma tisane.

— Non, mais les Elfes oui. Ils déposaient des messages au temple lorsqu'ils venaient assister à des cérémonies ou pour échanger des objets avec les Gardiens.

— Elle vous a dit à quoi cela ressemblait, au-delà de l'Orée ?

— Pas vraiment, répond-il en secouant la tête. D'après Alice, son rôle, en tant que reine, se résumait à exister.

Je m'abîme dans la contemplation de mon mug.

Les Elfes vont venir pour arracher une femme à sa famille, à sa maison, pour faire respecter un traité qu'ils pourraient décider d'oublier. Ils l'installeront sur le trône dans quelle intention ? Pour qu'elle existe ? Pour qu'elle n'exerce aucun pouvoir, ni responsabilité ?

À quoi bon ce traité, si les Elfes ont simplement besoin d'une marionnette ? Pourquoi prendre l'une d'entre nous ?

Pour nous rappeler que nous ne sommes rien, me répond mon esprit. Ils détiennent tout le pouvoir. Ce que les Elfes veulent, nous sommes là pour le leur donner. J'imagine que nous devrions nous estimer heureux de n'avoir à leur livrer qu'une seule jeune femme par siècle. De leur point de vue, nous devrions les remercier d'être aussi gentils.

Mon estomac se noue, m'obligeant à partir avant de dire quelque chose qui risquerait de déplaire à ce gentil vieillard.

L'assemblée publique se réunira dans quatre heures, en fin d'après-midi. J'ai donc le temps de rentrer à la maison, de remplir mon panier et de me préparer. Je ne suis pas la seule à avoir eu l'idée de proposer mes services au moment de la réunion. Il y a des pêcheurs avec le produit de leur pêche, quelques vendeurs de broderies. Tout le monde se donne du mal pour penser à autre chose – ou en tout cas en avoir l'air – qu'à l'arrivée des Elfes.

Malgré cela, rumeurs et théories se multiplient, bourdonnent autour de moi comme des abeilles dans un champ. J'entends murmures et spéculations. Qu'arrivera-t-il ? Trouveront-ils la reine ?

Je n'y fais pas attention, je me concentre sur mon travail. La guerre ne risque pas d'éclater après trois mille ans de paix. En tout cas, c'est ce que je me dis pour épargner à mes mains de trembler comme je distribue pots et pochettes.

— Entendez, entendez ! citoyens de Capton, lance le crieur de la ville depuis la scène, à l'extrémité de la place. (Un groupe de femmes et d'hommes las est aligné derrière lui, dont mon père.) Nous déclarons ouverte cette séance du Conseil de Capton !

Je me fige comme tout le monde autour de moi pour écouter les annonces. Il y a d'abord quelques questions cléricales à régler, des disputes au sujet de zones de pêche à partager avec Lanton, une histoire de vieil entrepôt à démanteler. Tout le monde attend la partie importante, cependant.

— Pour ce qui concerne la Reine humaine…, lance Père, qui se tient à côté de la cheffe des Gardiens. Le Conseil a entendu votre inquiétude et décidé de…

Il n'a pas le temps de terminer sa phrase.

— Regardez ! crie quelqu'un.

Toutes les têtes se tournent vers le long escalier qui relie la ville au temple, où marche une petite légion. À sa tête, j'avise un homme montant un cheval d'ombre, dont la silhouette se tord et se dissipe lorsqu'il bouge, telles des volutes de brume.

La longue chevelure corneille de l'homme se déploie en éventail sur ses épaules. Je distingue un scintillement violet ou bleu dans le soleil déclinant. Des rubans de fer s'enroulent d'une manière presque organique autour de ses tempes, avant de former des pointes acérées derrière sa tête, une couronne d'épines surdimensionnées. Lorsque ses soldats et lui se retrouvent en bordure de la place, je note que ses yeux brillent d'un éclat céruléen proche de la couleur des piliers du temple.

Il n'a rien du monstre âgé et difforme que j'avais imaginé et qu'on décrit dans les histoires. En revanche, comme je l'ai lu et entendu, il émane du personnage une incroyable impression de puissance.

Le visage du roi des Elfes est éthéré, jeune, dur comme un diamant, aussi séduisant que terrifiant. Il est comme une fleur vénéneuse, beau et dangereux. *Ceci*, me dis-je comme ses yeux brillent d'un bleu encore plus vif, *est le visage de la mort.*

Chapitre 3

Le roi est juché sur son étalon et nous regarde comme de vulgaires fourmis. Une légion d'Elfes en armure et en armes l'accompagne. Au contraire du roi, ce qui est étonnant.

Tandis qu'il met pied à terre, j'ai l'impression de découvrir une étude de contrastes. Son physique est taillé dans le marbre, mais ses mouvements sont aussi fluides que la soie qui drape ses épaules. Sa tunique argentée à manches longues est tellement ajustée qu'elle semble constituée d'acier martelé. J'imagine mes doigts glissant sur le matériau soyeux, sur le plan lisse de son torse large.

Je me hâte de baisser les yeux pour me protéger du sortilège dont il semble s'être enveloppé. Contre ma volonté, cependant, mon regard est attiré par lui. Impossible de ne pas le regarder. Ni quand il fait disparaître sa monture comme un nuage de fumée dans la brise. Ni lorsque ses chevaliers en armure se mettent en branle. Ni quand il monte sur la plate-forme accueillant la cheffe des Gardiens, le Conseil et mon père.

— Votre Majesté, commence la représentante des Gardiens d'une voix chevrotante. Nous attendions une délégation, un ambassadeur ou bien…

— Vous avez eu une année entière, dit-il lentement, avec dégoût. J'ai été patient. J'ai envoyé une délégation au temple des Gardiens. Et pourtant, je n'ai toujours pas de reine.

— Eh bien, nous…

— *Silence !* tonne-t-il en venant tout près d'elle. Avez-vous oublié qui je suis ? Vous ne prendrez la parole que lorsque vous y serez invitée !

Les chevaliers elfiques nous encerclent comme s'ils rassemblaient du bétail. D'autres forment des paires et disparaissent dans les rues de la ville. Que cherchent-ils ? Des retardataires ?

Je me mords l'intérieur de la joue et résiste à l'envie de dire quelque chose. Ils n'iraient tout de même pas jusqu'à arracher un malade de son lit pour l'humilier dans la rue ? Si ?

— J'aurai ma reine ici et maintenant. Nous ne pouvons plus nous permettre aucun retard. (Le roi se tourne vers les citoyens de Capton.) Je sais que vous la cachez, que vous jouez avec des forces que vous ne comprenez même pas.

— Votre Majesté…

Les mots sont maladroits dans la bouche de mon père. Je regrette qu'il ait pris la parole. La dernière chose dont j'ai envie, c'est que ces yeux d'Elfe dépourvus d'émotion se posent sur lui.

— Il est possible qu'il n'y ait pas de reine, dit-il.

— Elle est ici, j'en suis sûr. Elle se cache. (Il désigne la foule d'un geste ample du bras.) Livrez-la-moi ou je ferai fouiller la moindre maison. Donnez-la-moi ou nous emmènerons vos filles une par une jusqu'à trouver ma reine.

Traverser l'Orée, pour une humaine ordinaire, serait synonyme de mort. Il est prêt à sacrifier toutes les jeunes femmes de la ville pour n'en trouver qu'une. Je serre les dents très fort.

— Luella.

Les doigts de Luke se referment sur les miens. Je le regarde avec stupéfaction. Était-il caché dans la foule ?

— Il est encore temps de filer, lance-t-il.

— Tu es complètement fou ! je siffle.

— Il n'est pas trop tard, insiste-t-il. Allons-y. En tant que Gardien, les Elfes me laisseront passer, et le bateau attend toujours…

Un cri l'interrompt.

— Emma, Emma ! crie Ruth. La Faiblesse ! La Faiblesse l'a emportée !

Je veux aller voir, mais Luke me retient.

— Lâche-moi.

— C'est la diversion idéale. C'est le moment ou jamais.

— Je t'ai dit de me lâcher !

Je libère ma main et me précipite vers Ruth, écartant les gens qui ne me laissent pas passer. Ruth est la mère d'Emma. Elle est agenouillée à côté de sa fille et hurle, le visage ruisselant de larmes.

— Ils nous ont apporté l'Orée ! Ils viennent nous déclarer la guerre ! Nous sommes condamnés ! crie-t-elle.

— Ruth, Ruth, je vous en prie. (Je m'agenouille aussi, posant mon panier et ma besace à côté de moi.) Laissez-moi l'examiner.

— Vous ne connaissez rien à ce mal, vous l'avez dit vous-même. Que pouvez-vous faire ? Vous ne lui avez même pas apporté sa potion, ce matin, assène-t-elle.

— Vous avez raison. Je ne sais rien de cette Faiblesse, réponds-je à voix basse en espérant la calmer. Mais il ne s'agit pas de cela. La Faiblesse n'a emporté que les plus vieux d'entre nous. (*Pour l'instant.*) Ceux qui ont atteint l'âge auquel un humain normal doit mourir. Emma n'a que dix-neuf ans.

Mon âge.

— La Faiblesse a atteint son cœur, son souffle, son… Et c'est à cause de lui ! (Elle désigne le roi des Elfes en serrant sa fille contre sa poitrine. Les mouvements saccadés de Ruth secouent les boucles dorées d'Emma dans toutes les directions.) C'est lui qui a fait ça ! Il l'a tuée ! Elle n'était pas votre reine, alors vous l'avez tuée !

— Ruth, arrêtez, dis-je sèchement en essayant de la prendre par le bras.

Mais il est trop tard. Nous avons attiré l'attention du roi. Depuis le début, sans doute.

— Emma respire, vous voyez !

Je saisis la main de Ruth et la mets au-dessus de la bouche de sa fille. Comme elle sent une respiration, certes lente et superficielle, son visage se ride de soulagement.

— Loués soient les dieux anciens, lance-t-elle en se balançant d'avant en arrière. Que lui arrive-t-il ?

— C'est probablement l'émotion. Sans sa potion, elle ne l'a pas supportée, me dis-je à moi-même. (J'espère ne pas me tromper. Voilà pourquoi je ne peux pas partir avec Luke. Un petit déjeuner avec mes parents et lui, et une de mes patientes est déjà à terre, inconsciente.) Étendez-la, je vous prie.

Le cœur d'Emma est faible. Il l'est depuis que nous allions à l'école ensemble. Elle a d'ailleurs été ma toute première patiente, ce qui me rend nostalgique. Nous nous éclipsions toutes les deux dans la forêt, et il arrivait que Luke nous accompagne. Là, je lui préparais une potion à base de baies, de feuilles, de fleurs, d'eau de la rivière, voire de boue, qu'elle buvait consciencieusement.

Même s'il s'agissait d'abord d'un jeu, j'avais réellement le désir de l'aider. Emma jurait d'ailleurs que mes potions lui faisaient du bien, même à l'époque.

Heureusement, je ne sors jamais de chez moi sans ma sacoche. Dans mon panier, je transporte des remèdes personnalisés, destinés à des patients particuliers. Ma sacoche, en revanche, contient tous mes ingrédients de base, ainsi que mon carnet personnel. Je dois être prête à répondre à toutes les demandes, même les plus inopinées.

Je sélectionne quelques herbes, que j'écrase dans une petite coupe en bois. Je suis tellement concentrée que je ne remarque même pas qu'une foule s'est formée autour de moi. Soudain, une ombre éclipse le soleil, me plongeant dans le noir.

Ruth bredouille des paroles incohérentes, les yeux levés vers l'homme. Je relève la tête et croise le regard du roi elfe, qui nous domine de toute sa taille.

— Continuez, dit-il d'une voix douce comme la soie.

— Je...

— Ne la touchez pas ! s'écrie Luke en se frayant un chemin à travers la foule qui forme un cercle autour de Ruth, Emma et moi. Ne vous avisez pas de porter la main sur elle !

— Luke, arrête !

L'affection que j'avais pour lui s'évapore de plus en plus. J'ai l'impression qu'il est devenu un étranger en l'espace de vingt-quatre heures. Un inconnu occupe l'enveloppe charnelle de l'homme que j'ai connu.

Le roi se tourne lentement vers lui. Il penche la tête sur le côté comme pour observer un chat, un rat ou même une mouche. C'est ce que nous sommes pour lui.

La température descend subitement. Mes dents se mettent à claquer et mes mains à trembler dans le froid glacial. J'aimerais continuer à m'occuper d'Emma, mais je ne peux pas m'empêcher de regarder Luke et le roi.

Luke touche son bracelet de Gardien, le serrant contre lui.

— Oui, Gardien de l'Orée, dit le roi d'une voix soyeuse. Accrochez-vous à votre labradorite. Elle vous protégera contre le Savoir, mais elle ne protégera pas le monde autour de vous.

Le Savoir ? C'est la première fois que j'entends cette expression. Je n'ai pas le temps d'y penser, cependant, car les dalles s'animent sous les pieds de Luke. Elles s'élèvent, se courbent de façon surnaturelle et forment une prison autour de lui. Avec une crainte mêlée de respect, j'assiste à cet étalage de magie sauvage.

Le roi des Elfes se tourne vers moi.

— Soignez-la, ordonne-t-il avec impatience.

Désespérée, je regarde Luke s'agiter dans sa prison, mais les barreaux de pierre ne bougent pas. Il est aussi impuissant que nous autres face à des forces qui défient les lois de la nature. J'aimerais faire quelque chose pour lui, mais je sais que je ne peux pas. Rien, dans mes herbes séchées, ne peut combattre la magie sauvage.

Les gémissements d'Emma attirent mon attention. Elle a besoin d'assistance, et il se peut que je puisse l'aider. Les ordres du roi mis à part, elle est sous ma responsabilité.

Une fois toutes les herbes dans le bol, je pose soigneusement celui-ci sur le sol. Dans ma sacoche, j'ai un briquet à amadou.

J'allume un copeau de séquoia, que je lâche dans le bol. Il s'embrase et brûle très vite les herbes écrasées, noircissant le rebord.

En moi-même, je prie les dieux anciens pour que cela marche. Je mets mon index dans les cendres et trace une ligne sous le nez d'Emma. Le résultat ressemble à une de ces moustaches ridicules que nous dessinions sur nos camarades qui s'endormaient entre deux cours.

Emma inspire le parfum des cendres et se réveille en sursaut.

— Emma. (Je me penche vers elle pour qu'elle ne voie pas le roi tout de suite. Je préfère lui épargner ce choc.) Emma, comment te sens-tu ?

— Luella ? Je... Que s'est-il passé ? murmure-t-elle.

— Ramenez-la chez vous, dis-je à sa mère. Elle a besoin de repos. Je passerai plus tard lui préparer une potion fortifiante.

— Entendu.

— Je vois, conclut subitement le roi des Elfes.

Nous nous figeons tous. La respiration d'Emma est désormais rapide, trop, même. Si cela continue, elle va perdre de nouveau connaissance. Je me relève et me dresse entre l'Elfe et elle.

— Rentrez chez vous, dis-je à Emma et à sa mère. Personne ne vous retiendra.

Elles se lèvent lentement et ont le temps de faire quelques pas avant que la voix du roi résonne.

— Qui vous autorise à parler pour moi ?

— Emma n'est pas votre reine. (Je lui fais face. Mes entrailles se liquéfient, mais j'ai juré de protéger mes patients. J'ai juré d'aider cette ville. Même s'il faut pour cela tenir tête au roi elfe.) Elle a besoin de repos. Vous devez la laisser partir.

— Elle est libre de s'en aller. (Le roi fait signe à ses chevaliers, qui laissent Ruth et Emma passer.) Vous avez raison : elle n'est pas ma reine. J'ai trouvé la femme que je cherchais.

— Parfait. Partez, maintenant…

C'est alors que je remarque qu'il ne me lâche pas des yeux. L'intensité de son regard me rappelle que j'y suis peut-être allée un peu fort, et je me mets à trembler.

— Vous vous cachiez, reprend-il, dangereusement calme.

— Je ne sais pas de quoi vous parlez.

Il fait un grand pas en avant, mordant sur mon espace vital. Il est tellement proche que je sens son odeur, son parfum de bois de santal et de mousse, avec une pointe de fraîcheur qui me rappelle les instants précédant un orage. C'est un arôme agréable, terrien, entêtant, qui souligne très mal son air de dégoût.

J'essaie de m'éloigner, mais je suis prise au piège. Il tend la main, effleure ma gorge. Je frissonne, incapable de réagir.

Ses doigts trouvent le collier que Luke m'a offert tant d'années plus tôt. Ils glissent jusqu'au pendentif et se referment dessus. Son expression s'assombrit, devient presque sinistre, et je me demande si je dois l'implorer de m'épargner.

Son autre main passe derrière ma tête, ses doigts s'activent. S'apprête-t-il à me briser le cou ? Mon heure est-elle venue ?

— Vous le saurez très bientôt, dit-il avant d'arracher mon collier.

Alors, le monde devient tout blanc et résonne de cris.

Chapitre 4

Je suis prise de vertige, essoufflée. De l'énergie parcourt mon corps en crépitant. Une puissance inexplicable que je ne devrais pas posséder menace de me faire éclater.

Tels des feux d'artifice, la magie jaillit de moi par à-coups. Elle frappe les lampadaires qui entourent la place, dont le verre explose et tombe comme une pluie de fleurs de cerisier. Où se dressait précédemment du fer, il y a désormais des arbres.

Un épais tapis de mousse et d'herbe se déroule sur les pavés. De la broussaille et des plantes grimpantes en sortent, rampent comme des tentacules intelligents vers les bâtiments, qu'elles se mettent à coloniser. Le monde autour de moi est transformé, basculant de construit à naturel. Un peu comme si la nature s'était propagée depuis mes pieds pour s'opposer à l'audace de l'humanité et de son hubris.

Je le vois, maintenant. Je vois quoi ? Tout. Je vois *tout*.

Mes yeux n'ont jamais été aussi ouverts. Je vois les pulsations magiques – les élans de vie – dans ceux qui m'entourent. Je vois l'essence brute de l'existence, et j'en suis abasourdie, j'en ai le souffle coupé.

Des larmes froides et amères coulent sur mes joues. Subitement, j'ai chaud. Je suis entrée en fusion dans un monde devenu de glace.

Le roi finit par me lâcher, et je titube en arrière, tombant sur les fesses et les mains. La mousse pousse sur mes doigts. De fines vrilles sortent de terre et s'enroulent autour de mes poignets. Je les arrache et agrippe mon chemisier sur ma poitrine. Mes cheveux roux tombent en rideau devant mon visage, et je profite de quelques secondes d'intimité pour fermer les yeux.

C'est impossible. *Dites-moi que c'est un cauchemar*, ai-je envie de hurler.

Comme je me relève, cependant, je ne peux m'empêcher de voir. La place est devenue autre chose, un paysage de conte. Plantes et humains palpitent d'une lumière verte, tandis que les objets inanimés sont gris.

Je cligne plusieurs fois des paupières, voyant les auras disparaître et réapparaître. Tout, autour de moi, est baigné d'une lumière identique… sauf *lui*.

Le roi est bleu ciel. L'aura qui l'entoure est différente de la magie immobile et ordonnée de la vie. Elle est furieuse, violente, à l'image de son visage. La vision dont on m'a gratifiée finit par s'estomper, mais je continue à le dévisager.

Lui me toise, me regarde de haut. Son air est indéchiffrable, ses sourcils froncés.

— Qu'est-ce que… ? je commence d'une voix rauque. Comment ?

— Vous l'ignoriez donc vraiment ? s'étonne-t-il, la tête penchée sur le côté.

— Je…

Ma gorge se serre, et j'ai du mal à respirer. *Je l'ignorais.* Que j'étais la Reine humaine, veut-il dire.

— Dites-moi ce qui se passe ?

— La question devient donc *qui* ? reprend le roi sans répondre à mon interrogation, en balayant la place du regard, ma famille et mes amis stupéfaits. Qui la cachait ? Qui lui a donné ceci ? précise-t-il en brandissant le collier qu'il m'a arraché.

— Ceci…

Comme je reprends la parole, les yeux du roi reviennent sur moi, accusateurs et oppressants. Même si j'étais capable de mentir, il est trop tard ; mon regard m'a trahie, se posant furtivement sur mon ami d'enfance dans sa cage.

— C'est un cadeau de Luke.

— Comment oses-tu ? s'emporte celui-ci.

Son visage est laid, horrible, haineux. Les yeux dont je rêvais, qui pétillaient d'admiration quelques heures plus tôt lorsqu'il était question de notre mariage… Je ne les reconnais plus.

— Je t'aimais, je voulais te protéger, et toi, tu me condamnes ! ajoute-t-il.

— Ça aurait fini par se savoir…

Je me défends instinctivement, mais les rides de son front deviennent encore plus profondes. Ne comprend-il pas que l'honnêteté est la solution la plus raisonnable ? Je suis sûre que c'est un malentendu, forcément.

— Quelle est la signification de tout ceci ? demande la cheffe des Gardiens.

— Qu'avez-vous fait ? intervient un autre Gardien.

Luke se tait. Ses yeux me lancent des éclairs, me clouent sur place, me rabaissent.

Il disait qu'il m'aimait.

Le roi s'approche de lui, et la prison de pierre disparaît subitement. Il saisit Luke par le visage, enfonce les ongles dans son menton, le faisant saigner.

— Dites-moi ce que vous avez fait ! gronde-t-il.

— Je n'ai rien fait, affirme Luke.

Le roi des Elfes le pousse au centre de la place, dans le cercle créé par l'assistance. Luke titube, tourne sur lui-même, cherche de l'aide du regard. Nous avons tous entendu le mensonge dans sa voix. Ses yeux se posent sur moi. Ils me supplient de lui donner quelque chose que je ne suis pas sûre de pouvoir offrir. Autrefois, peut-être, mais plus maintenant.

— Dites-lui ce que vous avez fait ! tonne le roi.

— J'ai essayé de t'emmener, explique Luke dans un souffle, les yeux rouges, humides. Pourquoi n'es-tu pas partie avec moi ?

— Comment a-t-elle obtenu ceci ? l'interroge le roi en lui mettant mon collier devant le visage.

— Que quelqu'un me vienne en aide ! supplie Luke en regardant autour de lui, mais personne ne réagit.

— Que s'est-il passé ? reprends-je en retrouvant ma voix et en rassemblant ce qui me reste de forces pour ramasser ma sacoche. Dis-moi tout.

— Je… je ne voulais pas qu'il t'arrive quelque chose, répond Luke en se ratatinant. Je ne voulais pas que tout ceci se produise, promet-il, mais je vois à son regard fuyant qu'il ment encore et encore. Je pensais… j'espérais trouver une solution.

— Qu'est-ce que tu racontes ? je chuchote.

— Tu te rappelles le jour où nous sommes allés dans la forêt avec Emma ? Nous avions douze ans. Ce jour-là, elle a eu sa première attaque, et tu lui as préparé une potion. (Je me rappelle parfaitement, et il poursuit :) Je l'ai vu à ce moment-là. J'ai compris que tu pratiquais la magie sans même t'en rendre compte. De petites fleurs poussaient sous tes pas sans que tu le saches. Les arbres bruissaient pour te saluer, mais tu étais convaincue que ce n'était que le vent.

La forêt me paraissait tellement vivante lorsque j'étais enfant. Elle était une personne – une amie – en plus d'un lieu. Et puis cette impression s'est dissipée avec l'âge et la maturité. C'est ce que je croyais, en tout cas.

— Je savais que tu étais la reine, avoue-t-il, et tout le monde en reste sans voix.

— Comment avez-vous osé ? lance la cheffe des Gardiens, verbalisant ce que tout le monde pense.

— Je ne pouvais pas renoncer à toi. Je ne le voulais pas. Je t'aimais déjà, me dit-il à moi seule. Alors, j'ai trouvé le collier dans la réserve des Gardiens, et je te l'ai offert. Il devait dissimuler ta présence jusqu'à ce que nous soyons assez vieux pour…

— … partir.

Il déglutit difficilement et hoche la tête.

Le roi lance alors le collier sur l'estrade, au pied de la cheffe des Gardiens.

— Le style et la symbolique sont elfiques, dit-il. Cela fait des siècles que nous n'avons échangé avec Capton des objets de ce genre, aussi devait-il être bien caché. De l'obsidienne noire pour étouffer ses pouvoirs et de la labradorite pour la protéger contre le Savoir, dans le cas où elle aurait rencontré des Elfes susceptibles de découvrir son nom véritable.

— Tu disais qu'il me protégeait, je lance en regardant successivement Luke et le collier, par terre.

— Oui, je voulais te protéger ! se défend Luke d'une voix haut perchée et geignarde que je ne lui connaissais pas. Je voulais te sauver d'un terrible destin !

Les actions de Luke, ma capacité à soigner, le fait que j'aie toujours senti qu'il était de mon devoir de le faire… Tout s'explique, et c'est terrible.

— Luella, reprend Luke en titubant vers moi. Je t'aimais déjà, à l'époque. J'étais fait pour toi, et tu étais faite pour moi.

Un bras mince lui bloque le passage, l'empêche de s'approcher davantage. Il s'agit du roi des Elfes, et je lui suis bizarrement reconnaissante. J'ignore comment je réagirais si Luke osait me toucher ; j'ai déjà du mal à supporter son regard.

— Non, réponds-je dans un souffle. Tu ne m'aimes pas, tu ne m'as jamais aimée.

Il essaie de contourner le roi, mais celui-ci l'en empêche et lui agrippe le poignet.

— Tu dois me croire ! Je voulais t'épargner un avenir affreux !

— Tu as essayé de me sauver aux dépens de tous ceux que j'aime ! Pour me garder, tu étais prêt à les voir tous souffrir et mourir.

— Parce que je t'aime !

— Ce n'est pas de l'amour ! (Ma voix est puissante, elle se réverbère sur les montagnes. Ma colère fait frissonner les arbres, et des nuages d'orage s'accumulent à l'horizon.)

L'amour est un choix, poursuis-je sans lui laisser le temps de se défendre. Toi, tu voulais me *posséder*. Tu voulais me garder pour toi, sans te soucier de mes sentiments. Tu ne m'as jamais laissé l'opportunité de décider pour moi. À cause de toi, de ton égoïsme, notre ville, notre peuple souffre. Je ne puis que trembler en pensant à ce qui aurait pu arriver au monde tout entier si ton plan avait fonctionné.

Je repense à toutes ces funérailles, aux gens morts prématurément de la Faiblesse. Luke endeuillé avec les autres Gardiens, comme s'il n'était pas responsable de leur mort. Ses larmes n'avaient aucune valeur à l'époque, et ses remords n'en ont pas plus aujourd'hui.

— Luella…

— Tais-toi. Ne prononce plus jamais mon nom. (Je me retiens tout juste de souhaiter que la terre s'ouvre sous lui pour l'avaler. De crainte qu'elle s'exécute.) Emmenez-le. Je ne veux plus le voir.

Je ne parle à personne en particulier. Je me moque de savoir qui va le faire.

Le roi me prend au mot. Il arrache le bracelet de Luke sans une seconde d'hésitation. Ses yeux brillent d'un éclat bleu intense, il croise les bras, puis les décroise lentement comme s'il étirait du caramel entre ses mains. Luke devient tout raide et se met sur la pointe des pieds d'une manière peu naturelle. Les doigts du roi s'écartent, tirent davantage. Un gémissement pathétique échappe à Luke, qui se contorsionne. Des craquements résonnent dans l'atmosphère. Les gens se mettent à crier.

— Non ! Ne lui faites pas de mal ! (Je me précipite vers le roi des Elfes et lui prends le bras. Il me regarde d'un air offensé.) Je ne veux pas qu'il meure. (Mon cœur me fait souffrir. Je refuse de voir Luke se faire démembrer. Le roi essaie de se dégager, mais je tiens bon.) Il devra être jugé par le Conseil de Capton et répondre de ses crimes comme il se doit.

Le roi des Elfes me regarde en plissant les yeux, les sourcils froncés, et je crains qu'il ne m'écoute pas. Je ne lui lâche pas le bras. Que veut-il prendre d'autre à cette ville ? Il a déjà ma vie. Si je suis la Reine humaine – ce qui ne fait plus aucun doute après ce que je viens de vivre –, il devrait s'estimer satisfait.

— Luke n'est pas important pour vous, reprends-je d'une toute petite voix. Mon peuple rendra la justice seul. Maintenant que vous m'avez, laissez-le tranquille.

Le roi relâche Luke, qui s'écroule sur le sol, essoufflé. Deux Gardiens le soulèvent en le prenant par les aisselles et entreprennent de l'emmener, tandis qu'il marmonne des excuses et des supplications.

Personne ne l'écoute, cependant. Tout le monde le regarde avec dureté, le visage froid et fermé.

— Venez, ma reine, dit le roi elfe en se tournant vers moi. Il est temps de partir. On vous attend de l'autre côté de l'Orée, ajoute-t-il avec gravité.

Je suis engourdie du sommet de la tête jusqu'aux pieds. Il me prend par le bras, me ramenant à la réalité. Je lui lance un regard noir. Mille objections se bousculent sur le bout de ma langue, mais je n'ai la force d'en prononcer aucune.

Depuis que je suis toute petite, je connais le destin de la Reine humaine. Si je lui parle de mon devoir de guérisseuse, il ne m'écoutera pas. Si je le supplie de rester un peu plus longtemps, il refusera car ce n'est pas l'usage.

Si je refuse de le suivre, mon monde mourra.

—Il n'y a plus de temps à perdre. Vous et moi devons nous marier.

Chapitre 5

Nous allons être mariés. Moi. Mariée au roi des Elfes. Je suis incapable de réfléchir.

— Quand ? parviens-je à demander.

— Maintenant. Le temps presse, répond la cheffe des Gardiens.

Mon regard se pose sur l'homme qui se dresse à côté d'elle : mon père. Ma cage thoracique se referme sur mes poumons, et je laisse échapper un souffle d'air, unique témoin d'une émotion plus brute que des larmes.

— Mais…

— Nous n'avons pas le temps, intervient le roi d'un ton bourru. Le fait que j'aie pu venir jusqu'ici et utiliser une telle quantité de magie sauvage dans ce plan prouve que l'Orée vacille. La frontière entre nos mondes s'efface et, croyez-moi, ce n'est pas souhaitable.

Je cherche une étincelle de gentillesse ou de résignation dans ses yeux, mais je ne trouve que de la détermination. Je me demande si – comme c'est le cas pour moi – c'est sa volonté seule qui le fait avancer ou s'il se cache sous un masque soigneusement travaillé. Mais peut-être ne dissimule-t-il rien du tout, peut-être est-il simplement fait de roche et de magie.

— Faisons-le tout de suite, lance la Gardienne.

Je scrute la foule à la recherche de ma mère, mais je ne la trouve pas. Entre la broussaille et les arbres créés par magie, et le fait que la quasi-totalité de Capton soit rassemblée là, je ne la vois pas. Je me tourne vers mon père. Il a les lèvres pincées. Il ne dit rien.

Il sait comme moi que nous n'avons pas le choix.

Nous formons un groupe important et montons vers le temple. Je suis silencieuse, raide, et je marche à côté du roi des Elfes. J'essaie de garder la tête haute, mais je suis fatiguée, tellement fatiguée. En un instant flou, me semble-t-il, je passe de la place de la ville à la salle principale du temple, où on m'oint d'huile. Les habitants m'entourent, tandis que la cheffe des Gardiens tourne les pages d'un énorme volume sur l'autel.

Derrière elle, les rayons du soleil traversent les vitraux. Ils me frappent les épaules, mais échouent à éclairer le vide sombre qui grossit en moi. Je suis encerclée. Les gens se massent sur les bancs en séquoia taillés dans les arbres puissants qui entourent le temple, et pourtant je me sens seule. Je n'ai même pas la force d'admirer l'architecture organique des lieux comme je le fais normalement, les plafonds voûtés soutenus par des branches noueuses, comme s'ils avaient poussé naturellement au cœur de la bâtisse.

Un silence assourdissant résonne dans mes oreilles comme je me dresse face au roi des Elfes. *Je suis sur le point d'être mariée… au roi des Elfes*. Et cela me donne envie de vomir.

— Puis-je avoir un instant ? je chuchote.

— Nous n'avons pas le temps, me répond la cheffe des Gardiens avec une certaine douceur.

— J'ai besoin de passer aux toilettes, s'il vous plaît.

Je vais vomir. Ou tomber dans les pommes. Voire les deux, l'un après l'autre.

— Ce sera bientôt terminé. (Elle a trouvé sa page et commence à lire.) Devant les dieux anciens, dans ce qui reste du donjon de ce qui fut le royaume d'Alvarayal, à l'ombre du premier jalon, nous honorons le pacte scellé…

Ne vomis pas. Ne vomis pas. Je n'entends plus la Gardienne. Je n'entends plus dans mon esprit que cette courte phrase répétée à l'infini.

Le roi des Elfes lève les mains. Son regard transperçant attire le mien. La gorge sèche, je déglutis.

— Que leurs mains s'unissent, répète la cheffe des Gardiens avec une certaine agitation.

Sans doute est-ce la seconde fois qu'elle le dit. Je résiste à la tentation de lui crier au visage que je ne sais pas de quoi elle parle.

Normalement, la Reine humaine est identifiée à l'âge de seize ou dix-sept ans. Après quoi elle a entre un et trois ans pour étudier au temple avec les Gardiens. On lui prépare des repas à base d'ingrédients trouvés au-delà de l'Orée, on lui enseigne les us elfiques, ainsi que les savoirs secrets protégés par les Gardiens.

Le roi des Elfes me tend les mains avec impatience. Je lève mes doigts tremblants et les mets dans ses paumes. Ses mains fraîches se referment sur les miennes. Ses yeux brillent d'un éclat bleu électrique comme lorsqu'il s'apprêtait à emprisonner Luke.

Sans doute me réserve-t-on un autre genre de prison.

Un vent glacial me balaie. Il est vif, tonifiant, mais je ne frissonne pas. Je me redresse. De la glace se condense derrière ma tête, et son froid se propage le long de ma colonne vertébrale et de mes membres. Mon regard plonge dans le sien comme mes lèvres bougent.

— J'honorerai le pacte, dis-je.

Je crois que je répète les phrases dictées par la Gardienne, mais je n'en suis pas certaine. En dehors du roi, je ne suis sûre de rien. Ai-je déjà posé les yeux sur quelqu'un – ou quelque chose – d'aussi parfait ? Comment ai-je pu être effrayée par ce moment ?

Ce qui advient est nécessaire et juste. Le monde aurait dû être ainsi depuis toujours. Un calme profond et surnaturel m'envahit.

— J'honorerai le pacte, dit-il à son tour.

— Je remplirai mes obligations envers ce monde et ceux qui vivent de l'autre côté de l'Orée, répétons-nous chacun à notre tour. J'entretiendrai les jalons. J'utiliserai les pouvoirs transmis par mon sang et la destinée pour le bien de tous, pour la paix. Je protégerai un ordre à la fois naturel et artificiel.

— J'honorerai mon époux.

— J'honorerai ma femme.

Tu m'en diras tant, répond mon esprit traître. Cette pensée, cependant, disparaît derrière le givre de ma détermination. J'épouse un roi de glace, et je vais devoir être aussi glaciale que lui.

La cheffe des Gardiens prononce quelques mots de plus, et c'est terminé.

Nos mains se détachent et, pour la seconde fois ce jour-là, je regarde fixement les miennes. Quelle magie a été invoquée ici ? Qu'ai-je fait ?

Je me suis mariée, voilà ce que j'ai fait. Quand je m'imaginais mariée –*si* je m'imaginais mariée–, c'était toujours à Luke. Je lève les yeux vers ceux du roi des Elfes, constatant que son regard bleu est toujours sur moi.

— Nous devrions prendre la route de l'Orée, dit-il.

J'acquiesce de la tête.

Le roi me tend la main, et je m'en saisis. Sa peau est lisse et fraîche, sa poigne est douce. Paume contre paume, d'une manière assez maladroite et rigide, nous nous mettons en route. Nous sortons du sanctuaire, le contournons par le flanc, nous engageant sur un chemin latéral. Je comprends instinctivement que nous nous dirigeons vers l'Orée.

Les habitants de la ville nous emboîtent le pas silencieusement, se massant au départ du chemin. La forêt est humide. Les arbres entremêlent leurs branchages dans la brume, me faisant penser à des doigts dans des cheveux aimés. Des fleurs apparaissent, éclosent à côté de moi comme je marche. Elles s'ouvrent pour me faire face, pour me dire adieu.

Adieu… Je tremble, mais cette pensée persiste. *Adieu, je pars.* Je tremble de nouveau, plus violemment cette fois, et j'imagine presque une glace invisible tomber de mes épaules. Un noyau de glace dans le fond de mon esprit se fracture.

— Luella ! m'appelle Mère, brisant le silence et le décorum.

Me faisant craquer.

Je regarde par-dessus mon épaule. Nous avons parcouru plus de chemin que je ne le pensais. Mes parents se tiennent tout en bas, près du sanctuaire. Père serre Mère dans ses bras, décolle ses cheveux couleur rubis de ses joues mouillées de larmes. Il murmure quelque chose que je n'entends pas. Je comprends qu'il souffre physiquement de prononcer ces mots.

— Luella ! crie de nouveau Mère.

— Mère !

Mon cœur s'emballe. Une vague de chaleur afflue dans mon corps et mes joues. Je lâche la main du roi pour courir la rejoindre, mais il m'attrape par le coude, me forçant à me retourner.

— Nous devons traverser l'Orée. Il ne reste presque plus de temps.

Les yeux du roi des Elfes ont recouvré leur couleur normale. La magie puissante qui scintillait en eux a disparu. Je comprends alors ce qui vient de se passer.

— Vous avez utilisé votre magie sur moi. (Ce froid glacial, son regard intense, les signes de la magie elfique. La haine se mêle à l'horreur dans mon ventre et me déforme le visage.) La cérémonie…

— Vous deviez obéir.

— Connard.

Je me libère de son emprise. Maudite soit l'Orée. Maudit soit ce mariage. Maudits soient les hommes qui croient pouvoir m'obliger à les épouser.

Un vœu fait sous la contrainte de la magie ne devrait avoir aucune valeur ; toutefois, personne ne prendra ma défense, je le sais.

Je suis la Reine humaine, et si je n'ai pas été préparée pour le rôle, je sais que je n'ai pas le choix. Des récits plus profondément ancrés dans le tissu social de Capton que les arbres dans la forêt me l'ont appris. J'ai fait un vœu sous la contrainte de la magie ou des circonstances.

— Comment osez-vous ? s'emporte-t-il.

— Laissez-moi leur dire au revoir.

— Vous n'en avez pas le droit.

— Je le prends, je lâche en lui lançant un regard noir.

Il me rattrape aussitôt, me rappelant que j'ai affaire à une créature dangereuse. Il ressemble certes à un homme, mais il n'en est pas un.

Le roi est une tempête de magie furieuse.

— Très bien, dit-il d'une voix que je suis seule à entendre. Je concède ce privilège à ma future reine. Notamment parce que vous n'avez pas pu profiter d'une éducation en bonne et due forme. Vous n'avez pas été préparée à être ma femme. J'espère néanmoins que vous apprendrez vite, car je ne tolérerai pas que ma reine me parle sur ce ton.

Il veut me soumettre. Mes genoux s'entrechoquent. Je lève cependant le menton d'un air de défi. Je suis trop fatiguée pour réfléchir ; bravoure et stupidité sont les deux faces d'une même pièce. S'il espère m'*éduquer*, je vais lui montrer que je ne suis pas la reine qu'il imagine.

— Je vais leur dire au revoir.

Le roi me regarde sévèrement, mais me laisse m'éloigner. Il sait que je suis bel et bien à lui, aussi accepte-t-il de ne pas avoir le dessus pendant cinq minutes et me permet-il d'embrasser mes parents une dernière fois.

Je cours vers les bras ouverts de ma mère, qui venait à ma rencontre, puis je fais signe à mon père de nous rejoindre.

— Luella, Luella, pleure Mère comme si mon nom était le seul mot qu'elle n'a pas oublié. Je suis désolée.

— J'ignorais..., intervient Père.

— Je sais, je sais. Moi aussi.

Nous sommes pris au piège tous les trois. Nous allons être séparés, et tout ceci arrive par la faute de Luke. J'étais peut-être destinée à partir, mais il m'a privée d'un au revoir digne de ce nom. J'espère qu'il pourrira dans une cellule pour toujours.

— Je suis désolée que nous ne t'ayons pas préparée. Si nous avions su, nous l'aurions fait, dit Mère en me serrant fort.

Elle va finir par faire sortir les larmes que je retiens à grand-peine.

— Je sais, je sais. Ne pleure pas, tout ira bien, dis-je en m'écartant et en essayant de la consoler, alors que ma voix menace de se casser face à la détresse de ma mère. Si tu avais su, tu m'aurais aidée, mais personne ne savait. Ce n'est pas notre faute. (Je déglutis difficilement, essayant de ravaler mes émotions.) Mon départ ne sera pas vain, il fera la différence. La Faiblesse va disparaître. Je vais quand même pouvoir aider Capton, même si ce n'est pas de la manière que j'avais imaginée.

Je serre mes parents contre moi et je cesse de retenir mes larmes. Ma respiration est saccadée comme je pleure avec ma famille. La dernière chose que nous ferons ensemble...

— Au milieu de l'été, dit Mère.

— J'essaierai.

Je repense à ce qu'a dit M. Abbot, au fait que je n'aie jamais entendu parler d'une Reine humaine sortant des limites du temple. Avec un peu de chance, je serai différente.

— Luella, m'appelle le roi des Elfes d'une voix glaciale. Nous devons partir.

— Portez-vous bien tous les deux, d'accord ? je lance en me tournant une dernière fois vers mes parents. J'essaierai de vous envoyer des lettres. Je vous aime tous les deux infiniment.

— Ne pars pas ! lâche ma mère en me prenant la main.

— Elle doit y aller, intervient Père en la retenant dans ses bras.

Je fais un pas en arrière, puis un autre. Les doigts de ma mère agrippent les miens comme les plantes grimpantes, un peu plus tôt, sur la place. Nous nous séparons, et un noyau d'émotions cède en moi, des émotions qui ne résonneront plus jamais. Le visage de ma mère, ses sanglots en ont eu raison.

— Je suis désolée, je murmure avec une sincérité qui me dépasse.

Je tourne le dos à mes parents et au monde que je connais, et je me dirige lourdement vers mon roi, mon époux, un étranger.

— Merci de m'avoir permis de vivre ce moment, lui dis-je à contrecœur.

— Vous savez désormais que je peux faire preuve de bonté, répond-il en me tendant la main.

Ses yeux restent normaux – ils ne brillent pas d'un éclat surnaturel –, aussi j'accepte sa main et je le laisse m'entraîner dans les profondeurs de la forêt, sur ce chemin qui serpente vers la grande montagne de l'île.

Les pleurs de ma mère s'estompent. L'émotion de mon père aussi, qui ne résonne plus que dans mes oreilles, ayant cessé de se réverbérer entre les arbres.

La légion nous suit dans les ombres de la forêt profonde. Je m'apprête à traverser la mystérieuse Orée en tant que reine.

Une reine qui m'est parfaitement étrangère. Le chemin devient de plus en plus accidenté, colonisé par la végétation. Les pavés se font de plus en plus rares.

Bientôt, il n'y a plus de chemin. Jamais je ne me suis aventurée aussi loin, et les ténèbres qui nous avalent sont – je suppose – celles de l'Orée.

La brume épaisse dissimule les arbres mêmes. Elle s'enroule en volutes autour de nous et, dans les ténèbres, je distingue des silhouettes se déplaçant au loin. Certaines semblent humaines, d'autres sont des bêtes. Je frissonne, et pas seulement à cause du froid.

Mes doigts serrent un peu plus fort ceux du roi.

Nous devons être au pied de la montagne. Je regarde dans mon dos et ne vois que des Elfes et les ténèbres. La forêt vibre d'une énergie inquiétante. Il y a de la puissance tout autour, une tension forte et palpitante.

Soudain, j'aperçois une lueur lointaine. Les ténèbres d'encre forment un tunnel. Les arbres poussent si près les uns des autres qu'ils figurent presque un mur. Comme la lumière s'intensifie, plantes grimpantes et branches hautes se voûtent au-dessus de nous.

Clignant des yeux, j'émerge de l'autre côté de l'Orée et je fais mes premiers pas dans la cité des Elfes.

Chapitre 6

Nous nous trouvons au sommet d'un grand escalier au moins deux fois moins long que le chemin raide reliant Capton au jardin du temple. Derrière moi, un mur a été taillé dans le flanc de la montagne. Le seul passage est la tache sombre dans la roche lisse d'où nous venons d'émerger.

En dessous, une ville tapisse le fond d'une vallée en forme de bassin. Un vent d'hiver souffle entre les bâtiments et les arbres nus, pinçant ma peau. Le décor est froid, confiné, peu engageant, à l'opposé de la chaleur de Capton.

— Bienvenue chez vous, me dit le roi d'un ton tout sauf accueillant.

— Je ne m'attendais pas à cela, réponds-je d'une voix fragile, usée par des montagnes russes émotionnelles.

— À quoi vous attendiez-vous ?

— À quelque chose de plus… fastueux.

Les maisons sont simples, pas plus belles que celles de Capton, quoique construites dans un style différent. Les nôtres sont plus pragmatiques et carrées. Ces maisons-ci ont des toits en chaume et des encorbellements qui leur donnent des airs de châteaux de cartes instables.

C'est différent et surtout… terne, alors que je m'attendais à un monde vibrant de vie et de magie. Au lieu de quoi je découvre un paysage semblable au tableau d'un peintre ne connaissant que le bleu et le gris.

— Pourquoi aviez-vous ces attentes ?

— Les Elfes aiment le luxe, à en croire les objets que les Gardiens conservent sous clé.

Je hausse les épaules. Je repense à mes maigres possessions, à ma chambre mansardée. À la bouilloire restée dans ma boutique. Je serre contre moi la sacoche que j'avais préparée ce matin pour le grand rassemblement. Au moins ai-je quelque chose qui me rappelle la maison. Heureusement, je ne me sépare jamais de mon carnet et du matériel qui m'est indispensable.

Il renifle et conclut par un simple :

— Venez.

Je le suis dans l'escalier en claquant des dents. La légion marche derrière nous. Alors que le soleil se couchait dans une atmosphère douce à Capton, un jour elfique et hivernal se lève devant moi. La ville se réveille à peine. Les rues sont presque désertes. Tout est d'un calme surnaturel et couvert d'un givre assorti au gris du ciel.

Au centre de la ville, j'avise un grand lac d'où part une rivière se dirigeant vers la montagne et sans doute vers Capton, au-delà. Au centre du lac se dressent deux statues : un Elfe accompagné d'une humaine.

Je me fige. Le roi s'arrête aussi, tout comme la légion dans notre dos.

— S'agit-il de la première Reine humaine ?

Il hésite à me répondre.

— En effet, finit-il par acquiescer. Et un de mes prédécesseurs.

— Vos prédécesseurs ? (Je le regarde.) N'êtes-vous pas le roi des Elfes ?

— Quelle étrange question, s'étonne-t-il en plissant les yeux. Comment pouvez-vous en douter après ce que vous avez vu ce matin ?

— Non, je… (Je soupire en me pinçant l'arête du nez. La journée a été très longue.) Je croyais que toutes les Reines humaines avaient été mariées au même roi.

Il rejette la tête en arrière et éclate d'un rire qui aurait pu être agréable s'il n'avait été à mes dépens.

— Parce que vous croyez qu'on vit trois mille ans ?

— Eh bien…

— Les histoires humaines exagèrent grandement l'espérance de vie des Elfes. Nous vivons aussi longtemps que les humains de Capton, explique le roi en me regardant. Nos existences sont liées depuis que nous sommes mariés. Lorsque vous mourrez, je ne tarderai pas à être emporté également.

— Mais alors, c'était votre père qui était marié à Alice ?

Il se raidit. Je vois les muscles de ses mâchoires se nouer comme s'il se retenait de dire ce que son instinct le pousse à répondre.

— En effet.

Sans nous appesantir sur le sujet, nous reprenons notre marche, alors que j'aurais tout donné pour insister et sonder la profondeur de ses émotions. Qu'était Alice pour lui ? Et quelle était sa place dans ce monde ?

Je me retourne vers les statues du premier roi des Elfes et de sa Reine humaine. Le roi tient dans les mains une grande tablette qu'il lève bien haut. La reine est à genoux devant lui, les mains posées sur le sol en signe de servitude.

J'étudie les détails usés par le temps, essayant de glaner un maximum d'informations. Les traits des deux personnages sont difficiles à distinguer sous une épaisse couche de givre et de neige. Néanmoins, j'aimerais réussir à ressentir quelque chose pour elle, la première femme à avoir choisi de se sacrifier pour préserver la paix entre les humains et les créatures magiques vivant au-delà de l'Orée.

À en croire la tradition, sa magie est en moi, vu qu'elle se transmet de reine en reine.

— Comment avez-vous su que j'étais la reine ? m'enquiers-je comme nous nous dirigeons vers le château qui sépare la vallée du monde magique, au-delà. (Le roi me regarde, et je ne saurais dire s'il est agacé ou non de ma nouvelle question. Je poursuis néanmoins :) Le collier était là pour me cacher, pour dissimuler ma magie. Comment avez-vous su avant de me le retirer ?

— Je vous ai vue pratiquer votre magie.

— L'obsidienne noire n'était-elle pas censée la masquer ?

— Certaines personnes ne peuvent pas se cacher ; elles sont faites pour être vues.

— Vous étiez sûr de vous, je persiste, ne me contentant pas de sa réponse vague et poétique.

— Je vous ai touchée, dit-il simplement.

— Vous avez su grâce à ce contact ?

— Vous l'avez entendu : le collier était fait de labradorite et d'obsidienne noire. Cette dernière dissimulait vos pouvoirs. La labradorite est une pierre rare extraite dans le Midscape, qui est capable d'empêcher n'importe quel Elfe de pratiquer le Savoir. Normalement, la labradorite bloque le Savoir par la vue et le toucher, cependant…

— Attendez, qu'est-ce que le Savoir ?

Il soupire comme si la conversation commençait à le fatiguer. Malheureusement pour lui, je m'accommode facilement d'être agaçante, et je veux mes réponses.

— Le Savoir, c'est quand un Elfe identifie le véritable nom d'un objet, d'une créature ou d'une personne. Le nom véritable est le son donné à l'essence brute de ce qui est, une chose unique à toute créature, à toute chose. Les Elfes pratiquent le Savoir par la vue, le toucher et notre magie innée. Quand un nom véritable est connu, un Elfe peut manipuler la créature ou la chose à volonté.

— Un Elfe peut faire n'importe quoi à une chose ou à une personne dont il connaît le véritable nom ?

Je repense à Luke se contorsionnant de douleur.

— L'Elfe n'est limité que par ses pouvoirs et son imagination.

— Et vous connaissez mon vrai nom, maintenant, dis-je en échouant à contenir un frisson.

— Oui. En dépit de la labradorite, j'ai ressenti votre nom véritable lorsque je vous ai touchée, ce qui n'aurait pas dû être possible. Le minéral aurait dû vous protéger. Cependant, j'ai senti votre nom parce que vous êtes la Reine humaine et que vous m'êtes destinée depuis votre naissance. Comme je vous l'ai dit, même si je ne vous avais pas touchée, je vous ai vue pratiquer une magie rudimentaire sans vous en rendre compte. (Il ralentit comme nous arrivons sur une place, devant une herse géante.) En parlant de labradorite, vous allez avoir besoin de ceci pendant votre séjour ici. Votre main, je vous prie…

Il produit un anneau fait de cette pierre arc-en-ciel dont je sais désormais qu'il s'agit de labradorite et me le passe à l'annulaire de la main gauche. Je résiste à la tentation de retirer ce que je ne peux m'empêcher de voir comme le symbole de la tromperie d'un homme qui avait décidé que je lui appartiendrais. Luke.

— C'est nécessaire ?

— Oui, répond-il fermement. (Le roi des Elfes hésite avant de relâcher ma main.) Mais vous pouvez décider de le porter à un autre doigt. Ce n'est pas le symbole de notre union. Il est surtout destiné à empêcher d'autres Elfes de pratiquer le Savoir sur vous. Si quelqu'un d'autre venait à découvrir votre nom véritable, cela pourrait être dangereux.

— On pourrait me faire du mal ?

— Il n'est pas de roi ni de reine sans ennemis, confirme-t-il d'un air grave en désignant de la tête la légion, derrière nous.

— Qui…

Ne me laissant pas le temps d'articuler, une officière qui pourrait être générale s'approche. Sa peau est brun foncé et ses longues tresses sont noires, striées de bleu ciel. Ses yeux ont la couleur d'une mer agitée. Elle porte une épée à la hanche, et ses mouvements sont saccadés, rigides. Trois cordelettes ornent ses galons, sur les épaules, tandis que des boutons décoratifs sont épinglés sur sa poitrine. Ceux-ci me rappellent douloureusement l'épinglette reçue par mon père lorsqu'il est devenu membre du Conseil.

Je prends une profonde inspiration, tente d'étouffer une soudaine vague d'émotion. Je peine à trouver mes marques dans ce nouveau monde. Je ne peux tout de même pas me permettre de fondre en larmes devant le roi des Elfes et ses soldats à la vue de simples boutons !

— Votre Majesté, commence-t-elle en s'inclinant.

— Conduisez la reine à ses appartements et fournissez-lui des tenues dignes de son statut. Le temps presse. Il fait de plus en plus froid.

Les mots du roi se condensent en nuages blancs, qui accentuent son propos.

— Oui, Votre Majesté.

Sur ce, le roi des Elfes me laisse avec la soldate.

— Attendez ! (J'appelle le roi, qui se fige et me regarde par-dessus son épaule, le sourcil noir arqué.) Comment vous appelez-vous ?

La ligne fine de ses lèvres s'incline en un sourire oblique, comme s'il avait du mal à croire qu'il vient d'épouser une femme qui ne connaît pas son nom.

— Vous pouvez m'appeler votre roi, votre Majesté ou votre seigneur.

Voilà qui ne me convient pas. Pas du tout. Pas une seule seconde.

— Et si j'étais votre amie, comment pourrais-je vous appeler ?

Il semble réfléchir, et son visage trahit une certaine vulnérabilité.

— Je n'ai pas d'ami, dit-il doucement.

Son ton est celui d'une froide indifférence, mais je ne me laisse pas prendre. Je perçois une blessure que je ne comprends pas.

— Et vos sujets, alors ?

Il grimace, mais finit par céder.

— Roi Eldas. On se revoit dans une heure. Alors, nous pourrons commencer.

Chapitre 7

— Commencer quoi ?

Je sais qu'il m'a entendue, avec ses grandes oreilles. Il ne s'arrête pas, cependant. Il tourne un coin dans le tunnel, devant nous.

Je me retrouve seule avec une Elfe que je ne connais pas, dirigeant une légion d'Elfes que je ne connais pas plus, sur des terres de magie sauvage. *La Reine humaine existe à peine.* Je trouve cela tellement injuste. Mais bon, puisque les fesses qui vont devoir se poser sur le trône m'appartiennent, je ne serais pas contre le fait de m'asseoir un peu pour reprendre mon souffle.

La journée a été longue, très longue.

J'imagine cependant que je ne suis pas censée me contenter de rester assise.

— Venez, Votre Majesté. (À son ton et ses dents serrées, je conclus que la générale n'est pas particulièrement heureuse d'avoir à obéir à une humaine, même reine.) Je vais vous montrer vos appartements royaux.

Comme elle s'éloigne, je remarque sa main, sur le pommeau de son épée. Elle est zébrée d'une entaille irrégulière dont les contours rougis trahissent une infection.

— Je peux y jeter un coup d'œil ?

La générale s'arrête et cligne plusieurs fois des paupières.

— Jeter un coup d'œil à quoi ?

— Votre main.

Je fouille déjà dans ma sacoche. J'ai utilisé certains ingrédients pour Emma, mais il doit me rester…

— C'est un simple accident d'entraînement, répond-elle, dédaigneuse.

— Oui, mais ça s'infecte déjà, et ça ne me dérange pas.

Je trouve le baume que je cherchais. Il est excellent pour les blessures mineures.

— Nous avons un guérisseur, au château, pour ce genre de chose, dit-elle, ne me laissant pas le temps de sortir le pot.

— Oui, mais je…

— Vous êtes reine, m'interrompt-elle d'une voix grave et intense. (Du coin de son œil noir, elle regarde les chevaliers, plusieurs mètres derrière elle.) Il ne vous revient pas de soigner une personne de mon rang.

Il ne me revient pas de… Aider et soigner les gens serait une activité indigne ? Je trouve cela tellement illogique et contraire à mes principes.

Les nuances de gris du décor me paraissent soudain plus sombres, inquiétantes. Crasseuses et ternes, même. On m'a enlevée à mon peuple, à ma famille, et maintenant, on veut m'empêcher de pratiquer la seule activité où j'excelle ? Un talent que j'ai tellement travaillé ?

Je rassemble mon courage et j'ouvre la bouche pour protester, mais aucun mot n'en sort.

— Veuillez me suivre, *je vous prie*, insiste-t-elle avec un déplaisir manifeste, comme si elle avait du mal à se remettre d'une proposition choquante et inacceptable.

Un soupir m'échappe. Impossible de lutter contre cet ordre établi, ni de me focaliser sur tout ce qui m'a été pris. Ma priorité doit rester de survivre dans cet environnement.

Avant de juger définitivement cette existence, il convient de la tester. Les bonnes surprises ne sont pas exclues. Dans le cas contraire, je dois me souvenir que ma présence ici a dû mettre fin à la Faiblesse à Capton, et qu'elle garantit un siècle de paix.

Le château est une forteresse adossée à la montagne, et je me demande contre quoi elle protège. En son centre, j'avise un passage de pierre fermé aux deux extrémités par des herses. La route pavée a été lissée par le temps, creusée par des roues de charrettes.

Il s'agit de la seule entrée de la ville. Je comprends que, pour prendre celle-ci, il faut d'abord soumettre la forteresse.

Il y a une troisième herse entre les deux extrémités du tunnel, et, derrière celle-ci, une petite cour souterraine éclairée par des torches accrochées à des murs tachés de suie. J'avise également les deux battants d'une porte.

— Qu'y a-t-il là-bas ? m'enquiers-je en désignant l'extrémité du tunnel.

— Cela ne vous regarde pas, répond la femme, la main sur le pommeau. Nous allons par là, ajoute-t-elle en montrant les portes.

— Ça conduit au-delà de la ville ?

— Oui, mais *cela ne vous regarde pas*. Suivez-moi.

Réagissant à un ordre silencieux, la légion forme un demi-cercle autour de nous, comme pour nous protéger contre des assaillants invisibles.

N'ayant d'autre choix, je la suis vers ce qui doit être l'entrée du château. Un rayon bleu jaillit des yeux de la générale, droit sur les portes.

— Elles sont verrouillées par magie, explique-t-elle en se tournant vers moi. Je ne vous conseille pas d'essayer de fuir.

— J'aurais des raisons de vouloir fuir ?

En réalité, l'idée m'a traversé l'esprit. Plusieurs fois, même.

— Avec un peu de chance, non.

Ce n'est pas une réponse rassurante. L'Elfe pousse les deux battants de la porte, révélant un long escalier.

— Comment vous appelez-vous ?

Elle hésite à me répondre, mais finit par céder. Peut-être parce que j'ai déjà obtenu une réponse d'Eldas.

— Rinni.

— Êtes-vous générale ou quelque chose comme ça ?

— Êtes-vous toujours aussi curieuse ? rétorque-t-elle d'un ton plus coupant que mon sécateur.

— Peut-être bien, réponds-je en haussant les épaules. Vous êtes à la tête de ces soldats ?

— Cela m'arrive. Beaucoup de gens voient en moi le bras droit du roi Eldas.

Je devine que les rouages de son esprit s'activent, qu'elle réfléchit à ce qu'elle risquerait à ne pas répondre. Je me demande si j'ai le moindre pouvoir dans cette forteresse.

Je suis certes une humaine dans une cité d'Elfes, mais je suis quand même leur reine. Après tout, je possède une magie précieuse pour laquelle le roi et une de ses légions se sont déplacés jusqu'à Capton. Je regarde l'anneau à mon doigt. Il semble peser une tonne.

Au sommet de l'escalier, je découvre une salle au plafond très haut d'où pendent de lourds lustres en fer. Des stalactites de cire pointent vers le parquet en bois sombre. Deux escaliers incurvés flanquent la pièce, conduisant à une galerie ceignant la salle.

Entre les escaliers, il y a un grand vitrail composé de milliers de minuscules éclats disposés avec soin, qui projette des motifs complexes sur le plancher, seule touche de douceur et de clarté dans cet endroit froid et gris.

— Venez. Vos appartements se trouvent dans l'aile ouest, lance-t-elle en gravissant les marches de gauche.

Je lui emboîte le pas et la suis jusqu'au balcon.

— C'est toujours aussi calme ? je demande à voix basse, ne souhaitant pas entendre ma voix se réverbérer dans cet espace caverneux.

— Oui.

— Et les gens qui s'occupent du château ?

— Il y a quelques serviteurs, répond-elle sans me regarder.

— Où ?

— Ce n'est pas parce que vous ne les voyez pas qu'ils ne sont pas là. Les gens ordinaires ne doivent pas voir la Reine humaine avant son couronnement. Voilà pourquoi le personnel est réduit à son strict minimum et reste invisible.

— Je suis désolée pour cette équipe réduite, qui doit crouler sous le travail.

Elle est certes aidée par la magie sauvage. Un Elfe accomplit sans doute en une heure ce qui prendrait deux jours à un humain.

Rinni ne dit pas un mot de plus. Sans doute ai-je épuisé cette conversation.

Derrière une porte, il y a un salon, puis un autre salon. Les portes ouvertes se succèdent, et avec elles des salles à l'utilité apparemment inexistante. Après la cinquième ou la sixième, il y a un nouvel escalier. Au bout de trois volées de marches, nous atteignons un palier et une porte unique.

— Vos appartements...

Rinni ouvre, et une lumière intense me fait cligner des yeux. La hauteur sous plafond est comparable à celle de la maison de ma famille, et il y a une rangée de fenêtres sur le mur du fond. Rinni attend pendant que j'explore rapidement la salle principale et la chambre attenante, où je découvre un dressing plus grand que ma chambre mansardée, une salle de bains plus vaste que la boutique et un lit assez large pour accueillir cinq personnes.

— Pourquoi tout est-il aussi géant ? je m'étonne en ressortant de la chambre.

— Géant ? répète l'Elfe, les sourcils arqués.

— Les portes sont larges, les plafonds hauts et les meubles aussi massifs que des chariots.

— Les dimensions sont appropriées. Vous vous habituerez vite. Si certains meubles ne vous plaisent pas, vous pourrez en changer. La reine décore ses appartements comme elle le souhaite. Eldas a décrété que vous auriez accès au trésor royal afin de rendre votre vie plus confortable.

Sympathique de sa part. Je ne m'attendais pas à cela, même si son argent ne m'intéresse pas. J'avais déjà du mal à accepter les dons des habitants de Capton, des gens que je connaissais depuis toujours et que j'avais juré avec joie d'aider et de soigner toute ma vie. Par ailleurs, je me méfie des cadeaux intéressés, et l'argent du roi des Elfes ne peut pas être gratuit.

Ma boutique me manque déjà. Gagner mon propre argent, aussi, même si je travaillais surtout sans être payée, afin de rembourser les sommes investies par Capton pour mes études.

— Je comprends pourquoi tout est si vide, dis-je en me demandant comment les appartements étaient décorés du temps d'Alice.

— Assez perdu de temps. Venez, nous devons vous habiller pour le roi.

— M'habiller ?

— Vous avez peut-être épousé le roi Eldas dans cette tenue, mais il est hors de question que vous vous asseyiez sur le trône en séquoia vêtue de haillons, précise-t-elle avec un dégoût manifeste.

— Je vous demande pardon ? (J'examine ma tenue.) Mes habits sont pratiques.

— Pour une paysanne, sans doute, mais vous êtes reine, à présent, et vous vous habillerez comme une reine. Nous verrons plus tard pour votre comportement.

Après une heure à me faire manipuler et retourner dans tous les sens, Rinni juge mon apparence « acceptable ».

Je me regarde dans le miroir en pied posé dans un coin. Un collier de perles plus long que je suis grande est enroulé autour de mon cou. Rinni a essayé d'apprivoiser les nœuds et les boucles de ma chevelure, avant de renoncer. Ma robe taillée dans une soie très fine a la couleur des feuillages d'automne.

Une armature m'oblige à me tenir bien droite. En général, je ne porte pas de couleurs chaudes à cause de mes cheveux, mais j'avoue que le résultat me plaît.

Jusqu'à ce que je remarque mes yeux.

Dans mon regard, je vois des ombres noires nouvelles. Je me penche vers le miroir pour les examiner de plus près. Mes pupilles ont la même couleur noisette qu'avant, mais un vide semble y avoir remplacé ma détermination habituelle.

Je m'adresse à la femme qui soutient mon regard :

— Qui es-tu ?

Je ne reconnais pas cette fille, dont la robe est plus ordonnée que la vie. Je suis habituée à avoir la main sur mon existence. J'ai toujours eu un plan, depuis l'enfance, jusqu'à l'académie.

J'ai gagné un château et une couronne que je n'ai jamais voulus, et j'ai perdu tout ce que je souhaitais.

Sois forte, me dis-je en scrutant les veines vertes de mes yeux noisette. Je vais devoir m'accommoder de cette situation. Je vais trouver quelque chose à faire, ici, une utilité. Et si je voulais m'enfuir… *Non, n'y pense même pas, Luella.*

— Voilà. (Rinni émerge du dressing, où elle a longtemps fureté. Elle tient à la main une couronne en feuilles de séquoia dorées, qu'elle me pose sur le front.) Maintenant, vous ressemblez à une reine. À condition de ne pas ouvrir la bouche, vous réussirez peut-être à berner la cour.

— Je vous demande pardon ? je proteste en me raidissant.

— Vous avez prononcé un chapelet de jurons pendant que je coiffais votre crinière. Je n'en connaissais pas la moitié, alors que je fréquente la caserne depuis que j'ai sept ans. Suivez-moi.

— Vais-je devoir vous suivre quand vous le déciderez toute ma vie durant ?

— J'espère que non, répond Rinni depuis l'autre pièce. J'ai bien d'autres choses plus importantes à faire. Je vous saurais gré de vous habituer rapidement à votre nouvelle fonction.

— Est-ce une manière de parler à sa reine ? dis-je en me regardant une dernière fois dans le miroir.

La reine. Je suis la reine. Si je me le répète encore et encore, peut-être finirai-je par le croire, peut-être admettrai-je que cette situation bizarre est ma nouvelle réalité.

— Commencez par vous comporter en reine, et nous verrons. (La voix de Rinni est plus lointaine. J'entends la porte de l'appartement s'ouvrir.) À moins que vous connaissiez le chemin de la salle du trône, je vous conseille de vous presser.

Je relève mes jupons sur mes tibias et me hâte.

Nous descendons l'escalier, traversons une interminable série de salles, montons un nouvel escalier, traversons une bibliothèque, un couloir, avant de gravir quelques dernières marches débouchant sur une petite antichambre. Rinni colle l'oreille contre la porte.

— Écouter aux portes, cela ne se fait pas, pour une générale ou un chevalier… Qu'est-ce que vous êtes, déjà ?

— Je dois m'assurer qu'il n'est pas au milieu de quelque chose d'important, se défend-elle en me lançant un regard noir.

Rinni ouvre la porte et me fait signe d'entrer.

La salle du trône se trouve au centre de la forteresse, au-dessus de l'atrium principal, je dirais. En lieu et place du mur du fond, il y a un vitrail semblable à celui de l'atrium, en dessous, à la différence près que les plaques de verre sont plus grandes. J'aperçois les collines et les vallées, au-delà.

Aussi loin que porte mon regard, je vois du brun et du gris. Les forêts sont aussi nues que les champs. Les arbres sont aussi flétris que ceux que j'ai vus dans la ville. S'étale devant moi un monde froid et cruel.

Le panorama est obstrué par deux grands trônes. Celui qui se trouve à ma droite est fait de bois de séquoia. Il a une apparence organique, tel un arbre enraciné dans la pierre auquel la nature aurait donné la forme d'un fauteuil.

Son bois contraste pour le moins avec le métal froid du second trône. Un homme aussi glacial et insensible que le fauteuil qui l'accueille –et que la couronne qui lui ceint le front– me regarde fixement. Eldas semble détailler le moindre centimètre carré de mon corps.

—Beau travail, Rinni. Il est possible de polir la plus rugueuse des pierres.

Je fais tourner l'anneau en labradorite autour de mon doigt. J'ai l'impression d'être présentée devant un juge.

—Heureuse d'atteindre péniblement vos standards, dis-je d'un ton sec.

Il fait la moue. Une vague de tension émane de lui, menaçant de me renverser.

—J'apprécierais que vous appreniez à garder vos remarques pour vous.

—Pardon ?

—Il y a beaucoup à faire, et vous devez comprendre que la reine a une mission, un travail… (Il désigne le trône à côté de lui.) Voyons si cette tâche ne dépasse pas vos compétences… *Asseyez-vous.*

J'agrippe ma robe si fort que je la froisse. On attend donc de moi que je reste assise sans bouger comme une simple poupée de porcelaine. Je contiens ma frustration. Je suis trop fatiguée pour protester. Je me sens capable de garder la bouche fermée et d'avoir l'air jolie pendant que le roi tient des audiences, signe des décrets, regarde des bouffons danser sur la tête ou que sais-je.

Les talons de mes chaussures claquent sur le sol comme j'obtempère à contrecœur.

— Les reines devraient flotter, non pas trotter comme une jument.

Il a donc le droit de faire des remarques et moi non. Je penche la tête sur le côté et pince les lèvres. Il arbore un sourire en coin.

— Mais je peux me contenter d'une jument, ajoute-t-il. Au moins sont-elles silencieuses.

Je hennis pour le contrarier, et je crois voir un tic nerveux agiter sa paupière.

Arrivée devant le trône, je tourne sur moi-même en gonflant ma robe et m'assieds lourdement.

Dès que je suis installée, des flammes invisibles me consument. La magie me soumet pour la seconde fois de la journée, s'immisçant jusque dans mes os. Mon champ de vision se réduit, se brouille, avant de s'élargir brusquement, d'atteindre une dimension inédite pour moi.

Je vois les racines du trône – de l'arbre – serpenter à travers des éons de pierre et de mortier. Elles s'enfoncent profondément dans la terre, pénètrent le manteau rocheux, les fondations de cette terre elle-même.

Je suis prise de vertige. J'ai envie de vomir. J'essaie de crier. Mais je ne bouge pas. En tout cas, je crois que mon corps ne bouge pas.

Mon esprit continue de s'étendre à travers le sol et la roche. Une racine en touche une autre. Je suis dans les arbres de la ville, puis dans la forêt désolée, loin, en contrebas du château. Je sens l'herbe sèche et cassante des champs.

Ce monde se meurt.

Nourriture! Vie! crient les plantes et les animaux d'une voix unique. *Donnez!*

Donnez!

Donnez, donnez!

Leurs racines sont en moi, leurs pointes s'enfoncent sous mes ongles, dans mon abdomen, serpentent autour de mon cou. Le monde lui-même m'agrippe, et je suis incapable de l'en empêcher.

La terre a soif, et je suis la pluie qu'elle attend. Les bêtes qui l'habitent sont affamées, et ma chair est leur nourriture.

Prendre. Prendre!

Elles vont me consumer, me consommer bien trop vite.

Je me fane.

Il n'y en a pas assez pour moi et pour elles. Il n'y en a pas assez pour ce monde. Tout est en train de mourir et me demande de l'aide. Une aide que je ne suis pas sûre de pouvoir fournir. Que je ne sais même pas comment donner.

Deux mains me libèrent. L'emprise de la terre faiblit, se recroqueville, hurlant en silence pour protester. La lumière revient. Je vois de nouveau. Avec mes yeux. Le monde est flou, toutefois. Les choses sont trop lumineuses, se déplacent trop vite.

Le monde bascule, et je bascule avec lui. La bile me monte dans la gorge, éclabousse le sol. C'est le premier bruit que mes oreilles perçoivent. Et puis j'entends parler, jurer, des pas sur le sol.

— … Poppy fera… Non… restez…

Restez.

Deux bras puissants sont autour de moi. Ils se resserrent tandis que je tremble violemment. Je repose contre quelque chose de stable, de plus solide que la terre elle-même.

— *Saraphina*, murmure une voix familière.

Ce n'est pas un simple mot, mais un nom. C'est *mon* nom. J'ignore comment je le sais, mais cette évidence résonne en moi comme aucune autre.

— *Saraphina*, répète la voix, s'immisçant dans les profondeurs de mon âme. Calmez-vous. Calmez-vous.

Me calmer…

Le mot recouvre mes os d'un givre glacial désormais familier et plutôt bienvenu, cette fois.

Glacez-moi, ai-je envie de supplier. *Enfermez-moi dans la glace, dans le froid, dans quelque chose qui empêchera ce feu horrible de ronfler sous ma peau. Glacez-moi ou je risque de mourir.*

— *Saraphina*, restez avec moi.

J'aimerais bien, mais… Le monde se dissout dans des ténèbres froides, et je glisse.

Cette fois, il n'y a pas de souffrance.

Chapitre 8

J'entrouvre les paupières pour affronter l'aube amère. Je suis de retour dans mes appartements, allongée sur l'énorme lit. Des plumes me piquent la joue et l'œil à travers la taie d'oreiller.

J'essaie de m'asseoir, mais j'en suis incapable. Mes bras refusent de soutenir le poids de mon corps. Je n'arrive même pas à déplier les coudes.

À force de m'agiter, je me retourne sur le dos et je pousse un gémissement monumental. J'ai l'impression d'avoir parcouru à la nage le détroit agité qui sépare Capton et Lanton. Je suis une baleine échouée sur la plage, épuisée, je supplie qu'on me sauve.

Qu'on me donne de la vie.

Les échos violents de la terre affaiblie me reviennent. Je grogne et plaque les mains sur mes oreilles. Il est futile d'essayer de bloquer ces demandes murmurées, le son résonnant en moi. Les cris affamés se réverbèrent dans ma moelle.

— Vous êtes réveillée, dit un homme près de mon lit.

J'ouvre les yeux, et mes mains retombent mollement sur mon oreiller. Mon esprit me trompe, et je me crois de retour dans mon lit. Mon père est assis près de moi. Il essore un carré de tissu avant de le remettre sur mon front. Je cligne des paupières, et l'illusion se dissipe. Ce n'était que le souvenir d'un réconfort que je ne connaîtrai plus jamais.

— Qui êtes-vous ? je demande d'une voix rauque.

— Willow.

— Ça vous va bien. (Il est tout en bras et en jambes, très maigre, fin comme un saule. Ses yeux sont d'un bleu triste comme il m'examine d'un regard lourd.) Je ne veux pas de votre pitié, je murmure.

— Eh bien, vous l'aurez quand même.

— J'ai de la fièvre ?

— Un peu. Mais elle descend. Comme le roi refuse de nous révéler votre nom véritable, les soins que nous pouvons vous apporter sont limités, explique-t-il d'un ton qui suggère que cela ne lui plaît guère. (Je décide que quiconque est en désaccord avec le roi Eldas est mon ami.) Nous sommes contraints de pratiquer une médecine plus traditionnelle.

— C'est-à-dire ?

— Potions, baumes, concoction à base de plantes diverses.

— Vous dites cela comme si ces remèdes étaient insuffisants.

À en croire sa réaction, je lui ai lancé un regard plus sévère que prévu.

— Je ne voulais pas vous offenser.

— C'est raté.

J'essaie de nouveau de me redresser. Willow m'aide à m'appuyer contre la tête de lit massive et sculptée, mettant dans mon dos quelques-uns des dizaines de coussins qui m'entourent pour empêcher les bas-reliefs alambiqués de s'enfoncer dans ma colonne vertébrale.

— Qu'est-ce que vous me donnez ?

— Une potion.

— Je m'en doute, dis-je en levant les yeux au ciel. Qu'y a-t-il dedans ?

— C'est une infusion de basilic, de gingembre et de sureau.

— Et pas de *saule* ? (Les sourcils haussés, je m'enfonce dans mes coussins, essayant de trouver une position confortable. Être dans ma peau m'est douloureux.) Un peu d'écorce de saule blanc. Dans l'idéal, de la cannelle pour le goût, mais ce n'est pas obligé. De la reine-des-prés, si vous en avez. (Il me regarde fixement.) Je sais de quoi je parle, croyez-moi. Je suis allée à l'académie, pour ça. C'est mon boulot.

C'était mon boulot. Cette correction mentale laisse un creux en moi. J'avais une vie, une mission, et maintenant… plus rien.

— D'accord, acquiesce Willow en se retenant de lever les yeux au ciel à son tour.

Il se lève et se dirige vers une longue table disposée au pied de mon lit. Il me semble qu'elle n'était pas là lorsque j'ai découvert mes appartements.

— Combien de temps ai-je dormi ?

— Environ douze heures, répond-il comme si ce n'était rien du tout.

— Douze heures… (Je tourne la tête vers la fenêtre et murmure :) Que s'est-il passé ?

Mes os craquent et mes muscles hurlent comme je retourne le lourd édredon qui essaie de me clouer à mon lit. Mes pieds nus touchent le sol, ma chemise de nuit tombe autour de mes mollets.

— Votre Majesté !

Willow veut se précipiter vers moi, mais je ne lui prête pas attention. Mon regard est attiré par la fenêtre. Je titube vers elle et regarde dehors.

Le monde gris qui m'a accueillie la veille a recouvré sa couleur.

Des fleurs sauvages forment des tapis colorés au milieu de champs verts. Dans la forêt, au-delà, j'avise de nouvelles pousses. Certains arbres ont déjà des bourgeons de printemps. Des fermiers commencent à labourer. Même le ciel a basculé de l'hiver au printemps en une nuit.

Ce n'est pas un changement de douze heures. On dirait que des mois ont passé. Apparemment, ce monde est vivant et même foisonnant.

— Qu'est-ce que… ? (Mes genoux cèdent sous mon poids, mais Willow est à côté de moi. Il est plus fort qu'il en a l'air alors que, un bras autour de mes épaules, il m'aide à retourner me coucher.) Que s'est-il passé ?

— Vous l'ignorez ?

— J'ignore à peu près tout, réponds-je poliment.

— Eh bien, c'est vous, ma reine.

— Quoi ?

Willow soupire en frottant sa chevelure noire très courte. Ses yeux clairs se posent successivement sur moi et sur la fenêtre. Il finit par s'éloigner, revenant à sa préparation. Je me tourne vers la fenêtre, résignée à rester dans les ténèbres. Apparemment, personne ici ne…

— Nous avons mis un an à vous trouver. Une année très longue et anormalement froide. Il y a eu un genre d'erreur, semble-t-il.

— Une grosse erreur appelée Luke, je marmonne. (Son regard est sur moi, et je crois que nous sommes sur le point de conclure un arrangement.) Vous avez raison. Je n'ai pas été formée comme devrait l'être une reine. Je ne savais pas. Ma magie m'a été dissimulée depuis le début.

Ce n'était pas ma faute, ai-je envie de lui dire. *Pas du tout.* Pourquoi me reprocherais-je les actions de Luke ? C'est lui qui m'a fait cela… par *amour*.

Je grimace en pensant au passé, plus amère que l'aube. Pendant des années, je me suis languie de ce type pathétique, qui ne faisait rien d'autre que me faire sentir inepte et faible. Et brider mes aptitudes. À cause de lui, Capton a souffert et perdu sa seule guérisseuse. Cela me donne envie de crier à m'en déchirer la gorge.

J'espère bien ne plus jamais penser à l'amour. Quand je vois ce que Luke a fait au nom de ce sentiment, cela me conforte dans l'idée que je n'aurais jamais dû flirter avec lui. Ou un autre, d'ailleurs. L'amour est une distraction dangereuse qui éloigne du devoir.

— On ne vous a pas demandé votre avis, si je comprends bien. Remarquez, les reines ne décident jamais de leur destin. Non, je voulais simplement dire qu'on vous avait caché vos propres pouvoirs. Vous n'êtes pas responsable des actions d'autrui.

Willow verse sa potion dans un verre et me l'apporte.

— On ne m'a jamais demandé mon avis, autrement, les choses se seraient passées différemment.

Je prends mon courage à deux mains et avale la potion d'un trait. Le goût m'arrache un frisson, même s'il correspond à ce que j'attendais. Je repense à toutes les potions que j'ai préparées en me fiant uniquement à leur goût. Une seule goutte sur la langue me suffisait, et j'étais capable de deviner tous les ingrédients. Sans aucune magie, pensais-je.

— Je ne sais rien du tout. On aurait dû m'apprendre ce que les Gardiens enseignent pendant des années. Ça n'a pas été fait, et maintenant, je suis dans le flou total. Si vous pouviez m'aider un peu – et pas uniquement avec des potions –, ça m'arrangerait, conclus-je en me tournant vers l'homme dégingandé, ma ligne de vie.

— Que voulez-vous savoir ? me demande-t-il en me prenant le verre des mains. La véritable nature du roi et de la reine est secrète, mais je vous dirai ce que je peux.

— Commençons par ce qui s'est passé lorsque je me suis assise sur ce trône. (J'essaie de désigner la fenêtre, mais mon bras est trop lourd.) Après, vous me direz comment on a pu changer de saison en une nuit. Et puis, pendant que vous y serez, vous m'expliquerez pourquoi j'ai l'impression d'avoir dégringolé plusieurs volées de marches et d'avoir eu une fièvre de cheval.

— La base, donc…

Il repose le verre sur la table et entreprend de me réinstaller dans le lit. J'ai envie de l'en empêcher et de lui dire que je peux me débrouiller seule, sauf que j'en suis incapable, justement. Par ailleurs, il y a quelque chose d'apaisant dans son aura. Quelque chose que je n'ai pas envie de repousser.

— Savez-vous comment l'Orée est apparue ? me demande-t-il.

— Je sais qu'un traité de paix a été signé entre les humains et les Elfes. (« Savoir » est un verbe un peu fort, en l'occurrence. Disons que j'entends des histoires et des chansons depuis que je suis toute petite.) Je sais que les Elfes vivent au-delà de l'Orée avec les peuples non humains qui pratiquent la magie sauvage. Et que, sans l'Orée pour nous protéger, nous les humains sans magie, notre monde serait ravagé.

Je me rends compte que ce « nous » n'est plus vraiment approprié. Je suis la Reine humaine, et du fait de ce statut spécial, j'ai hérité d'une certaine magie. Je dispose de pouvoirs dont les autres humains ne peuvent que rêver, mais, au lieu de me sentir forte, je me sens… seule. Je n'ai plus ma place auprès de mon peuple, et je ne suis pas tout à fait chez moi parmi ces gens, de l'autre côté de l'Orée. Je suis coincée entre deux mondes, condamnée à n'être plus jamais à ma place.

— Il y a du vrai dans tout cela. (Il s'appuie contre le bord du lit et croise les bras sur la poitrine.) Je crois savoir qu'il n'y avait qu'un seul monde, autrefois, et que celui-ci a été divisé par ce que nous appelons le Voile. D'un côté le Domaine des mortels, de l'autre, l'Au-delà. Après quoi le Domaine des mortels a été divisé en deux, créant le Midscape et le Monde naturel.

— Il y a trois mondes, alors ? L'Au-delà, le Midscape et le Monde naturel ?

— Oui, et vous venez du Monde naturel.

— Et je me trouve désormais dans le Midscape, conclus-je. (Willow acquiesce.) Et l'Au-delà, alors ?

— Personne ne sait. Sauf peut-être le roi Eldas. On dit que le Voile qui nous sépare de l'Au-delà a été créé par le premier roi des Elfes pour mettre de l'ordre parmi les vivants et les morts. Ce faisant, il a privé les Elfes de l'immortalité dont leur avaient fait cadeau les premiers dieux. Raison pour laquelle d'autres races ont juré fidélité aux Elfes, car leur sacrifice permet à chacun de reposer en paix. Ainsi, le roi des Elfes a été proclamé roi des rois, chef de tous les mortels.

— Avant la création du Voile, les gens ne mouraient pas ?

— D'après la légende, non. (Il s'interrompt quelques secondes.) Avant que vous posiez la question, j'ignore comment cela se passait avant. Je veux dire, à l'époque où les gens continuaient de vivre alors qu'ils auraient dû être morts. Les histoires varient, et les versions sont plus horribles les unes que les autres.

— Des histoires incroyables, j'en ai entendu des tas, je murmure en pensant aux légendes plus ou moins embellies qu'on m'a racontées. On peut donc dire que les Elfes sont les gardiens des morts ?

— C'est une façon de voir les choses. C'est en partie pour cela que nous avons la possibilité de trouver le nom véritable des gens, des bêtes et des choses.

— Trouver le nom… c'est le Savoir ?

— Oui, et c'est le pouvoir le plus puissant du Midscape.

— De quand date l'Orée ? De l'époque où le Midscape et le Monde naturel ont été créés ?

— Après la création du Voile, commence Willow en regardant par la fenêtre, la paix a régné pendant quelque temps. Et puis des disputes ont éclaté. Elfes, Vampires, Faés, Dryades, Sirènes et tous les peuples pratiquant la magie sauvage… Nous tirons tous nos pouvoirs de l'Au-delà.

Vampires, Faés, Dryades… Les créatures magiques et dangereuses qu'on rencontre dans les histoires pour enfants existent. Elles ont toujours été réelles, vivant de l'autre côté de l'Orée. J'en frissonne.

— Et les humains, alors ? Avons-nous perdu notre magie sauvage ?

— Non, les humains sont différents. Longtemps après que les Faés sont descendus des Dryades, les anciens esprits de la nature ont créé les humains à partir de la terre elle-même. Ainsi, les premiers humains tiraient leur magie de la nature.

J'essaie de m'imaginer racontant à mes amis de l'académie que les premiers humains avaient été créés par les Dryades et qu'ils pratiquaient la magie. Rien que d'imaginer leur expression me donne envie de rire.

— Les humains et les Faés sont apparentés, alors ?

— Non. Les Faés sont le fruit du temps qui passe et du hasard. Les humains ont été conçus par les Dryades, explique Willow. Peu de temps après, les Dryades se sont éteintes, et les premiers humains ont été ostracisés. Certains les jugeaient responsables de la mort des Dryades. En vérité, tout ce qui est différent devient facilement un objet de haine.

— De grandes guerres ont donc éclaté et, une fois de plus, les Elfes ont pris sur eux de créer une barrière, cette fois appelée l'Orée, pour séparer le Monde naturel et les humains qui en venaient des différents peuples et créatures du Midscape, conclus-je logiquement.

Mon cerveau ne fonctionne qu'à la moitié de ses capacités. Tout m'épuise et tout chez moi fonctionne au ralenti. À moins de l'exprimer à haute voix, je ne comprendrai pas le monde dans lequel je me trouve désormais.

— Exactement. Le Midscape est un entre-deux. Mais il y a un problème. Vous devinez lequel ?

Il me lance un regard. Je me tourne vers la fenêtre.

— Un monde créé entre le Monde naturel et l'Au-delà… ne peut pas être naturel, comprends-je.

— Quelqu'un devait combler ce fossé, m'encourage-t-il.

La vérité m'aveugle encore plus que le soleil surplombant les champs.

— La Reine humaine.

— Exactement ! (Il se penche vers moi et me donne une pichenette sur le nez. Et puis il a un mouvement de recul.) Je suis désolé, Votre Majesté, je n'aurais pas dû…

J'éclate de rire en me frottant le nez.

— Ce n'est rien.

— Vous êtes ma reine, je n'aurais pas dû…

— Willow, ce n'est rien, promis. J'apprécie que vous me traitiez gentiment, en ami.

Subitement mal à l'aise, il se lève. Il baisse la tête et se met à nettoyer et à ranger ses outils.

— La Reine humaine relie bien le Midscape au Monde naturel.

— Le Midscape ressemble-t-il partout à cela ? Au printemps ?

— Oui, confirme-t-il en opinant du chef. Lorsque la Reine humaine – vous – a repris sa place sur le trône en séquoia, les pouvoirs de la nature se sont déversés dans ce monde.

— À travers moi.

Je repense à la magie qui a afflué dans mon corps. La douleur fantôme des racines serpentant en moi se réveille sous ma peau. La sensation de mon âme, de ma vie arrachée à mes os me brûle. Un millier de gorges me crient leurs besoins, mais je ne suis qu'une femme. Impossible de les aider toutes.

Tout ce que je veux, c'est ma boutique, mes patients. Je veux un monde compréhensible et un petit coin à entretenir.

Je voulais m'occuper des autres, mais rien ne m'avait préparée à cela. Ni mes parents, ni l'académie, ni les Gardiens. En vérité, je ne suis pas bonne à grand-chose.

— Cela répond-il à vos questions ? me demande Willow, interrompant ma séance d'autoapitoiement.

— J'en ai encore une.

— Oui ?

— Pourquoi la Reine humaine pratique-t-elle la magie ? Au contraire des autres humains.

— Les humains ont perdu leur magie lorsque l'Orée a été érigée.

Je résiste à l'envie de lui faire remarquer qu'il est injuste que la chose qui protège les humains de la magie sauvage – l'Orée – les ait privés de leur magie naturelle.

— La reine garde-t-elle sa magie grâce à son mariage avec le roi des Elfes ? Non, non, puisqu'elle développe ses pouvoirs avant la cérémonie...

— La magie de la reine demeure un mystère, dit-il comme s'il avait souvent réfléchi à la question. On pense que la première Reine humaine a participé à la création de l'Orée. Ainsi, sa magie peut pénétrer l'Orée et se transmet de femme en femme dans la ville d'où elle était originaire.

— Je vois.

— Ce n'est pas une réponse très satisfaisante, j'imagine, remarque-t-il, constatant ma déception.

— Non, c'est la magie... Je ne comprends pas. Je regrette que les choses ne soient pas différentes. (Je secoue la tête avant de reprendre d'une voix plus forte :) Vous avez connu la dernière reine ?

— Oui, mais j'étais enfant, à l'époque.

Je repense à ce que m'a dit Eldas. On prétend que les Elfes vivent des centaines d'années, mais c'est très exagéré. Je doute que Willow soit beaucoup plus vieux que moi. À dire vrai, je ne serais pas étonnée qu'il soit mon cadet d'un ou deux ans.

— Qu'a-t-elle fait après qu'elle s'est assise sur le trône ? je l'interroge.

À quoi va ressembler le reste de ma vie ?

— Elle…

— Votre Altesse, il est trop tôt ! (Une voix de femme haut perchée interrompt Willow.) Elle est encore bien trop faible, voyons !

— Elle *quoi* ?

J'insiste, mais Willow me lance un regard désespéré comme j'essaie de lui extirper une ultime information.

La porte s'ouvre, et je n'obtiens pas ma réponse. Deux visages apparaissent dans l'encadrement. À l'arrière, j'avise une femme à la même peau brune que Willow et aux cheveux gris coiffés en un chignon désordonné. Devant elle se tient un jeune homme aux cheveux noir de jais aux reflets violets et bleus iridescents. Je connais cette teinte de cheveux, même si je ne l'ai vue qu'une poignée de fois. Le nez de cet homme est un peu plus épaté, cependant, ses yeux plus ronds.

Malgré les différences, je suis sûre de moi : Eldas a un frère.

Chapitre 9

— Mais c'est notre Reine humaine ! (Il sourit jusqu'aux oreilles et frappe dans ses mains.) Quel honneur de vous rencontrer enfin. Je n'interromps rien d'important, j'espère ?

— Non, prince Harrow.

Willow regarde ses pieds, instantanément mal à l'aise, tandis que des picotements parcourent mes bras. Il n'a pas l'air de beaucoup apprécier la présence de Harrow.

— Parfait. Vous pouvez nous laisser, lance ce dernier en faisant signe à Willow et à la femme de partir.

— Votre Altesse, je vous ai dit qu'elle avait besoin de repos, reprend la vieille femme comme si elle grondait un petit enfant, les mains sur les hanches. Vous vous amuserez plus tard.

S'amuser ? Cela ne me dit rien qui vaille. Sur mes bras, les picotements ont cédé la place à des griffes s'enfonçant sous ma peau.

— Je m'amuse quand cela me chante, c'est tout l'intérêt d'être prince, remarque-t-il, le visage s'éclairant lentement d'un sourire. Maintenant, ouste. Laissez-nous. Je décrète cette entrevue d'utilité royale.

—Eldas sera informé de cet incident, dit la femme sans bouger.

—Courez donc prévenir mon frère, rétorque Harrow en levant les yeux au ciel. Vous le faites toujours, Poppy.

—Il faut bien que quelqu'un vous ait à l'œil. Vu que votre mère ne le fait pas, marmonne-t-elle. (Au lieu de s'en aller, cependant, elle s'approche de moi et me pose la main sur le front.) Je m'appelle Poppy, ma chère. Je suis la descendante d'une longue lignée de guérisseuses royales. Si vous avez besoin de quoi que ce soit, Willow ou moi sommes là.

Je hoche la tête. Quelque chose, dans ses manières me rappelle ce cher M. Abbot, et mon cœur me fait mal. Je n'ai pas eu le loisir de lui dire au revoir, ni à aucun autre de mes patients. Tous ces gens que j'ai abandonnés, des gens qui ont besoin de moi… Mes yeux s'emplissent de larmes. Comme Poppy se retire, j'ai envie de la supplier de rester. Willow lui emboîte le pas en m'adressant un dernier regard méfiant.

—Vous êtes donc la Reine humaine. Et nous avons attendu tout ce temps pour… vous ?

Il est en train de me détailler de bas en haut. Même si la potion de Willow commence à faire effet, je ne me donne pas la peine de me redresser. De toute façon, il est impossible d'avoir l'air intimidante étendue dans un lit.

—Il semblerait bien, réponds-je sèchement.

—Vu le spectacle dont vous nous avez gratifiés sur le trône en séquoia, aucun doute n'est permis, ajoute-t-il en s'approchant lentement.

— Tant mieux. Y a-t-il autre chose que je puisse faire pour vous ?

Ses yeux bleu marine brillent d'un éclat glacial que je sais associé au Savoir. Il vient d'essayer de découvrir mon nom véritable, et je tremble en pensant à ce qu'il pourrait faire de cette information. Harrow fronce les sourcils en avisant l'anneau en labradorite, à mon doigt. Je serre le poing. Je ne m'attendais pas à ce que les ennemis mentionnés par Eldas se trouvent dans les murs du château.

— Mon frère a toujours pris un malin plaisir à gâcher le mien, soupire-t-il. Levez-vous, je vous prie.

— Pardon ?

— J'ai dit, levez-vous.

— Vous n'avez pas le droit de…

— Je n'ai pas le droit de quoi ? me coupe-t-il en haussant les sourcils. De vous donner des ordres ? Vous allez faire quoi ? Savez-vous seulement utiliser votre magie ?

Je fais la moue.

— Vous n'êtes pas la seule personne à porter une couronne, dans ce château, me fait-il remarquer en tapotant le cercle de fer, sur son front.

— Non, il y a Eldas, aussi, et sa couronne est bien plus impressionnante que la vôtre.

Un éclair de colère occulte furtivement son regard. Je le remarque à peine car il est aussitôt chassé par un éclat de rire et un air espiègle et amusé.

— Bien, bien. Je constate que vous n'êtes pas du genre à vous laisser faire. Ce sera plus amusant comme cela. Allez, dépêchez-vous. J'ai promis à quelques membres honorés de votre cour de leur montrer leur nouvelle reine.

— *Votre* cour peut aller se faire voir.

— Levez-vous ou je vous y oblige, insiste-t-il comme un tic nerveux anime sa paupière.

— Sortez de ma chambre.

— Sinon ?

Il a raison. J'ignore comment utiliser ma magie. Et même si j'avais un moyen de contacter Eldas, il ne serait pas forcément dans mon camp, ni n'écouterait mes doléances. Après tout, il m'a fait asseoir sur le trône sans me prévenir de rien et s'est lavé les mains de ce qui m'est arrivé ensuite. Bref, je suis seule, ici.

— C'est bien ce que je pensais, ajoute-t-il.

Son sourire s'élargit. Il fixe mes draps d'un regard bleu électrique. Soudain, ceux-ci s'enroulent autour de moi, formant un cocon, et me soulèvent dans les airs. J'essaie de me débattre, mais le tissu est trop serré. Mes bras sont prisonniers, mes jambes droites comme des rails.

La magie dans le regard de Harrow s'éteint, tandis qu'il me pose à la verticale devant le dressing. Les draps tombent, inertes et inoffensifs, à mes pieds.

— Vous allez vous vêtir toute seule ? Ou bien préférez-vous que vos vêtements vous habillent eux-mêmes ?

Je lui lance un ultime regard noir en entrant dans le dressing avec toute la dignité dont est capable mon corps épuisé.

Harrow appelle cet endroit le coin déjeuner, ce qui est un nom pour le moins inapproprié pour un lieu aussi grand et peu en rapport avec la pause de midi.

La salle est énorme, évidemment, et grandiose. Comme à peu près tout dans ce château.

Quand on y entre, on découvre sur la droite un alignement de miroirs dorés réfléchissant des fenêtres aux lourds rideaux surplombant la ville. Il y a cinq tables régulièrement espacées : quatre tables pour quatre personnes entourant une table pour six.

Trois Elfes sont attablés à cette dernière. Dès que j'apparais, ils se désintéressent de la tour de gâteaux et de snacks qui se dresse au milieu de leur table pour me regarder.

— Ne vous laissez pas distraire, dis-je en passant devant Harrow pour prendre une tarte aux fruits au sommet de la tour. Je suis loin d'être aussi intéressante que ces pâtisseries.

— Permettez-nous de ne pas être d'accord, rétorque une femme aux cheveux noirs et raides lui tombant jusqu'à la taille en posant les coudes sur la table.

— Nous devrions peut-être la prendre au mot. Après tout, elle a le pouvoir de décider de l'intérêt qu'elle suscite.

Un homme à la peau brune ajuste ses lunettes épaisses sur son nez avant d'avaler une gorgée de thé et de reposer sa tasse délicate devant lui.

Le troisième personnage ne se donne même pas la peine d'interrompre sa lecture.

Harrow s'assied et pose les pieds sur une chaise vide.

— Votre Majesté, je vous présente mes amis. Ce beau spécimen d'homme à lunettes s'appelle Jalic.

Jalic lève les yeux au ciel.

— Le costaud silencieux, c'est Sirro, poursuit Harrow.

L'homme me regarde à travers ses longs cils et un rideau de cheveux bruns ondulés. Il décide très vite que je suis moins intéressante que son livre car il replonge aussitôt dans sa lecture.

—Enfin –j'ai gardé la meilleure pour la fin–, je vous présente la plus adorable des acrobates de tout Lafaire, la seule et unique…

—Ariamorria, termine la femme dans un sourire tout en dents. Mais vous pouvez m'appeler Aria. Charmée de faire votre connaissance, Votre Majesté.

—Le plaisir est pour moi, réponds-je sans conviction en fourrant la tartelette dans ma bouche.

Je m'attendais au goût de cerise, mais certainement pas à ce poivre si piquant qu'il me sort de la vapeur par les oreilles. À peine la tartelette est-elle entrée dans ma bouche qu'elle en ressort, tombant par terre alors que je tire la langue en soufflant.

—On dirait un chien! s'amuse Aria en partageant un regard complice avec Harrow.

—Je suppose qu'elle est vraiment la reine, si la nourriture du Midscape n'a pas un goût de cendres, lance Jalic en tentant en vain de dissimuler son amusement derrière sa tasse de thé.

Même Sirro glousse.

Je me hâte de me servir du thé. Il est bouillant, mais je suis prête à me brûler les papilles gustatives pour ne plus sentir le feu des épices. La salle tourne autour de moi, et je m'appuie contre une chaise.

—J'ai l'impression que vous en avez trop mis, dit Aria à Harrow. On dirait qu'elle va s'évanouir.

—Si elle le fait, mon frère va encore devoir la ramasser. On pourra l'appeler la reine des pommes. En se donnant un peu de mal, on pourra faire en sorte que la moitié de la ville adopte ce sobriquet avant son couronnement.

Des rires, encore. J'agrippe la chaise de mes articulations blanchies et m'efforce de recouvrer ma voix.

— Pourquoi ?

Je regarde d'abord Harrow, puis les trois autres. Pas un seul d'entre eux n'a la décence de faire semblant de regretter.

— Ne vous formalisez pas comme ça ! répond Harrow en me tapotant la main. C'était juste un petit test. Histoire de vérifier si vous étiez réellement la reine.

— Je croyais que mon passage sur le trône en séquoia vous avait convaincus. (Je désigne de la main la journée printanière, derrière les vitres.) Ça ne vous suffit pas ?

— Vous nous avez apporté le printemps après des années d'hiver. La belle affaire ! Vous voulez quoi ? Une médaille ? (Harrow arque les sourcils.) C'est votre travail, humaine…

Le travail de la Reine humaine est d'exister. La phrase tourne en boucle dans mon esprit, devient de plus en plus vraie. Au début, je croyais que la Reine humaine était simplement mise de côté, ignorée, tel un pion nécessaire à ce fameux traité de paix. Après ma conversation avec Willow, j'ai compris que sa mission était de *recharger* la nature du Midscape. Je croyais bêtement qu'un tel enjeu s'accompagnait d'une certaine dose de respect, voire de déférence.

Eh bien, non !

Ils se fichent pas mal de moi. Pour eux, je ne suis qu'un outil nécessaire à l'éclosion des fleurs et à la fertilisation de leurs champs. À leurs yeux, je ne suis qu'un sac de crottin de cheval.

— Merci pour ce test. Heureuse d'avoir pu lever tous vos doutes. (Je me redresse. Ma bouche est toujours en feu, et ma tête palpite. Une douleur intense me vrille les tempes, et j'ignore si c'est à cause de la fièvre ou de la nourriture épicée à l'excès.) Maintenant, je vous laisse.

— Non, restez, contre Harrow en m'attrapant le poignet. Nous n'en avons pas encore fini avec vous.

— Les occasions de rencontrer la reine avant son couronnement sont rares ! s'enthousiasme Aria. Nous sommes honorés d'avoir une chance de faire votre connaissance.

— Tellement honorés que vous me torturez ?

— N'exagérons rien ! proteste-t-elle en plissant les yeux. Si vous n'êtes pas capable de supporter ce genre de blague, vous ne survivrez pas, ici.

— Attendez un peu qu'elle assiste à sa première bagarre d'ours. Je parie qu'elle tombera bel et bien dans les pommes. Je propose qu'on en commande plusieurs comme cadeau de couronnement.

Jalic a le menton posé au creux de la main et tourne sa cuillère dans son thé. Franchement, je n'ai même pas envie de savoir ce qu'est une « bagarre d'ours ».

— Je vous laisse, je répète en libérant mon poignet de la main de Harrow.

— Je doute qu'elle survive à son couronnement ! glousse Aria d'une voix criarde qui me transperce le crâne.

Je refuse de me laisser provoquer par eux. Je décide d'être la plus adulte et de partir.

Harrow a d'autres projets, cependant, car la porte se referme toute seule devant moi.

— Restez. Nous devons vous parler des détails de la cérémonie de couronnement, des rites de printemps. Et puis, ce sera très vite le milieu de l'été. Vous ne voudriez pas vous ridiculiser en ne connaissant pas les bases des coutumes elfiques ? Surtout après avoir humilié mon frère en vous cachant pendant un an.

— Je n'ai humilié personne, réponds-je en serrant les poings, leur tournant le dos.

— Bien au contraire. Notez que ça ne me dérange pas. C'était drôle. Eldas est si rarement pris au dépourvu.

— Laissez-moi partir.

— Je ne crois pas, non.

Je pivote sur les talons et abats ma main si fort sur la table que la vaisselle y tinte bruyamment. Un des vases remplis de roses fraîchement coupées manque de se renverser.

— Rangez donc cette grimace effrayante, dit Aria en agitant la main comme pour chasser une mouche énervante.

— Si vous ne me laissez pas partir…

— Je suis de plus en plus intéressé, me coupe Harrow en se penchant en avant. Qu'allez-vous faire si je ne vous laisse pas partir ?

Mon bras jaillit trop vite pour ses yeux, et j'attrape une des roses dans le vase. Ma première intention était de lui jeter toutes les fleurs – et leurs épines – au visage, avant de lui casser le vase sur la tête.

Les épines, cependant, s'enfoncent d'abord dans ma paume. Mon sang goutte sur la nappe blanche, et je perçois une sensation bizarre dans ma main. Elle est subtile, comme un murmure, tel un ami invisible prêt à me venir en aide.

La magie, comprends-je une seconde avant qu'il soit trop tard. Cette sensation, c'est ma magie.

Les roses s'agitent soudain comme des serpents. Elles jaillissent de leur vase, et Harrow me relâche aussitôt. Aria renverse presque sa chaise en reculant pour éviter l'eau et les plantes. Le livre de Sirro tombe par terre.

Je recule en lâchant la rose. Sur la table, les autres fleurs sont en vie. Elles grossissent jusqu'à ce que les bourgeons atteignent la taille d'une soucoupe et les épines celles de petites dagues. Les plantes déroulent des vrilles dans toute la pièce, cherchant à entailler profondément ces gens cruels.

— Qu'est-ce que… ? s'exclame Harrow.

— Harrow, ouvrez ! supplie Aria, et les portent s'ouvrent.

— Il est temps de filer ! lance Jalic en fuyant avant que les plantes leur barrent la route, aussitôt imité par Sirro.

— Harrow, laissez la reine tranquille, demande Aria en lui tirant sur le bras.

— Comment osez-vous… ? gronde-t-il en quittant la salle à contrecœur.

— C'est à moi de vous demander ça, je gronde en serrant les dents. Sortez et ne vous avisez plus de vous en prendre à moi.

Et, même s'ils s'en vont tous, ma colère continue d'alimenter les plantes chaotiques. Une barrière épineuse se forme devant la porte, se propage sur les murs et au plafond. Des roses grosses comme des parapluies y pendent comme des lustres.

Je tombe à genoux, le souffle court. J'essaie de libérer la magie, mais elle a la même emprise sur moi que sur les roses.

Les fenêtres sont désormais complètement occultées, et je suis dans le noir. J'entends le feuillage intelligent écraser les meubles, briser les miroirs. Et les vrilles continuent de se dérouler, de ramper comme des serpents dans ma direction. Les tiges atteignent mes jambes, y laissent de profondes entailles. Je ne crie même pas ; je suis trop fatiguée pour réagir.

Tuée par un rosier… Je n'avais pas prévu de partir ainsi. Je ferme les yeux et soupire.

Non.

Non. Si je meurs maintenant, je ne retournerai jamais à Capton. Si je meurs, une autre jeune femme héritera de mes pouvoirs et sera choisie. Une jeune femme comme moi, avec des objectifs, des rêves à réaliser. Elle sera arrachée à des gens qui ont besoin d'elle. Le cycle funeste ne s'arrêtera pas.

Si je vis, j'aurai peut-être une chance d'y mettre un terme, non ? Cette pensée solitaire et rebelle est comme un éclair dans les ténèbres. Un bruit de tonnerre silencieux qui résonne comme la voix de mes parents se plaignant de l'injustice de ce système. Je rouvre les yeux.

Peut-être mon père avait-il raison. Peut-être existe-t-il une façon de sortir de cette prison érigée autour des femmes de Capton depuis des siècles. Si les Elfes peuvent séparer des mondes, ne pouvons-nous pas trouver une manière de relier le Monde naturel au Midscape ? Cela a-t-il déjà été tenté ?

Même si j'échoue, je ne pourrai pas rentrer à la maison si je suis morte. Capton a toujours besoin de moi. Et je trouverai un moyen d'aider les miens. J'ai juré à mes amis et à ma famille d'essayer.

— Stop, dis-je aux plantes. Ça suffit.

J'essaie de reprendre le contrôle de ma magie, mais mon pouvoir est comme une bête hérissée de pointes, comme les roses qui s'en nourrissent. J'arrache les vrilles de mes jambes en poussant un cri de douleur et j'essaie de me redresser.

Si ma magie les a créées, elle peut aussi les contrôler. À condition que je le croie profondément. Après tout, j'ai survécu à mon passage sur le trône en séquoia, et ma situation semblait bien pire à ce moment-là.

Il ne s'agit pas d'un trône juché sur des millénaires de magie, mais d'un simple bouquet de fleurs. Leur pouvoir vient exclusivement de moi.

Concentre-toi, Luella.

Au lieu de me retirer et de me renfermer sur moi-même, j'étire ma volonté au-delà des vrilles qui, lentement, commencent à se contracter.

Voilà. Je ne sais pas si je m'encourage moi-même ou si je parle aux plantes. *Plus petites… Je veux voir la lumière du jour.* Les fenêtres semblent cligner des paupières, tandis que les plantes reculent petit à petit.

De concert, elles frissonnent. Sous mes yeux, la magie se flétrit, déconnectée de mon étreinte. La vie, dans les vrilles vertes, s'éteint. Les roses se rabougrissent, deviennent noires, puis tombent en poussière avant de disparaître en fumée.

Dans leur sillage, elles laissent une salle sens dessus dessous puant la rose. Dans l'encadrement de la porte se découpe la silhouette d'un Eldas aux sourcils froncés.

Chapitre 10

— Je ne puis donc pas vous laisser seule une journée ? gronde-t-il.

— Je n'y suis pour rien !

Je suis épuisée, vacillante. Mes joues me brûlent de fièvre ou d'embarras.

— Épargnez-moi vos mensonges.

— Ce n'est pas ma faute !

— Qui d'autre, ici, aurait pu faire des dégâts pareils ? me demande Eldas en se rapprochant. Une autre Reine humaine possédant le pouvoir de manipuler la vie, peut-être ? (Il poursuit sans me laisser le loisir de répondre :) Pourtant, tout au long de ces années, on m'a répété que je devais attendre une et une seule femme. On m'aurait menti ? J'aurais donc été seul et séquestré pour rien du tout ? Dites-moi tout, cela m'intéresse…

Seul et séquestré ? Si je lui demandais des éclaircissements, il se contenterait sans doute de lever les yeux au ciel. C'est une question pour Willow, peut-être.

Je prends une profonde inspiration et dis aussi calmement que possible :

— Tout ceci est la faute de Harrow.

Un voile de surprise lui couvre le visage, aussitôt chassé par la colère. Il reprend rapidement le contrôle de ses émotions pour arborer cet air indifférent qui le caractérise si bien.

— Harrow m'a arrachée à mon lit. Littéralement ! Je n'ai pas choisi de venir ici.

Eldas ouvre la bouche pour parler, mais je l'en empêche. Mon sang se met à bouillir comme je repense à son frère. J'agite l'index devant son visage, lui touche presque le nez.

— Et vous savez quoi ? Je n'ai pas réagi à ses provocations. J'ai supporté leurs moqueries. J'ai même gobé leur petite blague, mais quand il a essayé de me garder ici contre ma volonté, ç'a été la goutte d'eau…

J'en ai franchement assez d'être contrôlée par des hommes tels que lui, tels que toi, tels que Luke, me retiens-je d'ajouter.

Son regard se durcit d'une manière que j'oserais qualifier de… protectrice ? Non, cela doit être mon imagination.

— Qu'a-t-il fait ?

— Il m'a enfermée ici en usant de sa magie sauvage.

Eldas se tourne vers les fenêtres. Quelques vitres sont brisées, et des rafales de vent s'engouffrent dans la salle. Les rides qui lui barrent le front deviennent plus profondes.

— Je parlerai à mon frère. En attendant, je posterai Rinni devant vos appartements. Le temps que Harrow se lasse de vous. Elle sera plus dissuasive que Poppy ou Willow.

— Poppy a bien essayé de l'empêcher, dis-je, ne voulant surtout pas que la gentille femme ait des problèmes à cause de moi.

— Je sais. C'est elle qui est venue me chercher. Croyez-moi ou non, je connais très bien mon frère et ses manies.

— Dans ce cas, vous devriez l'avoir davantage à l'œil.

— Il y a beaucoup de choses que je devrais avoir à l'œil dans ce château, mais elles persistent à tester les limites de ma patience. En commençant par votre magie, ajoute-t-il en me regardant de nouveau. (Il me tourne autour comme s'il inspectait une sculpture à la recherche de défauts. Sans doute en trouvera-t-il beaucoup.) La magie n'est pas si difficile. Je m'attendais à ce que vous contrôliez un peu mieux la vôtre.

— Ah oui ? Il y a peu, je n'étais même pas consciente d'avoir des pouvoirs ! lui fais-je remarquer en croisant son regard.

— Le trône avait faim, et vous n'avez pas pu l'empêcher de se repaître de vous. Votre magie est faible, et cela a failli vous tuer. Ces fleurs se sont elles aussi nourries de vos pouvoirs. (Il regarde ma jupe déchirée et mes jambes ensanglantées.) Luella, vous êtes un phare dans un monde plus proche de la mort que de la vie. Le Midscape se rapproche toujours plus du Voile et de l'Au-delà, s'éloignant du Monde naturel.

Willow m'a bien dit que les Elfes tiraient leur pouvoir du monde de la mort.

— Cela fait de vous une cible facile, ici, reprend-il. Nous désirons tous ce que nous ne pouvons obtenir, y compris la magie. Et vous êtes l'incarnation de tout ce qui a été pris à ce monde.

— Vous auriez pu m'expliquer plus tôt…

— Normalement, ce n'est pas le travail du roi.

— Rien n'est normal, ici !

Je désigne la salle d'un grand geste du bras. Ce mouvement me déstabilise, et je vacille. Faire autre chose que simplement rester debout m'est trop difficile. Je fais un pas en arrière.

Mes genoux tremblent, et je me demande comment je vais pouvoir m'asseoir par terre en conservant le peu de dignité qu'il me reste.

Eldas se matérialise à côté de moi. Il passe un bras derrière mon dos, l'autre sous mes genoux. Mon estomac tombe dans mon pelvis comme il me soulève.

Il est plus fort qu'il en a l'air.

Je le regarde. Il plonge son regard dans le mien, nous ne disons rien. Je m'empourpre, et ce n'est pas uniquement à cause de la fièvre. Les muscles puissants de ses épaules et de son cou dansent sous mes doigts. Je me demande s'il ressent les mêmes picotements que moi lorsque nous nous touchons. Nous sommes silencieux tous les deux. Je suis prisonnière de ses mains, lui de mon regard, semble-t-il.

— Eldas, dis-je doucement. J'ai besoin que quelqu'un m'aide. Et les candidats ne se bousculent pas. Alors, je ne sais pas si c'est votre travail ou non, mais… apprenez-moi.

— J'ai des devoirs que je ne peux pas négliger, rétorque-t-il, le regard sombre.

Je m'agite maladroitement et me colle encore plus près de lui. Les picotements se propagent en moi, mais d'une manière agréable qui me fait tourner la tête. Je m'efforce de rester concentrée.

— Le devoir, je sais ce que c'est. (Il me regarde d'un air sceptique.) Croyez-le ou non. Cela n'a rien à voir avec vos devoirs de roi, évidemment, mais j'avais des responsabilités, à la maison.

Il ne me croit pas, c'est évident. Je perds mon temps à essayer de le raisonner.

Essayons une approche différente…

— Puisqu'on parle de devoirs et de responsabilités, n'est-ce pas votre devoir de roi d'aider la Reine humaine à endosser son rôle ?

Il pousse un profond soupir et change de position. Ses muscles puissants ondulent sous moi. C'est la première fois qu'on me porte de cette façon. Les quelques fois où je me suis retrouvée dans les bras de Luke, j'avais plutôt la sensation d'être derrière les barreaux d'une cage. Je le comprends *a posteriori*. Dans les bras d'Eldas, je me sens en sécurité, je n'ai rien à craindre, mais je ne suis pas prisonnière, je suis libre de partir. Cet instant durera tant que nous le voudrons tous les deux.

— S'il vous plaît…

Je suis incapable de le regarder dans les yeux comme je supplie. Je suis impuissante, et je déteste cela. Ce n'est pas la première fois que je m'en remets à la gentillesse d'autrui pour apprendre quelque chose, et ce ne sera sûrement pas la dernière.

— J'ai besoin d'avoir des choses à faire, d'être utile à quelque chose.

— Très bien, répond-il si doucement que je me demande si je n'ai pas rêvé.

— Vraiment ?

Je suis surprise car je ne m'attendais pas à obtenir ce que je voulais. Je devrais être excitée, mais mon appréhension étrangle mon émotion.

— Pour le moment, vous allez retourner au lit. Dans l'état où vous êtes, vous n'apprendrez rien, dit-il presque tendrement.

Je sens sa voix autant que je l'entends. Elle résonne dans sa poitrine et se réverbère dans mon flanc. Une vague de chaleur part de ma tête et déferle sur mon bas-ventre.

Reprends-toi, Luella. Il est peut-être bien le plus bel homme que j'aie jamais vu. Par ailleurs, nous sommes légalement époux, mais... ce mariage lui a été imposé autant qu'à moi.

Tout ce qu'il veut, c'est que j'existe. Plus vite je l'aurai intégré, mieux ce sera.

Je fais la moue et attends que la vague de chaleur se dissipe comme il me ramène dans mes appartements. Poppy est là qui nous attend. Elle écoute attentivement tandis qu'Eldas parle pour moi, résumant les derniers événements.

— Votre frère ne s'arrange décidément pas, dit-elle, sinistre. Je crains pour les terres dont il deviendra le seigneur.

— Il apprendra la discipline lorsqu'il aura de vraies responsabilités, affirme calmement Eldas.

Il me pose sur mon lit, ses mains s'attardant sur moi une seconde de plus que nécessaire, avant de reculer rapidement. J'ai dû imaginer la tendresse de son toucher. Il est manifestement heureux de s'être débarrassé d'un fardeau. Ce qui se confirme lorsqu'il se tourne vers Poppy.

— Soignez-la. Personne ne devra entrer dans cette chambre, ni en sortir en dehors de Willow et vous-même. Pas même elle. Nous reprendrons le travail dans deux jours, me dit-il. Pour survivre ici, vous allez devoir apprendre à contrôler votre magie, et si je dois être votre professeur, eh bien, soit. Reprenez des forces, vous en aurez besoin pour suivre mes enseignements.

Il s'éloigne vers la porte, et je me redresse sur les coudes, tandis que Poppy s'active déjà sur les blessures de mes jambes.

— Qu'arrivera-t-il si je n'arrive pas à contrôler ma magie ?

Je craignais de poser la question, mais j'en avais besoin.

Eldas se tourne vers moi, puis contemple la manche de sa veste tachée de sang. Il fronce les sourcils. Les taches sur le riche satin bleu semblent le chagriner plus que mes blessures, ce que je trouve franchement difficile à regarder.

— Vous y arriverez, répond-il d'un ton définitif.

Je m'attends à ce qu'il revienne auprès de moi, ne serait-ce que pour ajouter une remarque cinglante, mais non. Le roi s'en va en silence, et je me demande si c'est ce qu'il a de mieux à offrir en matière d'encouragement. Si oui, peut-être m'est-il permis d'espérer.

Chapitre 11

Un coup ferme sur la porte annonce l'arrivée de Rinni.

— Comment vous sentez-vous, aujourd'hui, Votre Majesté ?

— Bien.

C'est un mensonge. Vêtue d'une robe en soie vert émeraude, je regarde par la fenêtre. Ses longues manches se resserrent autour de mes poignets, se terminant en pointes sur le dos de mes mains. Au contraire de la précédente, elle est plus simple, sans armature, m'offrant plus de mobilité.

— Très bien. Alors, allons-y, dit Rinni, pensive.

Je me demande ce qu'elle voit en moi, ce qu'elle sait de l'incident de l'avant-veille, mais je garde mes interrogations pour moi. Je la suis en silence et j'espère intérieurement que la journée sera productive. Aujourd'hui, Eldas m'aidera à découvrir ma magie, et ce nouveau savoir me permettra peut-être de trouver ma place ici.

Nous empruntons le même chemin que la première fois pour descendre à la salle du trône, et, comme la première fois,

Rinni écoute à la porte pour s'assurer qu'Eldas n'est pas en train de discuter avec un conseiller.

— Eldas reçoit quel genre de personnes ? je lui demande doucement avant qu'elle ouvre la porte.

— Les rois et les reines des peuples du Midscape, les seigneurs et dames elfes de Lafaire qui commandent à ses vassaux, les représentants des citoyens de la vallée et de Quinnar.

— Nous sommes à Quinnar, n'est-ce pas ? Et Lafaire est le royaume des Elfes ?

— Oui, et oui, répond-elle en parvenant à ne pas me faire sentir mal à l'aise d'être ignorante. (Elle prend même l'initiative de poursuivre, ce que je prends pour un bon signe :) Le royaume des Elfes – Lafaire – se trouve à la pointe de l'Orée, à l'extrême sud du Midscape. Au nord-ouest d'ici vivent les clans faés qui dominent les champs et les forêts. Autrefois, on parlait du royaume faé d'Aviness, démantelé par des luttes intestines il y a deux mille ans. Ils continuent d'ailleurs de se battre entre eux pour des territoires, rarement contre nous. Les Vampires vivent dans les montagnes de l'Est, et les Lykins au nord, dans les forêts verdoyantes. Les Sirènes sont dans les eaux de l'extrême nord, au-delà des marais, en bordure du Voile.

Je déglutis. J'ai toujours du mal avec l'idée qu'il y a d'autres créatures que les seuls Elfes de l'autre côté de l'Orée.

— N'oubliez pas, continue-t-elle, que tous ces peuples ont juré allégeance aux Elfes lors de la création du Voile, à la lignée dont Eldas est l'héritier. En conséquence de quoi ils sont également vos vassaux.

— J'essaierai de me le rappeler lorsque je me retrouverai en face d'un Vampire aux longues canines.

— Il y a peu de chances que cela arrive. Ils n'ont pas quitté leurs bastions montagnards depuis des siècles. Personne ne les a ne serait-ce qu'aperçus.

Rinni s'apprête à ouvrir la porte, mais je l'en empêche en la prenant par la main.

— Une dernière question.

— Quoi encore ? s'agace-t-elle.

— Les Vampires... se nourrissent-ils vraiment de sang humain ?

Comme on le lit dans les vieilles histoires.

— Si c'était vrai, comment pourraient-ils être toujours en vie ? Puisque les humains sont de l'autre côté de l'Orée, conclut Rinni en me regardant de haut.

— Vous venez de dire qu'on ne les avait pas vus depuis des siècles.

— Ils ne sont pas tous morts pour autant. De temps à autre, des rumeurs nous parviennent qui décrivent leurs activités.

— Un point pour vous. (Dommage, j'aurais presque préféré qu'ils soient éteints.) Mais je parlais aussi d'autres créatures, voire d'animaux... Boivent-ils du sang pour vivre ?

— Ne soyez pas bête. (Elle secoue la tête, et je pousse un soupir de soulagement.) Les Vampires n'ont pas besoin de sang pour se nourrir. Ils s'alimentent normalement, comme nous. En revanche, il leur faut du sang pour pratiquer la magie. Prenez d'ailleurs garde à ne jamais leur donner le vôtre ou ils pourraient voler votre visage. (Mon estomac se noue comme Rinni ouvre la porte.) Votre Majesté, la reine est ici.

— Vous êtes en retard.

Eldas se lève de son trône au moment où nous entrons et nous détaille à tour de rôle.

— C'est ma faute. J'avais quelques questions à poser à Rinni, qui nous ont retardées, réponds-je rapidement.

Rinni me regarde furtivement avec gratitude. Je lui réponds d'un petit hochement de tête. Pas question qu'elle soit punie à cause de moi.

— Est-ce vrai ? demande-t-il en se tournant vers Rinni, qui acquiesce de la tête. (Eldas fait la moue.) Que cela ne se reproduise plus. Maintenant, laissez-nous. (Comme Rinni s'en va, Eldas décide de s'en prendre à moi.) Alors ?

— Alors quoi ?

— Vous êtes en retard. Vous êtes censée vous excuser.

Je cligne plusieurs fois des yeux. Où est passé l'Eldas protecteur et attentif de la veille ? Je décide cependant de ne pas le provoquer.

— Je suis désolée.

— J'ai l'impression qu'il va nous falloir aussi travailler sur vos manières. Il reste peu de temps avant le couronnement, et vous allez devoir vous comporter comme une reine, ce jour-là. Vos sujets vous ont attendue une longue et très difficile année. Honorez-les en dépassant leurs attentes. (Je conclus à son ton que l'attente a surtout été difficile pour lui.) Donc, « je suis désolée, *Votre Majesté* » aurait été mieux.

— Mais vous êtes mon mari. (S'il ne s'est jamais comporté comme tel, et si notre mariage a été bâclé, je compte bien mettre à profit cet état de fait.) Est-ce réellement nécessaire entre nous ?

— Je suis d'abord votre roi, répond Eldas dans une grimace de mécontentement. C'est donc plus que nécessaire.

— D'accord, *Votre Majesté.*

Je me suis déjà montrée à la hauteur de ce qu'on attendait de moi, et je compte bien continuer aujourd'hui. Je regrette simplement qu'on ne me demande pas un peu plus que de porter de jolies robes et d'avoir de bonnes manières. Quelque chose de plus utile.

— Mais vous pouvez m'appeler Luella.

— Je vous appellerai comme il me plaira.

— Bien. Et si nous commencions tout de suite, *Votre Majesté* ?

Chaque fois que je prononce ces deux mots, je les étire un peu plus. Eldas le remarque évidemment. Il plisse les yeux, mais ne réagit pas. C'est une petite victoire pour moi. S'il veut de la dureté, il va en avoir.

S'il veut être gentil et prévenant, en revanche, comme il l'a été furtivement hier, alors peut-être que… Mais je ne m'attends à rien de positif.

— Il n'y a pas de meilleur professeur que le trône. Vous allez devoir vous y rasseoir.

J'ai un mouvement de recul instinctif. La moindre partie de mon corps se révolte. J'essaie d'avoir l'air parfaitement naturel comme je dis :

— J'ai une autre idée.

— Ah ? Je vous écoute. J'ai même hâte de l'entendre, se moque-t-il.

— Pour l'instant, je pourrais simplement porter un peu d'obsidienne noire ; c'est le nom que vous avez utilisé, je crois. Elle a contenu ma magie pendant des années.

Je vois déjà qu'il va me répondre que cela ne fonctionnera pas.

— L'obsidienne noire vous empêche d'user de votre magie ; elle ne supprime, ni ne change rien à la profondeur de vos pouvoirs. Porter de l'obsidienne noire vous rendrait plus vulnérable car vous ne seriez plus en mesure de vous défendre efficacement contre des attaques.

— Mais…

— Par ailleurs… (Il m'interrompt et se rapproche. Le roi est incapable de marcher simplement sans être incroyablement séduisant et intimidant. La manière dont la lumière du jour joue sur les facettes de son visage… C'est énervant !) Un jour, vous aurez besoin de pratiquer votre magie. Qu'arrivera-t-il si vous ne maîtrisez pas vos pouvoirs ?

— Eh bien, je…

— Pour quelle raison voudriez-vous vous débarrasser de vos pouvoirs ? (Il s'interrompt, me juge.) Vous êtes la Reine humaine. Vous êtes l'incarnation de la vie et de la nature. Et vous vous débarrasseriez de tout cela ? Cela reviendrait à cracher au visage de toutes les femmes qui vous ont précédée. Ce serait une insulte à leur nom et à leur mémoire.

— Vous allez trop loin !

Moi qui espérais que la journée serait paisible.

— Vous trouvez ? (Il secoue la tête et, injustement, le jugement cède la place au dégoût sur son visage.) Les gens ont besoin de votre magie, et vous voulez leur tourner le dos ? Pourquoi ? Parce que c'est trop difficile pour vous ? Vous préféreriez retourner à votre existence pathétique dans cette petite ville oubliée des dieux ? Vous parlez de devoir, mais seule votre propre personne vous intéresse.

Je lui assène une gifle qui résonne dans la salle du trône. J'ai juré d'aider autrui et non de faire du mal, mais les seigneurs du Midscape mettent mon vœu à rude épreuve. Je suis étonnée d'avoir si mal à la main. Peut-être est-il réellement fait de marbre sculpté. Ses pommettes sont si saillantes qu'elles pourraient couper.

Le visage d'Eldas bouge à peine. Il continue de me regarder fixement comme si je ne l'avais pas frappé. Son expression, cependant, a tout d'une ardoise vierge.

Sa joue pâle n'est même pas rouge.

J'étais venue ici avec les meilleures intentions. J'étais disposée à aider. Et voilà comment il me remercie.

— Ne vous avisez plus de m'insulter, dis-je avec fermeté. Vous ne savez rien de moi. Vous ne savez pas ce que j'ai accompli, pour quoi je me suis battue, ce que j'ai gagné par mon travail. J'ai passé des années à étudier, à apprendre, à ne pas du tout penser à moi. J'ai acquis le respect de ma communauté, de mes patients. Ces gens ont donné un argent durement gagné pour payer ma formation, afin que je les serve encore mieux.

» Ma vie n'était peut-être pas grandiose vue d'un grand château comme celui-ci, mais – vous savez quoi, *Votre Majesté ?* – j'ai travaillé dur pour la bâtir et je me donnais beaucoup de mal pour conserver l'estime, le respect et la confiance de ma communauté. Parce que c'était la vie que j'avais choisie.

» Vous ignorez tout de moi, mais vous m'insultez dès que l'occasion se présente. Si vous voulez jouer à ce jeu, eh bien soit. Qu'avez-vous fait pour gagner ce château, *Votre Majesté* ? Vous êtes venu au monde ? Qu'avez-vous fait pour votre communauté ? Respirer ? Excusez-moi de n'être pas très impressionnée par vos sacrifices.

Un silence pesant s'installe. Eldas continue de me regarder d'un air distant, mais je vois des requins furieux nager dans les océans de ses yeux. Si mon corps était capable de bouger, je ferais quelques pas en arrière. Sa colère noire m'a comme clouée au sol.

— Frappez-moi encore une fois, et ce sera la dernière chose que vous ferez librement, chuchote-t-il avec un calme mortel.

— Vous ne pouvez pas me contrôler.

— En êtes-vous si sûre ?

— Essayez donc !

Son regard devient bleu électrique. Le mot – le nom – *Saraphina* résonne dans mon esprit. Mon sang se glace. Ma peau se couvre de chair de poule, tandis que mes bras deviennent rigides le long de mon corps.

Eldas pointe l'index vers le trône en séquoia. Avec des mouvements saccadés et forcés, je me mets à marcher vers celui-ci.

Non ! ai-je envie de crier, mais mes lèvres sont cousues avec du fil invisible. *Saraphina* est bien mon nom véritable, et il s'en sert contre moi comme d'une lame cruelle.

En vain, j'essaie de reculer, de résister aux mains invisibles qui me tirent et me poussent. Cela ne sert à rien, cependant. Je suis impuissante.

Si seulement je pouvais voler mon nom dans son esprit. Si seulement je pouvais le reprendre. J'ai été la marionnette métaphorique de Luke pendant des années, et me voici celle, littérale, d'Eldas.

Sois différente. Les mots se réverbèrent en moi. *Quelque chose d'autre, n'importe quoi !*

Subitement, je suis libérée. Je m'écroule par terre, le souffle court. Je relève la tête vers les yeux ahuris d'Eldas. J'oserais même dire... impressionnés.

— Vous... vous avez changé votre nom véritable. Vous maîtrisez déjà l'Être. (Un sourire lui soulève le coin des lèvres.) Peut-être est-il permis d'espérer. Peut-être êtes-vous plus forte que je le croyais, ajoute-t-il, pensif.

L'Être ? Le Savoir consiste pour un Elfe à découvrir un nom véritable grâce à sa vision magique. Mais l'Être... Je ne lui demande pas d'explication claire car il ne m'en fournira pas. À dire vrai, je n'ai pas envie d'en obtenir une de lui. Le vase a débordé.

— Nous en avons terminé, dis-je en me relevant tant bien que mal.

— Revenez ici, m'ordonne-t-il. Nous en aurons terminé lorsque je l'aurai décidé.

Je me dirige vers la porte. J'entends ses pas derrière moi. *Tu me suis comme un petit chien.*

— Touchez-moi... (Comme il l'a fait à Capton pour contourner la protection offerte par la labradorite.)... et je n'essaierai même pas de vous pardonner ! (Je pivote sur les talons pour lui hurler au visage. Contrairement à ce qui s'est passé avec Harrow, il se pourrait que je sois assez forte pour mettre mes menaces à exécution.) Je suis venue dans l'idée d'apprendre, de faire un effort, et vous venez d'anéantir tout espoir de relation productive entre vous et moi !

Il titube, étonné, comme si personne ne lui avait jamais parlé sur ce ton. Je me demande si c'est la première fois qu'il doit assumer les conséquences de ses actes.

— D'abord vous me frappez, et maintenant vous… (Il semble incapable de formuler une pensée cohérente, ce que je trouve très satisfaisant.) J'ai le droit de connaître votre nom véritable.

— Vous n'avez le droit de rien. À moins que je consente librement à vous donner ce que vous désirez.

— Je suis votre roi.

Eldas fait un pas en avant, et je me penche en arrière. Il est toujours trop près, cependant. Sa longue silhouette est oppressante. Il me domine de sa taille.

J'ancre mes pieds dans le sol, refusant de me sentir petite devant lui. Je serai le bouton qui sortira de la roche grise de cet endroit. Je serai la plante qui fleurira en dépit de son ombre.

— Vous êtes un prince capricieux, et votre couronne de fer n'a rien d'impressionnant. Vous êtes égoïste, autocentré. Vous ne savez pas parler aux gens, vous êtes incapable de vous mettre à leur place. Vos efforts de compassion sont des ruses destinées à obtenir ce que vous voulez des autres.

— Je suis au-dessus de la compassion et des relations avec autrui, gronde-t-il. Je n'ai aucune raison de m'abaisser au niveau de ces émotions. Je plane au-dessus d'elles.

— En planant au-dessus des gens, vous risquez de leur marcher dessus, Eldas. C'est le meilleur moyen de se faire des ennemis.

— Je ne laisserai pas une humaine qui vient de débarquer dans mon monde me faire la leçon. Surtout pas une humaine qui n'a pas commandé une journée dans sa vie.

— Parfait. Je n'ai aucune intention de faire la leçon à un homme qui refuse d'écouter.

Je lui tourne le dos et me dirige vers la porte. Par bonheur, il ne me suit pas.

— Vous me respecterez ! s'écrie-t-il.

— Soyez d'abord digne de respect ! réponds-je avant de claquer la porte derrière moi.

Chapitre 12

Je suis partie du mauvais côté. Il y a six portes dans la salle du trône : trois de chaque côté. Normalement, j'entre par la porte de gauche la plus éloignée des trônes. Eldas m'a mise tellement en colère que je suis partie sans réfléchir.

Suis-je sortie par la porte du milieu, côté droit ? Je n'en suis pas sûre.

Je suis face à un long couloir silencieux. Il y a des portes à gauche, des fenêtres à droite. Toutes les portes sont équipées d'un lourd cadenas. À l'extrémité du couloir, il y a un escalier.

Dois-je monter les marches ou rebrousser chemin ? Je ne me pose pas réellement la question. Il est hors de question que je me retrouve face à *lui*. Donc je monte.

Sur le palier de l'étage suivant, je découvre un sofa et une table basse devant une riche tapisserie, un genre d'antichambre pour des gens attendant d'être reçus par le roi. Je m'apprête à reprendre mon ascension lorsqu'un scintillement attire mon attention.

Je me fige, bascule mon poids d'un pied sur l'autre. Quelque chose brille dans la frange inférieure de la tapisserie. Je m'en approche vite, m'accroupis et tends la main.

La tapisserie s'enfonce dans le mur. J'écarte la lourde étoffe et révèle une ouverture verticale dans laquelle je me glisse.

Le scintillement provient d'une mince fenêtre située à l'extrémité d'un couloir incroyablement étroit. J'y progresse de profil car les murs tentent de m'écraser. Je remarque de petites perforations dans la pierre, comme si les bâtisseurs ne s'étaient pas donné la peine de remplir toutes les cavités de mortier.

À travers ces trous, j'aperçois la salle du trône, en dessous. Des voix y résonnent. Eldas fait les cent pas devant son trône, les mains jointes dans le dos, serrées si fort que je m'étonne qu'il ne se brise pas les os. Rinni est là aussi. En comparaison, elle semble très détendue. Elle a clairement l'habitude de ce genre de situation.

— Comment vais-je pouvoir y arriver, Rinni ?

— Si quelqu'un peut le faire, c'est bien vous, Eldas.

— Elle refuse d'écouter. Je ne peux pas travailler avec elle. J'ai attendu longtemps la reine promise, mais je ne l'ai pas trouvée. (Eldas s'arrête et écarte ses longs cheveux de son visage.) Son pouvoir n'est absolument pas comparable à celui de la reine Alice, preuve supplémentaire de la déliquescence de la lignée des Reines humaines. Si cela se confirme, notre monde est condamné.

— Le problème ne se pose pas encore. Concentrez-vous sur le présent, le conseille Rinni avec calme.

— Il se pourrait fort bien qu'elle soit la dernière Reine humaine.

— Vous exagérez. (C'est vrai, même si le fantôme du doute plane sur ses mots.) Vous avez à peine commencé à travailler. Laissez-lui une chance.

— Comment lui laisser une chance quand elle prend plaisir à me manquer de respect ? (Il s'arrête de nouveau et se tourne vers la soldate, une main sur la joue.) Elle m'a même giflé.

Un spectre complet d'émotions passe sur le visage de Rinni. Je la vois plisser le front d'inquiétude. Écarquiller les yeux et entrouvrir les lèvres avant de les pincer pour contenir ce qui ressemble à un sourire.

— Rinni…

— Il était grand temps, Eldas.

— Vous êtes déjà dans son camp ? En plus, elle me vole mes alliés ! lance Eldas en fronçant les sourcils et en se remettant à faire les cent pas.

— Depuis deux mois, vous êtes insupportable, reprend Rinni, sans mâcher ses mots, les bras croisés sur la poitrine d'un air suffisant. Il fallait bien que quelqu'un vous remette un peu à votre place, et moi, vous ne m'écoutez plus.

Eldas se pince l'arête du nez et baisse la tête, faisant tomber un rideau de cheveux devant son visage.

— J'ai peut-être été un peu brusque.

— Un peu ? se moque Rinni.

Un peu ! J'hésite entre être soulagée ou furieuse de la prise de conscience tardive d'Eldas. Il savait que son comportement n'était pas acceptable. Il aurait dû le modifier tout de suite.

Eldas s'arrête devant la porte que je viens d'emprunter pour sortir. Un voile sombre lui couvre le regard. Je ne peux pas vraiment en sonder la profondeur, mais j'ai comme l'impression que… A-t-il des remords ?

Non, c'est impossible. Il a été cruel à dessein, et c'est impardonnable. Et pourtant, plus je le regarde, plus je doute de mes propres sentiments. *Ton cœur est trop tendre, Luella*, je me gronde.

— Je me demande si…, murmure Eldas.

— Si quoi ?

— Si elle va bien, termine Eldas. (J'avais raison : il y a bien de l'inquiétude dans son regard.) Je devrais peut-être m'assurer que…

— N'en faites rien, l'interrompt Rinni en le prenant par le coude. J'ignore ce que vous avez fait exactement, mais il vaudrait peut-être mieux lui laisser un peu d'espace. Vous êtes probablement la dernière personne que Luella a envie de voir pour l'instant.

— Je ne pense pas que…

— Eldas, je n'étais pas là, mais je ne crois pas me tromper, l'interrompt-elle encore en le regardant durement.

Elle ne se trompe pas. Honnêtement, je ne sais pas ce que je ferais si Eldas venait me présenter ses excuses maintenant. J'aimerais croire que je les accepterais, mais une part de moi a envie de le laisser mariner, de s'assurer qu'il regrette vraiment.

— D'accord, marmonne-t-il. Je m'excuserai demain.

J'en doute. J'en doute même fortement.

— Je crois que c'est plus sage, commente Rinni.

Eldas se traîne jusqu'à son trône, s'y appuie lourdement.

— D'abord les Faés, et maintenant elle. Le roi des Faés m'a bien fait comprendre que je suis plus mou, plus faible que mon père. Il exige qu'on lui rende des terres, et d'être reconnu par le Conseil des rois.

Je me penche plus près des ouvertures. Je vois Eldas poser un coude sur le trône, puis le menton sur sa main, comme si sa couronne était trop lourde à porter. Je le trouve très las et… vulnérable.

Il n'a pas grand-chose d'un roi à cet instant. Il ressemble à un homme. À un homme fatigué.

Alors je me souviens qu'il s'est servi de mon nom véritable contre moi, m'utilisant comme une marionnette, et ma compassion s'évapore.

— J'ai commis une erreur en l'attendant pendant une année entière. Je suis resté cloîtré dans ce château à attendre le couronnement, maintenant tout le monde à l'écart, murmure Eldas si bas que je l'entends à peine. Mon peuple croit que je l'ai abandonné. Les autres rois me jugent faible.

— Vous êtes resté enfermé parce que vous attendiez votre reine, afin de pouvoir présenter à ces terres la Reine humaine. Ce n'était pas une erreur. Vous avez honoré la tradition, dit Rinni d'un ton rassurant. Le peuple comprendra lorsque tout reviendra à la normale.

Eldas est resté cloîtré à m'attendre ? Il a bien dit quelque chose à ce sujet, avant-hier, mais j'ai oublié. Mes ongles grattent doucement la pierre. Jusque-là, je le voyais en roi elfe puissant, froid et distant. Je l'imaginais jouissant du confort de son château.

Et s'il était tout autant que moi prisonnier de cet horrible système ? Cette pensée me trahit, ravivant en moi une compassion que je n'ai pas envie de ressentir pour cet homme.

— Les saisons sont revenues, et le peuple se réjouit. Les préparatifs des rites de printemps vont bon train, poursuit Rinni. Lors du couronnement, les autres chefs seront témoins du pouvoir de la reine, et ne douteront plus de vous.

Ce rappel du rôle que je dois jouer auprès de lui a vite raison de ma compassion. J'ai apporté le printemps à son monde, et maintenant, je vais renforcer son règne. Ma mission, ici, n'aura strictement rien à voir avec ce que je souhaite.

— J'espère que vous avez raison, soupire-t-il.

— J'en suis convaincue.

Eldas se perd dans la contemplation d'un coin distant de la salle. Rinni attend et ne bouge pas. Elle semble voir quelque chose qui m'échappe. Je pensais que la conversation était arrivée à son terme, mais Rinni s'attarde.

— Rinni, reprend enfin le roi d'une petite voix. Vous êtes la seule représentante du sexe faible à avoir jamais dîné à ma table privée. Vous êtes à mon côté depuis plus longtemps que n'importe lequel de mes conseillers et magistrats. Vous… (Une émotion dont je ne l'aurais pas cru capable lui serre la gorge.)… vous êtes ma seule véritable amie.

» Dites-moi ce que je dois faire. Le printemps est là, mais un vent d'hiver souffle depuis le Voile. Si elle n'apprend pas vite à dominer son pouvoir, je crains le pire. Je crains de ne pas me montrer à la hauteur. Alors, elle ne connaîtra de cet endroit que la souffrance, tout comme moi. Et le couronnement est pour bientôt… J'aimerais tant qu'elle trouve sa place parmi nous avant la cérémonie.

Je me hisse sur la pointe des pieds et me colle contre la paroi pour avoir une meilleure vue sur la salle. Je regrette de ne pas voir l'expression d'Eldas. J'aimerais savoir si l'inquiétude et la sincérité que j'entends dans sa voix sont sincères.

Rinni se rapproche doucement du trône. Elle lève la main et la pose sur la joue du roi. Mon estomac se noue pour une raison que je ne m'explique pas complètement.

Eldas relève la tête. Il la fixe d'un regard intense. Rinni ne retire pas sa main, et le roi ne bouge pas non plus. Si cela avait été moi à la place de la soldate, il aurait certainement réagi différemment. Il faut dire que la première fois que je l'ai touché – que j'ai touché mon époux –, c'était pour le frapper.

Je ne devrais pas assister à cette scène. Et pourtant, je n'arrive pas à m'en détacher.

— Dans le fond, vous êtes un homme bon, Eldas, mais à l'extérieur, vous êtes *très* rugueux. Vous le savez. (Elle lui caresse la joue avec le pouce. Je trouve qu'ils vont bien ensemble, qu'ils sont même faits pour être ensemble, et cela me fait mal au ventre.) Elle ne comprend pas pourquoi parce que vous ne lui en laissez pas la possibilité. Et vous ne faites pas non plus d'effort pour la comprendre. Mais je suis fautive aussi. Je lui en voulais d'être restée cachée, de vous avoir fait vivre une année terrible. Vous avez dépensé tellement d'énergie en essayant de maintenir l'intégrité de l'Orée, mais elle faiblissait quand même, et le Midscape se mourait. Elle n'y était pour rien, cependant. J'en suis convaincue, désormais, et je sais que vous aussi. Elle n'est pas responsable de la situation. Je m'efforce de la connaître mieux, et vous avez besoin de faire de même.

— Si seulement elle…

— Ne vous cherchez pas d'excuse, dit Rinni en abaissant la main. Apprenez à la connaître. Lorsque vous vous êtes ouvert à elle, Alice s'est révélée différente de ce que vous pensiez. Peut-être Luella vous détrompera-t-elle aussi.

Eldas réfléchit longuement, le visage doux et pensif. Le masque de marbre a cédé la place à l'homme. Toutefois, dès qu'il se sent vulnérable, il se retire derrière des murs intérieurs.

Il secoue la tête et se lève de son trône. Il prend la main de Rinni dans les siennes et la serre.

—Je respecte vos conseils, Rinni, vous le savez. Mais Alice était une personne rare. Je ne suis pas fait pour l'amour…

—Ce sont les mots de votre mère, le coupe Rinni.

—Je suis né pour une chose : servir le Midscape, dit-il comme s'il ne l'avait pas entendue.

—Ça, ce sont les mots de votre père, soupire-t-elle.

—Le reste n'est que distraction, conclut-il, ignorant les objections de Rinni. Je ne peux pas lui donner ce qu'elle avait à Capton. Je ne peux pas lui rendre sa famille, ni sa communauté. Je ne peux pas lui offrir ce que je n'ai jamais connu. Peut-être puis-je lui apprendre à gérer sa magie et à naviguer dans ce monde brutal. Je ferai mon possible pour réussir cette mission.

Chapitre 13

Je regarde Eldas quitter la salle, puis je m'éloigne des trous dans le mur. J'ai des crampes aux mollets d'être restée trop longtemps sur la pointe des pieds, et je me mets à piétiner, ce qui m'aide à évacuer un peu de ma nervosité.

Une part de moi regrette d'avoir été témoin de cette conversation. Je ne sais pas quoi penser d'Eldas, maintenant. Je découvre qu'un coin de mon cœur fait naturellement preuve de compassion à son égard, tandis qu'un autre pleure Capton et ces gens qui me manquent de plus en plus, et saigne de subir une telle cruauté.

Il avait raison. Le Midscape est brutal, c'est un monde que j'aurais préféré ne jamais connaître.

Ton devoir, me dis-je instinctivement. Dans les moments difficiles, je me concentrais sur ma mission auprès des habitants de Capton. Je n'ai plus de mission, cependant; je ne suis plus que la marionnette d'Eldas, j'erre sans but dans les couloirs de ce château.

Je n'ai aucune envie que mon unique raison d'être soit le renforcement de son pouvoir par ma seule présence.

J'ai besoin de plus que cela, mais que puis-je faire d'autre ? Ma place, ici, est creuse, vide de sens.

Lentement, je reprends l'ascension de l'escalier. Je ne sais pas où je vais, mais je me retrouve dans un long couloir. Je passe de salle en salle jusqu'à ce qu'une odeur de terre et de tourbe me picote les narines, m'arrachant à mes pensées.

Ce parfum est comme un éclair dans un ciel dégagé : improbable. Ce château est froid et gris, aussi la moindre trace de vie attire-t-elle mon attention. Je suis les odeurs dans une succession de salles en enfilade et me retrouve dans ce que je décrirais comme un laboratoire.

Des étagères chargées de pots surplombent des plans de travail encombrés de béchers, de chaudrons bouillonnants et de plantes en train de sécher. Me flanquent également de hautes tables entourées de tabourets, chargées d'outils. En face de moi, il y a une grande paroi en verre couverte de buée. L'humidité m'empêche de voir clairement la végétation, au-delà.

Dès que j'entre dans la serre, ma peau se couvre de gouttelettes de transpiration. La structure occupe toute la largeur du château. Il y a de la pierre en dessous et au-dessus, du verre de part et d'autre, au nord et au sud. Des plantes poussent sur des treillis qui forment des arches au plafond. Il y a des étagères de plantes en pots et des plantations hors-sol.

Je sens des parfums de lavande et de pissenlit mêlés à des arômes de rose – qui me donnent presque la nausée après l'incident d'il y a deux jours –, ainsi que des touches aromatiques de sauge et de romarin. J'avise des arbrisseaux de sureau, de la valériane, des primeroses, de la menthe et de la mélisse. Il y a des plantes que je vois pour la première fois, d'autres que je n'avais vues que dans des livres.

— Oh ! (Je sursaute et me fige. L'homme que j'ai surpris se relève à la hâte. Je lui ai fait une peur bleue.) Bonjour, Willow, dis-je en souriant.

— Luella, répond-il en soupirant. Que faites-vous ici ?

Je hausse les épaules, n'ayant aucune intention de lui raconter ce qui vient de se passer avec Eldas.

— Je me promenais.

— C'est un bel endroit où se promener. Bienvenue dans la serre royale. (Il retire ses gants de jardinage et les laisse tomber dans un panier, à côté de lui, où je vois un sécateur et de la menthe poivrée.) Je vous fais visiter ? propose-t-il dans un grand sourire.

— Avec plaisir, réponds-je sans hésiter, heureuse de pouvoir me changer les idées.

Il me montre leur système d'irrigation complexe et le composteur, dans un coin. Willow est particulièrement fier de l'organisation de sa cabane et des salles de séchage. Mais je reste obsédée par la serre à proprement parler, et par les plantes.

Vivantes…

Je suis consciente de leur présence d'une manière inédite pour moi. Leur aura est comme une salutation subtile, la confirmation qu'elles sont conscientes de ma présence. Les tournesols suivent ma progression, et je suis aussi pressée de les découvrir qu'ils le sont de m'accueillir.

— Et ça, qu'est-ce que c'est ?

Je m'arrête devant une plante à la base noire et bulbeuse, aux feuilles rouges et épaisses en forme de cœur.

— De la racine de cœur, répond Willow en se rapprochant pour inspecter la plante, cherchant des parasites.

— Quel est son effet ? Je ne pense pas qu'il y en ait dans le Monde naturel.

— Bizarre, je croyais que toutes les plantes du Midscape existaient également chez vous. Peut-être n'en avez-vous simplement jamais entendu parler.

— Peut-être.

J'en doute. J'ai passé des années à étudier toutes les plantes connues des hommes, et si je ne connais pas celle-ci, alors personne ne la connaît.

— Ses feuilles sont utilisées dans de nombreux antidotes pour augmenter leur puissance et accélérer l'absorption par le sang. L'écorce est plus intéressante, cependant. On peut l'utiliser pour ralentir les battements du cœur, pour les réduire au strict minimum.

— J'imagine qu'elle sert aussi dans les cas d'empoisonnement ?

Il confirme mes soupçons d'un hochement de tête. En ralentissant les battements du cœur, on freine la propagation du poison dans le corps.

— Il paraît que l'écorce peut aussi être utilisée pour la mémoire, mais cette piste n'a pas souvent été explorée.

— Pourquoi ?

— C'est une rumeur, à vrai dire. Selon un vieil adage, « la racine de cœur se souvient ». Personne ne connaît l'origine de cette expression. J'ai moi-même fait quelques expériences avec son écorce, sans jamais mettre en évidence quelque propriété mentale que ce soit.

— Je vois.

J'effleure avec douceur une feuille rouge et épaisse, et un intense sentiment de nostalgie m'envahit.

Je sens la terre humide et fraîche tout autour de moi. Je distingue presque les contours d'une femme portant une couronne de feuilles. Ses mains m'enveloppent, protectrices. Et puis, les ténèbres. Je suis mise en terre. Je pousse, me développe en profondeur à mesure que la terre change au-dessus de moi, s'épaississant, durcissant.

Des souvenirs – contenus quelque part au-delà de sa base rougeâtre – affluent dans mon esprit.

Et puis la sensation change de nature. Je ressens une force d'attraction. Deux boutons apparaissent, et je retire aussitôt les mains, les plaque contre ma poitrine.

— Je suis désolée.

— Ne le soyez pas, me dit Willow en me regardant avec une crainte mêlée de respect. C'est magnifique.

— Quoi ?

— Normalement, il faut trois cents ans à cette plante pour atteindre sa maturité. Nous attendons en particulier ses fleurs. Celles-ci peuvent guérir de n'importe quel empoisonnement. Mais la racine de cœur ne les produit qu'à partir d'un certain âge.

— Oh.

— C'est incroyable, lance-t-il.

Willow vient d'assister à quelque chose d'extraordinaire ; moi, j'ai une fois de plus perdu le contrôle de ma magie.

— Est-ce que… d'autres propriétés apparaissent-elles à ce stade de maturité ? La mémoire de la plante, peut-être ?

— J'en doute, mais nous pouvons la tester.

— Non… Je crois que je devrais y aller.

Je repousse les sensations fantômes de mon esprit et regarde les plantes d'un air triste. Si j'avais été seulement Luella l'herboriste, je serais restée des heures dans cet endroit. Sauf que je suis Luella la Reine humaine, et que je suis capable de faire pousser les plantes par accident. De bonnes plantes comme la racine de cœur ? Ou bien des plantes méchantes comme celles que j'ai créées l'autre jour ?

Je préfère ne pas rester pour le vérifier.

— Attendez, dit Willow en me prenant par l'épaule, m'empêchant de partir. Il y a autre chose.

— Willow, je suis désolée…

— Les journaux intimes des reines du passé ! s'enthousiasme-t-il. C'est Poppy qui m'a rappelé leur existence. Je me suis dit qu'ils vous aideraient à vous sentir chez vous… et peut-être même avec votre magie ? (Il se retourne vers le laboratoire, et je le suis. Willow se dirige vers une étagère, dans un coin, et attrape un tabouret.) C'est l'étagère du haut. Servez-vous.

J'examine l'étagère supérieure. Il y a vingt-cinq journaux de formats divers, avec des noms écrits sur le dos. Certains apparaissent plusieurs fois et sont accompagnés d'un numéro. Je lis « Alice » écrit à l'encre sur le dernier volume.

— Vous saviez qu'ils étaient ici ?

— En vérité, je n'ai jamais fait attention à ces étagères. Je parlais de vous avec Poppy, qui me disait qu'elle comptait vous demander de nous prêter main-forte, ici. D'après elle, il y a eu des précédents, aussi Eldas le permettra-t-il sans doute.

— Vous voulez dire que la Reine humaine a déjà travaillé dans cette serre ?

Je n'ose pas espérer, ayant eu assez de fausses joies à mon goût.

— Apparemment, ça s'est souvent vu, ce qui n'est pas étonnant vu la magie pratiquée par la reine.

Willow a un sourire en coin contagieux.

— Je ferais quoi, exactement ?

— Vous vous occuperiez des plantes, vous prépareriez les mélanges dont nous aurions besoin.

Ce serait mieux que rien, pour commencer.

— Je pourrais aller en ville ?

— Peut-être après votre couronnement, répond-il d'un air incertain que je trouve inquiétant.

— J'aurais des patients ?

— Je… j'en doute.

Il fronce les sourcils, et j'en fais autant. Je pose un regard pensif sur les journaux. Ont-elles été heureuses, ici ? Pour de vrai ? Il n'y a qu'une façon de le découvrir. En tout cas, si je dois passer ma vie à arroser des plantes, mon propre journal ne sera pas très amusant à lire.

— Bref…, reprend Willow. Les reines nous ont laissé ces archives. Vous y trouverez peut-être de quoi faciliter votre acclimatation. Poppy vous donne sa permission.

— Il manque des reines, lui fais-je remarquer.

Les cinq premières, en l'occurrence.

— Sans doute les premières ne tenaient-elles pas de journal. Ou bien ont-ils été perdus ou détruits. C'était il y a trois mille ans. Nous avons de la chance d'avoir ceux-ci. (Il hausse les épaules et prend la direction de la sortie.) C'est presque l'heure du déjeuner. Je vais nous chercher quelque chose à manger. Vous avez une préférence ?

— Pourvu que ce ne soit pas épicé, je ne suis pas difficile, réponds-je en posant l'index sur le journal d'Alice.

— Je reviens tout de suite, lance-t-il par-dessus son épaule en disparaissant.

Comme je retire le volume de l'étagère, l'idée me traverse l'esprit de le faire parvenir à M. Abbot. J'imagine qu'il aimerait beaucoup prendre dans ses mains un objet touché par sa sœur. Pourrais-je le lui envoyer ? Une idée se développe dans mon esprit comme je tourne les pages.

Si je pouvais rentrer à Capton... je serais encore plus utile. Le printemps est installé au Midscape, les gens se passeront de moi, et Eldas n'aura aucun mal à se donner des airs de dur à cuire en mon absence.

Mes doigts me picotent, comme si le journal me donnait sa permission.

Les notes d'Alice sont arrangées avec soin. Au sommet de chaque page, il y a le nom d'une plante et, en dessous, un croquis méticuleux et détaillé du spécimen en question. À la droite du dessin sont listées propriétés et instructions de préparation.

En bas de la page, je découvre des notes sur la magie – la *magie de la reine* – et son usage. Je pose le volume sur une table et me mets à tourner les pages, compulsant les notes magiques.

« Se concentrer sur l'équilibre. La nature rend ce qu'elle reçoit.
Celle-ci stocke bien la magie – on peut la charger pour garantir des échanges plus équilibrés.
Il vaut mieux la laisser pousser naturellement pour une plus grande puissance.

Facile à manipuler et sacrifier pour de plus grands échanges vie contre pouvoir.
Mâcher et cracher avant de faire des ajustements en fonction des conditions météorologiques. »

C'est un véritable trésor d'informations. Je retourne à l'étagère et attrape un journal au hasard. Cette reine-ci a arrangé ses pages différemment. Les croquis sont moins bien réalisés et occupent toute la page de gauche. Les segments de la plante sont notés directement sur le dessin. Sur la page de droite se trouvent des informations supplémentaires et des anecdotes.

Je vais chercher un troisième volume. D'autres informations m'attendent. Des notes personnelles emplissent les coins de ces pages-ci, rédigées par une reine à l'âme de poétesse.

« Rose rouge. Propriété : amour. Le roi m'en a offert une pour notre cinquième anniversaire de mariage, et je m'efforcerai de la maintenir en vie pour toujours afin de chérir ce signe de son affection. »

Je glousse. Une de ces reines a donc été amoureuse de son roi. Eldas n'a sans doute jamais entendu parler de cette histoire. Il n'a même pas envie de devenir mon ami, alors ne parlons pas d'amour.

— Vous avez trouvé quelque chose d'amusant ? me demande Willow en disposant un plateau de nourriture sur la table.

— En effet. (Je pose le journal et retourne en chercher un autre. De retour à ma place, j'attrape un morceau de pain au romarin, que je trempe dans de l'huile aromatisée aux herbes.) J'ai une idée.

—Ah?

—Ces journaux sont un bon début... (Bien meilleur en tout cas que la piètre leçon d'Eldas.)... mais je veux en apprendre davantage sur ma magie et celle des Elfes. J'ai besoin d'un endroit sûr où m'exercer.

—Je vois..., commente Willow en hochant la tête avec circonspection.

—Je veux faire de cet endroit ma salle d'entraînement. Et je veux que vous soyez mon professeur.

—Quoi?

—Parlez-moi de la magie des Elfes et guidez-moi dans l'apprentissage de la mienne.

Vu que je ne peux pas compter sur Eldas...

—Mais...

—S'il vous plaît, Willow. (Je le prends par les mains.) Vous êtes mon seul ami ici.

Il fait la moue, regarde successivement nos mains et mes yeux.

—D'accord.

Pendant que nous mangeons, il me parle de l'onomancie elfe, la magie sauvage des noms. Chaque peuple du Midscape a sa magie sauvage unique. Les Faés ont la ritumancie, une magie chargée par des rituels, fondée sur des actions pratiquées d'une manière précise. Les Vampires ont l'hémomancie, la magie du sang. *Et cætera.*

La magie des Elfes est celle qui m'intéresse le plus, évidemment. Willow me répète ce qu'Eldas m'a déjà expliqué: les Elfes utilisent le Savoir pour trouver le nom véritable d'un sujet.

Dès lors qu'un Elfe connaît le véritable nom d'une personne ou d'un objet, il est en mesure de le manipuler à sa guise. Comme me l'a déjà dit Eldas, les seules limites sont son imagination et la puissance de sa magie. Willow m'explique que certains Elfes sont capables de suggérer des émotions, que d'autres manipulent les cheveux, soulèvent les objets à distance, invoquent des souvenirs, communiquent par télépathie et j'en passe.

Je suis entourée de gens possédant des pouvoirs immenses. Je ne suis pas née avec de la magie, et je ne leur arriverai peut-être jamais à la cheville. La chose la plus sûre et la plus sage à faire est de partir.

Willow ne sait rien de l'Être mentionné par Eldas. Après le déjeuner, je passe l'après-midi à compulser les journaux à la recherche d'informations sur le sujet, mais je ne trouve rien.

En revanche, je trouve des instructions sur l'usage de ma magie, qui m'encouragent à élaborer un plan pour plus tard, dans la soirée.

La journée passe jusqu'à ce que la sonnerie d'une horloge m'arrache à mon travail. Willow est en train de finir de nettoyer son établi.

— Laissez tout comme cela, me dit-il. Nous reprendrons demain matin, si vous le souhaitez.

— D'accord.

Je lui adresse un sourire forcé et me retiens de lui dire que, si tout se passe comme prévu, je ne serai pas là demain.

Chapitre 14

J'avais huit ans la première fois que je suis sortie de la maison en cachette.

La petite fenêtre située dans le fond du grenier était tout juste assez grande pour laisser passer mon corps d'enfant, et le rebord tout juste assez large pour mes pieds hésitants. Étant habituée à grimper sur de grands arbres, j'étais assez bête pour me croire capable de descendre du deuxième étage de la maison en passant par la façade, pour aller cueillir des fleurs rares n'éclosant que la nuit.

J'étais jeune et impétueuse.

Aujourd'hui, je suis moins jeune, mais je n'ai apparemment rien perdu de mon impétuosité.

Le clair de lune pénètre par les fenêtres de la salle à manger. Les dégâts importants que j'ai causés ont été réparés. Un frisson me parcourt l'échine, et je me demande si c'est une sensation fantôme de la magie elfe utilisée pour remettre la salle en état ou si les pouvoirs mis en œuvre ont réellement refroidi les lieux.

Je porte les vêtements que j'avais à mon arrivée, ainsi que ma sacoche en bandoulière. Des habits assez solides pour escalader les plus grands séquoias ou dévaler un flanc de colline. Le genre de tenue que je porterais dans la boutique qui me manque tant.

Je prends une profonde inspiration et réfléchis à ma stratégie. Qu'arrivera-t-il si je pars effectivement ? Le roi des Elfes avait besoin d'une Reine humaine, et il a fini par l'avoir. Même si je suis loin, nous serons toujours légalement mariés. Le Midscape avait besoin d'une recharge provenant du Monde naturel, et il l'a eue aussi.

À en juger par la conversation que j'ai épiée, j'ai causé plus de dégâts que de bien dans la vie d'Eldas. Eh bien, j'en ai autant à son service. Si je pars maintenant, nos devoirs respectifs ayant été accomplis, nous pourrons tous les deux reprendre notre vie d'avant.

— Je dois partir, me dis-je pour me donner du courage.

Les autres reines n'avaient peut-être rien de mieux à faire qu'exister ; moi, j'ai du travail qui m'attend. J'ai fait bourgeonner les arbres et fleurir le Midscape. J'ai accompli ma mission. Il est grand temps d'explorer une option qu'aucune reine n'a encore eu le courage d'entreprendre : rentrer à la maison.

J'ouvre une fenêtre. Même si les arbres de la ville, en contrebas, ont été sortis de leur léthargie par le printemps, même si leurs branches sont lourdes de feuilles et de fleurs, mon souffle se condense dans l'air. Je me demande si la ville est perpétuellement refroidie par la magie des Elfes qui y vivent.

Quoi qu'il en soit, j'ai envie de la météo plus clémente de la côte. J'imagine les rayons du soleil sur ma peau comme je cueille des fleurs et des plantes dans les collines. J'imagine le bruit des vagues étouffé par les arbres comme je collecte de quoi remplir les pots de ma boutique.

Ces souvenirs me donnent du courage. L'idée de passer une minute de plus ici avec Eldas et Harrow m'est insupportable. Si on me force à vivre le restant de ma vie à cet endroit, je dépérirai.

Je tiens une rose dans la main droite. Cette fois, j'ai pris soin d'en couper les épines pour empêcher le pouvoir de mon sang de modifier mon équation magique. Plusieurs fleurs sans épines sont dans ma main gauche. Ma sacoche est couverte de taches humides à cause de toutes les fleurs que j'ai prises dans les vases désormais vides de la salle à manger.

D'après ce que j'ai lu dans les journaux des reines et ce que j'ai vu avec Willow aujourd'hui, j'ai besoin de nourrir ma magie. La magie sauvage est puissante car elle défie les lois de la nature ; toutefois, je suis l'incarnation du naturel, et la nature est un perpétuel équilibre. Ainsi, tout ce que je fais doit être équilibré.

— Essayons encore une fois. (Je négocie avec la fleur.) Ce coup-ci, tu vas m'écouter, d'accord ?

Je crois qu'elle s'agite sous mes doigts. Mon imagination, sans doute. Dans le cas contraire, j'espère que cela ne tournera pas mal.

Je calme mes nerfs et me rappelle que je suis capable de le faire, puis je place la fleur sur le rebord de la fenêtre. J'appuie dessus avec les doigts de la main droite pour l'empêcher de s'envoler. J'inspire profondément, comme pour aspirer la vie et l'énergie des fleurs qui sont dans ma main gauche.

Balance et équilibre, me dis-je. Je prends la vie des fleurs dans ma main gauche et la transfère dans la rose. Je ne détruis pas, ni ne crée ; je déplace de l'essence brute. L'énergie me traverse en me chatouillant, elle déferle sous ma peau. Elle me donne une assurance incroyable.

Je regarde en bas. Sept étages me séparent des rues de la ville. La rose prend vie. Des vrilles s'accrochent à la pierre. La tige s'allonge. Sous mes yeux, elle forme un treillis descendant jusqu'en bas.

Peut-être Eldas avait-il raison. Peut-être contrôler la magie n'est-il pas si difficile une fois maîtrisées les bases.

— J'espère que tu vas tenir bon.

Je m'assieds sur le rebord de la fenêtre et pose mes talons sur les vrilles entremêlées. J'accorde toute ma confiance à de vieux journaux et à quelques tests préliminaires, mais je n'ai pas vraiment le choix. Eldas est convaincu que je ne contrôle pas mes pouvoirs ; c'est donc le moment ou jamais de prendre mes jambes à mon cou. Avant que mes progrès le poussent à me faire surveiller de plus près.

Avec circonspection, je me retourne en agrippant le rebord, je tire doucement la fenêtre pour la refermer et je commence ma lente descente.

Je passe devant plusieurs fenêtres, mais elles ne sont pas éclairées. Certaines sont obstruées par de lourds rideaux. Lorsque mes pieds touchent enfin le sol, j'ai les mains et les épaules endolories, mais ma descente n'a pas été aussi difficile que prévu. Les vrilles végétales accueillaient confortablement mes pieds et formaient des prises très sûres pour mes mains.

Les plantes me protégeaient. Je comprends qu'elles prennent soin de moi depuis toujours. Les branches des arbres qui s'efforcent de résister à mon poids, qui ploient pour me permettre de les attraper… Ce n'était donc pas mon imagination de petite fille. Depuis ma plus tendre enfance, j'avais des indices de ma véritable nature, mais j'ai refusé de les voir.

Je repense à Luke. J'espère qu'il n'a pas encore été jugé, parce que la première chose que j'ai envie de faire à mon retour, c'est de lui dire ce que je pense. Et puis, je lui expliquerai le risque qu'il a fait courir à tout le Midscape en me cachant. Personne, à Capton, ne semble comprendre réellement ce qui se passe derrière l'Orée.

La ville est calme. Des flammes bleues dansent dans les lampadaires, baignant le paysage d'une lueur saphir. Les maisons sont aussi grandes que celle de ma famille, voire plus grandes. J'avise les ateliers sombres des modistes, ébénistes, cordonniers, forgerons : tous les métiers qu'on trouve dans une ville. Les objets que je découvre dans les vitrines me font ralentir contre mon gré.

Les objets d'origine elfique sont rares à Capton et donc extrêmement précieux. Ici, une bouilloire elfique est simplement une bouilloire. J'en vois justement une dans la vitrine d'un orfèvre.

Tout ce que je trouvais exotique, précieux et magique est ordinaire, ici. Depuis les flammes bleues, jusqu'à la magie froide, en passant par cette architecture parfaite aux spires pointues et dangereuses… Cette ville est à la fois familière et tout sauf familière.

J'avise quelques passants, mais ils gardent leurs distances. J'évite les tavernes qui semblent les attirer. Je couvre mes oreilles avec mes cheveux car elles ne sont pas pointues comme les leurs.

Je vois quelques gardes marchant par deux, équipés exactement comme ceux qui ont accompagné Eldas à Capton. C'est une nuit paisible, cependant. Les gens s'occupent de leurs affaires, et personne ne me regarde d'un air soupçonneux.

Des rires et des cris résonnent sur le lac, attirant mon attention. Harrow et ses amis émergent d'une allée faiblement éclairée. Les deux hommes le soutiennent. Aria leur tourne autour, riant et touchant le frère du roi quasi inconscient.

Je presse le pas.

Lorsque j'arrive à l'extrémité de l'escalier conduisant au tunnel dans la montagne d'où Eldas et moi avons émergé, je me fige. Il n'y a pas de moyen discret de gravir ces marches. L'escalier est un ruban pâle de clair de lune pointant vers le haut.

Regardant par-dessus mon épaule, je distingue à peine l'échelle végétale que j'ai créée sur le flanc du château. À l'aube, cependant, ils sauront que je me suis enfuie. Je ne voulais pas prendre le risque d'inverser le processus et de réduire le treillage végétal jusqu'à ne laisser que la rose sur le rebord de la fenêtre. Ç'aurait été une débauche d'énergie précieuse.

Oui, ils sauront que je me suis enfuie. Le mieux que je puisse faire, c'est de ne pas perdre de temps. Si j'arrive à atteindre Capton ce soir, j'expliquerai que j'ai respecté ma part du marché et, avec un peu de chance, le Conseil me protégera. Peut-être Luke connaîtra-t-il un moyen de me cacher, même si l'idée de collaborer avec lui me révulse. Ou bien une exception sera-t-elle faite pour permettre à une paisible petite ville côtière de garder sa guérisseuse.

Je prends une profonde inspiration et me mets à courir.

Les Elfes ne traversent l'Orée que pour échanger des biens – ce qui est rare –, trouver des épouses ou faire la guerre. Une Elfe seule n'aurait aucune raison de quitter la ville à cette heure de la nuit. Je suis certaine qu'Eldas choisit lui-même les Elfes qui sont autorisés à traverser l'Orée et quand ils devront le faire. Je cours aussi vite que je le peux en priant pour que personne ne me voie.

Je ne ralentis pas lorsque je m'engouffre dans les ténèbres à l'odeur de terre du tunnel. Je plonge dans la brume obsidienne qui stoppe la lumière. Je manque de foncer la tête la première dans un arbre, mais je m'arrête à la dernière seconde.

Je me protège le visage avec les bras, parviens à ne pas me casser le nez. Et puis je m'adosse au tronc pour jeter un coup d'œil alentour. La lumière de la ville des Elfes a disparu. Des ténèbres vivantes m'entourent.

Je ne me rappelle pas avoir pris un tournant lorsque Eldas m'a escortée à travers l'Orée. Peut-être ma mémoire me fait-elle défaut. Je contourne l'arbre et me remets en marche d'un pas plus lent et contrôlé.

Je ne vois pas à plus de quelques mètres. La visibilité est minimale, comme si j'étais la seule source de lumière. Je suis la seule entité réelle, ici. Le reste n'est qu'ombre et cauchemar.

La mousse humide cède sous mes pieds. Je cherche des pierres, des indices de la présence du chemin du temple. Je marche depuis un bon bout de temps, maintenant, non ? C'est peut-être une impression. Il est vrai que je suis seule, tellement seule.

« Retrouve-moi dans le bosquet,
Où les grappes de raisin ne poussent pas. »

Je chantonne doucement. Cette chanson, je la chante depuis que je suis toute petite sans savoir qui me l'a apprise, ni quand. C'est une chanson macabre contant les affres d'un homme tombant amoureux d'une créature des bois. Je chante très mal, mais c'est toujours mieux que le silence.

« Retrouve-moi sous les branches argentées,
Les autres ne le sauront pas.

Retrouve-moi sous le voile des secrets,
Avant que le jour touche à sa fin.
Là, mon amour, je te volerai le visage,
Et personne n'en saura rien. »

Une brindille craque dans mon dos. Je pivote sur les talons. La mélodie entêtante résonne dans les airs comme je distingue un mouvement dans les ténèbres.

J'entends d'abord un grognement, un grondement grave qui active mon instinct de fuite. Soudain, un éclat de lumière transperce les ténèbres. Deux yeux jaunes et lumineux me fixent du regard.

Pas après pas, la bête imposante approche. C'est le plus grand loup que j'aie jamais vu, avec des pattes presque aussi grosses que mes pieds bottés. Sa fourrure à la couleur de l'ardoise, comme s'il était né de la brume elle-même. Ses babines sont retroussées sur des crocs aiguisés comme des lames de rasoir.

Comme il avance, je recule.

— Non, je chuchote d'une voix chevrotante. S'il te plaît, non.

Pourquoi diable ai-je chanté ? J'aurais tout aussi bien pu lui crier : « Je suis là, terrible bête de l'Orée ! Viens me manger ! » Je vais mourir dans les ténèbres à cause d'une chanson que je n'aime même pas vraiment.

Mon dos heurte un large tronc, et je cherche des yeux un endroit où grimper. Comme par hasard, il n'y a pas de branches en vue.

Je me tourne vers la bête et croise son regard en plongeant la main dans ma sacoche pour en sortir les roses. Si j'arrive à faire pousser une branche, je pourrai peut-être me réfugier assez haut. Rien n'est moins sûr, cependant, vu la puissance de ses pattes.

— Je ne ferais pas un bon repas, dis-je. Pourquoi ne retournes-tu pas là d'où tu es venu ?

En guise de réponse, j'ai l'impression qu'il grogne encore plus fort.

Ma main droite se referme sur les tiges des roses, tandis que la gauche se pose sur l'écorce de l'arbre, derrière moi. Qu'est-ce que je peux faire ? Faire pousser une branche ? Aurai-je le temps de l'escalader ?

Je pourrais essayer de générer une cage de racines, comme Eldas avec Luke. L'idée de devoir créer quelque chose d'aussi grand et solide me rend nerveuse, cependant. Pendant ce temps, le loup continue d'approcher.

Choisis donc, Luella, ou tu finiras dans son estomac.

Ce sera donc la branche.

Les roses flétrissent et tombent en miettes sous mes doigts. Mais rien ne se produit. La magie s'embrase en moi et crépite, inoffensive dans les airs.

Le loup pousse un grognement et s'apprête à se jeter sur moi. J'essaie en vain d'escalader l'arbre, mais je glisse sur de la mousse et tombe en arrière.

Le monde bouge lentement.

Ça y est. Je vais mourir. Mère me disait toujours que je m'aventurais trop loin dans la forêt. Elle me répétait tout le temps qu'à force de trop m'éloigner de la maison, il finirait par m'arriver quelque chose.

Tu avais raison, Mère.

Je tombe lourdement sur le dos. Je manque de me mordre et me couper la langue. Mes dents claquent, mes oreilles sifflent. J'imagine la sensation produite par le trône s'immisçant sous ma peau. Je sens les griffes du loup sur mon corps. Bientôt, je sentirai ses crocs et le sang et…

Son souffle chaud sur mon oreille. Il renifle.

J'entrouvre les paupières et croise le regard lumineux de la bête. Il sent le côté de mon visage. Le jeune mâle – je suis sûre que c'en est un – me tourne autour. Il renifle mes mains, plonge le museau dans ma sacoche.

Lorsqu'il a terminé son inspection, il s'assied en enroulant sa queue touffue autour de ses pattes et attend.

— Quoi ? (Je m'assieds doucement.) Tu ne vas pas me manger ? (Le loup continue de me regarder.) Pourquoi tous ces grognements, alors ? (Je me frotte l'arrière de la tête encore endolori.) Pourquoi t'es-tu arrêté ? Note que je ne me plains pas.

Il penche la tête sur le côté, dresse une oreille. C'est alors que je remarque une entaille profonde sur son oreille droite.

— Attends… tu es… Non, c'est impossible. (Je me mets à genoux pour mieux voir la bête, qui continue de m'observer.

Sa queue se soulève et retombe lourdement.) Es-tu le même loup que ce fameux jour dans les bois, avec Luke ?

Oui, forcément. Le même regard clair et intelligent… Je le vois à présent qu'il ne gronde plus.

— Est-ce la seconde fois que tu me fais peur ? (Je ris d'un air détaché. La situation m'amuse, ce qui n'est pas la réaction d'une personne saine d'esprit.) Depuis combien de temps me surveilles-tu ? Tu es malin, pas vrai ? Peut-être sais-tu qui je suis vraiment depuis très longtemps.

Il penche la tête de l'autre côté. Est-ce un oui ?

— Tu sais comment sortir d'ici ? (J'ai perdu l'esprit, je parle à un loup.) J'imagine que tu connais le chemin de notre forêt, que tu saurais retrouver l'endroit où elle borde les jardins du temple ? C'est là que nous nous sommes croisés la première fois. Je veux retourner là-bas.

Le loup continue de me regarder pendant quelques secondes. Je me relève en poussant un soupir. Un loup guide ? C'est trop demander, sans doute.

— En tout cas, merci de ne pas m'avoir mangée, lui dis-je en lui faisant doucement au revoir de la main.

Le loup bondit. Ses pattes sont aussi puissantes que je l'imaginais car il franchit la distance qui nous sépare en un clin d'œil et presse la tête contre ma main. Émerveillée, je regarde mes doigts qui s'enfoncent dans la fourrure dense et rêche. Même s'il semble né de la brume de l'Orée, il est bien solide. Alors, il recule lentement sans me lâcher des yeux.

Soudain, il se retourne et disparaît dans les ténèbres.

— C'était… (Un éclair doré m'interrompt. Je distingue à peine la silhouette du loup des volutes de brume. Je vois ses yeux luisants, en revanche. Il semble attendre quelque chose de moi.) Tu veux que je te suive ?

Le loup se remet en marche, et je me hâte de le rattraper pour ne pas me faire distancer. À mon avis, il me conduit à l'arbre sur lequel il aime faire pipi. Cet animal fait-il seulement pipi ? Est-ce un animal ? Ou bien une bête faite d'ombre comme le cheval sur lequel Eldas est arrivé à Capton ?

Aucune importance. Il est ma meilleure chance de sortir de cet endroit. Nous marchons dans la forêt sombre pendant une bonne heure avant que je pousse un grognement de frustration.

— Bon, eh bien, merci quand même. Je vais partir de mon côté, parce que cette direction ou une autre…

Un jappement et un grondement me prennent de court.

— Quoi ?

Un autre grondement grave.

— D'accord, je te suis encore un peu, réponds-je en lançant les bras en l'air, résignée.

Nous marchons jusqu'à ce que les arbres cèdent la place à une clairière tapissée de mousse. Un cercle de pierres entoure un genre de tablette érigée au centre d'une petite butte. On dirait une tombe. Je frissonne.

— Ce ne sont pas les jardins du temple…

Le loup fait comme s'il ne m'avait pas entendue et se dirige vers la grande pierre verticale, près de laquelle il se couche.

— C'est ton endroit préféré ?

Il penche la tête sur le côté et hausse les sourcils, l'air de dire : *Pourquoi ? Ce n'est pas l'endroit que tu cherchais ?*

— Eh bien, non, ce n'est pas l'endroit que je cherchais, je marmonne en me dirigeant vers la tablette.

Dessus, j'avise des inscriptions effacées par le temps, couvertes de la même mousse verte qui tapisse le sol. Cette clairière a quelque chose d'un temple. Il me rappelle les vieux sanctuaires que l'on trouve sur les chemins serpentant dans la forêt profonde.

— Qu'est-ce que ça dit ? je chuchote en tendant la main pour retirer la mousse des caractères gravés.

— Rien que vous sachiez lire.

La voix d'Eldas rompt le silence calme, et je n'essaie même pas de dissimuler ma frustration.

Chapitre 15

— Vous êtes surprise de me voir ? me demande-t-il d'une voix grave et rocailleuse.

Je me retourne pour lui faire face et ne parviens pas à décider s'il est un spectre ou un agent des dieux oubliés. Le noir de ses cheveux se dissout dans la brume de l'Orée. La pâleur grise de sa peau rappelle la pierre taillée ; elle a quelque chose de surnaturel et d'éthéré dans ce monde de nuit perpétuelle. Si c'était possible, il a l'air encore plus puissant que dans la salle du trône. Et beaucoup plus sévère. Je croise les bras pour me protéger de son jugement.

— J'imagine que je ne devrais pas.

— Effectivement. Qu'est-ce que vous croyiez ?

— Je me suis assise sur votre trône, et je vous ai apporté le printemps. Vous n'avez plus besoin de moi, ni envie de me garder auprès de vous, vu que je suis plus un fardeau qu'autre chose. Bref, je rentrais chez moi.

Il cligne lentement des paupières en secouant la tête.

— Vous… vous pensez être un fardeau ?

— Compte tenu de la manière dont vous m'avez traitée, cela me paraît logique.

— J'ai fait des efforts pour vous être agréable.

— C'est une blague ?

Il fait un pas en arrière, comme s'il avait du mal à croire qu'on puisse lui parler sur ce ton. Vu notre expérience commune dans la salle du trône, je m'étonne d'être en mesure de le choquer.

— Eh bien, je… je vous ai laissé mes appartements. Je vous ai autorisée à les décorer selon votre goût en puisant dans le trésor royal. Je ne vous ai pas enfermée, ni ne vous ai interdit l'accès de certaines parties du château, ce que je regrette amèrement.

— Vous m'avez traitée comme une marionnette ! Vous avez pris le contrôle de mon corps en usant de mon nom véritable ! (Je continue sans aucun remords. Au point où j'en suis, je décide de creuser.) Je refuse d'être votre pion. Je n'ai aucune intention de passer le restant de ma vie à travailler ma magie pour que vous puissiez effrayer d'autres rois du Midscape.

Il fait un nouveau pas en arrière. Je vois sa colère monter dans ses joues, creuser son front. Subitement, son visage tout entier se radoucit.

— Je suis désolé. J'ai eu tort.

— Je ne… (J'ai envie de lui dire que je ne veux pas de ses excuses. Mais je préfère reformuler mes pensées.) Je ne veux pas des mots, mais des actions. Il est facile d'affirmer qu'on regrette, Eldas. Il est plus dur de le penser.

— Je ferai de mon mieux.

— À moins que vous me laissiez partir.

Un museau humide me soulève la main ; le loup essaie de me rappeler sa présence. Je le gratte entre les oreilles, heureuse d'avoir quelqu'un à mon côté. Eldas pose un regard légèrement plissé sur la bête avant de focaliser son attention sur moi.

— Vous ne voulez pas de ce mariage, et moi non plus, reprends-je. J'ai fait ce que vous vouliez : j'ai ramené le printemps. Pourquoi nous forcer à vivre et à travailler ensemble ?

— Parce que nous le devons.

— Mais pourquoi ? (Je fais un pas vers lui, et le loup m'imite, ce qui me donne du courage.) Ne me maintenez plus dans les ténèbres, je vous en prie. Si vous regrettez réellement la manière dont vous m'avez traitée, l'occasion vous est donnée de vous rattraper. Si vous voulez que je vous aide, alors, aidez-moi sincèrement. Apprenez-moi comme je vous l'ai demandé et cessez de me rabaisser.

Il écarquille légèrement les yeux et, pour la première fois, il ne se réfugie pas aussitôt derrière des murs. Il me scrute, et je ne me referme pas sur moi-même, je reste ouverte et nue devant lui. C'est sa dernière chance, même si je ne le lui dis pas.

— La Reine humaine est notre lien avec le Monde naturel, et le trône en séquoia est son lien avec les fondations du Midscape. La magie la traverse et, de là, nourrit la terre et lui donne la vie. Cette connexion doit être alimentée. Il ne suffit pas de s'asseoir une seule fois sur le trône.

— Attendez, vous êtes en train de me dire qu'une laisse magique me relie à ce trône, que je vais devoir m'asseoir dessus régulièrement ? je demande, horrifié.

— Oui. Vous avez rechargé la terre du Midscape, mais cette magie finira par se dissiper. Vous devez donc continuer à vous asseoir sur le trône pour fortifier la terre.

— C'est trop me demander…, dis-je en croisant et en me frottant les bras, chassant de mon esprit la sensation fantôme du trône s'emparant de moi.

— Vos forces déclineront. À mesure que l'année avancera, le Midscape se refroidira et la terre se rabougrira.

— Alors vous me jetterez comme une vieille chaussette parce que je ne vous serai plus utile ?

— Non, lâche-t-il sèchement. Avez-vous réellement une si piètre opinion de moi ?

— Vous ne m'avez pas donné beaucoup de raisons de revoir mon jugement.

Il grimace.

— Votre magie faiblira, mais vous retournerez dans le Monde naturel quand il est le plus fort – au milieu de l'été – afin de vous recharger et de réaffirmer vos liens.

À mon arrivée, le Midscape était plongé dans l'hiver. Lorsque je me suis assise sur le trône, le printemps est arrivé. Viendra ensuite l'été. Et puis la terre faiblira au rythme de mes pouvoirs.

— Les saisons… Vous parlez des saisons.

Eldas hoche la tête.

— Quand je partirai pour Capton au milieu de l'été, l'hiver régnera au Midscape parce que mon pouvoir sera devenu trop faible pour recharger la terre.

— Ce sera Yule, plus précisément. Le Midscape sera plus près du Voile que de l'Orée, plus près de la mort que de la vie. C'est un cycle nécessaire, qui fait que notre monde est un peu une image miroir du vôtre. L'équilibre n'est pas encore rétabli, mais, lorsque ce sera fait, tout sera plus facile.

La nature a besoin d'équilibre, me dis-je. Je me sens plus puissante que je ne l'ai jamais été. Grâce à moi, les saisons se succéderont et la vie reviendra au Midscape.

—Je réaffirmerai moi aussi mes pouvoirs quand nous serons séparés, poursuit Eldas.

—Comment ?

—Vous êtes mon antithèse, Luella. Vous êtes la reine de la vie.

—Et vous le roi de la mort.

Je plonge mon regard dans ses yeux de glace. Une fois de plus, une boule de peur se forme en moi en pensant aux pouvoirs de cet homme. Bien sûr, la personne parfaitement saine que je suis préfère tourner tout cela à la rigolade.

—Nous n'étions pas faits pour nous entendre, je remarque. C'est bon à savoir.

Une étincelle amusée éclaire ses yeux. Je crois bien que c'est la première véritable émotion que je décèle sur son visage, et cela me fait sourire. Jusqu'à ce qu'il s'avance vers moi.

Il passe devant moi et s'arrête devant la tablette. Une onde de magie vibre dans les airs comme un vent d'hiver lorsque ses doigts balaient légèrement les mots gravés. Une magie liquide et argentée, mêlée au bleu foncé du crépuscule, se déverse sur les caractères, en nettoie la mousse. Autour de nous, l'atmosphère s'épaissit.

—Vous comprenez, à présent, dit-il. (Je mets quelques secondes à saisir qu'il ne parle pas de la magie qu'il vient de pratiquer.) Vous n'êtes pas plus libre que moi. Vous et moi formons un tandem. Voilà pourquoi nous devons apprendre à vivre et à travailler ensemble, comme vous l'avez si justement remarqué.

— Je ne suis pas sûre de comprendre.

Il me lance un regard incrédule, comme s'il n'arrivait pas à croire que je sois si obtuse.

— Enfin, si, plus ou moins. Dans la mesure où il m'est possible d'appréhender l'explication complexe d'un pouvoir ancien forgé il y a des milliers d'années. Ce que je ne comprends pas, c'est pourquoi personne n'a encore eu l'idée de remettre en cause ce système.

— Peut-être parce qu'aucun de nos prédécesseurs ne voulait condamner un monde tout entier à être consumé par la mort du Voile ?

— Bien sûr, que je ne souhaite la mort de personne. Mais il y a peut-être un autre moyen.

— Un autre moyen ?

Je suis encouragée par une lueur d'intérêt dans son regard. Je repense à mon père nous parlant du traité, regrettant qu'il n'y ait pas d'autre possibilité, une autre façon d'être libre. Le souvenir de sa voix passionnée me donne du courage.

— Pourquoi n'essayons-nous pas de nous libérer tous les deux de ce système ?

— C'est impossible.

— Avez-vous seulement tenté quelque chose ? (Il ne répond pas.) Quelqu'un d'autre a-t-il essayé ? (Le silence, toujours.) Pourquoi n'élaborons-nous pas une solution qui n'implique ni la mort du Midscape, ni le déséquilibre de plusieurs mondes, ni une guerre entre la magie sauvage et la magie naturelle ? Ni l'intervention de Reines humaines ?

— Vous parlez de choses que vous ne comprenez pas. (Il regarde la pierre d'un air sévère.) Notre seul espoir est de préserver cet arrangement aussi longtemps que possible, marmonne-t-il à voix basse. Ce qui ne sera bientôt peut-être plus possible.

Son hésitation me pousse à insister.

— Vous le savez parce que vous avez cherché une autre solution ?

— Luella..., lâche-t-il dans un soupir dramatique. Je sais que vous voyez en moi un homme ordinaire...

— Vous êtes tout sauf ordinaire, je le coupe rapidement.

Ses lèvres s'entrouvrent brièvement et son air sévère se dissipe, le rendant encore plus séduisant. Je fais la moue et réprime une onde de chaleur à laquelle je refuse de me soumettre.

— Vous me voyez comme un mortel, précise-t-il. Mon pouvoir dépasse votre imagination. Ceci est un des jalons de l'Orée, dit-il en désignant la pierre. Savez-vous seulement ce que cela signifie ?

Je secoue la tête.

— C'est la pierre angulaire du Midscape, une des fondations de l'Orée. Voyez-vous son pouvoir ?

Je secoue la tête de plus belle.

— Comprenez-vous la magie complexe qui forme un écheveau autour de vous et vous relie à cette pierre ? Une magie qui divise les mondes ?

— Non. (Il ouvre la bouche pour continuer, mais je l'en empêche.) Comprenez-vous ce que cela fait d'être appelée par des milliers, des centaines de milliers, des millions de choses vivantes ? Pouvez-vous imaginer ce que cela fait de sentir la terre planter ses griffes sous votre peau et gratter vos os pour en puiser la vie ? Votre esprit est-il capable d'appréhender le fait que ces choses vous mangeraient volontiers vivante si elles en avaient l'occasion ?

Il cligne des yeux. Une fois de plus, il semble étonné. Décidément, je le préfère légèrement vulnérable plutôt que sévère. Peut-être nous entendrions-nous davantage si je réussissais à le déstabiliser un peu.

— Vous avez raison, poursuis-je. Je ne peux pas comprendre votre magie parce que, comme vous l'avez dit, je suis votre antithèse. Mais cela signifie que vous ne pouvez pas non plus comprendre la mienne. Il est possible qu'aucun autre roi n'ait jamais donné à sa reine l'occasion d'explorer ses pouvoirs. Peut-être existe-t-il un moyen de relier les saisons du Midscape au Monde naturel sans le concours d'une Reine humaine ? Qu'en pensez-vous ?

Il ne dit rien, mais son expression se durcit, redevenant passive et indéchiffrable.

— Je vous demande simplement de me donner une chance, une vraie chance. Qu'avons-nous à perdre ?

— Tout, si nous ne sommes pas assez prudents, répond-il avec le plus grand sérieux.

— Alors, aidez-moi. Mon pouvoir, vos connaissances : nous réussirons peut-être, ensemble.

Eldas pince les lèvres. Je scrute les eaux profondes de ses yeux à la recherche d'une trace d'humanité. Je n'ai aucune raison de penser qu'il m'aidera, mais il me faut tenter quelque chose. Je le dois à Capton.

— Pourquoi est-ce si important pour vous ? demande-t-il finalement. (Je décèle une blessure, l'ombre de quelque chose qui se terre dans les courants profonds de sa personnalité. Je repense à ce qu'a dit Rinni, aux épreuves qu'il a traversées.) Aidez-moi à comprendre, insiste-t-il.

J'espère qu'il sera capable d'entendre…

— J'avais une vie. Vous avez raison, je ne suis pas comme les autres reines. Je n'ai pas été préparée ; ni pour vous, ni pour rien de ce qui m'arrive. J'avais mes plans, mes rêves. Des gens comptaient sur moi, et j'avais juré de les protéger et de les servir de mon mieux. Ils ont financé ma formation, et j'ai donné de mon temps, de mon travail pour eux. Capton a autant besoin de moi que le Midscape. Je suis leur seule herboriste.

» C'est sans doute la raison pour laquelle aucune autre reine n'a osé remettre le système en question. Elles n'avaient pas d'autres attentes car, depuis toutes petites, elles avaient été identifiées comme reines et ne rêvaient que de cela. Moi, je suis différente. Je pense à moi et à toutes les jeunes femmes qui me succéderont.

Le roi me regarde, puis se tourne vers la pierre, comme s'il hésitait entre moi et le monde qu'il a toujours connu. Je ne retiens pas mon souffle ; je sais ce qu'il choisira, et cela ne sera certainement pas mon idée folle.

Et alors…

— D'accord.

— Quoi ?

— Je vous autorise à poursuivre cet objectif.

— Vraiment ? (Je le rejoins devant le jalon.) Vous êtes sérieux ? Ce n'est pas une promesse en l'air comme quand vous avez annoncé vouloir m'apprendre des choses ?

Il grimace, mais opine du chef. Je ressens le besoin de lui prendre la main et de la serrer comme je l'aurais fait à un ami, mais je rejette cette idée avant que mon corps se mette en action.

— Ce n'est pas un marché sans conditions, me dit-il avec méfiance.

— Et c'est normal, réponds-je. (Mais c'est déjà un progrès.) Et quelles sont-elles ?

— Premièrement, vous devrez me tenir informé de votre travail. Si vous vous souciez peu du destin du Midscape, moi, je suis son gardien juré.

— Je n'ai jamais dit que…

— Pas question de vous laisser défaire accidentellement le tissu de mon monde, ajoute-t-il, ignorant mon objection.

— Entendu. C'est normal.

Je n'ai d'ailleurs aucune intention de défaire quoi que ce soit.

— Par ailleurs…

— Oh ! Il y a autre chose ? Quelle surprise !

Je croise les bras. Est-ce le fantôme d'un sourire, là, sur le coin de sa bouche ? Il semble franchement amusé. S'il continue à me sourire et à me regarder avec des yeux pétillants, je vais croire qu'il commence à apprécier cette Luella déterminée et courageuse.

— Par ailleurs, reprend-il, vous ne parlerez à personne de votre plan. Pas question que tout le monde sache que la femme qui est censée régner à mon côté fait son possible pour m'échapper, comme si j'étais trop faible pour la séduire. Mon règne est déjà suffisamment marqué par le temps qu'il m'a fallu pour vous trouver. C'est une honte, vous comprenez ?

L'agitation d'Eldas semble gagner le loup, qui fait les cent pas entre nous. Je lui tends la main, et il me rejoint aussitôt pour que je le gratte entre les oreilles, ce qui le calme.

— Eldas, je ne veux surtout pas vous causer de problèmes.

— Épargnez-moi votre fausse pitié, lâche-t-il.

Je vois un éclair de colère dans son regard, mais elle n'est pas dirigée vers moi.

— Elle n'est pas feinte. Je suis désolée. Pour de vrai.

Ma compassion le stupéfait. Il titube et met tellement de temps à se remettre, que je crains de l'avoir cassé.

— Je…

— Vous ? je l'encourage.

— Je suis désolé aussi de ce que vous avez subi.

— Vous voyez que ce n'est pas si difficile, lui dis-je dans un franc sourire.

— Il vous arrive d'être réellement très insistante et énervante, vous savez ?

— On me l'a déjà dit. Surtout mes patients. (Je ne peux m'empêcher de rire.) Personnellement, je préfère dire que je suis tenace. (Il renifle et, pendant une brève seconde, un genre de paix s'installe entre nous, que j'hésite à briser, mais je n'ai pas le choix.) Il y a d'autres conditions, je suppose…

— Oui. Pour les mêmes raisons, vous ne tenterez plus de vous échapper. La Reine humaine n'est pas censée être vue avant le couronnement. C'est la tradition, mais c'est aussi pour votre propre sécurité, pour que personne n'essaie de pratiquer sur vous le Savoir ou quelque autre magie. D'autant plus que vous ne maîtrisez pas encore vos pouvoirs, ni n'êtes capable de vous défendre.

— Je suis d'accord, même si moins de séquestration ne ferait de mal à personne.

— Enfin, vous aurez jusqu'à votre couronnement, dans deux mois, pour briser le cycle.

— Deux mois ? Que puis-je faire en deux mois ?

— J'ai hâte de le voir, répond-il, taquin.

Deux mois. J'ai deux mois pour trouver un moyen de me sortir d'ici.

— Et si je ne réussis pas en deux mois ?

— Même si je voulais vous donner plus de temps, je ne le pourrais pas. Avec votre couronnement, vous serez définitivement acceptée par le Midscape, vous en deviendrez une partie intégrante, bien plus que du Monde naturel. Votre alimentation sera la même que la nôtre. Ces terres seront les vôtres. Vous pourrez certes retourner dans le Monde naturel pour renforcer votre magie, mais pour des périodes très limitées. Passer trop de temps hors du Midscape vous tuerait.

— Après le couronnement, il n'y aura pas de retour en arrière possible ?

— Sauf pendant quelques jours au milieu de l'été, et pour votre magie.

Un frisson me parcourt. Si je réussis, je serai libre de rentrer à Capton pour les gens que j'ai juré de protéger toute ma vie. Si j'échoue, je serai prisonnière ici jusqu'à la fin de mes jours. Tout espoir n'est certes pas perdu.

Les yeux d'Eldas forent dans mon crâne. On dirait qu'il veut avoir accès à mon cerveau, à mes pensées. J'ai envie de détourner le regard, mais je suis comme clouée sur place par sa magie.

— Acceptez-vous mes conditions ? demande-t-il d'une voix grave et impressionnante.

— J'accepte. Marché conclu.

Je lui tends la main, et ses longs doigts froids s'enroulent autour des miens. Une décharge magique glisse sous ma peau, à laquelle j'ai du mal à résister. Trop tard, je me rends compte que je lui ai donné une nouvelle opportunité de pratiquer le Savoir mais, par respect pour ma volonté, ses yeux ne s'embrasent pas.

— Permettez-moi de vous mettre en garde, cependant. Je suis dure à la tâche. Deux mois, c'est long, et à la fin, je serai libre.

— J'ai hâte de voir ce dont vous êtes capable, dit-il d'un ton respectueux qui me surprend. Rentrons avant que quelqu'un se rende compte de votre absence.

Une décharge soudaine d'énergie me fige sur place. Je panique, convaincue d'être victime du Savoir. Une brume sombre entoure Eldas, se mêlant à l'Orée. Elle s'accumule à nos pieds, nous englobe. J'ai envie de crier, mais je ne peux pas. Je suis incapable de bouger. La seule lumière dans les ténèbres est l'éclat de ses yeux.

Le monde bouge autour de nous.

L'atmosphère immobile de ma chambre emplit mes poumons, tandis que j'exhale des plumets de fumée noire. Mon corps est parcouru de tremblements, et de la glace noire tombe de mes épaules. La magie condensée s'évapore, se dissipe.

— Qu… quoi ? je m'exclame en claquant des dents. (Je me penche sur mes genoux pour essayer de reprendre mon souffle avant de me redresser.) Qu'est-ce que c'était que ça ?

— Cela s'appelle *arpenter l'Orée*, répond Eldas comme si de rien n'était. Très peu de personnes maîtrisent cette technique.

Je me demande de quels autres prodiges il est capable. Alors que je m'apprêtais à poser la question, l'air se met à miroiter à côté d'Eldas comme la chaleur d'une route pavée en été. Entre ombre et lumière, un loup bondit. La bête désormais familière trotte joyeusement jusqu'à moi et me tourne autour avant de s'asseoir à mes pieds.

— Qu'est-ce que… ? (Eldas est aussi confus que moi, ce qui est une bonne chose. Il regarde l'animal en fronçant les sourcils.) L'Orée faiblit bel et bien. Elle devient instable, marmonne-t-il. Va-t'en, animal !

Le loup penche la tête sur le côté.

— Sur ordre du roi des Elfes, tu es une créature de l'Orée, et à l'Orée tu dois retourner !

Le loup agite la queue, et je ne puis m'empêcher de glousser.

— J'ai l'impression qu'il fait ce qu'il veut, dis-je en plongeant les mains dans sa fourrure.

— Comme quelqu'un de ma connaissance, ajoute Eldas en me lançant un regard oblique.

Je ris de plus belle. Pour la première fois, j'ai l'impression que nous travaillons ensemble, comme si nous étions égaux.

— Si ça peut vous consoler, il ne m'écoute pas non plus.

Eldas lève les yeux au ciel comme pour demander l'aide des dieux, puis pousse un monumental soupir.

— Il repartira avant longtemps. Sans doute s'est-il contenté de suivre notre odeur à travers l'Orée.

— Apparemment, les animaux aussi sont capables d'arpenter cet espace. Du coup, ce n'est pas si impressionnant.

Je souris, et Eldas plisse les yeux, mais son regard a perdu de sa sévérité.

— Ce loup arpente l'Orée parce qu'il en fait partie. Il est resté prisonnier du rift lorsque les mondes ont été séparés.

— En tout cas, c'est un très gentil loup, dis-je en caressant l'animal.

— Bien. Cette bête pourra rester ici tant qu'elle le voudra. Telle est ma décision.

Je me demande s'il s'adresse à moi, au loup ou à lui-même.

— *Votre* décision ? Vous m'en direz tant.

— Si tu casses quelque chose dans mon château, je te renvoie immédiatement chez toi, lance-t-il sévèrement au loup.

— Je m'occuperai de lui.

— Ne vous attachez pas trop. Il sera reparti avant le matin, grommelle Eldas en se dirigeant vers la porte. Quant à vous, vous travaillerez de nouveau votre magie demain.

— Vous m'avez donné encore plus matière à travailler, dis-je sincèrement.

Il semble étonné par mon changement de ton et hoche la tête. Je me retiens de lui dire que, s'il donne de la gentillesse, il obtiendra de la gentillesse en retour.

— Maintenant, je vais tâcher de dormir un peu, dit Eldas en bâillant. Si la Reine humaine veut bien rester tranquille assez longtemps pour me permettre de prendre un peu de repos.

— Permission accordée.

Il ne s'attendait manifestement pas à ce que je réponde. Un sourire en coin lui soulève les lèvres, mais il me tourne le dos, ne me laissant pas le loisir de profiter de son expression.

— Eldas ! je l'appelle tandis qu'il pose la main sur la poignée de la porte.

— Qu'y a-t-il encore ?

— Merci pour notre petit accord. C'est un bon début, et je constate que vous n'êtes pas si terrible, après tout.

Je baisse aussitôt la tête et caresse le loup pour dissimuler mon sourire. Je ne voudrais surtout pas le mettre mal à l'aise.

Je me contenterai d'avoir vu furtivement la façade glaciale de son visage se craqueler face à ma gratitude.

Il ne dit rien et sort de mes appartements, nous laissant seuls, mon compagnon inattendu et moi.

Chapitre 16

— Votre Majesté ? Vous êtes prête ? demande Rinni en entrouvrant la porte.

— Oui.

Je suis assise sur le bord de mon lit, le journal d'Alice sur les genoux, à la recherche d'un angle d'attaque pour atteindre l'objectif que je me suis fixé.

J'ai déjà compris que l'Être est l'image miroir du Savoir en ce qu'il est l'*essence* de l'existence plutôt que sa *compréhension*. C'est un concept compliqué, mais le plus important, c'est que je sais maintenant que mes pouvoirs peuvent changer le nom véritable d'une chose.

C'est une découverte bien utile.

Rinni ne dit rien. Comme le silence s'étire, je me retourne. Elle fixe du regard le loup qui occupe toute la partie inférieure de mon lit. Elle semble surprise, confuse, voire un peu effrayée.

— Je vous présente Hook.

Je l'ai prénommé ainsi à cause de la forme de son oreille entaillée, qui ressemble à un crochet.

— Hook… Vous avez un loup, maintenant ?

— Oui, et il s'appelle Hook, je confirme en refermant le journal. Avant que vous posiez la question : oui, Eldas est au courant et, oui, il est d'accord.

— Quelque chose doit m'échapper.

— Sans doute. (Je souris, amusée, et sautille vers le dressing. Je ne me suis pas sentie aussi bien depuis des jours.) Je me dépêche de m'habiller.

Rinni m'étudie lorsque j'émerge du dressing.

— Qu'y a-t-il ? Je n'ai pas choisi des vêtements dignes d'une reine ?

— Ce n'est pas ça. J'aime bien ce vert ; il sied à vos cheveux. Peut-être avez-vous des notions de style, finalement.

— Rinni ! Je rêve ou vous venez de dire quelque chose de gentil à mon sujet ?

— Cela vous étonne à ce point ? demande-t-elle en levant les yeux au ciel.

— Je croyais que vous ne m'appréciiez pas beaucoup.

— Je vous aime bien, disons. Au fait, pas question de laisser cette bête entrer dans la salle du trône, ajoute-t-elle en regardant Hook.

— Expliquez-lui donc qu'il ne peut pas venir.

Hook penche la tête sur le côté en regardant Rinni. Ses yeux l'invitent à le caresser, mais sa gueule emplie de dents aiguisées comme des rasoirs paraît dire : « Essaie un peu de m'empêcher de vous suivre. » Cela ne fait qu'un jour, mais je sais déjà que j'ai vraiment eu beaucoup de chance de trouver Hook. Lui et moi étions faits pour nous rencontrer.

— Entendu, mais si Eldas pose la question, je dirai que je voulais qu'il reste dans la chambre.

Je hausse les épaules. Après ce qui s'est passé la veille, j'ai davantage confiance en Eldas. Tant qu'il respectera sa part du marché, il y aura de l'espoir.

Irai-je jusqu'à dire que nous nous sommes un peu rapprochés ? Juste un peu ?

Mon séjour est toujours vide et nécessite que je me penche un peu sur la question de son ameublement. Sur ma liste de choses à faire, cependant, la décoration vient après « comprendre ma magie » et « stopper le cycle des Reines humaines ». Toutefois, décorer cet endroit pourrait m'aider à vivre plus confortablement ma parenthèse de deux mois dans ce monde. Pouvoir lire les journaux et prendre des notes sur un bureau ne serait pas du luxe.

Nous nous dirigeons vers la salle du trône par le chemin habituel. Comme les fois précédentes, Rinni écoute à la porte avant d'ouvrir.

— Votre Grâce, Sa Majesté et… le loup de Sa Majesté.

Eldas se tient devant une grande fenêtre, derrière les deux trônes : l'un créé par la nature, l'autre par des mortels. Il a les mains jointes dans le dos, et sa longue silhouette se découpe sur la toile de fond du ciel matinal. Il me semble entendre l'écho d'un soupir.

— Merci. Vous pouvez nous laisser, Rinni.

Rinni s'incline et disparaît par la porte latérale que nous venons d'emprunter.

Eldas se retourne et me toise le long de son nez en lame de couteau. Son visage est tellement sévère que je me demande s'il serait douloureux de l'embrasser. Je sais déjà que ses mots peuvent être plus coupants que du verre. Et sa langue ? Je chasse cette idée de mon esprit. Je suis ici pour *travailler*.

Son regard se pose sur Hook.

— La bête est toujours ici.

— Il s'appelle Hook.

— Très bien. (Il secoue la tête, résigné.) Loup ou pas, nous avons du travail.

— En effet, je confirme, résignée.

— Venez. (Me sentant hésitante, il ajoute :) Je ne vous forcerai pas à vous asseoir sur le trône.

— C'est vrai ?

Cela se passe déjà beaucoup mieux que la dernière fois.

— Absolument. Pour le moment, nous nous contenterons du strict minimum. Vous allez commencer par explorer vos pouvoirs et vous familiariser avec eux. Il nous faut découvrir si vous avez hérité des pouvoirs des anciennes reines, poursuit-il comme je m'approche de lui. Fermez les yeux.

Je fais ce qu'il me dit. Les paupières closes, je suis encore plus consciente de sa présence. J'entends ses pas, je sens l'instant où il franchit les limites de mon espace personnel. Il est douloureusement proche de moi, et l'air se déplace comme il me tourne autour.

Un grondement grave brise cette transe.

— Hook, chut !

Peut-être aurais-je dû le laisser dans mes appartements comme Rinni l'avait préconisé.

Ai-je entendu un léger gloussement ? Eldas étouffe rapidement ce son agréable. Je regarde furtivement entre mes cils, mais il n'est plus devant moi.

— Cherchez en vous.

La résonance de sa voix derrière moi, presque assez proche pour faire bouger le duvet de ma nuque, me fait frissonner.

Reprends-toi, Luella.

— Sentez le pouvoir qui se trouve là.

— Je ne sens rien.

— Vous ne maîtriserez rien du tout après soixante secondes d'efforts, rétorque-t-il sèchement, me faisant légèrement sourire. Essayez plus fort. (Légères comme des plumes, ses mains se posent sur mes épaules. Je frissonne de nouveau comme ses doigts glissent sur le velours qui couvre mes bras.) Sentez la magie qui traverse l'atmosphère, la puissance rassemblée dans vos mains. Sentez-la comme vos pieds s'enracinent dans le sol.

Sa main contourne ma hanche, et j'ai le souffle coupé comme ses doigts écartés se posent sur mon ventre. J'ai l'impression que ma magie s'active avec chaque caresse, pressée de lui répondre, comme si mon pouvoir formait un arc électrique entre lui et moi.

— Vous la sentez ? reprend-il. Qui s'accumule en vous ? Une source de vie attendant d'être libérée ?

— Je…

Je ressens bel et bien quelque chose, mais…

— Chut, fait-il un peu trop doucement. Restez concentrée, Luella.

Pourquoi mon prénom sonne-t-il tellement mieux lorsqu'il est prononcé de cette voix grave qui est la sienne ? Je ferme fort les paupières et m'efforce de me concentrer. La seule chose que je sens monter en moi, c'est mon désir, et je ne suis pas près de l'avouer, pas même à moi.

— Inspirez, murmure-t-il. Expirez.

Je suis de la pâte à modeler dans ses mains. Inspirer, expirer, se concentrer. Eldas se tient dans mon dos, une main sur mon ventre, l'autre sur mes doigts. Il respire au même rythme que moi. Lentement, le désir charnel qu'il a éveillé en moi se dissipe.

De l'énergie circule entre nous. Ma magie ressemble plus à un grand lac peu profond qu'à un puits. Eldas se tient sur la rive opposée. Nous regardons des cieux différents, sur la toile de fond desquels se découpent nos silhouettes respectives.

Notre pouvoir est connecté, mais nous le voyons différemment. Parce que nous le comprenons différemment, le pouvoir fonctionne d'une manière qui nous est propre à chacun.

Je vois la vie. Il voit la mort. Deux faces de la même pièce. Deux moitiés qui ont besoin de l'autre pour exister.

Je m'imagine agenouillée au bord de ce lac. Je ne quitte pas le roi des yeux, cependant. Pas même lorsque je plonge les mains dans l'eau.

L'eau est bizarrement chaude et tourbillonne autour de mes doigts. Elle luit. Lorsque je sors mes mains du lac, elles brillent du même éclat verdâtre.

— Petit à petit, murmure Eldas.

Voit-il la même chose que moi ? Cette vision se trouve-t-elle au-delà de mon esprit ? Est-elle réelle ou bien est-ce ma manière d'appréhender le pouvoir changeant qui circule entre lui et moi telles des marées impuissantes prisonnières de deux lunes ?

— La magie vous répond, Luella. Vous êtes sa maîtresse et non pas l'inverse. Elle existe pour vous servir, et vous êtes sa seule suzeraine. N'imaginez surtout pas le contraire. (Ses mains quittent mon corps, et je ravale un grognement inapproprié de frustration. Ma peau est chaude là où il m'a touchée.) Ouvrez les yeux.

J'entrouvre les paupières comme il me tourne autour. La lumière de la salle du trône est trop intense. Je cligne plusieurs fois des yeux, ramenant mon esprit ici et maintenant, dans le monde physique.

— C'était la réalité ?

— C'était la façon dont votre esprit essayait d'appréhender votre magie.

— Vous l'avez vu aussi ?

Il semble surpris que je m'intéresse à son expérience.

— J'ai vu… quelque chose.

Il se détourne de moi pour dissimuler l'expression qui accompagne ses mots. Je fais un pas en avant, attirée par Eldas qui se déplace. Il reprend la parole sans me laisser le loisir d'insister.

— Approchez-vous du trône.

La douce chaleur qui emplissait mon corps disparaît. Le trône en séquoia se dresse devant moi, grand et imposant. Menaçant.

L'impression de menace n'est adoucie que par la présence de Hook. Le loup est couché en boule au pied du trône. Son museau est posé sur ses pattes, et il me fixe de son regard doré. Apparemment, même cet animal attend quelque chose de moi, en ce qui concerne le trône.

— Vous avez dit que je ne serais pas forcée de…

— C'est votre pouvoir, dit Eldas avec douceur. Vous devez vous concentrer sur son apprentissage. Surtout si vous voulez vraiment tenter de briser le lien qui relie la reine au trône.

— Mais…

En deux grands pas seulement, il se retrouve devant moi. Lentement, il saisit ma main, et je le laisse faire. Son toucher est la fois ferme et rassurant.

— Vous pouvez y arriver. Vous le devez.

Je frissonne et oblige mon corps à bouger. Ce n'est qu'un trône. Un trône qui a bien failli me tuer la première fois. Il n'y a pas de raison de s'inquiéter, pas vrai ? Si je me le répète suffisamment, je finirai peut-être par le croire.

Eldas guide ma paume vers le trône, la maintient juste au-dessus de l'accoudoir.

— Juste cela pour l'instant. Saluez le trône et sa puissance sans vous offrir à lui.

Je suis glacée de peur.

— Êtes-vous prête ?

— Encore une minute.

Ma voix est chevrotante. Il me donne le temps dont j'ai besoin, voire un peu plus. Il attend patiemment, ma main dans la sienne. Lorsque je me sens prête, je hoche la tête, et il presse ma paume contre le bois.

Je sens une étincelle sous ma peau. Mes oreilles se bouchent. Toutefois, je reste ancrée dans mon corps, je ne suis pas prisonnière des griffes magiques du trône en séquoia. Je cligne des yeux et respire doucement. Hook laisse échapper un geignement grave.

Eldas a lâché ma main, mais je choisis de garder la paume sur le bois. Notre connexion est stable et calme. Une fois de plus, je perçois la présence des racines profondes qui se déploient dans les fondations des mondes.

— Que ressentez-vous ? chuchote-t-il.

Ses mains sont jointes dans son dos, mais le fantôme de leur présence est toujours sur mon corps.

— Je la sens qui… s'étire, se déploie. Je sens la terre, puissante et solide, parcourue de racines. Je sens…

La roche. Une couche dure que les racines ne peuvent pénétrer. Elles se massent juste devant, entourent quelque chose comme une cage. Mais quoi ? C'est un point noir dans ma conscience, un lieu où mes sens limités vont pour mourir. Je ne me rappelle pas l'avoir vu la première fois, mais cette expérience tout entière est un amas de douleur dans mon esprit.

— Quand vous vous sentirez prête, fermez les yeux.

Je prends une profonde inspiration et, une fois de plus, fais ce qu'il me dit.

— Sentez l'Orée que vous avez traversée, au sud de la ville. Vous êtes en bordure de Quinnar. Traversez les plaines et les collines des montagnes de l'Est. Sentez leurs pics et leurs arêtes enneigés. Pénétrez les forêts profondes des Faés. Trouvez, loin à l'horizon, loin au nord, au-dessus de l'eau, le lieu où le Voile sépare notre monde de l'Au-delà. Voyez-le, mais ne le touchez jamais.

Comme il me parle, je voyage derrière mes paupières closes. Je suis entraînée d'un lieu à l'autre. Je me précipite d'un endroit à l'autre pour suivre ses mots. Mes pensées font des bonds, qui entraînent ma conscience.

Je tremble tandis que le froid amer des montagnes me frôle. J'entends les gazouillis des oiseaux qui accueillent le printemps dans la forêt. Je sens l'atmosphère salée tandis que mon regard se perd au-delà de l'horizon sombre en bordure du monde.

Un endroit, puis l'autre. Chaque lieu tente de m'atteindre avec des vrilles végétales et magiques. La terre me suit instinctivement. Je laisse une petite part de moi à chaque tournant.

Ouvrant les yeux, je retire ma main et m'efforce de reprendre mon souffle. Le monde tourne, je vacille. Eldas bouge en périphérie de ma vision. Hook est plus rapide.

— Je vais bien. (Je plonge la main dans la fourrure du loup, qui se presse contre ma cuisse pour m'aider à rester debout. Je regrette d'avoir besoin de cette assistance. Cette expérience magique somme toute modeste m'a épuisée.) Je… j'ai simplement besoin de reprendre mon souffle.

— C'est beaucoup mieux que la dernière fois.

— Faites attention, Eldas, on dirait que vous me donnez votre approbation.

— Je suis le roi, et je n'approuve qu'avec circonspection.

Il ajuste son manteau, lissant des plis invisibles, mouvement que j'associe désormais à une incertitude. Et cela me plaît.

— Même quand il s'agit de votre épouse ? je lui demande dans un sourire fatigué.

— Surtout lorsqu'il s'agit de mon épouse. (Son regard plonge dans le mien.) Personne n'a de plus grandes responsabilités qu'elle. Et je suis particulièrement exigeant avec les plus capables.

— On aurait presque dit un compliment !

— Prenez cela comme vous voulez. (Il se tourne vers le trône comme si mon sourire en coin avait mis mal à l'aise le puissant roi des Elfes.) Qu'avez-vous ressenti ?

— Le monde, encore. Avec davantage de contrôle, cependant. Je n'avais pas l'impression que des vautours picoraient mes os.

Je me redresse, ne m'appuyant plus sur Hook. La pièce ne tournoie plus.

— Il vous a néanmoins puisé de l'énergie, observe-t-il. (Il fronce les sourcils comme je hoche la tête.) Demain, nous tâcherons de vous apprendre comment protéger votre magie contre les forces qui essaient de l'aspirer.

— La terre mise à part, d'autres forces essaieront-elles d'aspirer ma magie ?

— La terre représente la force la plus importante, mais il est relativement facile de se protéger contre elle. Le faire contre l'attaque d'un être intelligent est bien plus délicat.

Il semble savoir de quoi il parle. *Ça sent le vécu.*

— Vous m'apprendrez ?

— Vous êtes non seulement reine, mais aussi mon épouse. Bref, vous avez beaucoup d'ennemis.

— Ce n'est pas la première fois que vous parlez d'ennemis. Qui sont-ils ?

— Cela ne vous regarde pas.

— Bien au contraire, je rétorque en clignant plusieurs fois des yeux.

J'attends qu'il acquiesce, mais il se contente de faire la moue.

— Vous serez en sécurité dans le château. Restez-y jusqu'à votre couronnement, conclut-il en se dirigeant à grands pas vers une des portes situées à l'autre bout de la salle. (On dirait qu'il se retire de crainte de se rapprocher de moi, comme si cette idée même l'effrayait.) Revenez demain matin.

— Où est-ce que vous allez ?

— J'ai des affaires importantes à régler.

— Peut-être pourrais-je vous aider ?

— N'êtes-vous pas censée travailler à l'interruption du cycle des reines ? s'étonne-t-il en se figeant.

— Je croyais que vous alliez m'aider dans cette tâche !

— Je fais les choses à ma manière, rétorque-t-il dans un sourire pincé.

— Mais…

Il referme sèchement la porte. Je pivote sur les talons et me retrouve face à face avec les trônes.

— Comme vous voudrez, je marmonne en prenant la direction de la serre.

Willow m'attend là. Hook devient rapidement sa nouvelle obsession, et nos progrès sont lents. Mais ce n'est pas très grave ; je suis fatiguée et j'ai besoin d'une pause. Nous travaillons jusqu'au déjeuner et, comme la veille, il s'en va nous chercher quelque chose à grignoter.

Je suis plongée dans la lecture des journaux, absorbant autant d'informations que possible, lorsque Hook s'anime. Je le vois du coin de l'œil et l'entends gronder.

Des bruits de pas résonnent devant l'entrée du laboratoire.

— Hook, qu'est-ce que… ?

Je me fige. Harrow est appuyé contre l'encadrement de la porte, qu'il agrippe pour rester debout.

Chapitre 17

— Ma parole, vous ressemblez à une véritable reine, articule-t-il difficilement. (Les cheveux fins et raides du prince pendillent sur ses joues d'une pâleur extrême.) Déjà à pied d'œuvre, à passer vos journées avec des plantes plutôt qu'avec des gens.

— Au contraire des gens, les plantes m'attaquent rarement.

Je referme doucement mon journal en résistant à la tentation d'aller à la rencontre de Harrow pour diagnostiquer le mal dont il souffre.

— Je me permets de ne pas être d'accord avec vous, rétorque-t-il, le souffle court.

— Vous avez besoin de soins.

— J'ai besoin de Poppy. Où est-elle ?

— Willow m'a dit qu'elle avait une tâche spéciale à accomplir.

J'étais trop obsédée par mon travail pour l'interroger davantage, et Willow était trop occupé à gratter Hook derrière les oreilles pour développer.

Harrow jure dans sa barbe.

— Willow sera bientôt de retour…

— Je ne veux pas d'une doublure ! grogne-t-il, le visage déformé par la douleur, plus laid que d'habitude.

— Une reine, alors ?

— Pas question que je vous laisse me toucher, dit-il sans faire mine de s'en aller, cependant.

Je lève les yeux au ciel car il se comporte vraiment comme un enfant. Je lui montre un des tabourets.

— Asseyez-vous.

— Comment osez-vous… ?

— Qu'est-ce qui me prend de vouloir vous soigner alors que vous vous êtes si mal comporté avec moi ? Asseyez-vous donc, prince arrogant, ou bien votre entêtement finira par vous faire tomber par terre ou vomir.

Vu l'état dans lequel il est, les deux semblent possibles.

Harrow me fixe d'un regard vide. Ses yeux sont vitreux et ternes. Il a de la fièvre, à en juger par sa transpiration. Sa chemise reste collée à l'encadrement de la porte avant d'être attirée par sa peau comme il s'ébranle pour aller s'asseoir. Je feuillette rapidement les journaux. Je sais comment soigner les maladies, mais des remèdes encore plus efficaces se cachent peut-être dans ces pages poussiéreuses.

Vais-je oser utiliser ma magie dans ces circonstances ?

— Vous vous sentiez mal en vous réveillant ce matin ?

Il glousse en secouant la tête. Je lui lance un regard oblique. Le tabouret craque comme il s'appuie contre la table.

— Ç'a commencé dans la journée ?

— Beaucoup de choses sont venues plus tard… hier soir, ce matin, je ne sais pas… le temps file entre mes mains, mes doigts… La vie… ah !

Rien de ce qu'il dit n'a de sens.

—Harrow, dites-moi ce qui ne va pas.

—Tout !

Il renifle et s'affaisse, et je le vois se rattraper *in extremis* en agrippant la table. Je me précipite et lui pose la main sur l'épaule.

—Lâchez-moi, humaine.

—Arrêtez, réponds-je en m'efforçant de chasser tout venin de ma voix. (Une part de moi particulièrement laide a envie de le laisser souffrir, mais ma formation et la promesse que je me suis faite d'aider les gens m'en empêchent.) Je peux vous soigner. Mais je dois d'abord savoir ce qui doit être fait. Vos blessures sont à l'intérieur, et je ne peux pas les voir. J'ai besoin que vous me disiez ce qui ne va pas.

—La fête a été trop longue, c'est tout.

Je l'ai vu hier soir... Il n'avait pas l'air très en forme. Mais il était avec ses amis, qui s'occupaient de lui, non ? Il est vrai qu'Aria avait l'air de s'amuser de son état.

—Vous ne semblez pas revenir d'une fête, je murmure. Plutôt d'un combat que vous auriez perdu.

—Vous avez fini de vous moquer de moi ?

—Peut-être. Puis-je vous convaincre de devenir un patient modèle ?

Harrow grogne, et Hook lui répond d'un grondement grave et féroce. Harrow cligne des yeux, étonné, remarquant le loup pour la première fois. Il le désigne du doigt et éclate de rire.

—Attendez, attendez... Il y a un loup dans cette pièce ou suis-je encore en train d'halluciner ?

—Il y a bien un loup ici. (Je m'éloigne avec circonspection en m'assurant qu'il ne tombera pas avant mon retour.) Je vais aller chercher quelque chose qui vous aidera à vous sentir mieux. S'il vous plaît, ne perdez pas connaissance dans les cinq prochaines minutes.

Je parcours la serre d'un pas décidé, je cueille de l'aloé, des pissenlits, des trèfles, du chardon Marie, des orties et une grosse poignée de basilic. De retour dans le laboratoire, je les mélange à du curcuma, du miel, du gingembre séché et du saule. Comme j'inspecte ma décoction, une autre idée me vient.

« Suis-je *encore* en train d'halluciner ? » a-t-il demandé. Harrow continue de s'affaisser. Si je ne lui fais pas avaler mon remède très vite, il finira en flaque sur le sol. Peut-être même mort.

J'ignore ce qu'il a ingéré, mais je retourne en courant dans la serre et cueille doucement une feuille de racine de cœur. Willow dit qu'elle renforce les propriétés des antidotes. S'il y a quelque chose de suspect dans son système, la plante l'aidera peut-être.

Une poignée de basilic dans la main gauche, je pose la droite sur la bouilloire. Je prends une profonde inspiration et rassemble mon courage. *Un peu de vie pour un mélange plus puissant*, me dis-je.

Le basilic fane comme j'en extrais l'énergie. Celle-ci me traverse, se mêlant à ma propre magie. Mon pouvoir enfle en moi, et je le dirige vers ma paume, puis dans la mixture que j'ai créée.

Renforce les plantes. La magie change la couleur du mélange qui, de glauque et foncé, devient vert clair. Je le renifle avec circonspection. L'odeur est correcte. Tout me semble parfait.

Puis-je me fier à mon instinct lorsqu'il est question de magie ?

Je me tourne vers Harrow. Son état s'aggrave de seconde en seconde. Je ne suis même pas certaine qu'il survivra jusqu'à l'arrivée de Willow.

Il me faut essayer.

Lentement, je verse une louchée de ma potion dans une coupe. J'ai ajouté juste assez d'eau pour la rendre buvable. Harrow me regarde d'un air sceptique comme je lui présente mon remède.

— Vous allez me tuer ? chuchote-t-il. Vous allez profiter de ma faiblesse pour vous venger ?

— S'il vous plaît. J'ai mieux à faire de mon temps que de vous tuer. (Je porte la coupe à ses lèvres.) Buvez. Et ne vous plaignez pas du goût, je vous prie. Estimez-vous heureux que j'aie ajouté du miel.

En réalité, le miel prévient les inflammations et les infections, mais je doute qu'il le sache. Autant lui faire croire que je lui fais une faveur.

Il boit lentement. Sa pomme d'Adam monte et descend au rythme de sa déglutition, et il reprend des couleurs. Sa fièvre descend presque à vue d'œil. Il se redresse sur son tabouret et s'essuie le front.

J'entreprends de lui servir une seconde coupe. Je viens de pratiquer ma magie sans encombre. Hier soir, ce matin… mis à part l'épisode de la branche avortée dans l'Orée, je m'améliore. Peut-être tout espoir n'est-il pas perdu. Lorsque je ne panique pas et que je ne réfléchis pas trop, mes mains savent ce qu'elles font.

Cependant, je ne suis pas idiote, et je sais que le trône en séquoia ne se laissera pas conquérir aussi facilement. En tout cas, je suis heureuse que tout se soit passé comme prévu, pour une fois.

Harrow fixe la seconde coupe d'un regard encore plus sceptique. J'imagine que c'est bon signe ; il se rétablit et redevient lui-même.

— Qu'est-ce qu'il y a, là-dedans ? demande-t-il en reniflant.

— Vous avez vu tout ce que j'ai mis dans cette potion. Quant au pourquoi, je doute que vous le compreniez. Ce n'est pas nécessaire, remarquez. Contentez-vous de boire. Plus vous en avalerez, mieux ce sera.

— C'est mauvais, dit-il en avalant une gorgée de l'infusion et en plissant le nez.

— Mais cela vous fait manifestement du bien, réponds-je en croisant les bras.

Il se résout à siroter la concoction en silence. Je lui tourne le dos et me replonge dans l'examen des journaux. En vérité, je fais semblant de m'y intéresser, la présence de Harrow me rendant trop nerveuse. Par ailleurs, je le regarde furtivement à intervalles réguliers pour m'assurer que ma magie n'est pas en train de le tuer.

— Pourquoi m'avez-vous soigné ?

Sa question interrompt mes réflexions, et je croise son regard. Il paraît plus jeune sans le sourire vicieux qu'il arborait depuis notre première rencontre.

— Parce que c'était la seule chose à faire, finis-je par répondre. Parce que c'est mon travail.

— Je doute que mon frère aîné soit d'accord avec cette dernière affirmation.

— Votre frère *aîné* ?

Je hausse les sourcils, choisissant de ne pas m'attarder sur le fait qu'Eldas puisse avoir son mot à dire sur la manière dont je choisis de passer mon temps. Pas question de laisser Harrow menacer la paix que son frère et moi avons conclue.

— Parce qu'il y en a d'autres ? je m'étonne.

— Faites au moins semblant de ne pas être déçue, proteste-t-il en levant les yeux au ciel. Eldas est le plus âgé. Et puis il y a Drestin et moi.

— Vous avez les mêmes parents ?

— Quelle question ! Oui, nous avons le même père et la même mère.

— Je sais que votre mère n'était pas la dernière Reine humaine.

Je pose doucement ma main sur le journal d'Alice. Celle-ci entretenait une relation… bizarre avec le roi des Elfes.

— Aïe ! Vous craignez d'avoir à porter le rejeton hurlant d'Eldas ? Ne vous en faites pas, le roi des Elfes conçoit ses héritiers avec des maîtresses.

Je choisis de laisser cela de côté. Je ne compte pas rester ici suffisamment longtemps pour réfléchir à la question de l'engendrement d'héritiers. Heureusement, le sujet de la consommation de notre mariage n'est pas venu dans la conversation et n'a pas été abordé dans les journaux que j'ai lus. Je suis soulagée de constater que l'obsession pour les coucheries des familles régnantes n'est pas aussi grande dans la réalité que dans les histoires que j'ai lues jeune fille.

— Où est Drestin ?

— Il est à Westwatch, répond Harrow en avalant une gorgée de mon infusion. C'est vrai que vous ne savez *rien* de nous. Permettez-moi de vous éclairer.

— Je peux découvrir tout cela toute seule, réponds-je poliment.

— Westwatch est une forteresse située sur la grande muraille qui borde les forêts des Faés, explique-t-il quand même. Elle a été construite il y a quelques centaines d'années et contribue à contenir leurs guerres intestines hors de nos terres. Quelle honorable mission pour le *noble* Drestin.

En colère pour une raison qui m'échappe, Harrow regarde vers un coin de la pièce.

Je ris doucement en secouant la tête.

— Qu'est-ce qui vous fait rire ?

— Vous me faites penser à une amie, c'est tout. Elle a deux sœurs, et leurs disputes à toutes les trois sont légendaires.

Je me demande comment va Emma. J'espère que son cœur tient le coup et que Ruth ne perd pas constamment les pédales. Elle devrait avoir assez de potion pour quelques jours. Après, il lui faudra prendre le ferry pour Lanton. Mon cœur me fait mal en pensant à elle.

— Ne me comparez pas aux humains et à vos pathétiques problèmes de plébéiens.

J'éclate d'un rire sonore.

— Pardonnez-moi, puissant prince elfe. Vous ne naviguez pas dans les mêmes eaux que nous, vous qui jalousez vos frères.

— Vous ne savez rien de moi, rétorque Harrow en lançant la coupe de l'autre côté de la salle.

Le peu de liquide qui restait à l'intérieur se répand sur le sol, et la coupe éclate bruyamment.

Je sursaute, mais me reprends aussitôt.

— Vous nettoierez ça, humaine, conclut-il en filant vers la porte, l'index pointé vers les éclats.

Harrow se fige lorsque les grondements de Hook se muent en aboiements furieux. Il pivote sur les talons et, au moment où son regard croise celui du loup, Hook bondit.

— Hook, non !

La magie se réveille en moi. Je vois ce qui reste de la potion que j'ai préparée pour Harrow s'évaporer à vue d'œil et disparaître. Instinctivement, mes demandes sont rééquilibrées : une potion en échange d'une barrière.

Des tiges vertes jaillissent d'une manière impossible du parquet. Hook s'arrête subitement en aboyant devant les arbustes qui se dressent entre Harrow et lui. Il tourne ses yeux dorés vers moi, tandis que Harrow nous regarde tour à tour.

— Hook, *non*, je répète d'une voix ferme en dépit de la magie que je viens d'invoquer.

Comment ai-je pu faire un truc pareil? Heureusement, Hook se résout à reculer.

— Vous…

Les yeux écarquillés de Harrow sont presque aussi grands que ses imposantes oreilles.

— Je viens de vous sauver la vie pour la seconde fois aujourd'hui. Vous pourriez me remercier, j'ajoute en plissant les yeux.

Au lieu de quoi Harrow me gratifie d'un regard assassin avant de disparaître, me laissant seule avec le souvenir de la magie que je viens d'invoquer, les doigts parcourus de picotements.

Chapitre 18

Je ne raconte pas cet incident à Willow. Je ne sais pas trop pourquoi. Willow aurait pris mon parti, il aurait été fier de ma performance.

Cependant, quelque chose dans l'échange que j'ai eu avec Harrow me paraît trop privé pour être partagé. Le prince n'apprécierait sans doute pas que je révèle l'état dans lequel il est arrivé. Bizarrement, je n'arrive pas à passer outre à ses sentiments. La vie privée de mes patients est sacrée, dans le Monde naturel et dans le Midscape.

Je me contente donc de m'excuser auprès de Willow à cause d'une expérience ratée. Réparer le parquet endommagé grâce à sa magie sauvage n'est qu'une formalité pour lui.

Je travaille tard, ce soir-là, et je me lève à l'aube. Je passe au peigne fin les journaux trouvés dans le laboratoire, cherchant des indices sur la manière dont l'équilibre est créé entre la reine, le trône en séquoia et les saisons. Je commence par le journal d'Alice, mais la qualité de ses textes diminue avec le temps.

Son écriture est incertaine. Ses dessins autrefois impressionnants deviennent de simples croquis difficiles à comprendre. Et puis, ils disparaissent complètement.

Cela emplit ma poitrine d'une souffrance comme je n'en ai jamais ressenti. Je l'imagine dans le laboratoire, puisant l'énergie de ses doigts de plus en plus gourds. Je vois ses mains trembler jusqu'à ne plus pouvoir tenir un crayon. Je l'imagine seule, pensant à son frère – à sa famille –, regrettant de ne pouvoir humer une dernière fois l'atmosphère salée de Capton.

Je m'imagine dans quatre-vingt-dix ans, rabougrie dans cet endroit glacial avec la souffrance promise par le trône en séquoia pour seule perspective. C'est une pensée froide et sinistre, un sentiment que je remise en même temps que le journal d'Alice.

Après cela, je lis les écrits de la reine qui l'a précédée. Il m'est plus facile d'égrainer les jours d'une reine avec laquelle je n'ai aucun lien personnel. Après le troisième journal – celui qui contient les notes poétiques sur les roses –, je suis endurcie.

Cette reine-ci était effondrée à l'idée de devoir un jour quitter son roi d'époux, même dans la mort.

Quelqu'un frappe à ma porte, me réveillant en sursaut. Je me frotte les yeux. Hook est roulé en boule au pied de mon lit. Il a renoncé depuis longtemps à poser le museau sur les pages de mes livres et à attirer mon attention.

— Vous êtes réveillée ? me demande Rinni, derrière la porte.

— Oui, réponds-je en étirant les bras au-dessus de la tête, ce qui fait craquer ma colonne vertébrale en plusieurs endroits.

— Je suis venue vous informer d'un problème urgent, poursuit Rinni en entrant.

— Ah ?

— Il semblerait qu'une délégation du roi des Faés soit arrivée hier soir.

— Je croyais qu'il n'y avait pas de roi des Faés, juste des clans antagonistes ?

— De temps à autre, il leur arrive de se mettre d'accord, de choisir un roi et de faire croire au reste du monde qu'ils sont présentables. Toutes proportions gardées, celui-ci a eu un long règne, qu'il essaie de prolonger, mais aucun roi n'a réussi à conserver le pouvoir assez longtemps pour participer au Conseil des rois, explique Rinni dans un haussement d'épaules. Bref, Eldas m'a envoyée vous informer qu'il ne pourra pas vous recevoir ce matin comme prévu.

— Ah, d'accord, dis-je en sautant de mon lit. Vous avez prévu quelque chose, aujourd'hui ?

— Est-ce que j'ai… *prévu* quelque chose ?

— Vous avez des choses à faire ?

Hook s'étire en gémissant longuement, avant de secouer sa fourrure.

— Normalement, j'aurais dû assister Eldas avec la délégation, mais… il m'a demandé de m'occuper de vous.

— J'ai du mal à voir si cela vous déplaît ou non, je remarque en souriant.

— Je…, commence Rinni en s'agitant. (Elle se racle la gorge.) Votre Majesté, assurer votre protection est un honneur.

— Vraiment ? (Je hausse les sourcils et me dirige vers le dressing. Je laisse la porte ouverte pendant que je me change pour qu'elle m'entende.) Je ne sais toujours pas si vous m'aimez bien ou non.

— Mon travail ne consiste pas à vous aimer, mais à vous servir.

— Oui, mais… (Je sors la tête du dressing, et Rinni sursaute et se retourne promptement devant le spectacle de mes épaules nues.) Franchement, je préférerais que vous m'appréciiez. Sinon, je suis sûre qu'on trouvera quelqu'un pour vous remplacer.

— Je vous l'ai déjà dit ! proteste-t-elle en faisant la moue. Je vous aime bien.

— D'accord. Vous êtes sûre de n'avoir rien de mieux à faire ? Vous avez l'air d'être quelqu'un d'important.

— Je suis le bras droit du roi…

Subitement, je revois sa main sur la joue d'Eldas et je me demande s'il n'y a pas quelque chose entre eux. Harrow a dit que les rois avaient des maîtresses.

— … et c'est la raison précise pour laquelle il m'a ordonné d'assurer votre protection. En la matière, je suis sa personne de confiance.

Je me retiens de lui demander si elle pourrait intervenir au sujet de Harrow.

— J'aimerais meubler ma chambre. Il paraît que les reines ont ce privilège.

J'émerge du dressing. Rinni penche la tête sur le côté en même temps que Hook. Ils me donnent tous les deux envie de rire.

— Oui mais, normalement, elles font cela après leur couronnement, lorsqu'elles sont en mesure de sortir en ville.

— Je n'aurai donc aucun meuble pendant deux mois ?

— Il me semble que les meubles des reines du passé sont stockés quelque part dans le château, reprend Rinni en faisant la moue. Vous pourriez vous contenter de cela pour commencer ?

— D'accord, je vous suis.

Nous traversons le château sans vie jusqu'à un genre de remise, une pièce de stockage de la taille d'une salle de bal. Les seuls danseurs sont des fantômes blancs recouvrant des meubles.

— Tout ça ? Ce sont les meubles des anciennes reines ?

— Il me semble, oui.

On dirait un cimetière. Avec une curiosité morbide, je soulève un premier drap et révèle une méridienne en cuir brun et souple. *C'est juste un meuble*, je me répète. Sauf que le cuir est plus usé là où la reine s'asseyait.

Je remets le drap en place en frissonnant. Soudain, la salle me paraît dix fois plus froide.

— Je crois que je préfère avoir les miens.

— Mais…

— Nous pourrions sortir discrètement, je propose en me retournant. Je pourrais me couvrir la tête, les cheveux…

— Vos yeux, m'interrompt Rinni.

— Quoi ?

— Vos yeux vous trahissent. Les Elfes ont les yeux bleus.

Je jure intérieurement.

— Je ne peux pas utiliser ces meubles, dis-je en secouant la tête. Merci beaucoup, mais… je ne peux pas. Ce serait trop bizarre. Comme vivre avec des fantômes.

Rinni me gratifie d'un soupir compatissant. Au moins semble-t-elle comprendre pourquoi sa suggestion ne peut pas fonctionner.

— Si je pouvais me rendre en ville, ce serait plus facile. Vous êtes certaine qu'il n'y a pas moyen de…

Rinni a les yeux dans le vague et ne cesse de serrer et desserrer les doigts autour de la poignée de son épée.

— Rinni ?

— Il y a peut-être un moyen, si nous faisons très attention…, commence-t-elle, le regard fuyant, comme si elle hésitait à en dire davantage.

— Je vous écoute !

— Je vous expliquerai en route, lance-t-elle en me faisant signe de la suivre, ce que je fais avec enthousiasme.

Le plan est relativement simple.

Rinni me conduit à ses appartements, où je me change. Ses quartiers sont modestes ; j'y découvre, comme je m'y attendais, des râteliers chargés d'armes et, comme je ne m'y attendais pas du tout, du matériel de peinture. Rinni ne dit rien de son hobby, alors je la suis. J'ignore si c'est un secret, mais le fait est que le bras droit du roi est une artiste. Je ne fais pas de commentaire car la paix entre elle et moi est fragile.

Je range soigneusement ma chevelure sous une casquette. Personne ne me connaît, ici, mais Rinni me dit que le roux est une teinte trop rare, dans les parages. Quelques mèches couleur carotte persistent cependant à flotter autour de mes oreilles.

Pour compléter mon accoutrement, je chausse une paire de lunettes aux verres teintés verts. Les Elfes ayant tous les yeux bleus, ils ont développé un goût pour les lunettes de couleurs variées. J'ai l'impression de porter sur le visage un morceau de vitrail du temple des Gardiens, mais si cela peut m'aider à quitter le château sans m'attirer d'ennuis…

— Je crois que ça va marcher, conclut Rinni en m'examinant une dernière fois.

Elle aussi a échangé son habituelle tenue militaire pour des habits civils.

— Ça fera l'affaire, me dis-je à moi-même en me regardant dans l'étroit miroir en pied. On y va ?

— Une dernière chose. Il va devoir attendre ici, prévient Rinni en se tournant vers Hook.

— Mais Hook est…

— Hook va très vite être connu comme le loup de la reine, explique-t-elle en croisant les bras. S'il faut couvrir vos cheveux, il faut aussi cacher Hook.

Je pousse un soupir en regardant le loup.

— Tu vas devoir nous attendre au château. (Hook se met à geindre.) Non, Hook, c'est important. Rinni à raison, nous n'avons pas le choix. (Il jappe.) Ne le prends pas sur ce ton. Tu vas tout de suite rentrer dans mes quartiers.

Hook se met à hurler en sautillant partout. Soudain, l'air miroite, les ombres s'allongent, et le loup se glisse entre elles, plongeant dans le vide. Rinni est aussi surprise que moi.

— Qu'avez-vous fait ? bredouille-t-elle.

— Je… je ne sais pas. (La panique me serre la gorge, et je lâche un tout petit :) Hook ? (Rien.) Hook, reviens. (Je porte les mains à ma bouche et produis un sifflement suraigu. Le loup réapparaît aussitôt, et je plonge les doigts dans sa fourrure.) Bon garçon. Tu m'as entendue siffler ? Tu es vraiment le meilleur des loups !

— Pratique ! lance Rinni avec une crainte mêlée de respect. Un loup qui arpente l'Orée… On aura tout vu !

— D'accord, Hook, retourne jouer dans l'Orée. Je te rappellerai plus tard.

Le loup obéit, tandis que Rinni et moi filons dans les couloirs du château. Tous les chemins mènent à l'atrium principal et aux deux portes, que Rinni déverrouille grâce à sa magie.

Je prends une profonde inspiration lorsque nous sortons dans la ville. Comme pour accueillir le printemps en lui faisant un câlin, j'écarte les bras au-dessus de la tête et me hisse sur la pointe des pieds. L'atmosphère se réchauffe indéniablement, même si les nuits et le fond de l'air sont encore un peu frais.

— Vous semblez heureuse, me dit Rinni comme nous contournons le grand lac au centre de la ville.

Il n'y a plus de givre sur les statues, dont les détails sont désormais visibles. La reine n'est pas simplement agenouillée ; on dirait qu'elle enterre quelque chose. Je distingue un monticule sous ses mains et peut-être une petite plante. Une plante presque familière. J'ai l'impression de connaître ces feuilles. Mais pourquoi enterrerait-elle quelque chose ? Encore une information à chercher dans les journaux.

Sans doute la reine plante-t-elle simplement une plante commémorative ou un truc de ce genre. Je me tourne rapidement vers Rinni.

— Sortir du château me fait du bien, dis-je en scrutant son visage à l'affût d'un indice montrant qu'elle sait pour ma petite virée d'il y a deux nuits. Mais je ne vois rien.

Elle réfléchit pendant plusieurs pas avant de répondre.

— Je comprends que vous ayez l'impression d'être prise en otage. Surtout avant le couronnement. Lorsqu'on vous aura présentée comme il se doit au peuple, vous pourrez explorer Quinnar à votre guise. Les reines du passé visitaient même nos bastions aux quatre coins du royaume. Ou encore le cottage royal… Et bien sûr, vous traverserez l'Orée chaque année pour communier avec le Monde naturel.

Je fais la moue. Je vois ce qu'elle veut dire, je comprends sa logique. Je lève les yeux vers le long escalier conduisant au tunnel relié au Monde naturel.

— Rinni, pourquoi avez-vous voulu devenir chevalier ?

— Je… Père était chevalier, et j'étais son unique enfant, explique-t-elle en se raidissant un peu.

— C'était ce qu'on attendait de vous, alors ? (Elle opine du chef.) Si vous aviez le choix, vous seriez quoi ?

Je crois connaître la réponse, vu ce que j'ai découvert dans ses appartements.

— Un chevalier, comme mon père et son père avant lui. Je suis l'héritière d'une longue lignée de soldats, qui servent le roi des Elfes depuis des siècles.

— Non. (Je m'arrête, et Rinni m'imite.) Je veux savoir ce que *vous* voulez. Oubliez votre famille pendant un instant. Imaginez que vous êtes orpheline, que vous ignorez tout de votre arbre généalogique. Qu'auriez-vous envie de faire ?

Ma question la met mal à l'aise, mais elle fait l'effort de réfléchir.

— Peindre, finit-elle par répondre. Mais…

— Il n'y a pas de mais… Vous voulez peindre. Vous êtes devenue chevalier parce que c'était attendu de vous. Et c'est très bien. (J'essaie de ne pas la juger. Je pense également à Willow, qui marche dans les pas de Poppy et des grands-parents de celle-ci. Les Elfes sont très attachés à la tradition, semble-t-il.) Sauf que vous n'avez pas choisi votre destin. Vous êtes devenue chevalier parce que c'était une évidence et

– sans doute – pour éviter la survenue de tensions dans votre famille.

Elle soupire et se remet en marche, comme pour fuir cette conversation. Je n'en ai pas tout à fait terminé, cependant. Je me contente de changer d'angle d'approche.

— Ce n'est pas une attaque. Je ne voudrais surtout pas vous mettre mal à l'aise.

— Il n'y a pas de risque, marmonne-t-elle.

— Super ! (Je ris et lui souris. Elle esquisse un sourire.) Je voulais juste dire que nous ne sommes pas si différentes. C'est ce qui vous permet de me comprendre un peu. J'avais mes propres rêves, Rinni, ma boutique. Je voulais aider les gens avec mon talent pour les plantes et les potions. La ville tout entière comptait sur moi et a investi en moi. Ce métier d'herboriste, c'était ma peinture à moi. Mais le monde voulait que je devienne autre chose. Je ne suis pas prise en otage au sens littéral du terme, mais ce n'est pas facile car on me force à oublier la vie que je m'étais choisie.

— Je crois comprendre ce que vous voulez dire, commente Rinni en soupirant et en se passant la main dans ses cheveux aux mèches bleues.

— Merci. (Je lui donne une poussette, et Rinni me regarde avec étonnement. Je lui adresse un sourire sincère.) Merci de vous être donné la peine de me comprendre.

Elle s'empourpre. Est-elle surprise par notre rapprochement ?

— Bref, nous y sommes, se hâte-t-elle de reprendre.

— Ah oui ?

— Chez le meilleur ébéniste de Quinnar.

La boutique est emplie de meubles, de livres et de diagrammes de pièces compliquées. L'atmosphère est saturée de poussière de bois à cause de l'atelier attenant, aussi l'artisan nettoie-t-il fastidieusement son comptoir. J'opte pour des pièces déjà fabriquées plutôt que pour du sur-mesure.

— Je crains qu'il ait deviné qui je suis, dis-je comme nous quittons la boutique.

— Peut-être. Sans doute. Surtout après vous avoir vue en ma compagnie. Mais il vient d'une longue lignée d'artisans, explique-t-elle, ce qui ne me surprend pas. Ils travaillent avec le château depuis des générations, aussi ai-je confiance en lui. Je ne vous aurais pas conduite ici, autrement.

Nous sommes à mi-chemin du château lorsqu'elle s'arrête.

— Ah ! J'aimerais vous faire goûter quelque chose.

Nous naviguons dans un flot de gens. En plein jour, Quinnar est une ville différente. Les Elfes s'activent, les charrettes se garent devant les boutiques. Des marchands vendent de tout : de la nourriture, des bijoux, des potions suspectes qui me font plisser le nez.

Rinni me conduit à un chariot où une femme fait griller des pâtons. Elle en commande deux, et la femme les coupe en deux pour les farcir de fromage. Après une minute supplémentaire sur le gril, le fromage a fondu, et la marchande tend les petits pains à Rinni.

— Tenez. J'en mange souvent lorsque je patrouille en ville au printemps, m'explique-t-elle comme nous prenons place sur un banc au bord du lac. Ils commencent à les préparer avant les rites de printemps.

— Les rites de printemps ?

Harrow les a déjà mentionnés.

— C'est un grand festival des arts organisé pour fêter le retour du printemps dans notre monde. Habituellement, les frontières du royaume sont ouvertes… ce qui explique sans doute la présence de la délégation faé. Il y aura de la musique, des danseurs, des spectacles, des chanteurs, des poètes. (Elle pousse un soupir pensif.) Cela vous plaira. Et puis, il y aura la nuit du feu ; le ciel lui-même deviendra une toile sur laquelle le roi peindra des couleurs de feu.

— Littéralement ? ne puis-je m'empêcher de demander.

— Bien sûr ! confirme-t-elle en riant. Eldas est le plus proche du Voile et le plus puissant d'entre nous. Il n'y a presque rien qu'il ne puisse faire.

J'essaie de m'imaginer Eldas peignant avec le feu dans le ciel, ses mains diaphanes invoquant de la magie avec l'art d'un tisserand sur son métier. Rinni lève les yeux vers le ciel comme si elle voyait déjà ses coups de pinceau. Il y a de l'admiration dans son regard. Mon estomac se noue légèrement, sensation que je chasse promptement.

— Quand le festival a-t-il lieu ?

— En général, une ou deux semaines après le couronnement.

— Ah…

Je regarde fixement la nourriture dans mes mains en ravalant tout début de déception. Je n'ai pas besoin de voir Eldas peindre avec le feu dans le ciel, mais de rentrer chez moi. Je dois m'occuper de mes patients. En vérité, je ne veux pas assister aux rites de printemps. Si je suis là à ce moment-là, cela voudra dire que je ne pourrai plus jamais rentrer vraiment dans mon monde.

— Ça ne vous plaît pas ? me demande Rinni en montrant le pain grillé et en se méprenant sur la raison de mon mutisme soudain. C'est très bon, je vous assure.

— Oh, je n'en doute pas !

Je croque dans le petit pain. Il est croustillant à l'extérieur, moelleux et aéré à l'intérieur. Le goût de grillé se marie à la perfection avec la pâte de farine de maïs. Le fromage s'étire entre le pain et ma bouche, ce qui nous fait rire toutes les deux.

Pendant un instant, j'oublie qui et où je suis.

Le temps d'avaler le petit pain au fromage fondu. Brièvement, je suis insouciante, heureuse. Ma situation ne me paraît pas si terrible, au contraire. La nourriture est délicieuse, et je ris avec une amie. Nous profitons du temps clément et de l'animation de la ville.

Un bonheur accidentel. Une vision furtive de ce que ma vie pourrait être… aurait dû être si j'avais été préparée depuis le début. Si j'étais venue ici dans l'intention de devenir reine, je ne passerais pas tout mon temps à chercher un moyen de briser le cycle. Au contraire, j'explorerais toutes les façons possibles de profiter de ma nouvelle situation.

Je soupire en levant une nouvelle fois la tête vers l'ouverture dans la montagne.

— Nous devrions rentrer au château, dis-je.

— Oui, avant que quelqu'un vous voie.

Nous nous mettons immédiatement en route. Quelque chose, cependant, attire mon attention, et je me fige.

Là, dans le fond d'une allée, entre deux bâtiments, je vois Aria. Lançant des regards nerveux autour d'elle, elle parle à une créature effilée arborant des bois de cerf et des ailes de libellule. L'homme cornu lui tend une bourse.

Soudain, nos regards se croisent. Elle se fige, tandis que je me détourne rapidement pour rattraper Rinni.

— Est-ce que ça va ?

— Oui. (Je rajuste ma casquette, vérifiant qu'aucune mèche de cheveux ne dépasse. Elle n'a pas pu me reconnaître, si ?) J'ai cru voir quelque chose de bizarre, mais cette ville tout entière est bizarre pour moi ! dis-je dans un sourire forcé.

— Nous serons bientôt de retour au château. (Elle désigne du menton l'énorme bâtisse et fait deux grands pas en avant.) Lui vous est davantage familier.

Un mouvement flou dans un coin de mon champ de vision se solidifie en une forme solide, derrière moi. Ne me laissant pas le temps de réagir, une main presse un tissu humide sur ma bouche. Une odeur acide et piquante emplit mes narines. Je retiens instinctivement ma respiration.

Mais il est trop tard.

J'ignore dans quel mélange le tissu a été trempé, mais il n'est pas bon. Mes muscles deviennent mous, et ma vision se trouble. Mes poumons me brûlent d'avoir retenu ma respiration, mais je ne dois surtout pas inspirer. Sinon, je perdrai connaissance.

Je perds Rinni de vue comme on m'entraîne entre deux immeubles.

Je ne suis même pas capable de crier.

Chapitre 19

On me porte de plus en plus loin dans les rues de la ville. Le soleil vif est masqué. Une silhouette apparaît devant moi : cornes, angles aigus, ailes transparentes et surnaturelles accrochées dans le dos.

La créature que j'ai vue avec Aria.

— Ne la lâchez pas, elle est toujours consciente, grogne un homme.

Je cligne lentement des yeux et réprime l'instinct qui me pousse à avaler de l'air. Mes poumons se révoltent. Je vais très vite devoir respirer. Avec un peu de chance, s'ils croient que j'ai perdu connaissance, ils retireront le tissu de mon visage.

Aussi naturellement que possible, je ferme les paupières et cesse de résister. Eldas m'a parlé d'ennemis. Pourquoi ne l'ai-je pas écouté ? Pourquoi ne l'ai-je pas pris au sérieux ?

Le mouvement cesse comme j'entends des cris au loin. Des mots frénétiques, inintelligibles. Les ténèbres, derrière mes paupières, ne sont plus seulement jouées. Je vais bientôt perdre connaissance.

Alors que je suis sur le point de perdre la bataille, on retire le tissu de ma bouche. Au prix d'un effort considérable, je me retiens d'avaler de grandes bouffées d'air, inspirant très doucement pour ne pas alerter mes agresseurs.

— Il faut brouiller notre piste. (Malgré mes yeux clos, je reconnais la voix de l'homme cornu.) Je m'occupe de la cacher.

— Vous n'avez préparé aucune ritumancie, siffle une autre voix à peine audible.

La ritumancie est la magie sauvage des… Faés ?

S'agit-il d'Aria ? Il me semble avoir entendu une femme, mais je ne suis sûre de rien. Du mouvement, encore. Y a-t-il trois ou quatre personnes ?

Mon cœur bat la chamade. J'ai envie de crier à l'aide, d'appeler Eldas. N'a-t-il pas traversé l'Orée pour me retrouver lors de ma tentative de fuite ? Je ne sais pas comment fonctionne cette frontière, mais le roi viendra si je l'appelle, non ? Probablement pas. Il n'a aucune chance de m'entendre, et il me croit en sécurité derrière les murs du château.

Une idée me vient néanmoins.

Rinni a dû remarquer ma disparition. Je perçois une agitation lointaine ; sans doute a-t-elle appelé des chevaliers à l'aide. Il me suffit de tenir bon et de résister suffisamment longtemps pour qu'ils ne m'emmènent pas trop loin.

Je peux y arriver, non ?

Deux mains m'agrippent et me soulèvent. J'entends les bruissements d'ailes puissantes. Mon estomac se soulève, et je ne pèse plus rien.

Nous volons ?

J'entrouvre les yeux et vois battre les ailes de libellule floues de l'homme cornu. Je comprends qu'il m'emporte. Je prends une profonde inspiration et repense à la place centrale de Capton. J'y ai utilisé ma magie pour rendre au Monde naturel ce qu'avaient créé des mains humaines. J'ai transformé du fer en arbres. De la pierre en mousse. Je peux faire quelque chose pour me sauver.

C'est maintenant ou jamais. J'ouvre grand les yeux et fixe du regard le visage de l'homme cornu. Il ne le remarque pas. Sa face est étonnamment humaine pour une créature dotée d'ailes et de bois de cerf. Je ne me laisse pas distraire.

Je tends le bras et serre dans mon poing son collier de perles. L'homme baisse les yeux et manque de me lâcher. Un sifflement et un juron lui échappent.

Transformez-vous, j'ordonne. *Devenez des plantes grimpantes, des branches, n'importe quoi !* Les perles tremblent, viennent presque à la vie. Il s'agite, essaie de dégager son cou. Je me concentre sur ma magie lorsqu'il me lâche subitement.

Le collier se casse et je tombe, percutant le sol avec un bruit mat. Je n'étais pas très haut, mais j'ai le souffle coupé.

Il se pose à côté de moi et s'approche en grondant.

— Comment osez-vous, humaine !?

Je décide de ne pas gâcher ma salive. Ma magie n'est pas encore assez efficace pour m'aider chaque fois que j'en ai besoin, mais j'ai un autre tour dans mon sac.

Portant les doigts à ma bouche, je siffle de toutes mes forces.

— Hook, viens !

L'homme tend les bras vers moi, quand je vois l'air miroiter à côté de lui. Hook bondit d'entre les ombres.

— Hook !

Mon loup pousse un rugissement et charge mon agresseur, ne lui laissant pas le temps de réagir. Il plonge les crocs dans son aile, lui arrachant un cri d'agonie.

Je recule jusqu'à ce que ma tête heurte le mur décrépit d'un bâtiment.

— Hook… (Je l'appelle d'une fois faible, mais le loup est enragé, et il arrache net une des ailes de l'homme.) Hook, arrête !

Je me relève tant bien que mal. L'inconnu m'a attaquée, il a essayé de m'enlever mais, comme dans le cas de Luke, je ne me résous pas à le voir se faire massacrer.

— Hook…

— Là !

C'est la voix de Rinni, qui couvre la mienne. Elle se dresse dans l'entrée de l'allée. Des soldats la suivent de près. Mon assaillant est au sol. Hook le mord juste au-dessus du genou et refuse de lâcher prise.

L'homme joint les mains au-dessus de sa tête et abat ses poings sur le crâne de l'animal.

— Arrêtez !

Les chevaliers ne sont pas assez rapides. Il continue de frapper Hook jusqu'à ce que celui-ci lâche prise, et même alors, il lui martèle la tête.

— J'ai dit « arrêtez » !

Alors que je m'apprête à lui prendre le bras, l'homme sort une lame de sa manche et m'attire contre lui. L'argent froid est sous ma mâchoire, et la lame finement aiguisée mord dans mon menton.

— Ne vous approchez pas ! Essayez, et je la tue !

— Tuez-la, et vous nous condamnez tous, espèce d'imbécile !

La voix d'Eldas résonne derrière nous, et elle est la méchanceté incarnée. Elle glisse sur le sol, s'élève pour emplir les airs. Les ombres semblent s'allonger, la température baisse.

L'homme cornu se raidit. Il essaie de se retourner, mais n'y arrive pas. Ses bras retombent le long de son corps, et il est projeté contre le mur d'en face, où son corps ensanglanté se contorsionne.

Une main se referme sur mon coude. Eldas m'attire contre lui, me prend par la taille. Nos flancs se touchent.

Je suis sauvée. Protégée. Le roi des Elfes contemple le monde avec fureur et un pouvoir infini. Et je suis l'antithèse de tout cela. Il me tient fermement, mais avec douceur.

— Eldas… ne faites pas ça.

Je regarde successivement l'homme et Hook. Le loup geint faiblement. Le souvenir de mon agresseur le frappant à la tête me fait presque regretter mes paroles.

— Luella, ceci n'est pas votre monde, me rappelle le roi, et je comprends qu'il sous-entend que cet homme n'est pas Luke. Ce Faé a voulu vous faire du mal, et il doit mourir.

— Si vous… si vous nous aviez rendu notre terre… nous n'en serions pas…, siffle mon agresseur. Le Midscape se meurt sous la botte des Elfes. Nous ne renoncerons pas tant que nous n'aurons pas récupéré ce qui nous revient de droit et que nous ne serons pas libres de contrôler notre destinée.

— Il devrait être emprisonné et jugé, dis-je.

Je supplie Eldas, mais le roi des Elfes ressemble à une statue au regard débordant de colère, d'une fureur plus intense que toutes les émotions qu'il a exprimées jusque-là.

— Ceci est la justice. *Ma* justice.

Je détourne le regard et presse le visage contre son torse comme le son terrible d'un corps qu'on brise emplit mes oreilles. Je pousse même un cri, je pense. Les bras d'Eldas se referment autour de moi, et le monde devient sombre alors qu'il m'entraîne dans l'Orée.

Chapitre 20

Eldas m'emmène dans ma chambre. Sans un mot, il invoque un feu, qui crépite aussitôt dans l'âtre. Je m'assieds devant lui sur le sol nu. Le roi pose avec douceur une couverture sur mes épaules tremblantes. Il me murmure que je suis en sécurité.

Il disparaît et revient avec Hook, qu'il pose à mes pieds. Le loup geint, et son regard normalement brillant est distant et vitreux. Il réagit néanmoins lorsque je lui caresse la tête.

Je me retourne pour remercier Eldas de m'avoir ramené Hook, de l'avoir sauvé, mais il n'est plus là. Je me retrouve donc seule, la boîte crânienne résonnant du bruit lointain d'un corps qu'on tord et qu'on brise.

Eldas. Courtois, brutal, froid, beau, gentil, mais aussi capable de cruauté. Lors de sa conversation secrète avec Rinni, il a parlé du Midscape comme d'un monde cruel. À ce moment-là, je ne me rendais pas compte à quel point il disait vrai.

Ceci… ceci n'est pas mon monde, me dis-je pour la énième fois. Les règles que j'ai toujours connues ne s'appliquent pas ici. J'étais bête de croire que seuls les gens et la magie y étaient différents.

Ici, tout est différent.

Comment pourrais-je trouver ma place dans pareil endroit ?

Le soleil a parcouru un long chemin dans le ciel lorsque le roi des Elfes réapparaît. Cette fois, il n'arpente pas l'Orée et se contente de passer par la porte.

Eldas traverse le seuil de mes appartements et s'arrête, semblant attendre. Je suis incapable de le regarder. Je crains de voir quelque chose, mais quoi ? Un tueur ? L'homme dont les caresses embrasent ma peau ?

Je plonge les mains dans la fourrure de Hook pour y puiser de la force. Je ferme fort les paupières et prends une inspiration profonde et saccadée. Tout ce que je vois, c'est le visage d'un homme – un Faé – qui a été tué... *tué par Eldas...*

Je contemple le feu, essayant de brûler ce souvenir. Je refuse d'affronter la vérité. Les choses sont déjà bien assez compliquées. La présence d'Eldas tout près de moi m'arrache à ma transe. Lorsque son bras s'enroule doucement autour de moi, je me rends compte que je tremble. Malgré moi, je m'appuie contre lui. Une part de moi me dit que je devrais le craindre. Une autre part de moi a besoin de lui et de toute la stabilité qu'il a à offrir.

Comme s'il ressentait mon besoin, Hook relève difficilement la tête et la pose lourdement sur mon genou.

— Je voulais vous protéger, dit enfin Eldas, rompant le silence dans lequel je me vautrais, me faisant sursauter. C'est la raison pour laquelle je voulais que vous restiez au château. (Sa voix vacille comme s'il luttait pour garder son sang-froid. Pour la première fois depuis que je le connais, il gagne ce combat.) Mis à part la question du pourquoi cela s'est passé, je suis navré que vous ayez eu à vivre cette expérience.

— Vous avez raison, réponds-je sans lâcher le feu du regard. J'aurais dû vous écouter. J'aurais dû rester au château. J'avais simplement envie d'un moment de liberté, de quelque chose qui m'appartienne. Si j'avais fait ce que vous aviez dit, cet homme serait toujours en vie. À cause de moi…

— Non, me coupe fermement Eldas, ne me laissant pas terminer ma phrase. (Son toucher est plus doux que ses mots, comme il me prend le menton, sa caresse remplaçant le souvenir de la lame tandis qu'il m'oblige à le regarder.) Ce n'était pas votre faute. Je comprends, Luella. Même si je regrette que vous n'ayez pas écouté mes mises en garde. Je comprends que vous ayez envie de quitter cet endroit. (Je vois du désir et des regrets dans les eaux profondes de sa tristesse.) Cet homme est mort parce qu'il s'en est pris à la Reine humaine.

— Mais pourquoi ? Pourquoi s'en est-il pris à moi ? (J'agrippe doucement sa chemise, je m'accroche à une réponse qui n'est sans doute pas là.) Je ne veux de mal à personne. J'ai apporté le printemps !

— Tout le monde n'aime pas la Reine humaine, affirme solennellement Eldas.

— Mais…

— Certains la voient – vous voient – comme une notion démodée. Certains souhaitent une unification avec le Monde naturel et la conquête de l'humanité.

Je frissonne. Eldas me serre contre lui, et je le laisse faire. Tueur et protecteur : les deux mots tournoient dans ma tête. Son geste semble avoir été inconscient car, pendant un instant, il semble aussi surpris que moi. Il se racle la gorge et se reprend.

— D'autres sentent que la lignée des Reines humaines est en train de s'affaiblir. Chaque reine est plus faible que la précédente.

— Mon pouvoir est réellement plus faible ?

Il m'a au contraire toujours paru fort. Malgré moi, les mots de Luke me reviennent : les Gardiens aussi savent que le pouvoir de la reine décline.

— C'est difficile à admettre, mais c'est la vérité, reprend-il, lisant dans mon esprit. Rappelez-vous ce qui est arrivé la première fois que vous vous êtes assise sur le trône. La nature du Midscape n'est plus aussi stable qu'auparavant. La nourriture est plus rare, les difficultés grandissantes et les terres viables de plus en plus prisées.

— Ils en veulent à la reine, conclus-je en baissant la tête.

— Ils ne comprennent pas que la reine fait de son mieux.

— Nous devons trouver un moyen de briser le cycle, dis-je en secouant la tête.

— Je sais.

Eldas s'agite. Son visage est dur, mais il n'est pas fermé. Il est déterminé comme se doit de l'être un roi. Il contemple les flammes d'un regard lourd. Je me demande ce qu'il voit dans la lumière vacillante.

— Nous le devons pour notre monde et pour les futurs rois et reines. Car je crains que vous soyez la dernière. Et même si rien de tout cela n'était vrai, personne ne devrait avoir à endurer ce que vous avez… ce que vous continuerez à endurer. Et aucun autre roi ne devrait…

— Ne devrait quoi ?

— Ne devrait voir sa reine avec un couteau sous la gorge.

Il se tourne vers moi. Son regard est empli d'une émotion que je n'ose pas nommer, une expression figée quelque part entre le désespoir et le désir.

— Vous… vous étiez inquiet pour moi ? je lui demande dans un souffle.

Il part d'un rire léger. Nos visages sont assez proches l'un de l'autre pour que je sente son souffle amusé sur mes joues, dans mes cheveux.

— Bien sûr que j'étais inquiet. Mon devoir est de vous protéger.

Il coince une mèche de mes cheveux derrière mon oreille. Son geste tendre contraste avec son ton utilitaire. Un poids tombe dans mon ventre.

— Ne suis-je rien d'autre qu'une responsabilité, pour vous ?

Je ne sais pas quel genre de réponse j'attends. Je regrette aussitôt d'avoir posé la question.

— Vous êtes…, commence-t-il, le regard plissé comme pour mieux me voir.

Cette pause est terrible. Mon cerveau pense à mille mots emprisonnés derrière son regard énigmatique. Je l'imagine disant oui. Je l'entends me disant non. Je me raidis, prenant mes distances avec lui et la question.

— Ce n'est pas grave, dis-je rapidement. Vous n'êtes pas obligé de répondre. Je comprends le poids du devoir.

Et mon devoir me conduit à chercher un moyen de mettre un terme à ce cycle. Y parvenir serait le coup de pouce ultime à Capton, non ? Je pourrais alors m'échapper de cette terre de magie sauvage.

Eldas diminue la tension en changeant de sujet.

— Hook a l'air d'aller mieux.

Il tend la main pour gratter le loup derrière les oreilles. Hook le laisse faire, mais ne bouge pas de sa place.

— Les dieux oubliés en soient remerciés.

— Vous tenez vraiment à cette créature.

— Je tiens à tous mes amis, réponds-je.

J'espère qu'il entend ce que j'implique : *Soyez mon ami, et vous pourrez compter sur mon appui*. Eldas soutient mon regard comme s'il attendait que j'en dise davantage. Ma gorge, cependant, est trop sèche. Je choisis une autre approche.

— Puis-je vous poser une question ?

— Bien sûr, répond-il avec une sincérité qui me surprend.

Je me reprends très vite. Parler politique contribuera à refroidir mes joues.

— Il s'agissait d'un Faé, n'est-ce pas ?

Il opine du chef.

— Ils ressemblent tous à cela ? Bois de cerf et ailes de libellule ?

— Nombre d'entre eux ressemblent à cela, même si leurs traits varient. Souvent, ils se griment pour passer inaperçus.

Cette notion me fait frissonner. Pour la première fois, je me félicite que le château soit vide. Je décide d'insister. Parler m'aide à effacer le souvenir du spectacle et du bruit de la mort.

— Ils pourraient être… n'importe qui ?

— L'eau pure efface leurs déguisements, me rassure-t-il. La frontière avec les Faés est bloquée par un cours d'eau. Les seuls ponts sont très lourdement gardés. Les Faés ne peuvent entrer sur nos terres sans que nous le sachions.

— Mais la délégation…

— Je l'ai renvoyée. Sa présence m'était insupportable. D'autant plus qu'elle était peut-être liée à l'attentat dont vous avez été victime. Personne n'entrera plus sur notre territoire jusqu'à votre couronnement ou… jusqu'à votre retour dans le Monde naturel. Rinni se chargera personnellement de les expulser.

Je me retiens de lui demander de ne pas être trop dur. Mais alors ce bruit horrible emplit de nouveau mes oreilles, et mes tremblements reprennent. Ce n'est pas mon monde, ni ma justice.

— Comment vous ont-ils soustraite à la surveillance de Rinni ?

— Je l'ai laissée partir devant quelques secondes et… tout s'est passé si vite. (Si je n'ai pas envie d'y repenser, quelque chose refait surface dans ma mémoire tachée de rouge.) Il y avait Aria, j'ajoute en murmurant.

— Quoi ? (Il fronce les sourcils.) Avec le kidnappeur ?

— Non, non… Je l'ai vue parler avec le Faé juste avant.

— Êtes-vous sûre qu'il s'agissait du même homme ? Qu'il s'agissait d'elle ? (Il change de position pour me regarder dans les yeux.) Vous devez être absolument certaine.

J'essaie de faire le tri dans mes souvenirs, mais après avoir passé la journée à les chasser, à les occulter… Je secoue la tête.

— Je crois… Non, c'était forcément elle. C'est sans doute ce qui leur a permis de m'identifier, vu que Harrow a laissé Aria, Jalic et Sirro me voir avant le couronnement.

Eldas garde le silence et s'abîme dans la contemplation du feu. Il semble voir quelque chose qui m'échappe.

— Vous pensez qu'elle est impliquée ? j'ose demander. (L'idée qu'une personne potentiellement complice de ma tentative d'enlèvement puisse aller et venir dans le château ne me plaît guère. Après une minute supplémentaire de silence, je le presse :) Eldas ?

— Non. Je doute qu'elle…

— Mais comment… ?

— Aria est la nièce du roi faé.

— Aria est une Faé ? je m'étonne en clignant des yeux.

— À moitié. Sa part elfe est largement dominante. Le frère du roi actuel était son père. Elle était jeune quand il est mort. Aria a été élevée à Quinnar par sa mère. (Il secoue la tête.) J'ai permis à Harrow de la choisir pour amie car j'estime qu'elle représente une plus-value diplomatique. Nous nous sommes très sérieusement penchés sur son cas lorsqu'ils sont devenus amis, il y a des années de cela. C'est une fille à problèmes, certes, mais… (Il soupire.) Bref, les soucis que pose Aria n'incluent pas le kidnapping de la Reine humaine. Son influence se résume à faire boire mon frère par trop impressionnable lors de longues soirées arrosées.

— Vous en êtes certain ? ne puis-je m'empêcher de demander.

— Participer à cette tentative d'enlèvement serait revenu à travailler contre ses intérêts et ceux de sa famille. Si le roi des Faés était impliqué, c'en serait terminé de ses espoirs de négociation avec les Elfes. Par ailleurs, Aria pense d'abord à elle. En vous faisant du mal, elle limiterait grandement ses propres perspectives, explique-t-il.

Je réfléchis. Cela semble logique, en effet. En plus, je n'y connais pas grand-chose en politique intérieure du Midscape. Je suis tellement obsédée par l'apprentissage de ma magie et par ce cycle qu'il faut briser, que je n'ai pas eu le loisir de me pencher sur ces détails.

— Si vous êtes sûr de vous…

— Si elle est impliquée, je m'occuperai d'elle personnellement, me jure Eldas.

Je change rapidement de sujet, ne souhaitant pas imaginer une Aria démembrée.

— L'homme a parlé de récupérer des terres… Que voulait-il dire ?

Eldas se passe la main dans le rideau soyeux de ses cheveux, qui retombent parfaitement en place.

— Les guerres intestines des Faés ont duré des années. Elles ont été sanglantes et ont débordé sur les zones environnantes. Des communautés elfes ont été attaquées à l'époque où nos frontières étaient un peu floues. La plupart du temps, ces gens n'avaient rien demandé ; ils possédaient des ressources que les Faés jalousaient ou bien avaient le malheur de se trouver entre deux feux. Il y a donc eu des représailles.

— Menées par votre père ? je l'interroge en me demandant de qui Eldas a hérité sa brutalité.

— Non, ces événements se sont déroulés bien avant lui, répond-il, le regard plongé dans l'âtre. À la fin, nous avons dû ériger un mur bordé d'eau.

Cela me rappelle une phrase prononcée par Harrow sur leur frère, Drestin, qui aurait reçu une position honorable quelque part sur un mur.

— Ce mur avait pour objectif de contenir les combats entre Faés. Lorsque les hostilités eurent cessé, cependant, il fut découvert que notre mur empiétait sur une vaste portion de territoires faés.

— Territoires qu'ils souhaitent récupérer ?

— Depuis des siècles. Le problème étant que notre peuple les occupe depuis longtemps. Même si nous les rendions, personne ne peut dire qui les récupérerait et les administrerait. La délégation est venue discuter de l'abrogation de la taxe perçue à l'entrée de notre territoire. Les Faés estiment qu'ils doivent pouvoir aller et venir librement sur leurs terres ancestrales. Après les événements d'aujourd'hui, je doute que…

— Les événements d'aujourd'hui ne doivent pas influer sur votre décision. Cet homme a payé pour son crime. À moins qu'il ait agi sur ordre de son roi, son peuple ne devrait pas souffrir de ses choix.

Eldas me regarde avec une telle intensité que je m'agite et serre plus fort ma couverture autour de moi. Comme si elle pouvait me protéger…

— Vous auriez préféré que je ne les chasse pas ? s'étonne-t-il.

— Je veux que vous régniez avec justesse, force et honneur.

— Parfois, vous me faites penser à elle, dit-il avec un sourire en coin fatigué.

— De qui parlez-vous ?

J'imagine une maîtresse chassée juste avant mon arrivée au château. Sa réponse me prend de court.

— D'Alice.

— Vous l'avez bien connue, j'imagine.

Une ombre traverse son visage, et Eldas secoue la tête comme s'il regrettait d'en avoir déjà trop dit. Je le sens qui se retire mentalement bien avant de reculer physiquement. Il se lève, et je résiste à la tentation bizarre de le retenir et de l'obliger à s'asseoir à côté du feu avec moi.

— Vous devriez vous reposer, dit-il doucement, mais fermement.

— Eldas…

— Je vous attends dans la matinée pour travailler votre magie.

— Mais… (Il est déjà parti, fuyant avec une hâte que je ne lui connaissais pas. Je me tourne vers Hook, qui gémit en penchant la tête sur le côté.) Moi non plus, je ne le comprends pas.

Le loup se lève, s'étire, puis vient s'asseoir à la place précédemment occupée par Eldas. Je m'appuie contre lui car j'ai besoin de son soutien, et l'animal se crispe un peu. Mais ne bouge pas. Pas même lorsque je finis par m'endormir sur la fourrure de son épaule.

Chapitre 21

Le matin suivant, Rinni arrive à l'heure habituelle. Elle ne dit rien en me découvrant endormie par terre. Son calme m'inquiète.

Hook ne s'est pas encore remis de nos aventures de la veille, et je lui dis de rester dans la chambre. Il ne proteste pas, et je réfléchis à ce que je pourrais lui préparer au laboratoire pour le remettre sur pattes.

— Rinni, à propos d'hier…, je commence comme nous nous dirigeons vers la salle du trône. (Elle ne fait même pas mine de m'avoir entendue.) Je voudrais m'excuser.

Le silence.

— Vous aviez raison, je poursuis avec toute la sincérité dont je suis capable. J'avais tort. Nous aurions dû rester dans le château.

Le silence, encore.

— Rinni…

— J'attendrai la fin de votre séance avec le roi pour vous accompagner chez Willow, dit-elle d'une voix totalement vide d'émotion.

J'aurais tellement préféré qu'elle soit en colère.

— Je peux très bien aller trouver Willow toute seule.

— Sa Majesté souhaite que vous soyez accompagnée d'une escorte dans tous vos déplacements, y compris dans l'enceinte du château. J'aimerais en finir rapidement car les autres officiers m'attendent pour organiser les patrouilles et la sécurité.

— Eldas semblait penser que le château serait un endroit sûr, une fois la délégation repartie.

— C'est la volonté de notre roi, dit Rinni en s'arrêtant devant la porte de la salle du trône. Et nous ne sommes pas en position de discuter ses décisions.

Rinni ne me laisse pas le temps de protester et me pousse à l'intérieur de la salle du trône pour une nouvelle séance de magie.

Eldas est de nouveau distant. Chaque fois qu'il semble se rapprocher de moi, il se sent obligé de surcompenser en prenant ses distances. Il reste à plusieurs pas de moi, ce qui me fait penser encore plus aux caresses de notre première séance d'entraînement.

Cet espace entre nous aurait dû me faire du bien ; après tout, je parle de quelqu'un qui vient de tuer un homme. Au lieu de quoi je suis froide. Cette distance, en effet, est un rappel de ce dont il est capable. Je veux revoir l'homme tendre qui est venu me voir hier soir, mais je ne sais ni où ni comment le retrouver.

Ma magie est à l'image de mes émotions. Tant qu'elle répond à ma volonté et à mes instructions, j'explore le trône en séquoia, j'essaie de comprendre sa nature sombre. Et j'ai tout juste le temps de découvrir qu'il a poussé là.

Dès qu'il estime que nous en avons terminé, Eldas s'en va sans dire un mot, sans me laisser l'occasion d'évoquer les événements de la veille. Comme Rinni m'escorte en silence jusqu'au laboratoire, je croise et me frotte les bras.

Heureusement, Willow se comporte tout à fait normalement. Il m'écoute lorsque je lui raconte l'incident de la veille, me permettant de verbaliser les sentiments confus qui me hantent depuis la tentative d'enlèvement.

— Les Faés nous causent beaucoup d'ennuis, soupire-t-il. C'est triste car leur magie et leurs traditions sont fascinantes. Il paraît que certains rituels nécessaires à la préparation de leur ritumancie prennent des jours. Ils doivent parfois chercher pendant des années les objets dont ils ont besoin. Quant aux rituels eux-mêmes, ils impliquent danses, séances de méditation, voire sacrifices.

Je n'ai pas envie de penser à ces derniers.

— Je sais que les Elfes sont attachés à la tradition, dis-je pour penser à autre chose.

Willow glousse et me prend la main sur la table du laboratoire.

— Je suis heureux que vous alliez bien, en tout cas.

— Moi aussi. J'ai peur d'avoir causé de gros ennuis à Rinni, cependant.

— Rinni ne risque rien. Eldas ne la punira pas, croyez-moi.

Je me revois dans ce recoin secret surplombant la salle du trône. Je me rappelle la main de Rinni sur la joue d'Eldas. Grâce aux journaux, j'ai confirmé les dires de Harrow : les rois elfes ont bien des maîtresses. Une question s'impose alors à moi, que je préfère oublier, mais… Je rassemble mon courage et demande à Willow :

— Comment définir la relation qu'entretiennent Eldas et Rinni ?

— Rinni est son bras droit et la générale de l'armée de Lafaire.

— Une générale qui perd son temps à assurer ma protection ?

Willow me donne une pichenette sur le nez et sourit. Je ne peux pas m'empêcher de sourire aussi.

— Arrêtez un peu. Vous êtes la Reine humaine. Votre protection est tout sauf une perte de temps. C'est même un grand honneur.

Je soupire et reformule ma question :

— Eldas et Rinni sont-ils… intimes ?

Willow cligne plusieurs fois des yeux. Il est manifestement mal à l'aise.

— Luella, on ne pose pas ce genre de question. Il s'agit du roi des Elfes et…

— Je suis juste une femme cherchant à connaître l'homme auquel elle est mariée.

— Je n'en sais rien. Je ne m'intéresse pas aux affaires royales. Posez-leur directement la question. Cela ne me concerne pas.

Je réfléchis en pianotant sur la table.

— Vous savez quoi ? C'est une excellente idée. J'irai voir Rinni lorsque nous aurons terminé.

— Vous n'êtes pas sérieuse ?

— Au contraire.

Willow se gratte la tête avec nervosité.

— D'accord, mais faisons des tartes aux agrumes d'abord.

— Des tartes aux agrumes ?

— Ce sont les préférées de Rinni.

— Et comment le savez-vous ?

— Je vis dans ce château depuis quasiment ma naissance. J'étais déjà là avec Poppy à étudier pour devenir le prochain guérisseur du château. Mais… j'ai entendu des choses sur toutes les personnes qui fréquentent cette citadelle, conclut-il en haussant les épaules.

Je résiste à la tentation de lui faire remarquer qu'il devrait être au courant d'une relation éventuelle entre Rinni et Eldas. Mais je tiens bon. Willow a raison : en vérité, cela ne le regarde pas. Je n'ai qu'à me renseigner directement à la source.

En fin de journée, Willow et moi descendons à la chambre de Rinni avec une petite boîte de tartelettes au citron et à l'orange. Il y a également une pochette de friandises pour Hook préparées par Willow. Nous verrons plus tard si le loup les apprécie ou non. J'espère qu'elles l'aideront à aller mieux.

Nous nous arrêtons devant la porte de Rinni. Je prends une profonde inspiration avant de frapper.

— Oui ? répond Rinni en ouvrant. (Elle a un tablier autour de la taille. Son habituel uniforme a cédé la place à des vêtements amples et tachés de peinture. Cela lui va bien. Elle nous regarde successivement, Willow et moi.) Qu'est-ce que vous faites ici ?

— Elle a insisté, se défend Willow.

— Il faut qu'on parle, dis-je en entrant sans la permission de Rinni.

— Euh, d'accord… (Elle lance un dernier regard à Willow avant de refermer la porte.) En quoi puis-je vous aider, Votre Majesté ?

— Je veux parler de…

Je me tais en découvrant le portrait sur lequel elle travaille. Une paire d'yeux familiers et chauds me regarde avec un sourire énigmatique. Les détails sont incroyables. Mais le portrait devient de moins en moins ressemblant à mesure que les joues du modèle pâlissent – mes joues.

—Vous… me peignez?

—Oui, confirme Rinni en s'essuyant les mains avec un chiffon. C'est une commande.

—Une commande? De qui?

—À votre avis? (Rinni se racle la gorge, et son ton redevient instantanément formel.) Je voulais dire que le roi des Elfes lui-même avait commandé ce portrait, Votre Majesté.

Eldas veut un portrait de moi? Pour quelle raison? Je regarde successivement Rinni et le tableau. *Une chose à la fois.* Je lui tends la boîte de tartelettes.

—Pour faire la paix et m'excuser.

—Qu'est-ce que c'est? demande-t-elle en prenant la boîte, sceptique. (Elle l'ouvre et rugit littéralement.) C'est Willow?

—Il a dit que vous aimiez les tartes aux agrumes.

—Je les adore, confirme-t-elle, renfrognée. (Rinni repousse quelques tableaux qui sont posés sur une table et y place la boîte, avant de mettre une tartelette entière dans sa bouche.) Je lui en veux de vous avoir révélé ma faiblesse.

J'éclate de rire.

—Puisque vous êtes en état de faiblesse, j'en profite pour vous présenter mes excuses.

—D'accord, concède-t-elle en soupirant et en croquant dans une autre tartelette. Je les accepte.

—Merci. (Je jette un nouveau coup d'œil au tableau et me rappelle l'autre raison de ma présence. S'il y avait quelque chose entre Eldas et Rinni, il ne lui demanderait pas de peindre mon portrait. Ce serait trop cruel.) On est de nouveau amies?

— Bien sûr, bien sûr, dit-elle, théâtrale. Enfin, je suppose que oui.

— Tant mieux, reprends-je avec un sourire en coin. Parce que j'aimerais vous poser une question.

— Dépêchez-vous. Plus que cinq tartelettes et je redeviens méchante.

— Je voulais vous parler d'Eldas.

La main de Rinni se fige. *Il reste cinq tartelettes, pourtant !*

— Quoi, Eldas ?

— Eldas et vous entretenez-vous une relation amoureuse ? (Rinni ne me regarde même pas, et cela me met en colère.) Si c'était le cas, je comprendrais. Si vous regrettez que ce ne soit pas le cas, j'aimerais le savoir. Je n'ai aucune intention de m'interposer.

— Vous êtes sa femme, remarque-t-elle délicatement sans me regarder.

— Oui, mais nous sommes tout sauf un couple normal. (Je soupire. Je ressens un semblant de douleur au ventre. Une douleur qui écrase un espoir dont j'ignorais jusque-là la présence.) Je sais que le roi des Elfes a des maîtresses. C'est logique, remarquez. Nous ne nous sommes pas rencontrés dans des circonstances ordinaires.

— Luella, je n'ai aucune intention de me mettre en travers de votre route, lance Rinni en relevant la tête, un sourire en coin aux lèvres. Nous ne sommes pas amants. Et je n'ai vraiment pas le projet de devenir la maîtresse d'Eldas.

— Vous n'êtes pas amants ? Pourtant, vous me semblez... Enfin, il y a...

Je cherche mes mots et je me rends compte que j'espérais entendre une autre réponse. Je cherchais une explication à la frustration que je ressens chaque fois que je suis en présence d'Eldas.

— Il y a clairement un lien entre vous.

— C'est vrai, me confirme-t-elle sans chercher à nier. Nous avons grandi ensemble. Nous avons à peu près le même âge. J'ignore si vous le savez, mais… le prince héritier n'est pas autorisé à quitter le château tant que son père est en vie. Eldas n'est jamais sorti du château, enfant. Et puis, il a choisi de poursuivre son isolement afin d'être couronné en même temps que vous. Il ne se doutait pas que cela prendrait un an.

Je suis au courant pour sa réclusion volontaire.

— Pourquoi le prince héritier ne peut-il pas quitter le château tant que son père est en vie ?

— Parce qu'il ne peut y avoir qu'un seul roi. Et puis, cela facilite les transitions, la transmission du pouvoir.

Je ne suis pas certaine d'être tout à fait d'accord.

— Et donc il restait dans le château… seul ?

— Oui… (Rinni fronce les sourcils, et même la tartelette suivante ne la déride pas. Rinni connaît les traditions, mais elle semble penser que garder captif un jeune garçon est une pratique un peu extrême.) Comme vous pouvez l'imaginer, il n'avait pas beaucoup d'amis.

— Ça se voit.

Les mots m'échappent, et je le regrette un peu.

— Peut-être, concède-t-elle dans un sourire pincé. Il n'avait pas beaucoup d'occasions de rencontrer des gens, et moi, j'étais là tout le temps car mon père était le bras droit du sien. Nous sommes devenus proches. (Rinni croise les bras et s'adosse au mur, plongeant son regard dans le mien.)

Je me dois d'ajouter que oui, à un moment donné de notre parcours, nous avons eu une relation romantique.

— Il y a combien de temps ?

Rinni prend le temps de réfléchir avant de répondre.

— Il y a trois ou quatre ans. *A posteriori*, je crois qu'il paniquait de voir la dernière Reine humaine approcher de la fin de sa vie. C'était au-delà de la tristesse… Il se sentait prisonnier de son rôle et se rebellait à sa manière contre le principe de ce mariage forcé. Il était assez grand pour comprendre son destin, et perdait Alice au même moment.

Je me demande si Eldas se reconnaît en moi. Si ma propre rébellion contre ma destinée nourrit des sentiments négatifs à son égard, voire un certain désespoir. Peut-être l'idée d'une porte de sortie possible est-elle plus douloureuse encore que sa soumission apparente à son destin.

— Il cherchait du réconfort, et j'étais là quand il a eu besoin de moi. Je mentirais si je disais que je n'avais pas souvent rêvé de ce rapprochement. Nous avons donc maladroitement essayé pendant quelques mois. Deux ou trois, je dirais. Et, avant que vous posiez la question, nous n'avons pas fait grand-chose de plus que nous embrasser. Vous n'aurez aucun autre détail. Nos relations sont aujourd'hui purement professionnelles. Les couleurs de ce paysage de ma vie sont sèches, et je n'ai aucun désir de retravailler cette toile.

— D'accord. Merci pour votre honnêteté.

— Je vous soutiens tous les deux. Eldas et moi nous satisfaisons d'être amis et alliés. Notre brève relation nous a cependant rapprochés. En un sens, vous avez raison : il y a un lien entre nous. Je ne voudrais servir, ni défendre aucun autre homme. Pour la chambre à coucher, en revanche, c'est une autre histoire…

J'éclate de rire, même si la légèreté de l'instant est polluée par l'idée d'un Eldas victime de son destin. Je l'imagine jeune, maladroit. Mon sourire cède la place à un soupir.

— Rinni, je vous ai déjà beaucoup demandé, mais j'aurais besoin de votre aide.

— À condition que vous m'apportiez d'autres tartelettes.

— Marché conclu. (Je glousse avant de reprendre :) J'aimerais mieux connaître Eldas. (Je repense à ce que Rinni a dit dans la salle du trône, au reproche qu'elle faisait à Eldas de ne pas chercher à me découvrir. En vérité, je suis aussi coupable que lui.) J'aimerais dîner avec lui.

J'aimerais m'asseoir à sa table privée.

Rinni hausse les sourcils, tandis qu'un sourire ravi soulève les coins de ses lèvres.

— Je suis sûre que cela peut s'arranger.

— Je ne veux surtout pas quelque chose de formel. (Je pense aux énormes salles de banquet du château et à des illustrations vues dans des livres pour enfants.) Pas question que nous soyons assis aux deux extrémités d'une table si longue que nous pourrions nous trouver dans deux pièces différentes.

— Je vois ce que vous voulez dire ! s'amuse Rinni.

— Bien. Vous lui demanderez ? Je crains qu'il refuse si c'est moi qui lui propose. (Il a en effet tendance à prendre ses distances dès que nous faisons mine de nous rapprocher.) Par ailleurs, la salle du trône est devenue une salle de classe et un champ de bataille pour nous. Si nous nous retrouvons là-bas, nous…

— Vous serez incapables de vous détendre. N'en dites pas plus, je vais vous arranger cela.

— Merci.

Je la rejoins et la serre furtivement dans mes bras. Elle est raide et aussi maladroite que Willow, la première fois que je l'ai embrassé. Elle se laisse faire plus vite que mon ami guérisseur, cependant.

— Il n'y a pas de quoi, Votre Majesté, dit-elle, un peu mal à l'aise.

— Nous n'en sommes plus à ce stade, Rinni, je lance en me dirigeant vers la porte. Vous pouvez m'appeler Luella.

Le soir venu, tandis que Hook se blottit au pied de mon lit, je contemple le plafond. En une semaine, j'ai trouvé deux amis et un loup. Pour être honnête, je ne m'attendais pas à ce que cela se passe aussi bien.

Reste un obstacle à franchir, cependant. Le plus grand : devenir l'amie véritable d'Eldas et, avec son aide, trouver un moyen de briser le cycle.

Je bâille.

— Une étape à la fois, je murmure avant de me retourner et de m'endormir.

Eldas et moi ne nous voyons pas au cours des deux jours qui suivent, aussi je passe mon temps avec les journaux et Willow dans le laboratoire. Même sans l'aide du roi, je continuerai à chercher une façon de sortir de ce cycle ; pour moi, pour lui et pour nos mondes respectifs.

Je crains que Rinni lui ait parlé du dîner et que cela se soit passé encore plus mal que mes pires cauchemars.

Le troisième jour, Rinni m'apprend qu'il a été pris par de nouvelles négociations avec les Faés.

Je repense à notre conversation, et je me demande si ces négociations ont été – ne serait-ce que partiellement – inspirées par moi. J'ose penser que oui, ce qui m'emplit d'une sensation effervescente. Comme si j'étais une boisson gazeuse sous pression.

Par chance, mes meubles arrivent le quatrième jour, m'offrant une distraction. L'ébéniste effectue la livraison personnellement et nous aide, Rinni et moi, à mettre les meubles en place. C'est un vieux monsieur adorable, et je ne peux m'empêcher de remarquer la manière dont il masse ses doigts endoloris quand nous avons terminé.

Lorsque nous sommes tous les deux satisfaits de notre travail, je l'emmène au laboratoire pour lui donner un cataplasme semblable à celui que j'avais préparé pour M. Abbot. Par bonheur, ni Willow ni Rinni ne me font remarquer qu'aider un « roturier » n'est pas « digne d'une reine ».

L'ébéniste est un peu gêné, mais finit par accepter le cadeau, encouragé par Willow. Je passe le restant de la journée à travailler avec ce dernier, faisant des expériences avec ma magie et lisant les journaux laissés par les reines d'antan.

Tous les soirs, je prends mon dîner dans mes appartements en compagnie de Hook. Le loup est couché sous mon nouveau bureau qui, au contraire du précédent, est tourné vers les fenêtres et non vers la porte. Je feuillette délicatement les pages fragiles des femmes qui m'ont précédée à la recherche d'indices. Le plus vieux journal a un peu plus de deux mille ans. Il n'existe pas d'archives datant de la reine originelle, aussi dois-je apprendre de l'expérience de femmes qui n'en savaient pas tellement plus que moi.

Le cinquième soir, je trouve enfin quelque chose d'utile dans le journal de la reine Elanor, qui vécut quatre générations avant moi. Apparemment, je ne suis pas la première à avoir eu l'idée de briser le cycle.

« Avec chaque nouvelle reine, le trône en séquoia prélève un plus grand tribut. Notre pouvoir semble décroître, génération après génération. Il est possible que, dans un avenir proche, il n'y ait plus de Reine humaine.

Je soupçonne le trône de chercher à rétablir l'équilibre avec l'autre côté de l'Orée, le Monde naturel. La Reine humaine seule ne peut garantir cet équilibre. Les lois de la nature sont mises à très rude épreuve.

S'il existait un moyen d'équilibrer les deux mondes, alors peut-être le Midscape n'aurait-il plus besoin de Reine humaine. Je suis cependant incapable de prouver cette théorie… »

Le matin suivant, je me prépare à me rendre au laboratoire lorsque je reconnais les coups de Rinni à ma porte.

— Je peux entrer ?

— Je suis présentable.

— Qu'est-ce que c'est que ces vêtements ? me demande-t-elle dès qu'elle me voit.

— Willow m'a aidée à les trouver, réponds-je en caressant la toile lourde de mon pantalon. Ne me dites pas qu'Eldas a décidé de me recevoir le jour où j'ose enfin porter autre chose qu'une robe ?

Rinni a un sourire insolent. Je pousse un grognement.

— Alors, c'est ça ?

— Oui, mais vous avez jusqu'à ce soir pour vous changer.

— Il a accepté mon invitation à dîner ?

J'ignore si les battements d'ailes dans mon ventre sont ceux de papillons ou de guêpes. Suis-je excitée ou nerveuse ? Les deux. Une véritable guerre de créatures ailées fait rage en moi.

— Eh oui, enfin ! confirme-t-elle. (Elle porte la main à sa bouche et tousse, comme si elle regrettait que ces mots lui aient échappé. Je préfère ne pas commenter.) Il a accepté. Vous dînerez ensemble ce soir dans l'aile est.

— Oh ! La mystérieuse aile est, dis-je en agitant les doigts. Comme c'est excitant !

— Je ne vous le fais pas dire. Normalement, seule la famille royale est autorisée à y mettre les pieds.

J'en conclus qu'on me considère toujours comme une étrangère. Si je contribue à garder le Midscape en vie, je ne mérite pas l'honneur d'être acceptée comme l'une des leurs. Mes pensées me ramènent à Harrow. Je ne l'ai pas revu depuis que je l'ai soigné. Je m'en félicite, d'ailleurs, même si cela m'inquiète un peu.

Si Eldas ne semblait pas s'en faire pour Aria, je ne peux m'empêcher de me dire qu'elle prépare quelque chose. Mais mes craintes sont dues au fait que je l'ai vue en compagnie de l'homme ailé.

J'écarte cette pensée. Harrow est une des nombreuses raisons pour lesquelles je me réjouis de ne pas appartenir à cette famille. Dans très peu de temps, je m'en vais.

— Merci de m'avoir prévenue. Vers quelle heure dois-je être prête ?

— Eldas vous attendra à 20 heures.

— Super. Je peux donc passer la journée au labo et me préparer ensuite.

— Souhaitez-vous que je vous aide à vous habiller ?

Je prends le temps de réfléchir. Il y a dans mon dressing des robes que je serais bien incapable d'enfiler sans aide.

— Non, merci, finis-je par décider.

Je pense qu'Eldas doit apprendre à connaître la véritable Luella, non pas la robe ou la coiffure que Rinni aura choisie.

— Je passerai vous chercher à 19 h 45, conclut Rinni avant de s'incliner et de s'en aller.

La journée me semble bizarrement trop longue et trop courte à la fois. Les heures s'étirent pendant que je suis au laboratoire. Chaque fois que je me tourne vers l'horloge antique, je suis convaincue que la moitié de la journée a passé, alors que seulement cinq minutes se sont écoulées.

J'ai du mal à me concentrer.

Le temps passe, cependant, et j'entends enfin Rinni frapper à ma porte.

— Entrez.

— C'est ce que vous allez porter ? me demande-t-elle en apparaissant dans l'encadrement de la porte de la salle de bains.

— Et c'est non négociable. Il me verra dans cette tenue ou il ne me verra pas.

— Très bien.

Rinni arbore un semblant de sourire comme elle me précède hors de mes appartements. Heureusement, elle ne proteste pas en voyant Hook nous emboîter le pas. Comme je suis plus à l'aise en sa présence, il ne me lâche plus d'une semelle.

À ce stade, qui veut me connaître doit apprendre à connaître Hook.

Nous traversons la salle du trône pour nous rendre dans l'aile est. Je suppose que c'est le chemin le plus direct. Rinni ouvre la porte par laquelle Eldas disparaît habituellement. Elle traverse des salles silencieuses flanquées d'armures finement ouvragées, de pierres taillées en pointe sur des socles, de tapisseries et de portraits. Il y a moins d'espace que dans l'aile ouest. Moins de salles de bal, de salles à manger, de successions de pièces inutiles. Elles sont remplacées par des escaliers en colimaçon et une infinie quantité de portes bloquant mon regard curieux.

Nous atteignons enfin notre destination, une porte en tous points identique aux autres. Rinni frappe doucement.

— Votre Majesté, votre reine est arrivée.

Chapitre 22

Je me fige en entendant l'expression « votre reine ». Je tourne l'anneau en labradorite autour de mon doigt, subitement consciente de sa présence. Je ne veux appartenir à personne. Je ne suis pas une possession. Je suis presque tentée de tourner les talons pour partir en courant, mais je me retiens.

Après tout, je suis venue ici de mon propre chef pour vérifier si l'homme bon que j'ai cru apercevoir par intermittence existe réellement. Et s'il peut avoir confiance en moi. Si notre partenariat peut aboutir à une libération du Midscape. Je ne suis pas venue par obligation, par peur ou pour exécuter un ordre.

— Faites-la entrer.

Les basses de sa voix résonnent dans ma poitrine.

La porte s'ouvre vers l'extérieur, et Rinni s'écarte en faisant un pas sur le côté. J'entre en m'efforçant de paraître grande, une main enfouie dans la fourrure de Hook, y puisant de la force. Comme la porte se referme dans mon dos, les guêpes chassent les papillons dans mon ventre, et je pince les lèvres, essayant de ne pas laisser échapper de paroles nerveuses.

Eldas se dresse devant un grand âtre. Entre nous, il y a une table assez grande pour quatre, mais mise pour deux. La nourriture luit dans la lumière tamisée : viande rôtie, plateaux de légumes, ainsi qu'un genre de gâteau rond recouvert d'un glaçage et orné d'ailes de papillon que j'espère factices.

Rapidement, j'interromps mon examen de la nourriture pour me tourner vers le roi. Eldas porte une tunique tuftée couleur nuit. De minuscules perles sont cousues au centre de broderies en forme de croix, sur sa poitrine, scintillant telles des étoiles éparpillées. La couleur de sa peau contraste avec celle de ses vêtements, lui donnant des airs de roi stellaire plutôt que d'incarnation de la mort.

— La couronne est-elle vraiment nécessaire ? je bredouille, désarmée par son apparence.

On dirait presque qu'il a fait un effort pour moi.

— Je vous demande pardon ? (Pris de court, il perd de son assurance et porte la main au bandeau noir, sur son front. Puis il laisse retomber ses doigts, embarrassé.) Je suis roi, pourquoi ne porterais-je pas ma couronne ?

— Parce qu'il ne s'agit que de moi.

— Justement. Je suis votre roi. Autant que cela se voie, n'est-ce pas ?

Votre roi. Après *votre reine*. Si je suis sa reine, cela signifie-t-il qu'il est mon roi ? Nous nous appartiendrions mutuellement ? Nous nous partagerions ?

Pour la première fois, je regrette de n'avoir pas consacré plus de temps à mes relations amoureuses, à l'académie, de m'être tant focalisée sur les études. Je serais moins maladroite, aujourd'hui, je me poserais moins de questions.

— Je…

À court de mots, je m'avance vers lui et je sens son regard sur moi. Hook attend derrière comme s'il savait que je dois y arriver seule.

—Je suis venue ici en tant que Luella. (J'écarte les bras et je le laisse regarder ma jupe taille haute et mon haut ample : tissus simples, coupes simples, ce que je porterais à Capton.) J'espérais…

Je tends les bras, provoquant chez lui un mouvement de recul. J'attends. Eldas se fige et laisse mes doigts s'enrouler autour de sa couronne. Elle est plus lourde que je le pensais, tellement lourde que je me demande comment il peut la supporter.

—… j'espérais dîner avec Eldas et non le roi des Elfes.

Je pose la couronne sur le manteau de la cheminée. Je suis soulagée de ne pas l'avoir lâchée.

—Je suis le roi des Elfes. C'est ce que je suis, et rien d'autre.

J'ai moi-même prononcé une phrase de ce genre à de nombreuses reprises. Son intention n'est pas de blesser, et pourtant… Des tremblements internes secouent mes os. Je suis de plus en plus nerveuse car je ne me suis jamais sentie aussi vulnérable.

Je me rends compte que les vêtements, la couronne, et cette horrible et caverneuse salle du trône sont des formes d'armures pour lui. Un bouclier qui empêche quiconque de voir l'homme, en dessous. Je suis d'autant plus curieuse de faire la connaissance de ce dernier.

—Je comprends, je chuchote.

—Je ne crois pas.

Il se tourne vers le feu comme s'il ne supportait pas mon regard scrutateur. Comme s'il s'apercevait que je viens de comprendre.

— Au contraire. J'ai eu mon armure, moi aussi. J'avais ma boutique, mon travail, mon devoir. Je devais me protéger, je voulais surtout éviter d'être blessée, de perdre le contrôle.

Il me regarde du coin de l'œil. Le feu craque, et une bûche tombe.

— Aujourd'hui, je regrette, poursuis-je. (En essayant prétendument de me protéger, Luke m'a porté un coup presque mortel au cœur. Le regard d'Eldas s'adoucit.) Je ne reculerai plus. Enfin, je vais essayer. Je veux apprendre à vous connaître, Eldas.

— Pourquoi ? s'étonne-t-il, sincèrement surpris.

— Quelle question ! (Je lâche un éclat de rire léger. Ses épaules tendues m'indiquent qu'il ne joue pas la comédie.) Légalement, je suis votre épouse.

— Formellement. Et je vous ai forcée à dire oui. (Il porte à ses lèvres un verre en cristal, qui parvient difficilement à cacher une grimace.) Je suis désolé pour mes actions au temple de Capton. J'aurais dû m'excuser plus tôt.

Des excuses sincères et gratuites ? J'en reste presque bouche bée. Nous progressons vraiment.

— Merci pour les excuses… (Je fais la moue. Une part de moi n'a pas envie de lui pardonner, mais…) Honnêtement, sans votre aide, j'aurais probablement vomi sur vos chaussures.

— Pour le coup, je suis moins désolé, commente-t-il sans dissimuler sa grimace, cette fois.

J'éclate d'un rire léger. C'est un son fragile, qui accompagne nos délicates explorations.

— Qu'est-ce que vous buvez ?

— Ça ? (Il fait tournoyer les glaçons dans son verre.) C'est de l'hydromel faé. Je l'ai reçu avec les excuses de leur roi après l'incident de Quinnar.

— Je peux en avoir ?

Il y a sur le bar étroit un autre verre et une bouteille pleine du breuvage doré.

— Je pensais que vous n'en voudriez pas du fait de son origine. Je l'ai ouvert parce que c'est fort et que, ce soir, j'ai besoin de soutien.

— Vous avez besoin de force pour me recevoir ? m'enquiers-je en haussant les sourcils.

— Personne n'est plus terrifiant que vous dans tout le Midscape.

Je glousse en me servant un peu d'alcool. Pendant ce temps, Hook prend ma place près du feu. Le loup et l'homme se regardent avec méfiance. Je me hâte de les rejoindre et de lever mon verre devant le nez d'Eldas pour attirer son attention.

— Buvons à la force !

Il me regarde longuement, au point de me mettre mal à l'aise.

— Euh… les Elfes ne portent pas de toast ?

— Au contraire. (Pour la première fois, son regard se fait plus chaleureux. Ses yeux sont froids, mais comme une belle matinée d'hiver invitant à la découverte. Eldas lève son verre.) À ce monde. Au prochain. Aux gens qu'on rencontre en chemin et aux liens que nous partageons.

Il cogne doucement son verre contre le mien et boit. Je fais de même.

— Il s'agit d'un toast elfique ?

— En effet.

— J'aime beaucoup.

Comme il ne sait pas comment réagir, il botte en touche.

— Je constate que cette bête n'a pas renoncé à hanter mon château.

— Hook, je le corrige. Oui, il reste avec moi.

— Il va bien falloir que tu retournes dans l'Orée, le gronde doucement Eldas.

En dépit de son ton, il se penche et tend la main vers Hook, qui le laisse le gratter entre les oreilles.

— Il va et vient comme il l'entend. Il lui arrive de disparaître, mais chaque fois il revient. Et quand il est là, il est toujours un bon compagnon.

Je ne veux même pas imaginer que Hook puisse me quitter à jamais, comme le sous-entend Eldas.

— Bien. Ce château est certes grand, et on peut s'y sentir seul.

Il fait la moue comme s'il regrettait d'avoir prononcé ces paroles.

— Vous savez de quoi vous parlez, n'est-ce pas ? lui dis-je.

— Vous aussi, rétorque-t-il, me réduisant au silence.

Nous sirotons longuement notre hydromel.

— Est-il vrai que vous étiez enfermé ici pendant que vous m'attendiez ? je demande d'une voix faible, car j'ai peur de sa réponse.

— Rinni vous l'a dit ?

Je doute qu'il apprécie de se sentir vulnérable, mais je ne m'excuserai pas de me soucier de son bien-être.

— Oui, mais ne la punissez pas.

— Vous continuez à me dire qui j'ai le droit ou non de châtier, lance-t-il en me regardant du coin de l'œil.

J'ai l'impression qu'il se retient d'avoir un sourire narquois, ce qui m'amuse.

— Prenez mes demandes comme de simples recommandations. (J'avale une gorgée d'hydromel comme la conversation ralentit. J'attends. Rien.) Vous n'avez pas répondu à ma question.

— J'ai en effet décidé de m'isoler. Je voulais me présenter au monde en même temps que ma reine, mais… (Il se passe la main dans les cheveux et secoue la tête.) Rien ne se passe comme prévu. Vous êtes arrivée, et votre nature même a eu raison de toutes mes prévisions. Vous êtes complètement différente de ce à quoi je m'attendais. (Il se tourne vers la table, ne me laissant pas le temps de rebondir sur cette phrase presque tendre.) Et si nous passions à table ?

— D'accord.

Je préfère ne pas insister. J'ai peur de lui demander à quoi il s'attendait, d'entendre ce que j'ai justement envie d'entendre. Je n'ai décidément rien de la reine rêvée, mais il n'est pas non plus le roi que j'avais imaginé.

— C'est vous qui avez préparé tout cela ?

— Bien sûr que non, répond-il en plissant le nez de dégoût. Il y a des cuisiniers.

— Le château semble si vide. (Je m'assieds, et il m'imite.) Je me demandais qui cuisinait.

— Il y a des couloirs de service. Imaginez un château dans le château. C'est là que travaillent les domestiques. On en voit très peu de ce côté-ci. (Il s'interrompt, me regarde soudainement.) La magie aide aussi.

— Oui, j'imagine !

— Je sais qu'il n'est pas possible de faire apparaître un carré d'agneau par la pensée, dans votre monde.

— Parce que dans le vôtre… ?

M'interrompant, Eldas lève la main pour désigner un coin de la pièce. Deux nuages de brume bleue se forment : un autour de ses doigts, l'autre dans le coin. Et soudain – comme j'aurais dû m'y attendre – apparaît un carré d'agneau.

— Bon appétit, Hook. (Eldas s'adosse à sa chaise, fait tourner ses glaçons dans son verre et avale une gorgée d'hydromel. Avisant mon regard, il éclate de rire.) Vous m'en croyiez incapable, hein ?

— Mais comment ?

— Je connais le nom véritable de ce carré d'agneau et je suis capable de le dupliquer.

Pendant qu'il m'explique tout cela, Hook se régale. Mille questions se bousculent dans ma tête, mais…

— Vous devez vraiment adorer l'agneau, suis-je seulement capable de bredouiller.

Eldas rit de plus belle et se couvre rapidement la bouche. Son embarras m'amuse, et nous rions de concert.

— Si vous êtes capables de pareils prodiges, comment le Midscape a-t-il pu connaître la pénurie ?

— Seuls les Elfes – et encore, une minorité d'entre eux – possèdent ce talent. Par ailleurs, cette viande est loin d'être aussi nourrissante que la viande naturelle.

Il me regarde par-dessus son verre. Quelque chose dans la vision de ses muscles se contractant m'hypnotise.

Je retourne rapidement à mon assiette et change de sujet, m'intéressant aux prochains rites de printemps. Eldas me répond avec enthousiasme, s'attardant en particulier sur son rôle. Il me parle de ses devoirs de roi, de l'ouverture et de la fermeture des festivités. Il me dit qu'il va devoir présenter la reine, celle qui apporte le printemps. Je ne peux m'empêcher de sourire en l'écoutant.

Il est sincèrement excité à l'idée d'être roi, de régner enfin. Et pourtant, nous travaillons à la fin de ce cycle… Je ne serai pas là pour assister à ces rites. Je ne serai pas présentée au peuple.

Tout en discutant, nous nous servons. Eldas est un vrai gentleman ; c'en est presque gênant. Il met un point d'honneur à remplir mon verre dès que le niveau descend, c'est-à-dire souvent, l'hydromel étant sucré et pétillant. Et il me sert dès que je semble m'intéresser à un plat.

Je ne suis pas étonnée de trouver tout délicieux. La nourriture, au Midscape, possède sa propre magie, semble-t-il. Les saveurs sont exacerbées, uniques et riches. J'ai l'impression de découvrir le sens du goût.

— On m'a dit que vous aidiez dans la serre, dit-il, se donnant du mal pour alimenter la conversation.

— Willow est gentil avec moi. (Je prends sa défense, alors qu'Eldas ne l'a même pas attaqué.) Il me permet de l'aider à soigner ses plantes, m'a donné accès aux journaux des reines précédentes et appris des choses sur la magie elfique.

Eldas penche légèrement la tête sur le côté en entendant parler des journaux.

— Oui, j'ai cru comprendre que vous passiez beaucoup de temps là-bas. La rumeur s'est d'ailleurs propagée en ville d'une reine capable de soigner les maladies.

— Je suis certaine que d'autres reines ont fait pareil avant moi, dis-je en pensant au cataplasme que j'ai préparé pour l'ébéniste.

— Les reines ne se sont jamais intéressées aux gens de Quinnar, au peuple en général.

Cette dernière phrase me fait renifler de dédain.

— J'ai dit quelque chose d'amusant ? demande Eldas en posant sa fourchette, les sourcils haussés.

— Vous vouliez dire que les reines n'ont jamais été autorisées à s'intéresser au peuple.

— Ce n'est pas vrai.

— Ah oui ?! (Les joues rouges, je souris. Combien de verres d'hydromel ai-je avalés ?) Vous devriez vous aussi lire les journaux des reines défuntes. Vous apprendriez beaucoup de choses. Je suis heureuse que vous vous intéressiez à moi, mais faites-en autant avec celles qui m'ont précédée.

— J'ai fait un effort avec Alice.

— Vraiment ?

Cela me fait sourire, mais je redeviens sérieuse en le voyant pensif.

— Elle... (Il hésite, l'air triste et grave.) C'était une femme bien.

— J'ai son journal, si vous avez envie de le lire.

Il se fige, tandis qu'une excitation quasi enfantine éclaire ses yeux.

— Oui, cela m'intéresse beaucoup.

— Vous pouvez le prendre, je l'ai terminé.

— Oui, merci. C'est gentil à vous.

— J'ai envie d'être gentille avec vous.

Eldas boit longuement, puis reprend sa fourchette. Peut-être est-ce à cause du feu, mais je constate qu'il s'est empourpré. Je décide de manger aussi.

— Vous avez raison, reprend-il sans relever la tête, ce dont je me félicite car il ne voit pas ma surprise. Je n'ai jamais pris le temps de m'intéresser aux reines qui ont précédé Alice. Je vais remédier à cela, autrement, je ne serai ni un bon époux, ni un bon père.

Il part toujours du principe que je vais rester ici plus de deux mois. Je me retiens à grand-peine de le lui faire remarquer. La soirée a été cordiale jusque-là, et penser à mon départ prochain me rend un peu triste.

Cette tristesse, cependant, se guérit facilement avec un peu d'hydromel.

— Je vous recommanderai des passages, reprends-je. Des épisodes de leurs vies. J'ai également lu des choses intéressantes pour notre recherche d'un moyen de mettre fin au cycle, des détails sur leur magie.

— Vous pensez toujours pouvoir nous aider à nous priver d'une Reine humaine ?

— Mon plan n'a pas changé.

Eldas se lève et marche vers la cheminée. Il s'appuie contre le manteau, sa silhouette haute et noire se découpant sur la lumière des flammes. En le regardant – en l'*admirant* –, je gratte Hook derrière les oreilles.

La lumière rasante met en valeur ses pommettes, les fait paraître encore plus hautes. Ses yeux sont encore plus beaux que d'habitude. Quant à l'arc-en-ciel irisé dans sa chevelure noir corbeau, il n'a jamais été plus visible.

— Je fais cela pour nous deux, dis-je, incertaine, en me levant, mon verre à la main. (La pièce tangue, ce qui me fait presque glousser. Le moment serait mal choisi, cependant. Je le sais car je n'ai pas tout à fait perdu mon discernement.)

Ainsi que pour ceux qui vont suivre. Pensez à tout ce que nous pourrions changer, Eldas. La vie de votre héritier pourrait être radicalement différente de la vôtre. La vôtre pourrait changer aussi.

—Je n'ai plus l'âge de rêver, affirme-t-il, ce que semble confirmer son regard hanté et froid.

—Je vous propose d'essayer de nouveau. C'est facile : rêvez et suivez vos rêves.

Je touche délicatement son coude et j'attire son regard.

—Je ne suis pas fait pour rêver. Je suis fait pour régner.

—Je crois que vous êtes fait pour ce que vous désirez.

—Vous ne me connaissez pas, me coupe-t-il avec une pointe d'inquiétude.

—Je commence à vous connaître. J'ai envie de le faire. (Mes doigts glissent sur son bras, jusqu'à sa main. Ils dansent sur sa peau lisse, jouent avec sa manche, demandant plus d'attention.) Que vouliez-vous lorsque vous étiez enfant ? Parlez-moi de vos espoirs.

Eldas regarde successivement ma main et mes yeux. Il inspire profondément. Ses pupilles sont dilatées.

—Toute ma vie, je me suis préparé à être roi. À servir mon peuple, à protéger la Reine humaine et le cycle. Mon père ne m'a jamais dit que…

—… que la reine elle-même essaierait de briser le cycle ?

—Que j'aurais besoin de me protéger contre elle.

—Je ne vous ai frappé qu'une seule fois. (Un petit gloussement m'échappe, et je porte mon verre à mes lèvres, soulagée que ma remarque l'amuse.) J'en profite pour m'excuser de nouveau.

—Je regrette de vous avoir insultée. Nous sommes quittes ?

— Ce serait un bon début.

— Le début de quoi ?

Quand s'est-il rapproché ? Nous sommes penchés comme des arbres dans la tempête, nous nous balançons, chacun de nous mordant de plus en plus sur l'espace personnel de l'autre, réduisant celui-ci au strict minimum.

Hook me pousse dans le bas du dos. N'était-il pas couché dans un coin un instant plus tôt ? J'étais en train de perdre l'équilibre. Je titube en avant. Mon verre se renverse sur la luxueuse tunique d'Eldas, et je m'écroule sur la tache humide, sur sa poitrine. Il me rattrape et ne me repousse pas comme je le craignais. Il me dévisage, les joues rouges, et son regard me donne le vertige.

La ligne pincée de ses lèvres est douce, luisante d'hydromel. La lumière de la cheminée baigne son visage d'or et non de marbre. Je me demande quel serait son goût si je devais l'embrasser, là, maintenant.

Ai-je fui ce sentiment toute ma vie ? Est-ce cela, se soucier d'un autre ? Cette pensée rebelle me traverse l'esprit comme je le regarde. *Comment ai-je pu vouloir éviter ces sensations ?*

— Désolée, je murmure. Je ne voulais pas. C'est à cause de Hook.

Un sourire paresseux lui éclaire le visage. Il sait quelque chose qu'il ne dit pas. C'est l'impression qu'il me donne. Il ne me laisse pas le temps de m'appesantir sur le sujet. Il pose la main sur mon visage, me caresse les lèvres avec le pouce.

— Demandez pardon à l'hydromel. Au lieu de se retrouver sur votre langue, il est sur mes vêtements. C'est une véritable relégation.

— Eldas…

J'abandonne mon visage dans sa main. J'ai une douleur en moi, un besoin profond auquel je n'ai jamais cédé, et tout me crie qu'écouter ce besoin serait la pire idée. Je suis incapable de réfléchir. Entre l'hydromel et son toucher, je n'en ai pas envie.

— Luella ?

Mon prénom est donc devenu une question ? Que me demande-t-il ?

— Oui.

Quelle que soit la question, oui.

Il me tient plus fermement, relève mon visage. Ma bouche rencontre la sienne. Son bras m'attire encore plus près de lui. Nous sentons le miel et goûtons des rêves oubliés. C'est aussi inéluctable que le désespoir.

Le verre que je tenais tombe, se brise, mettant presque un terme à ma transe. Mais Eldas fait glisser sa langue sur mes lèvres, et je laisse échapper un gémissement dont je ne me serais pas crue capable. Je le laisse entrer dans ma bouche, et sa langue caresse la mienne avec douceur. Une telle douceur…

Ses mouvements, cependant, sont durs, le fruit d'une nécessité. Eldas est un homme de contraste. Doux et dur. Froid et brûlant.

Mon dos touche le manteau de la cheminée. Je me cambre et me colle contre lui. Il maintient mon visage contre le sien, et nous sommes tous les deux pris de vertige, le souffle court. Nous avons besoin d'air.

Il me regarde fixement, les lèvres entrouvertes et humides. Je suis sous le choc. Le feu brûle, aussi bleu que ses yeux. Les éclats de mon verre cassé sont devenus des pétales de rose.

—Nous… je… (Sa respiration est superficielle. Alors, sans prévenir, Eldas s'éloigne. Je vois de la panique dans son regard, de la peur dans ses mouvements.) Vous allez partir.

—Je suis ici, dis-je en lui tendant les bras, incapable de réfléchir.

—Non, vous allez quitter le Midscape. Me quitter. Nous… Je ne peux pas. (Cette idée nous refroidit tous les deux.) Je dois y aller.

—Eldas…

Il est parti avant que je prononce autre chose que son prénom. Le feu est redevenu orange, et seules des volutes bleutées témoignent de la présence passée du roi devant moi. Eldas a disparu dans l'Orée.

Chapitre 23

Le trajet vers la salle du trône, le lendemain matin, est très, *très* long.

— Est-ce que ça va ? me demande Rinni en s'arrêtant avant que nous entrions.

— Hein ? Euh, oui, oui. Pourquoi vous me posez la question ? Je vais parfaitement bien.

— Mouais… (Rinni retire sa main de la porte et croise les bras sur sa poitrine.) Que se passe-t-il ?

— Rien. Si vous voulez bien m'excuser, je vais être en retard, et Eldas…

J'essaie de contourner Rinni, mais elle m'en empêche. Hook se met aussitôt à gronder, mais je l'arrête avec la main. Rinni connaît bien le loup, désormais, et elle n'est pas du tout intimidée.

— Effectivement, je ne vous conseille pas d'être en retard. Alors, crachez le morceau. Comment s'est passée cette soirée ?

— Très bien, réponds-je un peu trop vite.

— Très bien ? répète-t-elle en haussant un sourcil. *Très bien ?* Je vous ai vue vous tordre les mains une cinquantaine de fois en cinq minutes. Il s'est passé quelque chose.

— Non, rien.

— Vous mentez.

Je grogne et j'enfouis mon visage dans les mains. La perspective de revoir Eldas m'a mise dans un état d'agitation insupportable, au point que je suis incapable de m'asseoir depuis mon réveil. Avant le lever du soleil, j'étais déjà en train de lire les journaux des reines en faisant les cent pas pour empêcher l'énergie accumulée en moi de me faire exploser.

Toute la nuit, le souvenir de sa silhouette se découpant sur la toile de fond bleue de la magie a embrasé mon esprit. Toute la nuit, j'ai entendu ses murmures et sa voix douce, j'ai été hantée par ses expressions délicates. La sensation fantôme de ses lèvres sur les miennes me faisait soupirer et gémir d'une manière que j'ai trouvée embarrassante une fois l'aube venue.

— Non, vraiment, cela s'est bien passé. Nous verrons pour la suite.

Rinni me scrute pendant une longue minute. Avant de s'écarter enfin de la porte.

— D'accord, mais si vous avez besoin de parler, je suis là.

— Merci.

En vérité, Rinni est la dernière personne à qui je souhaite révéler mes envies de me faire plaquer contre le mur par son roi, mes envies de faire des choses obscènes, de sentir les doigts d'Eldas quelque part entre mes… *Arrête ça tout de suite, Luella !*

— Si cela peut vous consoler, Eldas est un peu grognon depuis ce matin.

Tu m'étonnes. Je me mords la lèvre et entre dans la salle du trône.

Eldas est assis sur son trône de fer. Sa cheville droite est posée sur son genou gauche. En équilibre sur sa cuisse, j'avise un journal familier. Son menton repose sur son poing, tandis que son regard volette sur la page ouverte.

Je m'approche en silence et m'arrête devant lui. Il ne me regarde pas. Ses pommettes fortes surplombent ses lèvres pincées en une moue que complète son front plissé. Je sais à présent que ses lèvres ne sont aucunement froides et dures, mais de velours.

Je me demande s'il est conscient de ma présence. Il paraît tellement concentré…

— Je crois que je dois vous remercier, dit-il enfin.

Ses mots se réverbèrent dans la salle caverneuse, me faisant presque sursauter.

— Pourquoi ? je demande, l'esprit encore focalisé sur notre soirée.

— Merci de m'avoir informé de l'existence de ceci, reprend-il en montrant le journal d'Alice. Je suis allé le récupérer au laboratoire hier soir. (Il se lève et écarte les bras.) Je vous demanderai de le remettre à sa place pour moi.

— Vous l'avez… terminé ?

Je m'approche davantage pour lui prendre le journal des mains. Son comportement me semble normal. Et anormal à la fois. Je reconnais une gentillesse et une chaleur qui n'étaient pas présentes auparavant.

A-t-il envie de m'embrasser encore ? Je n'en sais rien et cela m'énerve. Je veux le connaître suffisamment bien pour savoir déceler les moments où il a envie de m'embrasser et ceux où il est disposé à me laisser le faire. *Ai-je en vie de l'embrasser ?* Je suis incapable de mettre de l'ordre dans mes pensées.

— En effet.

— Vous avez lu…

— Toute la nuit.

Cela ne se voit aucunement. Son teint est le même que d'habitude, et ses yeux ne sont pas cernés. Peut-être les Elfes sont-ils capables de lire toute la nuit et d'avoir l'air frais et reposé le matin venu. Le cas échéant, je vais avoir encore plus de complexes.

— Je n'ai pas pu le refermer avant de le terminer, ajoute-t-il.

— C'est vrai ? C'est formidable.

Craignant qu'il interprète mal ma réaction, je force un sourire. Tout est tellement maladroit.

— Lequel me recommanderiez-vous ensuite ? me demande-t-il, l'air un peu distant.

— Pardon ?

— Vous en avez lu d'autres, non ?

— Oui, mais… (Eldas traverse déjà la pièce.) Attendez, où allez-vous ?

— Dans vos appartements, répond-il comme si c'était évident.

— Excusez-moi ?

— Les autres journaux s'y trouvent, non ? J'aimerais commencer le précédent. J'avoue avoir sauté les passages scientifiques. Si vous pouviez m'en conseiller un avec plus de notes et d'anecdotes personnelles, et moins de botanique…

— Bien sûr, réponds-je comme s'il s'agissait d'une conversation ordinaire. Suivez-moi.

Je me dirige vers la porte située dans le fond de la salle.

— Mais…

— Je vais vous en montrer deux. Enfin trois, mais je n'ai pas encore terminé le troisième. J'ai rangé les deux autres dans le laboratoire.

— D'accord, je vous suis.

S'il veut faire comme si de rien n'était, eh bien soit. S'il ne souhaite pas revenir sur la soirée d'hier, eh bien, moi non plus. Se voiler la face serait la réaction la plus saine et mature ? Pourquoi pas.

Hook me passe devant lorsque j'ouvre la porte. Il gravit quelques marches et s'arrête pour me regarder, m'encourageant à accélérer. Il sait manifestement où nous allons.

— Allez, file ! Nous te suivons.

Hook laisse échapper un petit jappement et se remet en route.

— J'ai commencé d'autres recherches, cette nuit, dit Eldas.

— D'autres recherches ? je répète en riant. Vous avez eu le temps de finir le journal et d'entamer d'autres recherches ?

— Je vous ai dit que j'avais sauté quelques passages, explique-t-il d'un ton de regret, comme si le fait de ne pas lire chaque mot d'un livre lui était désagréable.

— Et vous cherchiez quoi, exactement ?

Je lui pose la question car c'est ce qu'il attend, non ? Pourquoi m'en parler, sinon ?

— Je voulais savoir si d'autres bêtes de l'Orée avaient déjà arpenté le Midscape.

— Et ?

— Disons qu'il y a eu des précédents. Habituellement, cependant, elles ne restent pas longtemps. Les bêtes de l'Orée sont les animaux qui sont restés prisonniers là lorsque les mondes se sont séparés. Ils ont l'air ordinaires et mortels, mais… ils sont une partie intégrante de l'Orée.

— Une partie intégrante de l'Orée ? Donc les animaux, les arbres, les créatures ont été emprisonnés à l'intérieur de cette frontière lorsque le Midscape s'est séparé du Monde naturel ?

Eldas hoche la tête.

— L'Orée est un genre de créature elle-même, n'est-ce pas ?

Je m'arrête dans l'escalier, remarquant qu'Eldas a pris du retard. Il me contemple de ses yeux d'un bleu scintillant. Il me regarde comme jamais il ne m'a regardée. Il y a du désir dans ses yeux.

— En effet, acquiesce-t-il doucement. L'Orée est comme un être vivant. Elle respire, elle pense.

— Elle est prisonnière d'une stase, conclus-je en ressentant de la pitié pour la brume sombre et primordiale.

— Personne ne l'avait encore compris, confirme-t-il avec une note de surprise.

— Cela m'étonnerait.

— Je vous assure, insiste-t-il en montant une marche.

Je me demande s'il va m'embrasser. Je me demande ce que je vais ressentir, vu que nous sommes sobres tous les deux. Et j'ai beaucoup de mal à mettre ces pensées de côté.

— Le fait que vous soyez attachée à une créature issue de l'Orée me donne beaucoup d'espoir, ajoute-t-il.

— Pourquoi ?

— L'Orée est un endroit froid. Cela en dit long sur votre empathie.

Froid comme moi, a-t-il envie de dire. Si l'Orée est issue du roi des Elfes et que je me suis attachée à un être vivant dans son sein, cela signifie-t-il que je suis attachée au roi ? Est-ce sa conclusion ? La vérité ?

— L'Orée… (Ce mur apparemment intelligent fait partie d'Eldas.) Je croyais que la première Reine humaine avait participé à sa création.

— Oui, il a fallu les deux : la magie de la Reine humaine issue de la terre et les pouvoirs du roi des Elfes nourris par le Voile.

— On est plus forts quand on travaille main dans la main.

Soudain, je l'imagine tout contre moi, je repense à notre dîner.

— Peut-être avez-vous raison.

Eldas m'adresse un sourire en coin et se remet à gravir les marches. Je pousse un soupir de soulagement. J'ignore ce que j'aurais fait s'il avait continué à me regarder de la sorte.

Lorsque nous arrivons au laboratoire, Willow est à genoux et gratte vigoureusement le ventre de Hook, qui remue la queue et s'agite avec plaisir.

— C'est qui le meilleur, Hookie, hein ? Hein, c'est qui le meilleur ? Tu es un bon garçon, hein ? Tu as mérité de te faire gratouiller le ventre, pas vrai ?

— Hook, mon féroce défenseur, qu'allons-nous faire de toi ? je lance, amusée, en me dirigeant directement vers la bibliothèque. Vous le pourrissez, vous savez ?

— C'est un bon garçon, qui mérite d'être pourri gâté, se défend Willow. J'ai travaillé sur la recette de ses biscuits. Voyons s'ils lui plaisent.

Au grand désarroi de Willow, Hook ne veut rien avaler. J'ignore ce que mangent les bêtes de l'Orée, mais Willow semble bien incapable de satisfaire Hook. Le loup se force néanmoins à manger un peu pour se faire gratter le ventre.

— Ils sont justes là… (Willow se retourne et découvre la présence d'Eldas.) Votre Majesté !

Regardant par-dessus mon épaule, je le vois courbé en deux devant son roi. Hook est allongé sur le dos, s'amusant apparemment de mettre le pauvre homme dans l'embarras. Je lève les yeux au ciel.

— C'est donc ainsi que mes ressources sont utilisées, dit Eldas d'un ton sec. Elles servent à produire des biscuits pour les créatures de l'Orée ?

— Je… c'est que… vous voyez…, bredouille Willow, tout tremblant.

— Laissez-le tranquille, Eldas, dis-je en descendant d'un tabouret, un journal à la main. Tenez… (Je lui tends un volume.) Le château n'aura jamais de meilleur soigneur, et vous n'allez pas vous débarrasser de lui uniquement parce qu'il gâte mon loup. D'autant plus que Poppy n'est pas là.

Eldas plisse les yeux, mais ne dit rien. J'ose lui sourire, et je vois qu'il se retient de sourire aussi.

Un mouvement derrière lui attire mon attention.

— Oh, non…, je marmonne, oubliant ce que j'étais sur le point de dire.

Un homme aux longs cils et aux cheveux bruns ondulés soutient un Harrow à peine conscient. Le type taciturne qui lisait le jour où j'ai rencontré Harrow et sa bande. *Sirro*. Oui, il s'agit de Sirro.

Celui-ci a l'air paniqué comme il porte presque Harrow dans le laboratoire. La tête du frère d'Eldas se balance mollement sur son cou, et ses jambes sont incapables de soutenir son poids.

— Qu'est-ce que… ? (Le roi se retourne et se fige. Son corps tout entier est tendu. L'atmosphère se refroidit.) Quelle est la signification de ceci ? demande-t-il d'une voix sépulcrale.

— Harrow… il… (Sirro nous regarde successivement, son roi et moi. Je suis étonnée lorsque son regard s'arrête sur moi.) Il m'a demandé de le porter jusqu'à vous.

— Jusqu'à moi ?

— Il a dit que vous pourriez le soigner de nouveau.

Je jure plusieurs fois intérieurement. Je n'ai parlé à personne de ce fameux jour. En tout cas, je ne voulais pas qu'Eldas et Willow l'apprennent de cette manière.

— Posez-le là, dis-je en montrant le tabouret où je l'ai soigné la première fois. Racontez-moi ce qui s'est passé.

— Nous… eh bien… nous…, bafouille Sirro, pris de panique.

— J'ai besoin de savoir ce qu'il y a. (Je ne peux qu'imaginer leurs soirées de débauche.) Le roi sera bien plus sévère si vous taisez la vérité et qu'il arrive une chose terrible à son frère.

— Ne parlez pas à ma place, lâche instinctivement Eldas, ce qui ne m'empêche pas de lever le menton d'un air de défi. Mais la reine a raison, reprend-il à ma grande stupéfaction. J'aimerais beaucoup savoir ce qui a mis mon frère dans cet état. Willow, vous pouvez nous laisser.

— Luella, avez-vous besoin… ? commence Willow, mais Eldas ne le laisse pas terminer sa phrase.

— Luella n'a manifestement pas besoin d'aide, puisqu'elle l'a déjà soigné. (Je suis censée me sentir coupable, mais je ne regretterai jamais d'avoir soigné un patient.) Maintenant, partez ! aboie le roi.

Willow me lance un ultime regard avant de s'en aller. Hook gronde en entendant Eldas et en voyant son gratteur de ventre prendre ses jambes à son cou. Mais je suis trop focalisée sur Harrow pour me soucier d'eux.

— Dites-moi, Sirro, reprends-je en regardant l'homme dans les yeux. (*Nous sommes seuls, désormais*, ai-je envie de dire. *Faites comme si le roi des Elfes n'était pas là.*) Que lui arrive-t-il ? Qu'a-t-il fait ?

— Nous étions dans le *Recoin de la mégère*, commence Sirro en regardant Eldas du coin de l'œil.

— Le *Recoin de la mégère* ? Ce bouge…

— Eldas ! ça suffit, l'interromps-je. Sirro, regardez-moi. Que s'est-il passé ?

Il prend une profonde inspiration.

— Hier soir, nous sommes sortis tous les quatre au *Recoin de la mégère*. Aria vient d'être engagée dans la Troupe des Masques. Elle va partir en tournée avant les rites de printemps. Dans quelques semaines, la troupe jouera à Carron. Il y avait de l'hydromel, des danseuses… (Sirro secoue la tête.) Je ne…

— C'est très bien, Sirro. Continuez. Harrow a bu de l'hydromel ?

— Je l'ai vu boire, en effet, et puis ils sont partis. Jalic et lui. Et peut-être Aria, mais je ne suis pas sûr. Je crois que ça s'est passé comme ça. J'avais du Semblant, et Jalic était intéressé. Je lui en avais donné plus tôt dans la journée. Peut-être que c'est à cause de cela…

— Du Semblant ? Qu'est-ce que c'est ?

Eldas grimace.

— C'est une vile substance dont certains pensent qu'elle augmente les effets de l'alcool. Ils entendent des carillons et des rires, et dansent avec les esprits sous la pleine lune.

— C'est sans danger. Enfin, je le croyais. J'espère que ce n'est que cela, qu'en pensez-vous ? s'inquiète Sirro.

Le souvenir d'Aria avec le Faé cornu me revient. Je ne dois pas laisser l'attentat dont j'ai été la cible m'influencer. Si cela n'inquiète pas Eldas – je pense qu'il me l'aurait dit –, alors cela ne m'inquiète pas non plus.

— Il en a sans doute trop pris, mens-je en me dirigeant vers la serre.

— Vous pouvez nous laisser, dit Eldas à Sirro.

— Mais Harrow…

— Dehors !

Ce seul mot suffit à faire détaler Sirro. Je vois presque du givre se former sur les vitres de la serre tandis que la rage d'Eldas augmente. Je m'en désintéresse pour le moment.

Une fois de plus, je me retrouve à préparer un remède pour le prince malade. Une fois de plus, j'ajoute une feuille de racine de cœur et d'autres plantes pour détoxifier. J'ignore quel effet produit le Semblant, mais si Harrow a avalé d'autres substances, une détoxification ne lui fera pas de mal. J'ajoute également quelques ingrédients inspirés par les écrits des reines. Eldas me regarde à peine. Il tient son frère par l'épaule, l'empêchant de tomber de son tabouret.

— Que s'est-il passé la première fois que vous l'avez soigné ? me demande Eldas comme j'arrive avec ma décoction.

— Il avait à peu près le même air qu'aujourd'hui. Il n'était pas en état de m'expliquer quoi que ce soit.

— Bien sûr, marmonne Eldas.

Le roi est peiné et inquiet. Il arbore la même expression que lorsqu'il s'en faisait pour moi.

Harrow réagit à peine comme je porte la tasse à ses lèvres.

— Allez, buvez.

Les yeux d'Eldas deviennent bleu électrique. Une onde aussi glacée qu'un vent d'hiver me parcourt. Harrow frissonne et je vois sa pomme d'Adam se soulever comme il déglutit.

— Qu'est-ce que vous… ?

— Je me concentre, Luella. J'imagine qu'il doit finir son remède, me coupe le roi sans me regarder.

Grâce à la magie du roi, Harrow avale toute la potion.

— Harrow ! s'écrie Eldas comme son frère s'affaisse dans ses bras.

— Il est endormi. (Je pose une main encourageante sur l'épaule d'Eldas. Il est tellement tendu qu'elle est de pierre.) La potion va nettoyer son système, mais il a surtout besoin de repos. Son corps fera le travail tout seul. J'ai ajouté des plantes pour l'aider à dormir. Avec un peu de chance, il se réveillera frais et dispos.

— Entendu, acquiesce Eldas dans un soupir. Venez donc, mon frère.

Sans aucune difficulté, il soulève Harrow de ses bras puissants. Je vois des muscles noueux se tendre sous le tissu de sa tunique. Sur son visage, le soulagement remplace l'inquiétude. Un soulagement dont je suis en partie la responsable. Cela me rend subitement heureuse.

Voilà ma raison d'être : aider les gens. Capton et ma boutique me manquent tant à cet instant, mais je me force à penser à autre chose. Leur souvenir est douloureux, mais j'ai besoin de rester concentrée.

— Tenez. À son réveil, il devra en boire une autre dose. Avec un peu de repos, il devrait…

— Je ne peux pas porter tout cela en même temps que lui. S'il vous plaît, prenez ce dont il aura besoin et suivez-moi jusqu'à sa chambre.

Chapitre 24

La chambre de Harrow est le dernier endroit que j'ai envie de visiter, mais je ne peux pas dire non. Impossible d'abandonner un patient.

— Je… Bien sûr. (Je me hâte de remplir un panier d'ingrédients essentiels, j'en ajoute quelques autres, et j'emboîte le pas à Eldas.) Hook, file.

Je ne veux pas qu'il nous accompagne. Le jeune prince ne manquerait pas de le découvrir *a posteriori* et risquerait de me retirer Hook. Le loup me fixe de son regard jaune, la tête penchée sur le côté.

— Tout ira bien, Hook. Rentre dans l'Orée. Je te sifflerai plus tard.

Comme Eldas et moi quittons la salle, Hook disparaît entre les ombres du monde. Nous traversons le château silencieux et nous dirigeons vers l'aile est. Je reconnais les couloirs encombrés, chargés de reliques et de tapisseries. Nous arrivons sur un palier semblable au mien, puis entrons dans des appartements complètement ravagés.

Des signes de débauche jonchent le sol. Il y a des vêtements partout. Des restes de fêtes depuis longtemps terminées polluent l'atmosphère.

Eldas pousse un profond soupir et me regarde par-dessus son épaule.

— Désolé pour tout ceci… La chambre est juste ici.

Nous enjambons des objets suspects et naviguons sous une arche fermée par des rideaux fins. Au-delà, je découvre un grand lit circulaire en désordre. Eldas y pose Harrow, et je prends la liberté de nettoyer la table de chevet pour y poser mon matériel.

— Dites-moi de quoi il aura besoin, me demande Eldas en arrangeant des couvertures autour de son jeune frère.

— À son réveil, il devra boire le reste de ceci. Après, il faudra dissoudre cette poudre dans de l'eau et tout lui faire boire. Je reviendrai m'occuper de lui.

Assis sur le bord du lit, Eldas lève les yeux vers moi. Son genou touche presque ma cuisse comme il change de position pour me regarder. Je reste concentrée sur mes plantes et mes baumes.

— Vous feriez cela pour mon épave de frère ?

— Même les épaves ont besoin de soins. (Je m'interromps pour regarder Harrow. Il n'a plus rien du monstre agressif que j'ai rencontré la première fois. Endormi, il paraît plus jeune, plus doux, presque vulnérable.) Non… Harrow n'est pas une épave. Disons qu'il s'est fourvoyé. (Les gens qui se comportent le moins bien sont souvent ceux qui souffrent le plus.) Il a encore plus besoin de soins que les autres.

Plus de soins que je ne saurais lui en prodiguer. Je soupçonne les problèmes de Harrow de n'être pas seulement physiologiques.

— C'est vrai, acquiesce Eldas. Et je suis indirectement responsable. La gestion des frères du roi a toujours été difficile.

En partie du fait de la protection dont il bénéficie depuis la naissance, l'aîné a toujours réussi à monter sur le trône. Il n'a jamais été nécessaire de le remplacer. Drestin, notre frère, n'a posé aucun problème. Il était motivé et a accepté avec joie son poste à Westwatch. Harrow, en revanche… Notre mère a toujours été trop molle avec lui. Elle s'est accrochée à lui trop longtemps. Elle était folle de lui. Notre père aussi, d'ailleurs. Moi…

— Vous lui en avez voulu ?

— Oui, confirme Eldas en fermant les paupières et en enfouissant le visage dans ses mains. J'étais l'héritier du Midscape, et j'enviais mon petit frère.

— Cela n'a pas été facile pour vous. (Je me sens soudain triste. J'ai l'impression d'avoir brisé la couche de permafrost qui entoure cet homme, de découvrir quelque chose de vrai et de chaud : la douleur.) Vous ne pouviez pas sortir. Depuis votre naissance, vous étiez destiné à régner. Votre père était dans une situation compliquée entre votre mère et sa reine. Cela n'a pas dû être facile : lui, elle, Alice…

— Alice m'a sauvé, m'interrompt-il. Sans elle, je serais devenu fou.

— Oh…

Ses mentions passées d'Alice prennent une signification nouvelle.

— Elle était bonne avec moi. Ma mère savait que j'étais destiné à être roi et que ce destin m'arracherait à elle. Dès la naissance, j'ai été confié à des nourrices, et elle ne s'est plus occupée de moi.

Je repense à nos dîners de famille. Je revois mes parents me mettant au lit, m'assurant qu'il n'y avait pas de monstres dans les recoins de ma chambre mansardée. Je me souviens du jour où ma mère m'a emmenée dans les champs pour m'enseigner tout ce qu'elle savait sur les plantes. Et puis, j'entends ses hurlements lors de mon départ, je revois les yeux rougis de mon père.

Eldas m'a-t-il détestée à ce moment-là ? M'en a-t-il voulu d'avoir une famille ? M'a-t-il arrachée à elle avec violence à cause de cela ?

La question me brûle les lèvres, tandis que des larmes me piquent les yeux. C'est sans doute vrai. Je devrais le haïr pour cela, mais ce n'est pas le cas. Je ne peux pas. Quelque chose a changé en moi, maintenant que je sais toutes ces choses. Et le changement est plus important que lorsqu'il m'a embrassée contre le mur. Il est fort possible que je ne puisse plus jamais le regarder de la même façon.

Peut-être n'en ai-je pas envie. Mes sentiments pour lui sont profonds, et cela ne me déplaît pas.

— Alice m'a pris en pitié à un moment où personne ne se souciait de moi, reprend-il sans se rendre compte de mon état. Elle est la meilleure chose qui me soit arrivée. J'ai pleuré sa mort quotidiennement pendant bien trop longtemps.

Tout comme je pleure votre départ prochain… J'entends des mots qu'il n'a pas prononcés, et je me demande si je les ai complètement inventés.

— Eldas, je…

— Où est-il ?

La porte s'ouvre dans notre dos, et une voix sèche transperce l'atmosphère. *En parlant de mère…*

— Où est mon garçon ?

Une femme aux traits aiguisés et aux yeux aussi froids que ceux d'Eldas arrive à grands pas, faisant voleter les rideaux dans son sillage. Je me demande si cette ressemblance n'explique pas en partie la distance qu'elle a mise entre lui et elle.

— Que lui avez-vous fait ? s'emporte-t-elle.

Je cligne des yeux, me rendant compte que son regard est focalisé sur moi.

— Quoi ? Moi ?

— Depuis votre arrivée dans ce château, vous n'avez causé que des ennuis à mon fils, gronde-t-elle en contournant le lit. Vous n'êtes même pas censée vous trouver dans l'aile est. Restez à votre place, *reine* ! conclut-elle comme s'il s'agissait d'une insulte.

— Je…

— Mère, Luella a aidé Harrow, intervient Eldas en se levant du lit. Sans elle…

— Sans elle, mon garçon ne serait pas dans cet état. Regardez-le ! ajoute-t-elle en écartant les cheveux noirs de Harrow de son visage couvert de sueur.

J'ai envie de prendre cette femme en pitié. J'ai envie d'avoir de la compassion pour elle comme j'en ai eu pour Eldas. J'essaie de m'imaginer dans sa position. Elle était la maîtresse de l'ancien roi et n'a pas vraiment de titre. Depuis le tout début de sa relation avec le père d'Eldas, elle savait que son premier-né lui serait retiré. J'essaie de me mettre à sa place, j'essaie de toutes mes forces, mais vu la manière dont elle me regarde, c'est difficile.

— Vous savez ce qu'il faut donner à Harrow, dis-je à Eldas. Si vous avez besoin de moi ou si vous avez des questions, vous savez où me trouver.

— Oui, merci, Luella, répond-il, et je sens à son ton qu'il le pense vraiment.

— Il ne prendra rien de ce que cette fille a préparé ! lance la femme en avisant la table de chevet surchargée.

— Mère…

— Elle a… quoi ? Dix-huit ans ?

— Dix-neuf, je la corrige calmement.

— Une enfant ! Allez chercher Poppy.

— Impossible, répond Eldas. J'ai envoyé Poppy en mission. Une mission très importante qui l'occupera au moins deux mois. Je ne la rappellerai pas. Si vous voulez que Harrow reçoive des soins, vous allez devoir laisser Luella…

— Le petit-fils de Poppy, alors. Même ce rat serait meilleur qu'*elle*.

Je vois Eldas serrer les poings dans son dos. Ses articulations sont blanches comme du papier. Les muscles de sa mâchoire sont tendus. Ses yeux sont pleins de tristesse et de nostalgie, alors que son ton est plus glacial que jamais.

— Je suis le roi et je décide seul de ce qui se passe dans mon château.

— *Votre château*… Je suis votre mère, vous n'avez pas d'ordre à me donner.

— Vous ne vous êtes jamais comportée comme une mère.

— Eldas…, interviens-je en lui touchant le coude pour faire retomber la pression.

— Comment osez-vous me parler sur ce ton ?

— Comment osez-vous parler à ma femme sur ce ton ?

Les mots d'Eldas résonnent en moi. Ils repoussent le froid intense et génèrent une chaleur qui remonte le long de mes bras, s'installe dans mes joues.

Il ne te défend pas, Luella. Pas vraiment. Je lui offre simplement une occasion de s'en prendre à sa mère. Je détourne les yeux pour ne plus les voir, cachant mon visage et essayant de me mentir à moi-même.

— Harrow a besoin de repos, dis-je doucement.

— Oui, nous partons.

Eldas pose sa grande main dans le bas de mon dos et me pousse vers la sortie. Il m'accompagne jusqu'à mes appartements sans prononcer le moindre mot. Pendant tout le trajet, sa main reste sur moi. Elle est chaude, pour un homme si froid. Je ne fais aucun effort pour la distancer.

Hook est déjà de retour et pousse un petit geignement en nous voyant arriver, levant la tête de ses pattes.

— Désolée de t'avoir congédié. (Je m'éloigne d'Eldas pour m'accroupir devant le loup et le gratter entre les oreilles.) Je ne voulais pas prendre le risque que Harrow te maltraite à son réveil.

— Personne dans ce château ne fera de mal à Hook. Autrement, ma colère sera terrible.

Il semble vaciller un peu. L'épuisement commence à avoir raison de lui, et je résiste à la tentation de courir au laboratoire afin de lui préparer quelque chose pour l'aider à se détendre et à dormir profondément.

— Parce qu'il est une part de vous ?

— Non, cela n'a rien à voir avec moi, mais vous tenez à lui, et il est de ma responsabilité de vous protéger, vous et tout ce qui vous appartient.

— Votre responsabilité..., je répète dans un sourire triste.

— Ma responsabilité et mon honneur, clarifie-t-il sans hésitation.

— Merci.

Que pourrais-je dire d'autre ? Je sens que je m'empourpre.

— Merci, Luella. (Son regard s'attarde sur moi. Il est dans l'expectative.) Pour…

Il secoue la tête comme si les mots lui faisaient défaut.

— Pour hier soir ?

Il a un instant de panique. Eldas se penche imperceptiblement vers moi, attiré par le souvenir de notre baiser. J'aimerais qu'il m'embrasse de nouveau, admets-je enfin. Cette pensée réveille ma propre panique, et je déglutis difficilement. Voyant ma réaction, il recule instantanément.

— Il vaut mieux que cette soirée reste dans le fond de notre bouteille d'hydromel, conclut-il.

— Est-ce votre façon de dire que vous étiez soûl ?

J'érige autour de moi des digues pour ne pas être emportée par la déferlante de ma déception.

— Nous avons tous les deux trop bu.

C'est sa manière de me faire comprendre qu'il regrette. Eldas m'étudie du coin de l'œil, attendant ma réaction.

— C'est vrai, j'avoue à contrecœur.

S'il veut prendre du recul, alors soit. Je fais mon possible pour partir, de toute façon.

Il a ses devoirs, j'ai les miens. Il est sans doute préférable d'oublier cette soirée et les sentiments qui naissaient entre nous. Si nous continuons, ce sera la peine de cœur assurée.

Eldas semble se dégonfler, mais je le vois redresser rapidement les épaules, arrivant sans doute à la même conclusion que moi.

Sans un mot de plus, il s'en va. Je le regarde s'éloigner avant de faire entrer Hook dans mes appartements.

Pour la première fois depuis que j'ai trouvé le loup, je me sens seule dans le paysage vaste de ces pièces. Pour la première fois, et en dépit de ce que me crie mon instinct, je me demande ce qui se serait passé si Eldas était resté dans ma chambre.

Chapitre 25

— Vous vous êtes réveillée tôt, lance Willow en entrant dans le laboratoire.

— Oui, je voulais terminer certaines choses avant de rendre visite à Harrow.

— À ce propos, comment cela s'est-il passé ? demande-t-il en s'asseyant sur une table.

Il s'intéresse plus à moi qu'à son travail, et il ne pense même pas à gratter le ventre de Hook, ce qui en dit long et n'amuse guère mon loup.

— Je… (Ma main reste suspendue au-dessus du panier que j'étais en train de remplir.) C'était bizarre. Harrow va bien. Enfin, il devrait se remettre rapidement. Nous verrons bientôt.

Je résume rapidement les événements de la veille, gardant pour moi certains détails clés, les tensions familiales, ainsi que le jeu étrange auquel Eldas et moi nous adonnons. Je ne suis pas prête à parler de ce dernier.

— Vous avez donc rencontré Sevenna, la mère de l'Héritier.

— Sevenna… C'est un prénom sévère ; il lui va bien.

— En ville, on l'appelle le spectre du château, me confie Willow.

— Le spectre du château et le roi de glace. Quinnar a une haute opinion de sa famille royale.

— Ces mots ne sont pas du tout les miens ! En vérité, même si je suis ici tous les jours, j'ai assez peu de contacts avec la famille royale.

— Je sais, mais même si vous étiez l'auteur de ces expressions, je ne vous dénoncerais pas à Eldas.

Je lui adresse un clin d'œil et le vois se détendre. Il répond par un sourire sincère. Non, je ne ferais jamais rien qui puisse nuire à Willow, pas après tout ce qu'il a fait pour moi.

— Elle ne quitte pas souvent le château. En fait, elle ne le quitte jamais. On dit qu'elle est morte avec le roi précédent et que c'est son fantôme qu'on voit arpenter les couloirs du château.

Sevenna aimait sans doute son roi. Sûrement, même. Une fois de plus, je me surprends à essayer de me mettre à sa place, même si c'est très difficile.

— Je puis vous assurer qu'elle est bien réelle, lui dis-je. Oh ! elle a mentionné quelque chose. Enfin, non, il s'agissait d'Eldas.

— Quoi ?

— Il a dit qu'il avait envoyé Poppy en mission et qu'elle ne rentrerait pas avant deux mois. (Je termine de rassembler tout ce dont je pense avoir besoin, puis je vérifie le contenu de mon panier.) Je crois me rappeler vous avoir entendu dire qu'elle partait en voyage ; s'agit-il de la même mission ? Il n'y a pas de problème, j'espère ?

— Il l'a envoyée dans le Monde naturel.

— Quoi ?

— Je croyais que vous le saviez. (Il fronce furtivement les sourcils.) Je suis désolé. Si j'avais su, je vous en aurais parlé plus tôt.

— Non, ce n'est pas grave. Pourquoi l'a-t-il envoyée là-bas ?

— Il s'inquiétait du fait que la ville, au-delà de l'Orée, soit privée de guérisseuse. C'est ce que m'a dit Grand-Mère, en tout cas. Je trouve cela bizarre, si vous me demandez mon avis. À ma connaissance, aucun roi n'a jamais envoyé de l'aide de votre côté.

Je fais semblant de m'intéresser à mon panier tandis que mon estomac se noue. Je repense à la conversation que nous avons eue dans l'Orée, aux craintes que je lui ai confiées. Je vaquais à mes occupations sans me rendre compte de sa gentillesse. Je croyais que Poppy était occupée quelque part dans le Midscape. *Pourquoi ne m'a-t-il rien dit ?*

— Vous vous sentez bien ?

— Oui, ça va, réponds-je en passant mon bras dans l'anse du panier. Cela ne vous dérange pas de garder Hook pendant que je m'occupe de Harrow ? Vous pourrez toujours le renvoyer s'il vous embête.

— Jamais je ne renverrais Hook ! s'offusque-t-il. (Willow saute de son perchoir pour attraper la tête de Hook à deux mains.) Tu es prêt ? Nous allons finaliser la recette de ces biscuits, aujourd'hui. Parfaitement !

Le voir s'adresser à un loup comme à un chiot me fait sourire. Je m'en vais donc en me disant que Hook est entre de bonnes mains.

J'essaie de me rappeler le chemin des appartements de Harrow. Je prends mon temps car je ne suis pas du tout sûre de moi. Cela me donne le temps de réfléchir à la mission de Poppy, à Sevenna, Harrow, Eldas et à cette famille non conventionnelle dont je ne fais pas vraiment partie.

Je frappe à la porte de Harrow. J'espère que Sevenna n'est pas là. Pas de réponse, ce qui est bon signe. Il est possible qu'il soit toujours endormi.

— Bonjour…, je lance en entrouvrant la porte.

— Qui est là ? La reine de mon frère ? demande Harrow d'une voix rauque.

— Et votre guérisseuse personnelle.

Je referme la porte derrière moi. Quelqu'un a nettoyé la pièce. Je n'ai pas à zigzaguer entre des détritus pour me rendre dans sa chambre.

— Ma guérisseuse *personnelle* ? J'en ai, de la chance, dit-il, sarcastique.

— Nous sommes tous les deux très chanceux, réponds-je tout aussi sèchement.

— Il est vrai que vous avez épousé mon connard de frère.

— À connard, connard et demi.

Harrow renifle et me lance un sourire fatigué, tandis que je vérifie ce qu'il reste des remèdes que je lui ai préparés la veille. La poudre, ainsi que la seconde dose de potion ne sont plus là. À en juger par ses joues colorées, je dirais que mes décoctions ont fonctionné.

— Faites attention, Luella, si vous continuez à me parler de la sorte, je risque de finir par vous apprécier.

— Quelle horreur.

— J'aime la compagnie des gens qui me traitent comme un moins que rien.

— Et pourquoi cela ? je demande d'un ton distant, alors que le sujet m'intéresse réellement.

— Qui sait ? Peut-être parce que je suis conscient de ne pas mériter mieux ? explique-t-il comme je termine de préparer la potion commencée au laboratoire.

Un bouquet de thym devient poussière entre mes doigts, tandis que le liquide change de couleur dans le mug, devenant brun trouble. La magie me picote la paume. Je contrôle mieux mes pouvoirs, je crois. J'ai plus confiance en moi, en tout cas.

— Ce n'est pas vrai, lui dis-je en lui tendant le mug.

Je m'assieds sur le bord de son lit. Il me regarde, mais il ne m'ordonne pas de sortir… ce qui est un progrès que je n'étais pas consciente de désirer.

— Qu'est-ce que vous en savez ? proteste-t-il par-dessus le mug.

— Tout le monde mérite d'être traité décemment. Voilà pourquoi je vous aide.

— Je parie que, de ce fait, vous vous croyez supérieure à moi ! ricane-t-il.

Son ton est moins venimeux que d'ordinaire. Ou bien suis-je habituée.

— Je ne suis pas meilleure que les autres, dis-je en soupirant, mais je fais tout pour m'améliorer.

Je regrette de n'avoir pas compris plus tôt que j'étais reine. Cela m'aurait peut-être permis de briser le cycle et d'assurer l'avenir du Midscape. J'aurais peut-être remarqué la gentillesse d'Eldas. J'aurais été capable d'assumer l'attirance que je ressens.

— Comme nous tous, non ?

— Que s'est-il passé ? (Je préfère changer de sujet.) Racontez-moi ce qui vous est arrivé, cette fois.

— Pour que vous puissiez tout raconter à mon frère ?

— Cela restera entre nous. Je vous le jure, promets-je en le regardant dans les yeux.

— Vous le jurez ? s'étonne-t-il en haussant les sourcils.

— Je prends très au sérieux ma relation avec mes patients. Je ne dirai rien à Eldas, ni à quiconque. Vous avez ma parole.

— Je suis tenté de vous croire. Vous n'avez rien dit la dernière fois. (Il soupire.) Il se peut que… je me sois fourré dans un guêpier…

— C'est-à-dire ? j'insiste tandis qu'il prend son mug en coupe dans ses mains.

— Je n'arrive pas à croire que je suis en train de raconter tout cela à une humaine !

— Je suis votre guérisseuse et rien d'autre.

— Certes. Bref… je ne sais pas comment c'est arrivé. Cela n'aurait pas dû se passer.

— Qu'est-ce qui s'est passé ?

— Il y a quelques semaines, j'ai pris du Semblant pour la première fois. C'était un accident, vous devez me croire. Je n'en aurais jamais pris volontairement, se défend-il.

— Du Semblant ? Jamais entendu parler.

— Vous êtes humaine, c'est vrai… (Il lève les yeux au ciel, et j'en fais autant.) Le Semblant est une substance produite par les Faés. Elle améliore la connexion avec le Voile et, de ce fait, renforce la magie elfique. On a l'impression de posséder une puissance incroyable, d'être à moitié dans l'Au-delà, à moitié dans l'immortalité qui fut la nôtre autrefois. Certaines personnes en prennent pour accomplir de véritables prodiges. D'autres… pour le plaisir.

— Comme vous ?

— Comme je vous l'ai dit, je ne voulais pas en prendre. Au début…

Je fronce les sourcils. À l'académie, certains étudiants consommaient diverses substances, naturelles ou non. Certains en vendaient même dans les rues de Lanton, mais je me suis toujours tenue éloignée d'eux. Mes études me maintenaient à distance de tout ce qui ne pousse pas dans la terre.

— On était à une fête. Les gens s'amusaient. Je crois qu'on a mis quelque chose dans mon verre. J'en suis sûr. Mais après… je… je… j'en voulais vraiment. Juste un peu à la fois. L'attrait exercé par le Voile est irrésistible, cependant.

J'ai envie de froncer les sourcils, mais je me retiens. Je ne veux pas qu'il se sente jugé, alors que je suis inquiète pour lui. Je reste donc impassible et j'écoute.

— Quand j'en prends, je ne pense à rien d'autre. Le monde se dissipe dans un vide bleu et flou. (Soudain, je vois un éclair de colère dans son regard.) Vous savez ce que c'est de chercher toute sa vie un endroit où simplement exister ?

— Oui. (Je suis sincère, et cela l'étonne.) Toute ma vie, j'ai voulu un endroit à moi, construit de mes propres mains, un coin de monde dont j'aurais la responsabilité. Pas pour les mêmes raisons que vous, Harrow… mais je sais ce que vous ressentez.

— Voilà que j'arrive à m'identifier à une humaine ! Si mes amis m'entendaient…

— C'est une époque bien étrange. (Je souris, mais mon expression redevient rapidement sérieuse.) Harrow, vous ne pouvez pas…

— Avant que vous le disiez, je sais. Je sais que je ne peux pas continuer comme cela. Et je n'en ai pas envie. Mais le chant des sirènes... (Il regarde dans le vague, comme s'il l'entendait à cet instant précis, l'appel de cette substance appelée le Semblant.) On le nomme ainsi parce que les Elfes recouvrent un *semblant* de leur immortalité lorsqu'ils en prennent. Maintenant que je l'ai goûté, j'en veux plus, et je ne sais pas comment combattre ce manque.

— Je vais vous aider. (Je n'aime pas la manière dont il parle de se rapprocher du Voile.) Enfin, si vous le souhaitez.

— Que pouvez-vous faire ?

Je regrette de n'avoir pas accès à la bibliothèque de l'académie et à sa richesse de savoir sur tous les sujets. De ne pouvoir écrire à mes anciens professeurs, qui se sont occupés d'étudiants prisonniers de substances similaires. Cependant, il se pourrait bien que je dispose de tout le nécessaire ici.

— Les plantes sont formidables. Elles permettent de créer des substances aussi puissantes que le Semblant, mais elles peuvent également nous aider à combattre ces addictions. Aimeriez-vous que je tente de vous préparer un remède ? je demande en le regardant dans les yeux.

Harrow termine ma potion et me tend le mug. Il détourne les yeux tel un enfant obstiné. En dépit de son langage corporel, il répond :

— Pourquoi pas ? Je ne peux pas vous en empêcher. Je bois tout ce que vous me mettez entre les mains, de toute façon.

— Parfait. (Je repose le mug.) Je vais voir ce que je peux faire. En attendant, ne quittez pas le château.

— Mais...

— Non, Harrow. S'il le faut, vous pouvez faire venir Jalic, Sirro et Aria ici, dis-je en plissant intérieurement le nez de dégoût.

Ces gens sont les dernières personnes que j'ai envie de croiser, mais si leur présence peut aider Harrow, alors soit. Le bien-être de mes patients est ma priorité.

Je me rappelle Aria échangeant quelque chose avec le Faé, dans cette allée, et je me mords la lèvre. Même si elle n'a rien à voir avec la tentative d'enlèvement dont j'ai été victime, je la soupçonne de manigancer quelque chose. Si je fais part de mes doutes à Harrow, cependant, il risque de se renfermer, ce que je ne peux pas risquer.

— Assurez-vous qu'ils n'apportent rien de plus fort que de l'alcool, d'accord ?

— J'essaierai.

— Bien.

Je sais que je ne peux pas lui en demander davantage. Il est sur une pente glissante mais, avec un peu de chance, il est encore sur sa partie supérieure.

— Bon, il faut que je vous laisse.

— Oui, sortez donc de ma chambre, humaine ! lance-t-il d'un ton qui manque cependant un peu de mordant.

— Avec plaisir, mon prince, réponds-je d'un ton moqueur.

Harrow me sourit, et je lui souris aussi. Comme si nous partagions un secret, désormais.

C'est le cas, à vrai dire.

La porte de sa chambre se referme dans mon dos, tandis que je compulse mon catalogue mental de plantes et me précipite dans le couloir. Je suis tellement concentrée que je ne remarque pas la présence d'une silhouette devant moi, et je percute presque Eldas. Il m'arrête en posant une main forte sur mon épaule, ce qui me fait sortir de ma transe.

— Oh ! Je… je suis désolée.

— Ce n'est pas grave. (Il sourit. *Il sourit !* On dirait que le soleil s'est levé sur son visage. Rapidement, cependant, les nuages arrivent, et il me lâche.) Je vous cherchais, justement.

— Vous m'avez trouvée.

— En effet. Où est Hook ? me demande-t-il en regardant par-dessus mon épaule.

Même si mon loup est une part de lui, je ne peux m'empêcher de ressentir de la tendresse pour un Eldas aussi prévenant.

— Il est avec Willow. Je me suis dit qu'il serait mieux là-bas que chez Harrow.

— Ah, comment va mon frère ?

— Il a recouvré un peu de son mordant. (J'agite les mains devant moi en voyant Eldas se rembrunir et sa mâchoire se crisper.) Non, non, il va bien. Je sais que ses saillies témoignent de sa bonne santé. (Je ris.) Par ailleurs, je m'y habitue.

— Vous vous… habituez à mon frère ?

— On peut boire du poison, à condition de n'avaler que de toutes petites doses à la fois.

Eldas renifle, amusé. Cela me plaît, de l'amuser. J'aime ses petits sourires et son regard espiègle.

— Comment va-t-il ?

— Pas trop mal. Il a juste besoin de faire moins la fête. Je lui ai conseillé de rester au château pour se reposer. De ne pas sortir pendant quelque temps.

— J'espère qu'il vous écoutera. Moi, il ne m'écoute jamais.

— Nous verrons. Mais je suis moyennement optimiste. (Je me retourne vers la porte des appartements de Harrow.

Je crains d'être surprise par Sevenna. Ma capacité à absorber du poison est limitée, et je ne me sens pas d'humeur à supporter son regard.) Quoi qu'il en soit, je dois retourner travailler.

— Moi aussi. (Et pourtant, nous traînons tous les deux.) J'avais oublié... Je voulais vous rendre cela. (Il me tend un journal familier.) J'ai mis un peu plus de temps à le lire que le précédent.

— Vous l'avez quand même fini en un temps record.

Je prends le journal à deux mains et tends les doigts en espérant ressentir cette décharge qui survient chaque fois que nos peaux se frôlent. Le volume est trop grand, cependant, et nos mains ne se touchent pas.

— Oui, il m'en faut un autre, dit-il d'une voix grave et pensive. Est-ce que je... (Il se racle la gorge, s'éclaircit la voix. Personnellement, j'aime bien sa voix éraillée.) Cela vous irait, si je passais dans vos appartements, un peu plus tard, pour en récupérer un autre ? me demande Eldas avec toute la politesse et la préciosité d'un roi.

Je ravale un éclat de rire et souris.

— Bien sûr, Eldas. Passez quand vous voulez.

— Bien. (Il hoche la tête et s'en va comme si les choses n'avaient pas fondamentalement changé entre nous.) On se revoit plus tard, Luella.

Quelque chose dans la manière dont il prononce mon prénom, dans sa voix rauque lorsqu'il passe devant moi, me cloue sur place. Longtemps après qu'il est entré dans les appartements de son frère, mes orteils restent recroquevillés dans mes bottes.

Chapitre 26

Je dîne à mon bureau, plus déterminée que jamais à compulser les journaux des reines. Je cherche surtout des informations sur la racine de cœur. Comme la première fois, Harrow s'est remis plus vite que prévu. Je connais bien toutes les plantes que j'ai utilisées pour le soigner, aussi la seule variable est-elle la racine de cœur.

Pour mon grand plaisir, Willow se joint à moi pour dîner, et nous passons la soirée à discuter de la plante et de ses propriétés magiques. Il m'aide notamment à chercher les premières traces de son utilisation par une reine. Nous n'en trouvons qu'une seule mention, à savoir le récit de son importation des marais du Nord par la reine qui avait la première parlé de mettre fin au cycle. Je me demande si les deux sont connectés, mais je comprends rapidement que je ne vois que ce que j'ai envie de voir.

Willow et moi sommes assis aux deux extrémités du bureau, dont nous occupons chacun une moitié. Les restes de notre repas sont oubliés. Hook est couché entre nos pieds, dont il accepte avec joie les gratouillis.

L'horloge que j'ai fait livrer sonne 21 heures, m'arrachant à ma transe. Je relève la tête pour la première fois depuis des heures en me frottant les yeux. Des ombres floues et pâles dansent derrière les vitres.

— Oh…

Willow relève la tête à son tour, puis regarde dans son dos. Il se fige en faisant la moue, étudiant les flocons de neige avec la même intensité que le journal, un instant plus tôt.

— *De la neige au printemps, de prévenir le roi il est temps. De la neige en été, la reine ne s'est pas réveillée.*

— Hein ?

Willow répète ses vers.

— J'avais entendu, mais qu'est-ce que c'est ?

— Ce sont de vieux vers, répond-il en me faisant face. *De la neige au printemps, de prévenir le roi il est temps…* Cela implique qu'il y a un problème avec la reine, je crois. Parce qu'il ne devrait pas neiger au printemps. *De la neige en été…*

— … *la reine ne s'est pas réveillée.* Cela signifie qu'elle n'est pas revenue. La dernière reine est morte, et c'est l'hiver au lieu de l'été. (Willow opine du chef. Je regarde tomber les gros flocons avec une appréhension grandissante. Il faisait un temps printanier et magnifique quelques heures plus tôt.) Je crois que vous devriez y aller.

— Vous êtes sûre ?

— Je dois voir Eldas.

Prononcer ces mots m'est douloureux, mais cette souffrance n'est qu'un avant-goût de l'agonie qui va suivre.

Willow soupire et referme le journal qu'il était en train de feuilleter. Il laisse ses notes à l'intérieur. Il se lève, et Hook se dresse avec lui. Willow gratte le loup entre les oreilles.

— On se revoit demain, Hook. Et vous aussi, Luella.

Il a l'air d'être inquiet, de douter.

— À demain.

Enfin, j'espère.

— Si vous avez besoin de moi, appelez-moi, peu importe l'heure.

Willow s'en va, et je me mets à faire les cent pas devant mes grandes fenêtres. Je ne suis pas étonnée lorsque j'entends frapper à la porte.

— Entrez, Eldas.

La porte s'ouvre, et je ne me donne même pas la peine de me retourner. Comme prévu, sa voix pénètre mes pensées effrénées.

— Comment saviez-vous que c'était moi ?

— Coup de chance, réponds-je en haussant les épaules.

— Je n'ai pourtant pas l'habitude de vous rejoindre dans vos appartements le soir.

— Oui, mais ce soir, il neige.

Il sursaute comme si, hypnotisé par ma présence, il n'avait pas remarqué. Il fronce les sourcils et fait la moue. Son regard est dur, sévère.

— Effectivement.

— Vous n'êtes pas ici à cause de cela ?

— Je suis venu prendre un autre journal. Cela dit, vous avez raison : le temps presse.

— Je vais devoir me rasseoir sur le trône, n'est-ce pas ? je demande en faisant tourner nerveusement l'anneau en labradorite à ma main droite.

— Absolument, confirme-t-il l'air de s'excuser.

— Alors, allons-y.

— Maintenant ?

— Et pourquoi pas ? Je préfère en finir et avoir la nuit pour me remettre.

Si j'attends, je risque de changer d'avis car je sens ma peur augmenter de seconde en seconde.

— Tout va bien se passer, Luella, dit-il d'un ton peu convaincu.

Je hausse les épaules. Je sais ce que j'ai lu. L'expérience du trône est toujours très difficile, même si les reines s'y habituent. Je n'ai d'autre choix que de supporter ce monde qui essaie de me voler mon énergie vitale.

— Luella, dit-il d'une voix douce. Vous avez eu du temps pour stabiliser votre magie et vous acclimater au Midscape. Vous savez à quoi vous attendre.

— Je veux en terminer, s'il vous plaît. Emmenez-moi là-bas.

— Très bien.

Il s'exécute. Très vite, nous nous retrouvons dans la salle du trône. Il fait tellement froid que mon souffle se condense devant moi. Je frissonne. Je porte une robe toute simple – aux manches longues, heureusement – dont le coton est loin d'être assez épais pour ces conditions.

— Au moins, j'aurai moins froid quand je serai assise sur le trône.

Je tente un sourire, mais Eldas reste de marbre. Je deviens aussitôt sérieuse. Il a l'air tellement inquiet.

— Je resterai à côté de vous, promet-il comme nous nous arrêtons devant le trône. En cas de besoin, je serai là pour vous sortir de là, comme la dernière fois.

La dernière fois. Cela me fait mal rien que d'y penser. Je m'appuie contre le trône. Si j'ai pu quitter la maison, aller à Lanton, devenir herboriste, puis devenir la Reine humaine pour manipuler la terre, alors je peux y arriver. Je refuse de laisser ce trône me contrôler.

—Allons-y, dis-je d'une voix forte en dépit de mon état.

Je me retourne et me laisse tomber sur le trône. Si je m'y étais prise plus lentement, j'aurais risqué de changer d'avis au dernier moment. La peur aurait pu avoir raison de moi, rendant insupportable l'inévitable.

Juste avant que mon corps touche le trône, je lève la tête et je ne vois plus qu'Eldas.

Je suis là, semble-t-il me dire. *Ne vous en faites pas.*

Je n'ai pas le temps de le remercier. Mes poumons se vident de leur air, tandis que je plonge dans les ténèbres. *Reste calme, Luella*. Je sais ce qui m'attend, et il est hors de question que je laisse le choc m'empêcher de réfléchir.

Je m'enfonce toujours plus profondément dans le cœur de la terre. L'expérience est un mélange de mes deux premiers contacts avec le trône. Je me sens submergée comme la première fois, mais l'expérience est moins violente, comme la seconde fois.

Les doigts fantômes d'Eldas se posent là où j'imagine que se trouverait mon ventre si j'en avais un dans ce monde. *« Concentrez-vous. La magie vous obéit. Vous êtes sa maîtresse et non pas l'inverse. »*

Lentement, ma conscience augmente. Ce n'est pas tout à fait comme voir, mais ma perception du monde qui m'entoure devient plus aiguë. Je suis dans un cocon, nichée dans les racines du trône en séquoia. Je me trouve dans une zone noire que j'étais jusque-là incapable de transpercer du regard, emprisonnée dans une cage de racines noueuses.

Cette zone est au centre de tout, à l'origine de tout.

La graine, ai-je lu dans le journal d'une reine. Une graine qui apporte la vie au Midscape. La graine de l'arbre qui nourrit le monde de magie sauvage. L'Orée crée les frontières, mais sans la graine, le contenant serait vide.

La première Reine humaine et le roi des Elfes ont œuvré de concert pour créer l'Orée. La pensée traverse ma tête comme si quelqu'un me la murmurait.

Il y a quelqu'un ?

Le silence.

J'essaie d'atteindre le monde autour de moi, mais je ne trouve rien. Et pourtant, mes mains entrent en contact avec tout. Dans ce lieu de sombres esquisses primordiales, je distingue une image floue.

Une femme portant une couronne penchée en avant. *Elle plante quelque chose…*

Elle plante ? Elle plante quoi ? Ai-je déjà vu cette scène ?

La racine de cœur se rappelle.

Que se rappelle-t-elle ?

Les images instables disparaissent, cèdent la place à un épuisement intense. Je dois rester concentrée sur ma tâche. Les échos de mille reines existent dans ce vide sombre, et je ne peux pas me permettre de me perdre parmi eux.

Grâce à la magie, je puise dans les grandes racines qui soutiennent le Midscape. Et je ressens les mêmes cris, les mêmes pleurs à travers tout le paysage. Cependant, la faim est moins forte, les demandes moins insistantes que la fois précédente.

Ils savent que je suis de retour. Les plantes, les animaux, la vie elle-même sait que la reine est de retour. Ils ne pleurent plus dans le vide d'un hiver sans fin ; ils font connaître leurs besoins afin que l'été prenne possession d'un monde mal réveillé.

D'accord, je cède. *Prenez ce dont vous avez besoin.*

Dès que la permission est donnée, je sens des vrilles se glisser dans ma chair. Elles s'enfoncent en moi avec une violence inévitable. C'est douloureux, mais je serre les dents. La souffrance s'amenuise comme le monde aspire ma magie dans ma moelle.

Ça suffit, je proteste. *Assez !*

Le Midscape n'écoute pas, cependant. Ce monde non naturel est exigeant, affamé. *Encore*, *encore*, *encore*, semble-t-il dire. Tout est déséquilibré, et il ne sait pas où s'arrêter.

Ça suffit !

Les vrilles végétales se resserrent autour de moi. Je suis incapable de prononcer le moindre mot. Elles se tortillent en moi. Elles vont me mettre en pièces dans cet endroit sombre et solitaire.

Subitement, les entraves invisibles me relâchent. J'ai récupéré mes poumons. Mon esprit est libre et existe dans ma propre tête.

Je m'appuie contre quelque chose de solide et de chaud. Deux racines s'accrochent toujours à moi, mais… Non, ce ne sont pas des racines, mais des bras. Je cligne des paupières et découvre la salle du trône faiblement éclairée.

Et je ne vois plus qu'Eldas.

Il serre mon corps tremblant contre lui. Son étreinte empêche mon squelette de se disloquer complètement. Je veux le remercier, mais je suis trop fatiguée. Parler est trop difficile. Penser aussi.

— Vous vous êtes bien débrouillée, murmure-t-il.

— Cela a-t-il suffi ? je demande d'une voix rauque, la tête posée dans le creux de son cou.

— Oui. Largement.

Je l'espère. Mes paupières papillonnent et se referment. Oui, cela semble suffisant. Ce monde autrefois froid est désormais chaud. En arrière-plan de mon esprit, je me rends compte que je connais cette sensation. Je l'ai déjà ressentie une fois.

Il m'a tenue comme cela la première fois que je me suis assise sur le trône, alors qu'il me connaissait à peine. Mes pensées vagues glissent entre mes doigts, victimes tout comme moi des ténèbres absolues.

Je me réveille dans mon lit plusieurs heures plus tard.

Le jour se lève, l'aube baignant ma chambre de couleurs pervenche et chèvrefeuille. J'ai l'impression d'avoir couru un marathon. Je n'ai jamais fait de course de fond, mais j'ai vu des camarades de classe courir à Lanton, et cela avait l'air épuisant.

Comme je me redresse sur le coude, mes os craquent de partout, réveillant Hook, qui gémit et me saute aussitôt au visage. Truffe humide, langue brûlante et souffle chaud me ramènent à la réalité.

— Moi aussi, je suis contente de te revoir, dis-je doucement en enfonçant les doigts dans sa fourrure sombre. Je ne voulais pas t'inquiéter, tu sais.

Une fois Hook rassuré sur le fait que je suis toujours en vie – alors que mon corps me crie le contraire –, je bascule mes jambes hors du lit et tente de me lever. J'ai mal partout et je suis essoufflée en arrivant dans la salle de bains. Ce n'est pas aussi difficile que la première fois, mais je n'imagine pas faire cela régulièrement. Mon corps de femme me tourmente déjà tous les mois ; pas question de souffrir aussi à cause de ma magie.

Un soupir brise le silence et je me retourne. J'entends du mouvement dans le séjour. Les oreilles de Hook bougent, mais il a déjà retrouvé sa place au pied du lit, ne relevant la tête que lorsqu'il comprend que je ne reviens pas me coucher. J'écarte immédiatement l'hypothèse qu'un voleur ou un assassin faé ait pu s'introduire chez moi. Si Hook ne trouve pas ces bruits menaçants, s'il ne juge pas nécessaire d'investiguer, alors il n'y a pas de raison de s'inquiéter.

Discrètement, je m'approche de la porte. Là, sur mon canapé richement tapissé, je découvre un Eldas allongé dans une position inconfortable. Il est couché sur le côté, les genoux dans le vide, les pieds contre l'accoudoir. Il est couvert d'un mince plaid que j'avais trouvé dans un placard et posé sur le canapé en velours pour le protéger. La couverture étant trop petite, l'effet produit est comique. Comme si un géant s'était couvert avec une serviette.

Sur la pointe des pieds, je retourne dans la chambre.

— Pousse-toi de là, Hook, je chuchote en tirant sur la couette pliée au pied du lit. (Je ne m'en suis jamais servie vu que le loup était là pour me réchauffer.) Bouge.

Il geint, mais s'exécute.

Je traîne la couette dans le séjour. Le tissu bruisse sur le tapis, et Eldas s'agite, marmonnant dans son sommeil. La gravité menace d'arracher la lourde couette à mes doigts faibles, mais je tiens bon en attendant qu'Eldas se calme. Et puis je le couvre avec précaution.

Le roi bouge un peu, mais ne se réveille pas. Il ne rouvre les yeux qu'une heure plus tard. Je suis affalée sur ma chaise, un journal ouvert sur les genoux, les pieds posés sur le bureau, plongée dans mes pensées, le regard dans le vague. Quelque chose flotte en bordure de mon esprit, quelque chose que je me rappelle avoir lu et qui explique…

Je l'entends s'agiter, et je regarde par-dessus mon épaule.

— Bonjour, dis-je.

— Bon…

Il cligne des paupières, se frotte les yeux pour en chasser le sommeil.

— Bon ? je répète en souriant.

Il est fatigué, un peu vulnérable, mais ce n'est pas désagréable à regarder. Les rayons orangés du matin lui embrasent la peau, conférant une certaine solidité à cette créature éthérée de magie sauvage et de mort.

— Bonté divine… vos cheveux…

— Quoi, mes cheveux ? je demande en portant la main à mes tresses, et mon sourire devient une grimace.

La dernière fois que j'ai pensé à mes cheveux remonte au jour où Luke a dit qu'il les préférait longs.

— Dans la lumière, on dirait un incendie, murmure-t-il.

— Ou des carottes… À l'école, on m'appelait Poil-de-carotte. (Je referme le journal et soupire, le posant plus bruyamment que prévu sur le bureau.) Un incendie, c'est mieux. Mais ne me mettez pas trop en colère, à moins de vouloir me faire sortir de la fumée par les oreilles…

— Vous ressemblez à une déesse, m'interrompt Eldas. Même si je le pouvais, je ne changerais rien en vous, Luella.

Mon traître cœur manque un battement. Eldas semble se reprendre, se racle la gorge et se redresse, la couette lui tombant autour de la taille.

— D'où vient cette…, commence-t-il.

— De mon lit. Vous aviez l'air d'avoir froid, ce matin.

On dirait qu'il a du mal à former des pensées complètes au lever, ce que je trouve bizarrement adorable.

— J'ai l'habitude du froid, remarque-t-il, l'air sombre. Ne m'appelle-t-on pas le roi de glace ?

— Par chance, vous avez une reine de feu, je lâche sans réfléchir.

Je me sens m'empourprer.

— Ah ? En quoi est-ce une chance ? (Il se lève en arborant un sourire en coin et s'approche doucement de moi, tandis que je suis incapable de répondre, comme si ma langue avait grossi dans ma bouche.) Vous comptez me réchauffer ?

Il hausse un sourcil, ce qui finit bizarrement de m'embraser. Je fais la moue et me creuse les méninges à la recherche de quelque chose de spirituel à dire. Je suis tellement nerveuse que je crains de répondre une bêtise. D'autant plus que je repense inopinément au goût de ses lèvres souriantes.

Je croyais que, après quelques écarts alcoolisés, nous avions décidé d'un commun accord de ne pas nous aventurer sur cette voie ?

— C'est déjà fait, lui fais-je remarquer en montrant la couette sur le sol.

— Ah ! oui, c'est vrai, glousse-t-il. (Ai-je entendu une note de déception dans sa voix ? Mon imagination, sans doute. Eldas me scrute, tandis que j'essaie de chasser la chaleur de mes joues.) Vous êtes bien rouge, je trouve. Vous avez de la fièvre ?

—Non, je vais bien, réponds-je en me levant rapidement.

Un peu trop vite, car le monde se met à vaciller autour de moi. Eldas me stabilise d'une main.

—Je n'en ai pas l'impression, dit-il.

—Si, si.

Je touche le dos de sa main pour le rassurer, me dis-je. Mais c'est faux. En vérité, je veux ressentir le choc qui part de l'extrémité de mes doigts et remonte dans ma poitrine chaque fois que j'entre en contact avec sa peau. Je veux le sentir à côté de moi, en moi. *En moi ?* Je toussote en esprit.

—Je vais vous mettre au lit, propose-t-il.

Eldas, prenez garde à ce que vous dites…

—Merci, mais ça ira. Je n'ai pas besoin de votre aide, je bafouille en tâchant de ne pas penser à des sous-entendus auxquels il n'avait sûrement pas songé.

La transe est brisée. Comme s'il se rendait compte que sa main était toujours sur ma personne, il a un mouvement de recul. Il replie la couette à la hâte ; la vision d'un roi repliant une couette vaut vraiment le détour, aussi je m'appuie contre mon bureau pour le regarder. Notamment les muscles larges de son dos qui se tendent sous le tissu fin de sa tunique.

—Vous devriez dormir encore pour reprendre des forces. Demain, vous allez faire la connaissance de la meilleure couturière de la ville.

—J'ai bien assez de vêtements.

Il s'interrompt, pose soigneusement la couette sur le canapé, puis reprend la parole sans me regarder.

— Elle prendra vos mesures pour la robe de couronnement. Habiller la reine pour cet événement est un grand honneur.

— Je vois…

— Bien sûr, elle ignore que vous comptez partir avant la cérémonie.

Eldas se retourne, et le dos large que j'admirais un instant plus tôt devient une montagne de glace impossible à gravir.

— Eldas, je…

Il referme la porte sans me laisser le temps de terminer ma phrase. Le bruit résonne plus fort dans mes oreilles que le déferlement du silence qui suit son départ.

Chapitre 27

La couturière installe un atelier de fortune dans le château. Elle fait partie des rares personnes – de l'élite – autorisées à me voir ; elle a d'ailleurs été personnellement approuvée par Eldas, si j'ai bien compris. J'ai du mal à croire que plus d'une semaine s'est écoulée depuis l'attaque. J'ai l'impression que c'était hier. Je sursaute toujours au moindre mouvement aperçu du coin de l'œil lorsque je tourne un coin. Mais j'ai aussi le sentiment que cela fait une éternité.

Rinni m'escorte jusqu'à une salle percée de grandes fenêtres surplombant Quinnar sur trois faces, pareille à une terrasse fermée, en somme. Là, la couturière a installé trois tables sous chaque fenêtre et disposé des mètres et des mètres de tissu, de broderies et de joyaux scintillant dans le soleil. On me demande de grimper sur une estrade au milieu de la pièce, tandis que Rinni et Hook montent la garde devant la porte.

La couturière me tourne autour. Elle claque des doigts, et une glace invisible s'étire sur ma peau, tandis que des rubans à mesurer se déroulent sur mes bras et mes jambes.

Je fais ce qu'elle me dit, levant un bras, puis l'autre. La séance est interminable, qui me laisse le temps de réfléchir en regardant dehors.

Quinnar est décoré comme une jeune fille au printemps. De lourdes guirlandes de fleurs sauvages cueillies dans les champs que surplombe ma chambre ornent auvents, balcons et porches. Des ménestrels arpentent les rues, montent sur les bancs qui entourent le lac central pour entonner leurs chansons.

Un vernis de joie sur un monde mourant. Le trône a été moins agressif, mais bizarrement plus épuisant que la première fois. Ma fatigue est moins physique que magique, l'expérience ayant semble-t-il puisé dans mes pouvoirs.

Mon pouvoir s'amenuise, et je crains pour ce monde si Eldas et moi ne mettons pas un terme à ce cycle.

Je plisse le front en pensant à cette éventualité.

— Toutes mes excuses, Votre Majesté, vous ai-je piquée ? demande la couturière en regardant par-dessus la mousseline dont elle a drapé mon corps.

— Non, pas du tout, réponds-je en souriant.

Je fronçais les sourcils parce que je venais de me rendre compte que je m'en faisais pour ce monde. Non pas comme on s'en fait pour un être vivant, mais… Peut-être est-ce un effet du trône, peut-être est-ce à cause d'Eldas, mais je commence à m'inquiéter pour le Midscape comme s'il s'agissait de ma maison.

Je me tourne vers la statue de la première Reine humaine agenouillée devant le premier roi des Elfes, et je ne peux m'empêcher de me demander s'ils vont un jour ériger une statue de moi : la dernière Reine humaine. Impossible d'affirmer que je suis bien la dernière, mais une voix insistante ne cesse de me le murmurer à l'oreille. D'une manière ou d'une autre, il n'y aura plus de Reines humaines après moi.

Que ferais-tu à ma place ? Si seulement la première reine pouvait m'entendre. *Si seulement tu pouvais me guider…*

— Votre Majesté ! couine la couturière comme je descends de l'estrade, interrompant son travail et faisant tomber la mousseline qui enveloppait mes hanches.

— Excusez-moi. Je reviens tout de suite. J'ai besoin de voir quelque chose de plus près.

Je m'approche de la fenêtre. D'ici, je distingue des détails de la statue que le bras de la reine masque quand on est au niveau du sol. Nichée dans ses mains, j'avise une pousse. J'avais raison : elle n'est pas à genoux devant son roi ; elle met quelque chose en terre. Une plante.

— Quand cette statue a-t-elle été inaugurée ?

— Je vous demande pardon ?

— La statue qui est au centre du lac. Quand a-t-elle été créée ?

La couturière réfléchit en fredonnant.

— Je ne suis pas tout à fait sûre. Elle a toujours été à Quinnar. Peut-être au temps de la deuxième ou de la troisième Reine humaine ?

Une des cinq premières reines. Une de celles dont je n'ai pas le journal.

— Si elle est si ancienne, comment se fait-il que les détails soient encore visibles ?

— Je crois que le roi la fait entretenir, répond-elle en me montrant l'estrade. Pourrions-nous reprendre, Votre Majesté ?

Je remonte sur l'estrade, tandis que mon esprit tourne à plein régime. La statue est une création ancienne datant d'une époque où le trône était jeune et où le souvenir de la première reine était frais. Contient-elle un message caché ? Ou bien s'agissait-il seulement d'honorer la première reine ? Ces questions me conduisent à me demander ce que la statue représente réellement. Peut-être la création de l'Orée ou du trône en séquoia ?

Mes pensées continuent de tourner autour de ce que j'ai lu dans les journaux, cherchant un lien avec la véritable nature de cette statue. Je me creuse peut-être trop la tête, mais je dois trouver un moyen de briser le cycle. C'est la seule solution. Autrement, le Midscape courra un grand danger.

Après, je rentrerai à Capton et je retrouverai tout ce que j'ai toujours souhaité.

Qu'est-ce que je souhaite, au juste ?

— Que désirez-vous ? me demande subitement la couturière enthousiaste.

— Pardon ?

Je reviens à la réalité en clignant des yeux, tandis que la femme désigne la table chargée d'étoffes.

— Pour votre robe, Votre Majesté. Que préférez-vous ? De la soie ? Du velours ? De la mousseline, peut-être ? Je pense à des tonalités de pierres précieuses pour aller avec votre teint, mais j'aimerais avoir votre avis. Après tout, la beauté naturelle d'une femme est accentuée lorsque celle-ci a confiance en elle.

Elle tomberait à la renverse si elle savait que je ne suis jamais aussi sûre de moi que lorsque je porte un pantalon en toile épaisse et une tunique légère et rustique ; le genre de vêtement qu'on n'a pas peur de salir.

— J'ai confiance dans votre jugement, réponds-je.

— Vous… vous êtes sûre ? me demande-t-elle, un peu déçue. Rien de ce que j'ai apporté ne vous plaît ? Le cas échéant, je peux…

— Non, tout est très beau. (Je ne voulais pas l'offenser.) Voyons voir… (Je m'approche des échantillons de tissu, je les caresse. J'en choisis un aussi léger que de l'air.) Celui-ci, dans la couleur que vous jugerez la plus adaptée.

— Oh ! De la soie faé. (Elle ronronne littéralement en faisant glisser ses doigts sur l'étoffe.) Excellent choix, Votre Majesté.

— Tant mieux. (Je ris. Une idée me traverse l'esprit.) Il paraît que les Faés sont de bons artisans.

— Les Faés savent effectivement se servir de leurs métiers à tisser. Les Elfes, cependant, sont de meilleurs artisans, se vante-t-elle.

— Bien sûr. De mon côté de l'Orée, il n'y a rien de plus précieux que les objets fabriqués par les Elfes. (Je souris, tandis qu'elle se délecte de mes compliments. Je profite de sa garde baissée pour insister :) J'ai entendu beaucoup de choses au sujet de ce que les Faés produisent… notamment pour faire la fête.

— Vous parlez de leur hydromel ?

— Entre autres.

Je devrais continuer comme si de rien n'était, mais je sens que mon texte est surjoué. Une ombre traverse son visage, mais elle force aussitôt un sourire.

— Vous nous honorez en vous intéressant à tous les habitants du Midscape.

— C'est mon devoir de Reine humaine.

Alors que je suis sur le point de renoncer à apprendre quoi que ce soit d'intéressant sur le Semblant, elle me surprend :

— Je ne sais pas ce que vous avez entendu exactement, Votre Majesté… (La couturière garde la tête basse et prend des notes sur son carnet.) Mais je…

— Vous ?

— Ce n'est pas mon rôle…, glisse-t-elle en s'interrompant.

— Parlez, je vous en prie. Ce pays est toujours nouveau et mystérieux pour moi. J'ai tant de choses à apprendre.

— Peut-être le jeune prince Harrow vous a-t-il dit des choses… (Je n'ai pas besoin de répondre. Mon silence l'encourage à poursuivre.) S'il vous plaît, Votre Majesté, faites très attention. Les habitants de la ville ont pu croiser le jeune prince et ses… nouvelles fréquentations. Notamment depuis l'arrivée de la délégation faé…

— C'est-à-dire ?

— J'aurais dû me taire, regrette-t-elle en secouant la tête. Pardonnez-moi, Majesté. Si vous pouviez, dans votre grande mansuétude, éviter de répéter au roi ce que je vous ai dit…

— Je promets de garder cela pour moi, réponds-je pour la rassurer. Mais je vis dans le même château que Harrow, et j'ai besoin de savoir. Si vous pensez qu'il est important que je sois au courant, parlez.

— Je ne sais rien de plus.

Elle secoue la tête, et je n'insiste pas. Si elle sait quelque chose, elle est trop nerveuse pour parler.

Nous terminons peu de temps après, et je prends congé d'elle. À peine suis-je sortie du salon que je tombe nez à nez avec Harrow, Jalic, Sirro et Aria. Jalic est le premier à me voir et me salue en s'inclinant.

— Votre Majesté.

Les autres l'imitent à contrecœur, mais c'est un progrès par rapport à notre première rencontre. Je me demande si ce changement de ton est la conséquence de mes dernières interactions avec Harrow.

Hook bondit devant moi et fait deux fois le tour d'Aria en grondant. La jeune femme se rapproche de Harrow, dont elle agrippe le bras.

— Cette bête va baver sur ma robe ! se plaint-elle en donnant une tape légère sur le museau du loup, qui soulève les différentes couches de ses jupons. Va-t'en ! Laisse-moi !

— Hook, viens ici ! j'ordonne.

L'animal nous regarde successivement, Aria et moi, puis lâche un grognement frustré avant d'obéir. Il reste concentré sur la jeune femme, cependant. Je trouve amusant de voir Aria faire son possible pour ne pas froncer les sourcils et plisser le front.

— Bonjour à vous tous. Où allez-vous comme cela ?

— Pourquoi ? Vous voulez vous joindre à nous ? Vous amuser un peu ? demande Jalic en fourrant les mains dans ses poches et en m'adressant un sourire décontracté.

— Pas spécialement.

— Est-ce une façon de s'adresser à sa reine ? intervient Rinni, faisant baisser les yeux à Jalic.

— Je veux rencontrer votre couturière, explique Aria en bombant un peu le torse. Être habillée par la même couturière que la reine serait un honneur.

Elle caresse le bras de Harrow. C'est donc lui qui a eu cette idée.

—Elle est effectivement très talentueuse, dis-je en me réjouissant de la déception d'Aria. (La jeune femme s'attendait apparemment à ce que je m'offusque de son projet.) Pourquoi ne lui commanderiez-vous pas tous les quatre une tenue pour le couronnement ?

—Oh ! Ce n'est pas pour le couronnement, me répond Aria en étirant le cou comme si elle voulait paraître plus grande que moi. (Elle me fait penser à un cygne défendant son territoire.) Il me faut quelque chose pour la Troupe des Masques.

—Oui, Harrow m'a dit que vous alliez jouer à… Carron, c'est bien cela ?

—Vous lui avez dit ? s'étonne Aria. C'était une surprise… (La jeune femme se reprend vite.) Oui, et c'est un grand honneur.

—Félicitations.

—Merci, Votre Majesté. (On dirait que je viens de lui décerner une médaille. Elle me gratifie d'une révérence alambiquée.) Nous allons bientôt partir en tournée. Mais ne vous inquiétez pas, nous serons de retour pour le couronnement. Ce sera à n'en pas douter une représentation mémorable.

—J'ai hâte.

Même si je n'avais pas eu pour projet de partir avant le couronnement, je n'ai aucune envie de voir jouer Aria.

—Bon, eh bien, nous allons vous laisser ! lance-t-elle dans un sourire pincé. Nous ne voudrions surtout pas vous retarder… quoi que vous ayez à faire.

Rinni se met en route, tandis que je ne bouge pas, bloquant toujours l'entrée du salon.

— Je lis énormément, dis-je en la regardant dans les yeux.

— Tant mieux, répond-elle, son sourire cédant doucement la place à un ricanement.

— Carron n'est pas très loin de Westwatch, n'est-ce pas ? C'est à côté du mur qui nous protège des Faés ?

— Votre maîtrise de notre géographie est stupéfiante, Votre Majesté, se moque-t-elle.

— Vous avez de la famille, là-bas ?

Aria plisse les yeux et se crispe. Très vite, son talent d'actrice lui permet de corriger sa posture. Très vite, mais trop tard.

Grâce à Eldas, j'ai appris à repérer les moments où les gens baissent la garde et à en profiter.

— La majeure partie de ma famille se trouve ici, à Quinnar, Votre Majesté. Si vous voulez bien m'excuser, je ne voudrais pas faire attendre la couturière. Il est déjà tard, et nous avons une soirée…

— Une soirée ? je répète en me tournant vers Harrow.

— Ici, au château, confirme-t-il en hochant la tête d'un air entendu. Mais je doute qu'elle vous intéresse, ajoute-t-il de ce ton débonnaire et quelque peu cruel qui le caractérise.

— Absolument, enchérit Aria. Vous autres humains ne vous amusez pas des mêmes choses que nous.

Je lui trouve soudain un air sournois, et je me demande si elle pense au Semblant.

— J'ai des choses plus importantes à faire, de toute façon, dis-je dans un sourire forcé en m'écartant de leur passage. Amusez-vous bien.

Ils entrent tous les quatre dans le salon et ferment la porte derrière eux. Je tends la main et trouve Hook à mon côté. Je le gratte derrière les oreilles en fixant la porte du regard.

— Rinni, conduisez-moi à Eldas.

— Mais il…

— Tout de suite ! S'il vous plaît… Je dois m'entretenir avec lui de sujets urgents.

— Très bien.

La soldate hoche la tête et obtempère. Je suis un peu mal à l'aise de lui avoir parlé sèchement, même si elle ne semble pas m'en vouloir.

Pour la première fois depuis mon arrivée, j'ai donné un ordre à quelqu'un. Comme le font les monarques.

Et Rinni m'a obéi.

Chapitre 28

Rinni me conduit au passage secret surplombant la salle du trône. Je joue l'étonnement. Elle pose l'index sur ses lèvres, et nous y prenons position en silence.

Un écran de fer a été érigé au centre de la salle, la divisant en deux parties de superficies égales. D'un côté, il y a Eldas, assis sur son trône de fer. De l'autre, j'avise un homme vêtu de velours orné de nacre. L'écran est une construction complexe et ouvragée, qui isole le roi. J'imagine que c'est sa volonté.

— Voilà comment il gouverne depuis un an, me chuchote Rinni à l'oreille. Depuis qu'il vous attend.

De mon point de vue, il s'agit d'une cage. Une barrière physique empêche Eldas de rencontrer qui que ce soit en dehors de Rinni, Harrow, Sevenna, Poppy ou Willow. Je me demande ce qu'il a ressenti lorsqu'il a enfin pu quitter le château pour se rendre à Capton. S'est-il effondré ? S'est-il rendu compte qu'il ne pouvait plus supporter la solitude absolue de ces lieux ?

Il est entravé par les traditions, par sa position, et je me surprends à vouloir le libérer, comme je souhaite le faire pour moi, et pour le Midscape tout entier. Quel homme serait-il sans les chaînes du devoir aux poignets ? Il ne s'est jamais autorisé à rêver, m'a-t-il dit. Si je lui en donnais la possibilité, que voudrait-il faire ? *Voudrait-il de moi ?* me demande une voix traîtresse.

Les deux hommes discutent des champs qui entourent Quinnar.

—Les plantes ne poussent pas. Le sol est de cendre, explique le seigneur.

—La reine vient à peine de recharger le trône, répond calmement Eldas. Il faut attendre.

—La reine Alice n'avait pas besoin de temps.

—La reine Alice a eu cent ans pour parfaire ses aptitudes.

—Il n'est pas sûr que Quinnar ait un siècle devant elle.

—Je sais que la période est très difficile, mais il faut être patient, insiste Eldas avec calme, même si je le sens sur la défensive.

—Dites cela au peuple qui commence à ressentir la faim. Qui depuis des mois arpente la campagne désolée à la recherche de noix et de racines comestibles ! s'emporte l'homme en écartant les bras. (Il s'interrompt, puis s'incline.) Pardonnez-moi, Votre Majesté. J'ai parlé sans y avoir été invité.

—Que cela ne se reproduise plus, dit Eldas avec une douceur dangereuse. (Je me penche plus près du mur pour mieux voir le genre de dirigeant qu'il est, l'homme dur que j'ai rencontré la première fois.) Je vais ouvrir les réserves de grain du château. Je vous en attribue trois wagons. Vous les répartirez comme il vous semblera juste.

L'homme recule en s'inclinant et en marmonnant des mercis jusqu'à la sortie. Rinni me serre la main, et nous sortons de la cachette et redescendons l'escalier. Enfin, elle ouvre la porte latérale de la salle du trône sans aucune hésitation.

— Votre Majesté ?

— Rinni ? Vous savez que je…

La ride qui barre le front d'Eldas disparaît aussitôt qu'il me voit. Hook nous passe devant et se précipite vers le trône. Le roi se méfie d'abord un peu, puis plonge les mains dans la fourrure de la bête, de part et d'autre de sa face.

— Que se passe-t-il ? Il y a un problème ?

— J'ai besoin de m'entretenir avec vous d'un sujet important, réponds-je, tandis qu'Eldas se tourne furtivement vers l'écran de fer. Je sais que vous devez recevoir des gens, mais…

— Vous êtes ma priorité, décrète-t-il en m'interrompant, me faisant rougir. Qu'y a-t-il ?

— Deux choses. D'abord, Aria.

— Qu'a-t-elle fait, encore ?

— Rien, pour l'instant, mais je ne lui fais pas confiance.

— Je me suis intéressé personnellement à son cas après l'incident de l'autre jour, intervient Rinni.

— Je sais. Mais il n'y a pas que cela. Je crois qu'elle… (Je me retiens au dernier moment. J'ai promis à Harrow de ne pas trahir sa confiance. Eldas hausse les sourcils.) Je crois qu'elle est impliquée dans quelque chose.

— Je ne la pense pas capable de s'en prendre à la couronne, dit Rinni.

— Peut-être pas quelque chose d'aussi sérieux, mais… (Je tourne autour du sujet.) Je la trouve bizarre.

— Luella…, commence Eldas, pensif, en descendant de son trône, les mains jointes dans le dos. (Il a tout d'un roi, mais sa voix est celle d'un ami, d'un… De quelque chose d'encore plus intime, peut-être!) Vous ne vous êtes pas encore remise de votre passage sur le trône. Je sais que c'est une expérience très difficile.

—Je voulais vous parler de cela aussi, mais s'il vous plaît, voyez ce que vous pouvez faire au sujet d'Aria. Elle va partir pour Carron. Elle est en lien avec les Faés. Et depuis la venue de la délégation, des choses étranges sont arrivées à la famille royale: d'abord la maladie de Harrow, puis ma tentative l'enlèvement.

—La tentative d'enlèvement dont vous avez été l'objet a été organisée par un groupe dissident –les Acolytes du Bois sauvage– tentant de s'emparer du trône faé. Ils feraient n'importe quoi pour montrer leur pouvoir... à part révéler la cachette de leurs chefs, explique Rinni.

—Et Harrow nous a toujours causé des ennuis. Quant à sa maladie, elle est simplement la conséquence d'une nuit de débauche, ajoute Eldas dans un soupir fataliste.

J'ai envie de hurler. Je ne sais pas comment leur faire admettre l'évidence.

—Je ne crois pas que Harrow...

Eldas ne me laisse pas le temps de finir.

—Que vouliez-vous me dire au sujet du trône?

Je ne suis pas venue pour cela, mais après ce que je viens d'entendre, je n'ai pas le choix.

—Il faut que je remonte sur le trône.

—Luella...

—Maintenant. (Je vois dans ses yeux de l'appréhension mâtinée d'admiration, me semble-t-il.) J'ai entendu votre conversation. Votre peuple a besoin de champs fertiles et de forêts peuplées de gibier.

— Vous êtes encore trop faible.

— Je suis bien assez forte.

Il fait un pas en avant et prend ma main dans les siennes. Je suis choquée qu'il me touche devant Rinni. Il arbore une expression tendre que je n'aurais pas cru voir à la lumière du jour, et encore moins devant des gens.

— Je n'ai pas envie qu'il vous arrive quelque chose.

— Même pour le bien du Midscape ? je demande en souriant.

— Même pour…

Il hésite. J'attends, mais il garde pour lui le fond de sa pensée. Je préfère me retirer sur un terrain plus sûr : celui de nos responsabilités.

— C'est mon devoir, dis-je doucement. (Il écarquille légèrement les yeux.) J'ai le devoir de m'occuper de Capton, mais aussi du Midscape.

— Comme vous voudrez, mais faites vite.

Je hoche la tête, et il me lâche la main. Lorsque je passe devant lui, j'ai l'impression qu'il se retient de me rattraper par le bras. Intérieurement, j'ai envie de m'abandonner à lui, de le laisser m'envelopper de ses bras afin d'absorber un peu de sa force.

Mais je ne m'arrête pas.

Je me dirige vers le trône et je me prépare à supporter une souffrance inévitable.

Pendant deux semaines, je danse avec le trône.

Je me réveille et je prends mon petit déjeuner dans mes appartements, où j'essaie de terminer la lecture des journaux. Au bout d'une semaine, cependant, je suis trop fatiguée pour lire. Eldas mange avec moi et lit lui aussi sans interruption. Peut-être pour pallier mes défaillances. Comme s'il était conscient que je suis trop faible pour badiner, il ne parle pas beaucoup. J'espère qu'il sait que je lui suis reconnaissante pour son silence, pour sa présence rassurante.

Dès que je me sens assez forte, je retourne au laboratoire. Willow me fait part de son inquiétude en voyant mes joues creuses et mes cernes de plus en plus noirs, mais je ne me plains pas.

Je ne veux pas que les gens sachent à quel point le trône m'épuise, me vide. Je ne suis même pas certaine de pouvoir m'ouvrir à Eldas. Chaque fois que je le fais, il se rembrunit, et je vois son inquiétude fleurir dans le sombre jardin de son esprit.

Quoi qu'il arrive, je m'arrange pour tenir la promesse faite à Harrow, préparant des tisanes et des poudres pour l'aider à se remettre. Comme je le soupçonnais, il n'est pas rentré en très grande forme de sa soirée avec Aria. Cependant, il est sur la défensive chaque fois que je tente d'aborder le sujet avec lui.

J'ignore s'il a repris du Semblant.

À la fin de la deuxième semaine, je suis allongée sur mon lit, abîmée dans la contemplation du plafond. Ma peau est trop lourde, mes articulations douloureuses. Ma chevelure a perdu son lustre.

Le trône me tue. Ce qu'il ne trouve pas dans ma magie, il me le prend en énergie vitale.

— Il doit y avoir un moyen d'arrêter tout cela. Je dois faire cesser ce cycle.

Répétant ce mantra, je me libère de la prison chaude de mon lit et je traîne les pieds jusqu'à mon bureau. Il y a des journaux ouverts sur toutes les surfaces planes de mon salon. Ainsi que des notes manuscrites prises par Eldas et moi. Malheureusement, nous n'avons rien découvert d'utile. Nous avons relu ces notes un nombre incalculable de fois, mais nous n'avons rien trouvé.

Je pense à la statue de la première reine à l'origine du trône en séquoia et de l'Orée. Si seulement je disposais de son journal… Au moins des notes de celles qui lui ont succédé. Peut-être cela me permettrait-il de compléter ce puzzle.

Soudain, une idée me vient.

Un chevalier est posté devant ma porte. Je me rappelle vaguement l'avoir vu parmi les soldats qui sont venus me chercher à Capton. Lorsqu'elle n'est pas disponible – lorsqu'elle dort, notamment –, Rinni ordonne à un de ses hommes d'assurer ma protection.

L'homme est surpris de me voir debout et s'incline.

— Je vais me promener un peu, je déclare. Hook, reste ici et surveille mes appartements.

Le loup obtempère, et le garde m'emboîte le pas. Je me dirige vers une grande salle peuplée de fantômes.

J'observe les draps qui recouvrent les meubles achetés par les reines du passé. Un jour, mon bureau, mon fauteuil, la petite table et le canapé sur lequel Eldas a dormi seront remisés ici et recouverts comme des pierres tombales oubliées. Le clair de lune se déverse par les hautes fenêtres de la salle de bal, baignant le décor d'une lumière blanc d'os. Les recoins non éclairés demeurent dans un flou gris et inquiétant.

Le chevalier reste dans l'entrée, tandis que je me promène dans le labyrinthe de meubles. Au bout de quelques minutes, j'attrape un coin de tissu, que je tire de toutes mes forces. Un nuage de poussière enfle et me fait tousser.

Les particules scintillantes retombent sur le canapé, brillant dans le clair de lune à la manière du givre de la magie elfique.

Je lâche le drap par terre et je continue de reculer. C'est comme si je révélais une nouvelle fois au monde ces reines oubliées. Elles ont trop sacrifié pour être reléguées dans un coin du château et sur une étagère du laboratoire. Je trouve des bureaux, des tables de salle à manger, des sofas de tailles diverses, tapissés dans différents matériaux. Les styles sont variés aussi : utilitaires comme les meubles commandés à mon ébéniste, ou finement ouvragés et couverts de dorures. Je remonte le temps en étudiant l'évolution des styles d'ameublement à Quinnar.

Une pluie de confettis tombe autour de moi, tandis que je retire drap sur drap. J'atteins le fond de la salle, où un dernier meuble est poussé contre le mur. C'est ma dernière chance de trouver les journaux des cinq premières reines. Dans mon sillage, on voit des monticules de tissu blanc et des meubles exposés. Attrapant le dernier drap à deux mains, je découvre un long bureau.

Un craquement puissant emplit l'atmosphère. Le meuble gémit, comme si ce drap avait empêché le bois usé et vermoulu de tomber en morceaux. Soudain, les planches cèdent, et le meuble tout entier s'écroule.

Faisant un bond en arrière, toussant, j'essaie d'éviter les bestioles qui s'éparpillent par terre. Comme la sciure retombe, j'examine la pile d'éclats de bois.

— Désolée. (Je ne sais pas si je demande pardon au bureau détruit ou à la mémoire d'une reine. Une vague de tristesse me submerge, comme si ce meuble était la seule chose qui la rattachait à ce monde.) Je me demande à qui tu appartenais, je murmure.

Si loin dans la salle, il doit s'agir d'une très ancienne reine, reléguée, oubliée de tous. Je ne sais pas ce que j'espérais. À mes pieds, il n'y a plus qu'un tas de poussière.

Je m'accroupis et me mets à fouiller dans les débris à la recherche d'un indice permettant d'identifier la propriétaire du meuble. En vain. Du moins, c'est ce que je pense jusqu'à ce que le clair de lune mette en valeur une petite boîte en métal dans ce qui reste d'un tiroir.

— Qu'est-ce que c'est ?

Je soulève la boîte et l'ouvre de mes doigts délicats. J'y découvre un petit journal et un collier. J'inspecte d'abord le bijou orné d'un pendentif constitué d'une pierre noire et luisante entourée d'un filigrane en argent. Sauf qu'il ne s'agit pas d'une pierre. La chose est chaude au toucher. *Du bois.* Un bois dense et noir, poli et soigneusement ceint de métal précieux.

La magie vit en lui. Des souvenirs chatouillent mon esprit, et l'arrière de ma tête me démange comme son énergie danse sous mes doigts. *La vision furtive d'une femme, une mise en terre...* J'ai déjà vu ces souvenirs, non ? Les pensées évoquées par le pendentif sont floues, mettent un peu mal à l'aise. Je le repose à la hâte et je ramasse le journal.

Les pages s'effritent sous mes doigts, et j'abandonne le projet de l'examiner sur place. Je dois retourner dans mes appartements, où je recopierai tout ce que je pourrai.

Je prends la boîte à deux mains et je retourne d'un pas léger dans ma chambre en faisant attention de ne pas la secouer.

Le chevalier ne dit rien. Du moins jusqu'à ce que nous trouvions ma porte entrouverte. L'homme pose la main sur le pommeau de son épée.

— Vous pouvez nous laisser, lance Eldas dans le silence froid.

Le garde s'incline et disparaît.

J'entre dans mes appartements et je trouve le roi sur mon canapé, le nez dans un livre, la main grattant machinalement le ventre de Hook. Le loup est couché sur le dos, à ses pieds, la langue pendante.

— Tu parles d'un chien de garde.

— Hook sait qu'il n'a rien à craindre de moi, dit Eldas sans lâcher son journal des yeux. Bonsoir aussi, au fait.

— Qu'est-ce qui me vaut l'honneur de votre présence, Votre Majesté ?

Je prononce son titre sur le ton de la plaisanterie, et Eldas ne fait rien pour dissimuler son amusement. Sa mine enjouée, cependant, vacille lorsqu'il relève la tête et me voit. Il est vrai que je dois offrir un spectacle affreux.

— Je suis venu voir comment vous alliez.

— Ah ! bon ?

— Je l'ai déjà fait une ou deux fois, admet-il. Quand une question me taraude et m'empêche de dormir, ou que je fais des cauchemars dans lesquels des kidnappeurs faés viennent vous enlever la nuit.

Je me fais violence pour ne pas me vautrer dans l'admiration de sa personne. Je lui trouve quelque chose de spécial, ce soir. Quelque chose… *Oh !* ses cheveux sont tirés en arrière, attachés sur sa nuque. Quelques mèches fines lui encadrent néanmoins le visage, tombant sur ses clavicules et son torse.

— Je vous ai entendue arriver et j'ai pris la liberté de m'installer.

— Vous avez l'habitude d'entrer sans y avoir été invité pour vous assurer que je vais bien ? je demande en haussant un sourcil.

— Vous m'avez dit que j'étais le bienvenu à toute heure.

— C'est vrai, mais je ne pensais pas que vous vous glisseriez dans mes appartements pendant mon sommeil, réponds-je en lui lançant un regard oblique, ce qui le fait glousser.

— Je vous assure que, la plupart du temps, j'ai envie de discuter et j'espère que vous êtes réveillée. Ou bien je veux m'assurer que personne ne vous a enlevée. Je ne me suis jamais attardé, et je n'en ai jamais profité pour vous toucher (Il réfléchit et ajoute :) Enfin, une fois, la couverture avait glissé de votre épaule et vous aviez l'air d'avoir froid.

— Je vois.

J'aurais préféré une meilleure réponse. Contre toute attente, je trouve rassurante l'idée qu'il me rende des visites nocturnes pendant mon sommeil. En revanche, je crains désormais que des Faés viennent m'enlever au milieu de la nuit. Je me dirige vers le bureau. Je pose délicatement la boîte sur la table.

— Qu'avez-vous donc volé dans mon château ?

— Je n'ai rien volé du tout, me défends-je rapidement.

Mes orteils se recroquevillent tandis qu'il rit. C'est un bruit un peu abrasif, pas assez usité, mais pas désagréable.

— Dans ce château, tout vous appartient, Luella. Vous ne pouvez pas vous voler vous-même.

Mes ongles s'enfoncent doucement dans le métal. *Tout ici m'appartient*. Ces quatre mots contiennent trop de choses ; je les déballerai plus tard.

— J'ai trouvé cette boîte dans la salle de bal où sont stockés les meubles des anciennes reines.

— La salle de bal qui…, répète-t-il en penchant la tête sur le côté.

— Ne me dites pas que… D'abord les journaux, et maintenant cette salle !

— C'est un très grand château ! (Il désigne la boîte du menton.) Vous allez l'ouvrir ?

— Peut-être. Dites « s'il vous plaît ».

— Les rois ne disent pas « s'il vous plaît ».

Il me regarde à travers ses longs cils, un sourire paresseux aux lèvres, les bras croisés sur la poitrine. Je regrette toutes ces occasions manquées de voir les muscles de ses bras bandés sous les manches serrées de sa chemise.

— En réalité, vous venez de le faire. Je me contenterai de cela.

Il lève les yeux au ciel, tandis que je me retourne en essayant de me focaliser sur la boîte ouverte.

— Un collier et un journal… Puis-je ? demande-t-il, la main suspendue au-dessus du collier.

— Je vous en prie. Le journal est très fragile. J'aimerais recopier tout ce que je peux avant que les pages se désintègrent.

— Ne vous en faites pas pour cela.

Eldas retourne le collier dans ses mains avant de le reposer. Je ne peux pas en être certaine, mais il n'a pas l'air de ressentir la même chose que moi lorsqu'il effleure le bois poli. Il n'y a qu'une explication possible, à mon avis : le collier contient un échantillon de la magie de la reine, intrinsèquement différente de celle d'Eldas.

— Pourquoi ?

Au lieu de répondre, Eldas regarde fixement le journal. Son regard se met à briller d'un éclat bleu pâle, et la température de la pièce à chuter. Comme il lève la main, je vois que ses doigts sont entourés d'un halo bleu. En un clin d'œil, sa magie se condense, et sa main se referme sur un journal identique à celui de la boîte.

— Duplication par nom véritable ! je m'exclame en lui prenant le journal des mains et en repensant au morceau d'agneau créé lors de notre dîner.

— Il vous en faudra peut-être quelques-uns pour le lire dans son intégralité, mais au moins vous ne détruirez pas l'original.

— Merci.

J'apprécie énormément son geste.

— C'est le moins que je puisse faire. (Les coins de ses lèvres pointent furtivement vers le bas. Il secoue la tête. D'autres mèches de cheveux se libèrent de sa queue-de-cheval, et je résiste à la tentation de les lui mettre derrière l'oreille.) J'ai voulu lire ces journaux pour comprendre votre magie, mais je n'en suis qu'au début. Ce qui signifie que je suis dans l'incapacité de vous aider.

— Vous…

— Vous êtes une énigme pour moi, Luella, chuchote-t-il dans un soupir.

Une phrase simple, mais tellement lourde de sens. Nos regards se croisent et ne se lâchent plus, et mon cœur menace de bondir hors de ma poitrine et de tomber à mes pieds telle une humble offrande. Je prends une longue inspiration saccadée.

— Eldas, vous en faites déjà bien assez.

Eldas, la carrure fine baignée de clair de lune, ombre solide se découpant sur la toile de fond de la nuit… Je me répète pour la énième fois que je n'ai jamais vu homme plus séduisant. Et j'ai gâché la moitié du temps passé en sa compagnie sur des projets et des missions qui m'éloigneront de lui.

Serait-ce vraiment si terrible, si tu restais ? m'interroge une voix tentatrice. *Tu pourrais vivre ici, avec lui, pour toujours.*

Sauf que le trône en séquoia me rongerait les os, me dévorerait jusqu'à ce qu'il ne subsiste rien de moi. Il ne me resterait même plus assez d'énergie pour désirer Eldas.

Je revois le visage maculé de larmes de ma mère. J'imagine mes parents seuls à leur table. Emma étendue sur le sol, mourant d'une nouvelle attaque. M. Abbot venant à ma boutique par instinct, avant de se rendre compte que je ne suis plus là. Tout Capton, ma maison, mes patients – les gens dont je suis responsable, auxquels il convient d'ajouter le Midscape – tirent mon cœur d'un côté.

Tandis qu'Eldas le tire de l'autre.

Quoi qu'il arrive, être devenue la Reine humaine ne me laissera pas intacte.

— J'ai eu une idée, reprend-il. Je crois pouvoir faire quelque chose pour vous aider.

— Je vous écoute…

Je fais un demi-pas dans sa direction. Je suis hypnotisée par ses lèvres. Il est effectivement plusieurs choses que le roi pourrait faire pour m'aider…

Chaque fois qu'il m'a touchée, ces derniers jours, ç'a été l'agonie. L'agonie car le trône en séquoia a embrasé le moindre centimètre carré de mon corps. L'agonie car je sens qu'Eldas se retient, et que le souvenir de son baiser me hante. Il a l'air de se méfier de ce qui grandit entre nous.

— Mon frère, Drestin. Sa femme va avoir un enfant, dit-il maladroitement.

— Oh ! Félicitations.

Je suis surprise par cette nouvelle et ce soudain changement de ton, mais je suis sincèrement heureuse pour eux. Même si j'aurais préféré que la conversation prenne une autre tournure.

— Oui, il est très heureux, poursuit Eldas comme un fantôme de sourire lui éclaire le visage. (Un sourire doux qui me fait me demander s'il s'imagine lui-même en père.) Son épouse devrait accoucher autour de la date du couronnement. Naturellement, ils ne seront pas présents.

— C'est normal.

— Oui. En tant que frère du roi, il est libre de ne pas venir, au contraire des autres seigneurs.

Je me retiens de dire que tous les seigneurs devraient avoir le droit de rester chez eux pour assister à l'accouchement de leur femme. Heureusement, le roi ne me laisse pas le loisir d'insulter son peuple et ses mœurs.

— Il a offert de nous recevoir à Westwatch avant le couronnement. C'est sa manière de se faire pardonner et de se faire apprécier de la nouvelle reine. Je ne lui ai pas dit que vous comptiez partir bientôt.

Ne me regardez pas comme ça ! ai-je envie de le supplier. J'entends déjà des fractures de fatigue se former dans mon cœur. Il craque comme de la glace trop fine. Comme les sentiments qu'il a tissés en moi sans que j'en sois consciente.

— Vous croyez que je vais vraiment y arriver ? je demande en faisant glisser mon index sur le dos du journal.

— Si quelqu'un le peut, c'est bien vous, répond-il d'une voix grave, douce et pleine d'émotion. Et vous avez raison : cela doit être fait. Le pouvoir de la reine s'étiole. Je n'en peux plus de vous voir mourir sous mes yeux. Le cycle doit être brisé, et vous devez partir.

Une boule se forme dans ma gorge. Il s'inquiète pour moi. Il fait son possible pour m'aider dans mes recherches. Et pourtant, la manière dont il prononce ces mots… Comme s'il attendait que je le contredise, comme s'il y avait un moyen d'atteindre notre objectif qui me permette de rester.

Une voix chuchote à l'arrière de mon esprit : *C'est ce que tu voulais, non ? Hein, Luella ?*

— Bref, je n'ai aucune bonne raison de refuser l'invitation de mon frère, continue Eldas dans le sillage de mon silence.

— Le trône tiendra-t-il le coup si je m'absente ?

— Nous le rechargerons une dernière fois avant notre départ. Quelle que soit la situation du Midscape, cependant, vous avez besoin de repos. Vous ne serez pas efficace si vous continuez comme cela.

Je ne vais pas dire le contraire, même si j'ai du mal à l'accepter.

— Je vais préparer mes bagages. Quand partons-nous ?

— Dans une semaine.

Une semaine de travail devant nous, puis nous partons pour je ne sais combien de temps. Une semaine, peut-être ? Après, j'aurai environ deux semaines avant le couronnement pour accomplir ma mission.

— À moins que…, ajoute-t-il.

— À moins que ? je répète en le regardant fixement, ce qui semble le surprendre.

— À moins que nous partions un peu plus tôt, termine-t-il d'une voix incertaine, le regard fuyant.

— Pour aller où ?

— Je pense à un endroit qui vous plairait et vous revigorerait.

— Vous ne voulez pas m'en dire davantage ?

— Pas pour l'instant, confirme-t-il en souriant. Je n'ai pas pu vous faire visiter mon château. Willow m'a pris de vitesse en vous faisant découvrir la serre.

Il aurait pu me faire visiter le château dès les premiers jours, à dire vrai. Mais les choses étaient différentes, à ce moment-là. Quand j'y repense, l'évolution de notre relation a été stupéfiante en quelques semaines.

— J'aimerais partager cela avec vous, conclut-il.

Ses doigts glissent légèrement de mon épaule à mon coude, où ils restent en attendant ma réaction. Je frissonne, mais je n'ai pas froid. Soudain, je brûle intérieurement. Je me rends compte que je veux sentir son toucher léger et paresseux sur mon corps. Je veux ses doigts glacials sur mes bras, mes jambes, mon ventre…

— Oui, je coasse presque. (Ma langue est lourde et inutilisable.) Je suis pressée de voir cette surprise.

Son visage s'éclaire encore plus que le matin où il s'est réveillé sur mon canapé.

— Dans ce cas, nous partirons dans la matinée.

— Dans la matinée ? Si tôt ?

— C'est à environ une journée de voyage. Une fois là-bas, nous serons à une journée de Westwatch. (Eldas s'écarte et se dirige vers la porte d'un pas vacillant. Ma poitrine se gonfle de le voir si heureux grâce à moi.) Et je crois que vous voudrez passer plus d'une nuit sur place.

— D'accord. (Je ne peux m'empêcher de rire.) Je prépare mes bagages ce soir.

— Je vous revois à l'aube.

Chapitre 29

Une voiture dorée nous attend dans le long tunnel qui s'étire sous le château et traverse la chaîne de montagnes entourant Quinnar. J'ai appris que nous voyagerions en voiture lorsque Eldas est venu me chercher dans mes appartements.

— Je veux que vous puissiez vous rendre là-bas sans moi, m'explique-t-il lorsque je lui demande pourquoi nous ne nous contentons pas d'arpenter l'Orée.

J'avoue que cela attise ma curiosité.

Je n'ai pris qu'un sac, un bagage trouvé dans mon dressing, qu'un valet charge sur le toit de la voiture, par-dessus plusieurs autres.

Je lance un regard à Eldas, mais je tiens ma langue jusqu'à ce que nous soyons installés à bord.

— Vous êtes sûr d'avoir pris assez d'affaires ?

— Je me doutais que vous voyageriez léger. J'ai demandé à des serviteurs de compléter vos bagages. Vous me remercierez lorsque vous serez vêtue de façon appropriée à Westwatch.

Eldas s'assied à côté de moi et étouffe un éclat de rire satisfait. Vue de l'extérieur, la voiture avait l'air assez grande, mais nos cuisses se touchent. Il y a deux banquettes en vis-à-vis, mais il a choisi de s'installer sur la mienne.

J'essaie de faire abstraction de sa présence solide, ce qui devient plus facile lorsque la voiture s'ébranle en nous secouant, émergeant bien plus tard dans le soleil, à l'autre bout du tunnel. J'écarte les lourds rideaux de velours et colle mon nez contre la vitre, découvrant une route ondulante bordée de champs ; ces mêmes champs que je vois de la fenêtre de ma chambre.

— Là ! dit Eldas.

Il se penche vers moi, et c'est presque tout son corps que je sens contre moi. Je m'appuie contre la paroi de l'habitacle en faisant semblant de m'intéresser au paysage plutôt qu'à ses mains habiles écartant les rideaux. Eldas se rassied à sa place et sort un journal usé d'une sacoche.

— Qu'est-ce que c'est ?

— Je croyais que vous seriez plus intéressé par nos paysages ! se moque-t-il.

— Je suis surtout intéressée par vous.

Je me retourne pour dissimuler le rouge qui me monte aux joues et aux oreilles en réchauffant ma nuque. J'attends qu'il réponde de façon spirituelle, au lieu de quoi il glousse dans sa barbe, ce qui me met dans tous mes états.

— Vous me croiriez si je vous disais que les reines n'étaient pas les seules à tenir un journal ?

— Bien sûr.

Mon visage commence à se refroidir comme je contemple le paysage ondoyant. Les champs et les prairies se succèdent, séparés régulièrement par des corps de ferme. Au loin, le terrain s'élève doucement. Au sommet d'une colline, je reconnais la silhouette d'un donjon.

— Mon père m'a appris qu'il était important de cataloguer ses pensées et de tenir un journal, poursuit Eldas. J'ai comparé les journaux des rois à ceux des reines pour recouper certaines informations et faire avancer nos recherches.

Nos recherches. Et pas les miennes. Plus maintenant. Il a véritablement décidé de s'impliquer dans cette mission. Je me mords l'intérieur des joues et attends que mon estomac se dénoue avant de prendre la parole.

— Si je comprends bien, vous me cachiez des choses ?

Il rit de nouveau. C'est la première fois que je l'entends rire autant. À mesure que le château gris rapetisse derrière nous, le vide dans sa poitrine – le fossé froid et amer que j'ai été incapable d'enjamber lors de notre première rencontre – diminue.

— En effet, Luella. Après tout ce que je vous ai donné, je me suis dit qu'il serait amusant de vous priver de certains détails.

— J'en étais sûre. (Je change de position sur la banquette après que les cahots de la route m'ont presque projetée sur les genoux d'Eldas.) Vous m'avez déjà beaucoup donné, c'est vrai. Mais pourquoi ?

— Mmh… ?

Son crayon se fige. La voiture bouge tant que je me demande comme il peut écrire.

— Je ne vous imaginais pas en mari aimant.

— Et c'est mon véritable crime, n'est-ce pas ?

J'espérais lui faire plaisir avec ma remarque. Entendant sa réponse acide et fatiguée, je me tourne vers ses yeux, son visage.

Quelle expression arborait-il une seconde plus tôt? Abîmée que j'étais dans la contemplation de mes jupons, je ne l'ai pas vu, et maintenant, il regarde par la fenêtre, à sa gauche.

— Ce n'est pas vraiment une situation normale.

— Pas pour vous, admet-il.

Toute sa vie, il s'est préparé, ce qui ne veut pas dire qu'il était prêt à accueillir la Reine humaine.

— Non, pas pour moi…

Je ravale un soupir. Si seulement le trône n'avait pas essayé de me tuer. Si seulement je n'avais été la dernière d'une lignée de reines remontant à trois mille ans. Si seulement j'avais été plus forte, mieux préparée, si j'avais été formée pour devenir reine depuis ma plus tendre enfance.

— J'aimerais que tout soit différent, je murmure.

Je ne voulais pas qu'il entende cette phrase, mais j'aurais dû me méfier de ses longues oreilles.

— Pas moi, rétorque Eldas à voix basse.

J'ai du mal à l'entendre à cause des craquements de la voiture.

— Ah bon? je m'étonne en me tournant vers lui, mais il regarde toujours par la fenêtre.

— Si les choses avaient été différentes, vous n'auriez pas été vous.

Il me regarde enfin. Ses yeux autrefois glacials sont désormais des bassins tièdes aussi attirants que les ruisseaux coulant autour du temple, sous les branches des séquoias.

— J'ai découvert que j'appréciais énormément la femme que vous êtes. Je ne changerais rien en vous. Rien.

Je ne sais pas comment réagir à cela. Je détache mon regard du sien. Eldas retourne à son journal. Et je remercie en silence la voiture d'être assez bruyante pour masquer les battements de mon cœur.

— Luella, murmure Eldas. Luella, nous sommes arrivés.

Je me suis endormie. Le trône m'épuise tellement que mon sommeil n'est jamais assez réparateur. Je cligne lourdement des paupières et découvre des ténèbres presque totales. Eldas doit avoir tiré les rideaux. Ne pénètre plus dans la voiture qu'une lumière tamisée couleur de miel. La copie du journal que m'a faite Eldas est posée sur mes genoux ; j'ai à peine eu le temps d'en commencer la lecture.

Et ma tête…

— Désolée, je marmonne en me redressant à la hâte.

Apparemment, je me suis affaissée dans mon sommeil, si bien que ma tempe reposait sur son épaule.

— Ce n'est pas grave, me répond-il dans un sourire désabusé.

Il ne dit rien d'autre, ce qui ne m'empêche pas d'essayer de lire entre les lignes.

Reprends tes esprits, me dis-je. Mais j'ai eu l'occasion de me rendre compte que mon cœur ne m'obéissait pas.

Le roi frappe à la portière, qui s'ouvre aussitôt. Il descend le premier et me tend la main. Je la trouve fraîche, mais son toucher n'est plus glacial, ni amer. Quelque chose a changé en lui. Ou bien me suis-je habituée à sa magie. À moins que j'en sois venue à désirer le contact frais de ses doigts sur ma peau.

— Où sommes-nous ?

Des graviers crissent sous mes pieds.

La voiture est garée au sommet de l'arc d'une allée. De hautes haies ceignent ce qui est sans doute une vaste propriété et bordent une route flanquée d'arbres.

Devant nous se dresse un charmant cottage. Le toit en chaume est en bon état, et le large porche a été récemment poncé et repeint. Je reconnais dans l'atmosphère la même odeur que dans le temple lorsque, chaque année au milieu de l'été, les Gardiens l'embellissent pour les célébrations.

— Cette maison est à vous, lance Eldas. (Comme nous nous éloignons, le valet remonte sur la banquette du conducteur et fouette les chevaux.) Il y a un village à moins d'une heure, explique le roi, répondant à la question que je me posais. Le valet séjournera là-bas car il n'y a pas de place, ici.

— Je vois…

Pas de serviteurs. Pas d'accompagnateurs. Je suis seule avec Eldas au milieu d'un paysage vallonné, d'une grande forêt, à l'ombre d'une montagne… Cela me rappelle presque la maison.

— Entrez, m'encourage-t-il en désignant la porte. Vous êtes chez vous, après tout.

— Vous n'arrêtez pas de le répéter, mais que voulez-vous dire par là ? je demande, la main suspendue au-dessus de la poignée de la porte.

— Il s'agit du cottage de la reine, annonce-t-il en souriant avec fierté. Il a été offert à la reine il y a trois générations. C'est à moins d'une journée de voyage de Quinnar, mais on est suffisamment loin de la capitale pour s'évader. Et comme je vous l'ai dit ce matin, pas besoin d'arpenter l'Orée avec le roi pour venir. Sachez cependant que mes prédécesseurs et moi avons installé de puissantes protections autour de cet endroit, aussi y serez-vous en sécurité.

J'ouvre la porte et découvre la plus belle des maisons de campagne.

Je me croirais dans un de ces tableaux vendus au marché de Lanton, dans une campagne idyllique et idéale que la plupart des gens ne connaîtront jamais. Des poutres massives courent au plafond, sur lesquelles je vois des crochets qui ne demandent qu'à accueillir des plantes séchées. Le rez-de-chaussée est divisé en deux par un escalier central. Sur la gauche, il y a une cuisine avec des casseroles en cuivre et du carrelage rouge, sur la droite, un salon avec des fauteuils disposés autour d'une grande cheminée.

La rampe en bois glisse sous mes doigts comme je monte à l'étage. Celui-ci est plus petit que le rez-de-chaussée, et je comprends tout de suite pourquoi Eldas a dit qu'il n'y avait pas de place pour le valet. Il n'y a qu'une seule chambre, avec un seul lit.

— Qu'est-ce que vous en pensez ? demande le roi comme je caresse l'édredon, sur le lit.

— Il n'y a qu'un lit.

— Ne vous en faites pas ! répond-il dans un éclat de rire. Je dormirai en bas.

Il sourit, ne sachant rien de la pointe de déception qui m'étreint. J'essaie de passer outre à la sensation désagréable.

— Ne devriez-vous pas… ?

— Je dormais sur le canapé lorsque, petit garçon, je rendais visite à Alice.

Il redescend. Comme je lui emboîte le pas, je note que mon sac et un coffre ont déjà été montés à l'étage, tandis que ses affaires sont dans un coin du salon.

— Vous n'êtes plus un petit garçon, je remarque.

— Mais j'ai déjà dormi sur un canapé pour vous.

— Je ne vous avais rien demandé, me défends-je en repensant à cet épisode.

— Vous étiez faible, et j'étais inquiet. Vous auriez pu avoir besoin de quelque chose. Je craignais que vous soyez vraiment mal en point.

Vu l'état dans lequel j'étais après mon premier passage sur le trône, ses craintes étaient légitimes.

— Il était tout à fait normal que je m'occupe de vous. J'ai fait de mon mieux, même si ce n'était pas assez.

— Et je ne vous ai même pas remercié.

— Ce n'était pas nécessaire.

— Merci quand même.

— Il n'y a pas de quoi. (Un sourire bref mais chaleureux éclaire son visage. Il se tourne vers la porte de derrière.) Le jardin sera plus impressionnant demain matin. Je propose qu'on se prépare pour la nuit.

— J'avoue que je suis fatiguée.

Il est loin le temps où une simple sieste me permettait de veiller toute la nuit.

— C'est la raison de notre présence ici. Les reines du passé disaient que cet endroit les reposait, les rajeunissait.

— Je n'en doute pas. Le problème, c'est que je suis bien trop énervée pour me coucher.

Eldas et moi dans une maison isolée, un décor idyllique, un seul lit…

— Peut-être qu'un petit verre de vin sucré vous aidera à calmer votre cerveau ?

— Du vin et pas de l'hydromel ?

Je le rejoins dans la cuisine où j'appuie mes coudes sur un billot usé. Je suis hypnotisée par le spectacle d'Eldas remontant ses manches, exposant ses avant-bras puissants.

— Les Faés font de l'hydromel, les Elfes du vin. Le fait que vous n'ayez pas encore goûté ce dernier est proprement criminel, dit-il dans un clin d'œil.

Un clin d'œil. Je suis obligée de m'asseoir sur un tabouret pour ne pas tomber à la renverse. S'agit-il du même roi des Elfes que j'ai rencontré il y a quelques semaines ? Oublié, le marbre ! Je découvre enfin l'homme dans toute sa splendeur. J'espère qu'il est là pour rester.

— La faute à qui ? je demande d'un ton joueur.

— C'est ma grande faute, c'est vrai. Il me faudra une vie pour rattraper toutes les erreurs que j'ai commises.

Nous n'avons que quelques semaines devant nous…

Eldas sort une bouteille poussiéreuse d'un casier à vin. Il s'active dans la cuisine. Il sait exactement où se trouvent le tire-bouchon et les verres. Il ouvre la bouteille d'un geste fluide, comme s'il l'avait fait des centaines de fois.

— Je ne pensais pas qu'un roi pouvait être à ce point à son aise dans une cuisine.

— Même les rois ont des hobbies, explique-t-il en nous servant généreusement. Alice était une cuisinière extraordinaire. C'est elle qui m'a tout appris.

J'ai effectivement lu de nombreuses notes culinaires dans son journal.

— Et pourtant, vous avez mal pris le fait que je vous demande si vous aviez préparé notre repas, il y a quelques semaines.

Le fameux soir où il m'a embrassée. Eldas pense à la même chose que moi car je le vois hésiter.

— C'était différent, à l'époque.

— Les choses changent rapidement, avec nous, semble-t-il.

— Peut-être parce que nous n'avons pas beaucoup de temps.

Il plonge son regard dans le mien en posant la bouteille à côté des verres. J'y perçois du désespoir. C'est le regard d'un homme qui désire quelque chose. Mon corps réagit comme jamais auparavant. Il s'embrase. Un incendie se propage dans mon bas-ventre plus rapidement que l'alcool dans mon système sanguin. La moindre partie de mon être devient tellement sensible que le simple frottement de mes vêtements est presque insupportable.

— Vous… (Je m'éclaircis la voix.) Vous veniez ici avec Alice ? dis-je en m'efforçant de parler d'autre chose que de nous.

Le vin couleur de prune semble contenir un tourbillon de crépuscule. Je me demande si un humain ordinaire trouverait cela inquiétant. Pour ma part, j'ai l'impression d'être envoûtée.

Quels cépages contient-il ? Quels autres fruits ? Quel processus de production lui a donné cette teinte ? Je ressens une pointe de regret lorsque je me rends compte que je ne resterai pas assez longtemps dans le Midscape pour ne serait-ce qu'effleurer la surface de ce monde de magie.

— Oui, aussi souvent qu'on me le permettait. C'était ma seule échappatoire, comme c'était la sienne.

— Je ne comprends pas. Pourquoi faut-il que les Elfes enferment l'héritier du trône ?

Cela paraît tellement injuste.

— Pour des raisons logiques. Pour assurer sa protection et éviter qu'il se ridiculise en s'attirant des ennuis. Mais aussi parce que nous avons toujours fait comme cela, même si les raisons originelles ont été oubliées depuis longtemps.

Eldas hausse les épaules, mais j'ai vu les cicatrices laissées dans son esprit par ces années de solitude. Ses manières empruntées, ses hésitations, sa maladresse lorsqu'il doit gérer la venue d'une personne étrangère à son monde.

— Les Elfes suivent souvent la même voie que leurs parents, dis-je en pensant à Willow et à Rinni.

— Les humains aussi ont des coutumes étranges. Il paraît que vous êtes autorisés à avoir vos propres rêves, à faire les études de votre choix sans vous soucier de la volonté de vos parents, ni de ce qui serait le plus sage. C'est un peu égoïste, non ? me fait-il remarquer dans un sourire timide.

J'éclate de rire.

— Ce n'est pas faux. Disons que nous sommes aussi bizarres les uns que les autres. Mais les humains gagnent quand même sur ce point précis.

Eldas glousse et lève son verre. Je l'imite.

— À quoi buvons-nous, cette fois ? je l'interroge.

— À demain, répond-il après un moment de réflexion.

— Que se passe-t-il demain ?

— Tout. Puissent tous nos désirs se concrétiser demain. Et puissions-nous être assez audacieux pour embrasser tout ce que la vie aura à nous proposer.

Il me semble sincère et spontané, contrairement à la fois précédente, aussi suis-je enthousiaste lorsque je cogne mon verre contre le sien. Le vin est chaud sur mes lèvres et complète à merveille la chaleur de mon bas-ventre. Eldas m'adresse un sourire en coin de derrière son verre. Je le lui rends.

Pour la première fois depuis mon arrivée dans le Midscape, je me rends compte que – à ce moment précis – je n'ai envie d'être nulle part ailleurs.

Chapitre 30

Le jour se lève, clair et frais. Il me fait un clin d'œil à travers la petite fenêtre de l'étage, juste en face du lit. Je roule sur le côté et me cache sous mes couvertures.

J'ai légèrement mal au crâne. Sans doute ai-je bu un peu trop de vin hier soir. Je me croyais soûle de conversation ; en réalité, j'étais soûle tout court. Malheureusement, contrairement à la première fois, nous ne nous sommes pas embrassés.

J'entrouvre une paupière et me souviens de l'endroit où je suis. Cette chambre me rappelle un peu la mienne, à Capton. Le parquet, les boiseries et, dans l'atmosphère, la poussière suspendue qui me faisait penser à des fées.

Encore cinq minutes, aurais-je supplié à l'époque. Traîner au lit pendant cinq minutes était un véritable plaisir. J'avais beaucoup de travail. Des pêcheurs passaient prendre des choses pour leur famille avant de partir en mer. Et puis, je devais me tenir prête à satisfaire les besoins de visiteurs inopinés.

Et maintenant… je ne sais même plus où est ma place.

Sur le trône ? À Capton ? Avec Eldas ? Cette incertitude m'emplit de honte. Je devrais savoir où est ma place sans aucune ambiguïté. Comme je le savais hier. Mon devoir me guide ; en cela je peux avoir confiance. Tant de gens se sont sacrifiés pour moi : mes amis, mes parents, tout Capton. Chaque seconde d'hésitation est une trahison.

— Ne me fais pas ça, dis-je doucement à mon cœur.

Je presse les paumes sur mes yeux jusqu'à voir des étoiles. Je n'ai rien demandé de tout cela, et pourtant, une part de moi refuse de tout abandonner. La moitié de mon cœur est en train de prendre racine, et ces racines sont aussi profondes que celles du trône en séquoia. Il y a tant de choses à voir et à explorer dans ce monde. Tant de magie à essayer, si seulement j'osais.

J'entends quelque chose crépiter dans une poêle chaude et je laisse retomber mes mains. Dès que le parfum du bacon atteint mes narines, mon estomac se met à gargouiller et je me lève. Si je dois continuer à m'admonester, autant le faire le ventre plein.

Enfilant une robe de chambre en soie par-dessus ma chemise de nuit, je descends au rez-de-chaussée. Je savais que la maison était trop petite pour accueillir des domestiques, je savais qu'Eldas aimait cuisiner, mais le voir s'activer ainsi est fascinant.

Il porte une tunique en coton toute simple, modeste. Son encolure est large, exposant ses clavicules. Les manches sont longues, évidemment, mais il les a remontées, une fois de plus. Autour de sa taille fine, il porte un tablier couvert de taches anciennes et récentes. En dessous, son pantalon noir est très ajusté. La moitié de ses cheveux noirs est nouée à la base de sa nuque, le reste encadre son visage, sa mâchoire et son cou. Une chevelure couleur nuit.

Je pose mon menton sur la paume de ma main pour le regarder. Ses mouvements sont gracieux, assurés, faciles. *Il est à l'aise.* Un homme dans son élément. Le poids de sa couronne en fer ne pèse pas sur son front. Celui-ci est un peu plissé, mais uniquement par la concentration. Son regard est intense. Il arbore un petit sourire, cependant, tandis qu'il manipule une cuillère et une spatule.

Il m'est presque impossible d'admettre qu'il s'agit de l'homme sévère que j'ai rencontré dans le temple, il y a quelques semaines de cela. *Et c'est ton mari…* Cette pensée m'incite à le contempler d'un œil nouveau. Sa beauté est stupéfiante. Je le savais déjà mais, jusque-là, je ne m'étais pas permis de l'apprécier à sa juste valeur. Son pouvoir de séduction est désarmant. Dire que je suis son épouse…

Certaines femmes tueraient pour être à ta place, pour avoir tout ça ! Et toi, tu veux tout plaquer ?

On dirait qu'il perçoit mon malaise. Il tourne vers moi son incroyable regard bleu et semble étonné de me découvrir là. Je m'efforce de sourire et de descendre les marches avec nonchalance, comme si je n'étais pas en train de le dévorer des yeux.

— Bonjour.

— Bonjour. Comment avez-vous dormi ?

— Très bien. Les reines du passé avaient raison ; cette maison est vraiment rafraîchissante après l'expérience du trône en séquoia. (Je m'abstiens de mentionner mon mal de crâne. Je ne voudrais surtout pas qu'il suggère de ne pas boire de ce délicieux vin, ce soir !) Et vous ?

— Excellemment, répond-il en souriant.

Je me tourne vers le canapé. Excellemment ? Le canapé est assez grand pour un petit garçon, mais pour lui…

— Vous n'avez qu'à prendre le lit, ce soir. Je dormirai ici.

— Luella…

— Non, c'est normal.

— Je suis le roi. C'est moi qui décide ce qui est normal, rétorque-t-il, un sourire espiègle aux lèvres.

— Je ne suis pas d'accord. La reine devrait avoir son mot à dire aussi.

— Si elle insiste, je serais bête de lui résister.

— Heureuse que vous ayez enfin compris. (Je m'assieds à la même place que la veille en admirant le repas qu'il a préparé.) Ce n'était pas une blague : vous aimez vraiment cuisiner.

— Ce n'est pas grand-chose.

— L'humilité ne vous sied guère.

Je lui lance un sourire taquin et commence à manger. Il y a des tranches de bacon frit, des œufs sur le plat, des galettes de pain cuites dans un poêlon. Tout est délicieux, incroyable.

— Doucement ! Personne ne va vous voler votre repas, se moque-t-il.

— Je note que votre assiette est aussi remplie que la mienne.

Il se contente de sourire.

Lorsque nous avons terminé, Eldas pose la vaisselle dans l'évier et me propose d'aller m'habiller. J'essaie de faire aussi vite que possible. Ma mère disait toujours que la personne qui avait cuisiné ne devait pas faire la vaisselle. Lorsque je redescends vêtue d'un chemisier et d'un pantalon, cependant, il s'essuie les mains avec son tablier et me lance un sourire satisfait.

— Après la cuisine, vous faites aussi la vaisselle ? fais-je mine de m'étonner, le sourcil haussé. Êtes-vous réellement le même Eldas que celui que j'ai vu au château ?

— Ici, je suis libéré de mes obligations. Cet endroit est une échappatoire pour moi aussi. (Il se redresse comme s'il n'était plus écrasé par le poids de sa position, de ses traumatismes anciens. Je manque de lui conseiller de s'installer ici pour de bon.) Je crois qu'il est temps pour vous de découvrir le jardin.

Nous sortons par la double porte de derrière, et je découvre un patio ombragé surplombé d'une pergola couverte de vigne. Un chemin pavé conduit à un escalier, et s'enroule autour d'un bassin bleu scintillant. Je m'avance jusqu'au muret de pierre, à côté de l'escalier.

— Ce paysage est…

À gauche du bassin, il y a un bosquet entouré de jardins, dont les terrasses s'élèvent doucement vers la montagne, où elles cèdent la place à une forêt dense. À droite, j'avise un champ tapissé de fleurs sauvages. Au loin, il y a d'autres jardins, derrière lesquels je distingue des scintillements et des plantes ne poussant que dans des milieux humides.

— C'est à vous, me rappelle une fois de plus Eldas.

Son souffle soulève le duvet de mon cou. Entendre sa voix si proche m'est presque douloureux.

Devant moi s'étale un jardin dont je n'aurais même pas été capable de rêver. Derrière moi, une maison simple et confortable. Une maison que j'aurais pu dessiner si j'avais eu le projet de m'installer à la campagne.

— C'est magnifique.

— Heureux que cela vous plaise. Les Reines humaines s'en sont occupées avec les rois. Ces plantes ont été importées du

Monde naturel. Alice disait qu'elles l'aidaient à recouvrer ses pouvoirs lorsqu'elle ne pouvait pas retourner chez elle.

— On peut transplanter des végétaux d'un monde à l'autre ? je m'étonne en arquant les sourcils.

— Au prix d'une débauche de magie et de beaucoup de soins. Du Monde naturel vers le Midscape et inversement. Il y a, dans le Monde naturel, un miroir de ce jardin. D'après Alice, il maintient ces plantes en vie et donne des forces à la Reine, d'où notre venue. Elle disait toujours que de la magie de son monde s'écoulait ici, qu'il y en avait assez pour la revigorer.

Un miroir… Il parle sans doute d'équilibre, de magie naturelle – la magie de la reine – suspendue entre les mondes. Pourrait-elle être utilisée pour gérer les saisons ? Il en faudrait bien plus que pour maintenir en vie quelques plantes. Mais ce serait un bon début, non ?

Sa main se pose sur mes hanches, interrompant ma réflexion. Je me redresse un peu.

— Je vous en prie, explorez.

Nous passons la journée entière à nous balader dans ces jardins. Au prix d'un effort colossal, je me retiens de fouiller la maison de fond en comble à la recherche d'un journal vierge dans lequel cataloguer des plantes et détailler leurs besoins. *Je suis dans un rêve.* Un rêve magnifique qui finira bientôt, forcément. En attendant, je compte en profiter. Les jardins verdoyants, les buissons touffus et la magie suspendue dans les airs à la manière des pollinisateurs enthousiastes bourdonnant de fleur en fleur.

— Qu'y a-t-il, là-bas ?

Une allée gravillonnée serpente entre des parterres surélevés et des arbres, se faufilant dans la forêt dense à l'ombre de la montagne.

— La dernière chose que je voulais vous montrer.

— C'est-à-dire ? j'insiste avec une certaine fermeté.

Ce chemin me rappelle le temple et la grande marche à travers l'Orée.

— Ce chemin conduit à l'Orée.

Il confirme mes soupçons sans s'en rendre compte.

— Je croyais que Capton était le seul accès à l'Orée ?

Eldas soupire, trahissant la présence d'un poids colossal sur ses épaules. Colossal et incompréhensible pour moi.

— Capton est l'endroit où nous choisissons la Reine humaine. Il s'agit d'honorer le pacte signé entre les Elfes et les humains, la première reine étant née sur cette île, où fut placé le premier jalon, l'origine de l'Orée. Toutefois… ce n'est pas le seul point de passage dans l'Orée.

— C'est vrai ?

J'ai entendu des rumeurs, à Lanton, des histoires d'attaques de Vampires dans le Sud, de naufrages provoqués par de terribles bêtes surnaturelles, dans le Nord. De vulgaires contes pour enfants, me suis-je dit, des inventions.

— Vous voulez que je vous montre ? me propose-t-il en me tendant la main. Si vous le permettez, nous pouvons arpenter l'Orée. Y aller à pied serait bien trop long.

— Pourquoi pas ?

Je mets ma main dans la sienne, et la brume noire de son pouvoir nous enveloppe.

Nous nous retrouvons dans un domaine de ténèbres tourbillonnantes. Chaque fois que j'arpente l'Orée avec Eldas, cela devient un peu plus facile. Cependant, cet endroit entre les mondes – un endroit qui n'est ni l'un ni l'autre – me donne l'impression d'avoir des bestioles sur tout le corps.

Je ne suis pas à ma place, ici, et l'Orée me le fait savoir.

— Je reconnais ce lieu.

C'est la clairière tapissée de mousse près de laquelle j'ai rencontré Hook. Un cercle de petites pierres ceint une tablette placée sur une petite butte.

— Vous pensez le reconnaître, me corrige Eldas, mais vous n'aviez encore jamais mis les pieds ici.

— Un autre jalon ? je demande en examinant le texte à moitié effacé de la pierre.

— En effet.

Les ombres tournoient autour d'Eldas comme il s'avance vers la pierre. Elles se déroulent vers lui, affamées. Des vrilles avides s'enroulent autour de lui.

Non, pas du tout. L'Orée n'est pas avide. Elle résonne autour de lui. Je ne m'en suis pas rendu compte la première fois, mais à présent que je comprends sa magie, je vois la couronne de nuit qui émane de lui en vagues, accompagnant chacun de ses mouvements.

Eldas tend la main vers la pierre, produisant une décharge de magie. Son pouvoir ne me fait plus peur. Il se réverbère dans une partie vide et affamée de ma personne, une partie attendant d'être remplie.

Un crépuscule étoilé illumine les mots gravés. Un script que je ne comprends pas brille en tandem avec les yeux du roi. L'énergie plonge dans la terre, et l'Orée autour de nous s'épaissit.

Le roi éloigne sa main de la tablette, et ses épaules s'affaissent légèrement.

— Il est du devoir du roi des Elfes d'entretenir les jalons dans toute l'Orée. Nous les rechargeons avec notre pouvoir afin de nous assurer que la frontière reste forte. Les jalons faiblissent avec le temps, et, lorsqu'ils sont faibles… l'Orée peut être traversée par des créatures inférieures.

— Un homme seul ne peut pas s'occuper de tous les jalons…

J'imagine que c'est ce qui explique les rumeurs d'incursions de créatures magiques dans mon monde.

— L'équilibre du Midscape est fragile, reprend Eldas en secouant la tête, sinistre. Génération après génération, nous retenons notre souffle en nous demandant si nous vivons les dernières années de paix. La plupart des rois se concentrent sur le Voile. Conserver l'équilibre entre la vie et la mort est bien plus important que maintenir les humains dans le Monde naturel et les créatures de magie sauvage ici.

— Je veux vous aider.

J'ai parlé avant de réfléchir. Eldas glousse, et son regard glisse sur la pierre avant de plonger dans le mien.

— Bien sûr. Dès que vous serez parvenue à briser le cycle des reines en créant un enchaînement naturel de saisons dans le monde surnaturel. Après, il vous faudra modifier fondamentalement votre magie pour devenir capable de manipuler l'Orée.

Je fais la moue, ne voulant pas que ma passion l'emporte sur ma raison. Eldas se tient devant moi, ses yeux recouvrant leur bleu naturel tandis que la magie se dissipe. Il me caresse doucement le menton.

Sa chevelure est une cascade de nuit qui se mêle aux ténèbres vivantes qui nous entourent. La pâleur de cendre de sa peau est devenue grise, comme s'il était couvert d'un linceul. Il a un pied dans l'Au-delà. J'ai un pied dans le monde de la vie.

La seule chose qui nous unit, c'est ce contact sur ma peau, qui m'embrase.

— En plus, vous me quitterez dès que vous aurez réussi votre mission. Vous ne resterez pas pour m'aider.

Tu pourrais rester ! me crie une voix intérieure. *Avec lui !*

Est-ce ce que je souhaite vraiment ? Ou suis-je emportée par ce moment ? Peut-être Eldas m'a-t-il réellement transportée dans un autre monde à bord d'un simple carrosse. Un monde où ma garde s'est écroulée et où je peux faire semblant de croire que tout va se passer comme prévu. Un lieu où je peux fermer les yeux sur le fait que je lui ai donné mon cœur pour qu'il en dispose à sa guise.

À moins que je ne ressente rien pour lui. Mes sentiments antagonistes et mon désir seraient-ils des effets de la magie de la Reine humaine travaillant à sa propre perpétuation ?

Je ferme les paupières et prends une longue inspiration saccadée. Je veux, j'ai besoin de connaître les réponses à ces questions. Si je reste dans le Midscape, cela doit être par choix. Il est temps pour moi de prendre une décision libre de l'influence de tout homme. Il conviendra de peser le pour et le contre, de déterminer ce que je souhaite et non pas d'écouter ce que d'autres veulent pour moi. Ce choix, cependant, je ne pourrai le faire qu'une fois le cycle brisé. En cas d'échec, mon désir profond n'aura aucune importance.

— Je suis ici, aujourd'hui, je murmure en ouvrant les paupières et en découvrant le visage de mon antithèse. Ne pensons pas à demain. Vivons le présent.

Je ne sais pas ce que je dis. En revanche, je sais ce que je veux à ce moment précis : *lui*. Eldas me regarde fixement. Il m'a entendue. Je relève un peu la tête. Ses doigts glissent sur ma peau. Il me soulève le menton.

— Embrassez-moi, je demande, le souffle court. Embrassez-moi comme vous m'avez embrassée cette nuit-là, au château. Abandonnons-nous à ce rêve éveillé, Eldas.

— Non…

Un tremblement parcourt mon corps. Soudain, il m'attire contre lui d'un mouvement tellement doux.

— Je ne vous embrasserai pas comme je vous ai embrassée ce jour-là, ajoute-t-il.

Ma respiration se fait irrégulière, superficielle. À travers les rideaux de mes cils papillonnants, je le vois se pencher vers moi.

— Ce sera encore mieux, conclut-il.

Eldas me prend par la taille. Il m'enveloppe en attirant mon corps tout entier contre le sien. Sa silhouette fine est longue et ferme. Ses mains, maladroites et inexpérimentées, m'attrapent par les hanches, palpitant comme des oiseaux prêts à prendre leur envol.

À ce moment précis, tout me fait mal. La seconde où je sens son souffle sur mon visage est la plus longue de ma vie. J'avais raison lorsque je me suis rendu compte il y a plusieurs mois que l'envie d'embrasser quelqu'un faisait toute la différence.

Et je n'ai jamais eu envie d'embrasser quiconque comme j'ai envie d'embrasser Eldas. Il ne s'agit pas ici d'un désir aviné. Il ne s'agit pas de solitude, ni de besoins non assouvis.

Je veux qu'il m'embrasse. Maintenant. Ici. Pour toujours.

Il soutient mon regard jusqu'au dernier moment. Ses lèvres rencontrent les miennes.

Je gémis. Il m'attire encore plus près, obéissant à ma demande non verbalisée, essayant d'étouffer avec son corps de glace l'incendie qui me ronge. Il passe sa langue sur mes lèvres, demandant à entrer. Je le laisse faire. Son baiser se fait profond, mais cruellement lent.

J'en veux plus, exige mon corps avec une insistance qui me fait rougir. Je veux que ses mains se déplacent sur moi. Je veux que ses doigts caressent les courbes de mon cou, de mes seins, de mes hanches. Je veux ressentir des choses dont je ne connais que les concepts. Je veux qu'il m'apprenne et me guide sur des chemins charnels que je n'ai jamais arpentés.

À mon grand déplaisir, cependant, il recule. Ses lèvres luisent dans les ténèbres, s'ourlant dans un sourire indéchiffrable. Son visage est en feu ; pour une fois, son teint est naturel.

— Luella, chuchote-t-il d'une voix grave et rauque. Vous rayonnez !

Je me rends compte que c'est vrai. Un rougeoiement à peine perceptible recouvre ma peau, danse avec les ténèbres. Nos pouvoirs irradient ensemble, se mêlent, s'enroulent l'un autour de l'autre dans une valse des opposés.

— Dans ce cas…, réponds-je avec une sensualité dont je ne me sentais pas capable. Je crois que vous devriez continuer à m'embrasser. Afin que nous puissions étudier de près ce phénomène.

Son sourire se fait suffisant, et Eldas se penche de nouveau vers moi, les yeux mi-clos.

— Ma reine, cette éternelle chercheuse !

Ma reine. Ses mots font flageoler mes genoux. Ils ne me font plus peur. *Ma reine.* Ces deux mots sont presque aussi sucrés que ses lèvres.

— Mon roi, réponds-je. Eldas, *mon roi.*

Je suis à lui, et il est à moi.

Dès qu'il entend son nom, il m'attire contre lui, il m'écrase presque. Il se penche sur moi, et je crains que nous tombions à la renverse sur le sol mousseux. Cependant, les ombres nous enveloppent, et nous tombons entre les mondes.

Chapitre 31

Je sens sous moi l'édredon que j'ai étalé sur mon lit ce matin. Le matelas soupire autour de nous. Je plaque les mains dans son dos, le voulant contre moi. Je fléchis un genou et presse mes hanches contre lui.

Je suis gauche, maladroite, mais Eldas suit mes mouvements avec fluidité. Il réagit aux demandes de mon corps sans se faire prier. Il bouge exactement comme je le désire, et mon souffle se fait de nouveau irrégulier comme il pèse sur moi de tout son poids.

Prenant appui sur une main, il parcourt toutes mes courbes de l'autre. Je suis à lui. Il est un sculpteur travaillant le matériau de la nuit. Du bout de l'index, il dessine des constellations sur mes vêtements. Chaque point est relié à un besoin irrépressible dont j'ignorais jusque-là l'intensité.

Ses lèvres quittent les miennes, et j'ouvre les yeux comme il me mord doucement dans le cou. Eldas m'embrasse comme la créature des ténèbres qu'il est, déterminé à consommer la moindre étincelle de ma lumière. Un nouveau gémissement m'échappe, qui devient un soupir de plaisir.

—Luella.

Il grogne mon nom de son souffle brûlant et avide. Dire que je ne savais pas que mon prénom pouvait être une parfaite combinaison de sons et de caresses.

— Eldas, lui réponds-je tout aussi passionnément.

Il m'écrase, et un nouveau gémissement m'échappe.

— Je peux partir, dit-il, alors que son corps le contredit.

Il continue de m'embrasser, sa main glisse sous mon chemisier, sur mon ventre. J'avais tellement envie qu'il me touche là…

— Partez, et je vous retrouverai, je murmure, le souffle court. Laissez-moi ici, insatisfaite et pleine de désir, et je vous retrouverai, Eldas.

Ses lèvres se referment sur mon oreille, ses doigts trouvent enfin ma poitrine. Son toucher m'arrache un gémissement si fort qu'il noie ses murmures.

— Oh ! Luella, jamais je ne vous laisserais insatisfaite et pleine de désir.

Joignant le geste à la parole, il pose ses lèvres sur les miennes. Nous nous enfonçons dans le lit, et mes mains s'animent comme si elles venaient d'en recevoir la permission. Mes ongles griffent les muscles fins de son dos, tandis que sa main se referme sur mon sein.

Pendant des années, mon corps était endormi. Tel un membre revenant à la vie, mon être est parcouru de picotements et de tremblements. J'ai l'impression de le ressentir pour la première fois. Je me cambre, me colle contre lui, le suppliant sans rien dire de me toucher davantage, d'assouvir tous mes désirs.

Dévorez-moi, ai-je envie de dire, mais je ne suis capable que de geignements entrecoupés de baisers passionnés. Les ombres noires se referment autour de nous comme il retire mon chemisier. J'en profite pour lui rendre la pareille, explorant son torse avec les yeux, les mains, la bouche.

Au début, je le trouve un peu crispé. Il guette mes réactions, qui se résument pourtant à un mélange d'admiration et de désir. J'admire ses muscles dessinés par le rougeoiement de nos magies. Le petit son qu'il laisse échapper chaque fois que mes ongles frôlent ses tétons me rend folle.

Je veux y aller doucement. Je veux me dépêcher. Je veux tout d'un seul coup, mais aussi que l'horloge s'arrête pour me permettre de savourer la moindre seconde.

Je suis trop obnubilée par le goût de sa bouche pour être gênée par ma nudité grandissante. Le désir est trop fort pour que je pense à mes mains s'affairant maladroitement sur sa ceinture et son pantalon. Eldas me lâche pour m'aider, et je pousse un gémissement qui m'aurait fait honte dans d'autres circonstances.

Mais je ne doute de rien à cet instant précis. Mon monde ne se résume plus qu'à cet homme. Cet homme ? *Mon mari.*

Mari… Le mot est lisse et doux dans mon esprit, aussi érotique que ses caresses. Il me semble aussi juste et à sa place dans ma bouche que le poids de son corps sur moi. Grâce à un tour du destin auquel je ne m'attendais pas, nos vies se sont retrouvées liées à jamais.

Je passe une jambe autour de ses hanches. Eldas pèse au-dessus de moi ; ses cheveux sont une chute d'eau couleur nuit qui forme une flaque sur l'oreiller, autour de ma tête. Il cherche dans mes yeux un signe d'hésitation, il attend que je recule.

Je plonge les doigts dans sa chevelure noir corbeau et colle mes lèvres contre les siennes. Il n'y a plus que la magie et *lui.*

J'invite les deux en moi avec un soupir et une inspiration sifflante.

Eldas reste immobile et, pendant quelques secondes, il n'y a plus que nous. Il me caresse le visage et continue de me regarder, attendant mon accord. Lorsque je me sens à mon aise, je hoche à peine la tête, et Eldas se met en mouvement.

Nos corps se meuvent ensemble, infatigables. Nous sommes un chœur de halètements et de gémissements. Avant de rencontrer cet homme, j'ignorais qu'il y avait autant de nuances d'ombres. Je bouge avec elles – à travers elles –, ces ombres éthérées, éternelles, aussi incompréhensibles que l'Orée elle-même.

Nous existons au-delà du temps. Nous existons pour tous les rois et reines qui ont vécu avant nous, et le traité est plus que respecté. Le trône en séquoia et le trône de métal sont enfin réunis.

Quelque part au loin, une pendule sonne. Pour la seconde fois, je me réveille épuisée, dans le flou. Les événements de la nuit sont aussi frais dans mon esprit qu'une pluie un jour de canicule. Ils sont aussi réels que le poids du bras d'Eldas sur mon ventre.

Le halo qui entourait mon corps s'est dissipé pendant la nuit. Était-ce une réaction provoquée par le contact entre nos magies respectives ? Ou bien ma magie a-t-elle voulu me protéger contre l'éternel opposé lorsqu'il m'a prise avec une passion féroce ?

Dans un soupir quasi satisfait, je referme les paupières et lui prends la main. Il répond à mon étreinte, mais sa respiration reste régulière. Même dans son sommeil, il me désire. Comme pour le confirmer, son bras se raidit.

Je pourrais passer ma vie comme cela. Inutile de le nier. Cet homme irritable, maladroit et tellement sensible est devenu le mien. Que j'en aie eu l'intention ou non, j'ai accepté l'idée de devenir sienne.

Le souvenir de ce qui doit être fait – de ma responsabilité envers ce monde et le mien – met définitivement un terme à ma nuit. Je me glisse hors du lit, dans l'aube grise. Eldas murmure quelque chose comme j'attrape ma robe de chambre et sors de la chambre sur la pointe des pieds.

Il me retrouve quelques heures plus tard sur la terrasse surplombant le bassin et les jardins. Le journal dont il m'a offert une copie est écrit dans une langue ancienne. J'arrive à le lire, mais le lexique est bizarre et la grammaire différente, aussi mes progrès sont-ils lents. Je suis à la recherche d'informations sur la manière d'équilibrer deux mondes. Je n'arrive pas à me sortir cette idée de la tête.

Dès que j'entends la porte s'ouvrir dans mon dos, je comprends que l'espoir que j'avais de rester concentrée sur le journal de cette reine s'est évaporé comme la rosée. Torse nu, magnifique, Eldas me rejoint sous la pergola et pose devant lui un mug de thé fumant.

Il s'assied en face de moi et contemple le paysage. Je l'observe du coin de l'œil, mais il ne semble pas le remarquer. Son regard est focalisé sur la crête des montagnes. Je l'imagine arpentant les chemins qui sillonnent l'Orée, et je me demande s'il pense à tous ces jalons qu'il faut recharger.

— Merci, dit-il enfin d'une voix douce et un peu embarrassée, qui me fait monter le rouge aux joues.

— Pour cette nuit ? je demande en haussant les sourcils. Je pourrais te remercier aussi.

Il détourne les yeux, le regard distant et détendu, ouvert, tendre… Toutes ces émotions dont je ne l'aurais pas cru capable.

— Merci de m'avoir permis de me sentir moins seul. De m'avoir montré toutes ces superbes facettes de ta personne. De m'avoir donné quelque chose que je ne mérite pas, mais que je chérirai à jamais. Et je ne parle pas uniquement de cette nuit, mais du temps que nous avons passé ensemble jusqu'ici.

Lorsqu'il focalise de nouveau son regard sur moi, je ne sais pas comment réagir. Mon cœur a tellement enflé qu'il pousse douloureusement contre les parois de ma cage thoracique. Je me mords la lèvre pour m'empêcher de dire quelque chose d'idiot.

Le monde n'a pas changé. Il est le même. Mes peurs, mes devoirs continuent de s'opposer aux siens. Et pourtant, la situation semble avoir évolué un peu, comme si nous avions emboîté deux pièces d'un puzzle.

— Je devrais te remercier aussi. La soirée a été exceptionnelle. (Je prends la tisane fumante et la porte à mes lèvres. Je reconnais la moitié des plantes à l'odeur, l'autre à leur goût.) C'est excellent, dis-je alors qu'il s'apprêtait à prendre la parole. C'est toi, l'auteur de ce mélange ?

— J'aimerais pouvoir te répondre oui. (Il sourit, et la gêne que nous aurions pu ressentir au lendemain de notre première nuit ensemble se dissipe comme la brume matinale.) Je suis sûr que tu me démasquerais tout de suite si je te mentais.

— Tu aurais pu me cacher ta main verte et une affinité pour les plantes. Jusqu'à peu, j'ignorais que tu savais cuisiner.

— Crois-moi, si j'avais cette affinité, je m'en serais vanté pour m'attirer ta sympathie, glousse-t-il. Non, c'est ce qu'il reste d'un mélange préparé par Alice.

— Ah ! (J'examine le liquide beige. Menthe, zeste de citron vert, fraise séchée, feuilles de thé blanc séchées au soleil dansent sur mes papilles.) Cette tisane a un goût d'été.

— Elle en buvait effectivement à cette période-là de l'année. Vous vous seriez bien entendues, toutes les deux.

— J'aurais aimé la rencontrer, dis-je en prenant une nouvelle gorgée de tisane. (Le goût a subitement quelque chose de triste et de nostalgique.) J'aurais eu tant de questions à lui poser.

— Pose-les-moi, propose-t-il en faisant glisser ses doigts agiles autour de son mug, ravivant en moi des souvenirs de notre nuit ensemble.

Je m'agite nerveusement sur ma chaise.

— À ce stade, il s'agirait surtout de questions concernant ma magie.

— Je vois. (Il s'interrompt.) *À ce stade ?*

J'avale une autre gorgée pour ne pas avoir à répondre tout de suite. Il me faut choisir mes mots avec soin.

— Au début, je lui aurais sans doute demandé comment les reines du passé s'accommodaient de cette situation. Pourquoi personne n'a eu l'idée de trouver une… solution.

— Une porte de sortie, tu veux dire.

Les mots sont neutres, mais il y a de la glace dans sa voix. Je comprends qu'il est blessé. De son point de vue, je le fuis, je le condamne comme tant d'autres à l'isolement. Il avise le journal sur la table, l'accusant presque de vouloir m'arracher à lui.

— Une façon de renforcer le Midscape, je précise.

C'est la raison d'être de ma mission. Assurer la sécurité du Midscape. Il s'agit d'aider tout le monde ici et, accessoirement, de déterminer si mes sentiments pour Eldas sont réels, ou s'ils sont le fruit de notre proximité physique et de la nécessité.

Aimer, c'est choisir, ai-je dit à Luke il y a une éternité de cela. Cela n'a jamais été aussi vrai. Je ne peux pas être certaine de ce que je ressens pour Eldas si je ne le choisis pas librement.

— Tu ne te poses plus ces questions ? me demande-t-il en me regardant à travers de longs cils noirs.

— Non. Cet endroit est paradisiaque, reprends-je en désignant le jardin d'un geste du bras. Et la serre, au château, a de quoi occuper entre deux séjours ici.

— Je vois.

Est-ce de la déception, dans sa voix ?

— En plus… (Dès que je reprends la parole, Eldas me scrute d'un regard intense. Je n'aurais rien dû dire. L'espoir éclaire son visage plus que le soleil, plus que l'aura de magie qui enveloppait mon corps lorsque nous faisions l'amour.) Je comprends comment certaines reines ont pu s'attacher à leur roi.

Je m'efforce de lui adresser un sourire coquin et d'accentuer le verbe « s'attacher ». Non pas « tomber amoureuse ». Il est trop tôt pour cela. Qu'arriverait-il si je réussissais ma mission, si je rentrais chez moi pour découvrir que ma boutique et mes patients m'empêchent de quitter Capton ? Et si l'Orée effaçait mes sentiments au moment de mon retour dans le Monde naturel ? Et s'il comptait vraiment pour moi, mais que j'étais incapable de quitter ma boutique ?

Il serait anéanti, et c'est un risque que je refuse de courir. Mieux vaut qu'il croie que nous nous sommes contentés de nous amuser. Pour ce qui est de me protéger, il est trop tard, mais je suis prête à assumer les conséquences de mes actes. Mais lui ? Peut-être est-il encore temps de le préserver.

Bien sûr, je pars du principe qu'il ressent quelque chose pour moi. Le fait qu'il n'ait pas couché avec Rinni ne signifie pas qu'il n'a pas connu d'autres femmes. Son habileté au lit, hier soir, semble trahir une expérience plus riche que la mienne. Même s'il est vrai que, n'ayant jamais connu d'homme avant lui, il m'est difficile de comparer…

J'écarte cette pensée de mon esprit. Je refuse de l'imaginer avec une autre femme, et je n'imagine pas que les sentiments qui ont menacé de me brûler vive la nuit dernière n'étaient pas réciproques. Pour le moment, nous tâcherons de fermer les yeux sur les inconnues de cette équation, ainsi que sur le fait que nos jours ensemble sont comptés. Ce sera plus sûr pour nos cœurs respectifs.

Eldas glousse, inconscient de mes inquiétudes au sujet de notre futur.

— Dites-moi, ma reine, ai-je mérité que vous vous *attachiez* à moi ? demande-t-il, joueur, d'un ton faussement neutre. Car si vous n'êtes pas satisfaite de ma performance, nous pouvons nous rattraper tout de suite.

Il se lèche les lèvres, ce qui me fait trembler.

— Vous me connaissez, quand je m'intéresse à un sujet, j'aime aller au fond des choses, réponds-je. J'aurais besoin de plus de données pour me prononcer.

Il lâche un grondement grave avant de m'attraper le visage et de presser ses lèvres contre les miennes. Il m'attire sur ses genoux, et je me laisse faire. Mon corps un peu raide proteste un peu, mais obtempère. Je m'assieds à califourchon sur lui.

Je lui mords la lèvre inférieure, lui arrachant un gémissement délicieux à mes oreilles. Il se lève en me soulevant. J'enroule mes jambes autour de sa taille. D'un geste de la main et d'une décharge de magie bleue, il fait disparaître les deux mugs. Je le remarque à peine comme mon dos heurte la petite table.

Il s'affaire sur la ceinture de ma robe de chambre, tandis que mes doigts s'activent sur son pantalon avec une ferveur comparable. *Pourquoi nous sommes-nous rhabillés ?* Comme si nous ne savions pas comment cela se terminerait...

Nous sommes nus, et Eldas ne perd pas de temps. Je pousse un cri de ravissement. Je suis emplie d'une douleur profonde et d'un sentiment de satiété intense. Mon corps est épuisé, et à la fois pressé d'accompagner ses mouvements, de sentir son toucher.

Nos gémissements et halètements résonnent dans la vallée, et nous oublions nos hontes et hésitations pour continuer de rêver à tout ce qui pourrait advenir.

Chapitre 32

Trois jours trop tôt, la voiture revient.

Nous avons préparé nos bagages la veille au soir et, sur mon insistance, les avons empilés près de la porte. Eldas ne me laisse pas aider le valet à les charger. Au moins lui avons-nous facilité la tâche en préparant les sacs.

Comme le valet commence à charger les bagages, je retourne dans la cuisine, me déplaçant comme le fantôme d'une reine oubliée. Un des nombreux fantômes à avoir flotté dans ce monde et joui de ses plaisirs avant de disparaître. Je croise les bras et serre mes coudes en admirant le bassin, en me rappelant comment Eldas y a nagé la veille. Son corps parfait et délicieusement nu luisant au soleil. Tellement appétissant que j'ai dû le goûter.

— Est-ce que ça va ? me demande-t-il doucement.

Je ne l'ai même pas entendu arriver dans mon dos.

— Je préférerais ne pas avoir à partir.

Ses mains légères se posent sur mes hanches. Il se colle contre moi et m'embrasse dans le cou.

— Le devoir nous appelle, mais nous pourrions revenir après avoir vu mon frère, propose-t-il. (Il s'interrompt, me serre plus fort et ajoute solennellement :) Et après que tu as rechargé le trône.

L'atmosphère se rafraîchit déjà autour de nous. Grâce à la magie naturelle flottant dans cet endroit, j'ai recouvré mes forces. Je ne me suis pas sentie aussi bien depuis des semaines, aussi suis-je pressée de revenir au plus vite. C'était un rêve extraordinaire, mais comme tous les rêves, il doit se terminer. Il reste du pain sur la planche et un cycle vieux de trois mille ans à briser. Je secoue la tête.

— Nous serons trop près du couronnement, à ce moment-là.

Trop proche du moment où je serais définitivement liée à ce monde, où la poursuite de la vérité deviendrait irréalisable. Après le couronnement, il n'y aurait pas de retour en arrière possible, et je n'aurai plus l'occasion d'explorer librement les sentiments que j'ai pour Eldas.

— Nous devrions rentrer à Quinnar pour continuer à chercher un moyen de stopper le cycle.

— Le temps est implacable, marmonne-t-il. Je ne puis qu'être d'accord avec toi. Raison pour laquelle j'ai considéré ce séjour comme une parenthèse, un rêve. L'aube est cruelle, cependant, et je me demande si je vivrai d'autres matinées aussi belles.

— Merci de m'avoir conduite ici, de m'avoir montré tout cela, de m'avoir permis de trouver le repos…

— Je ne t'ai pas vraiment laissée te reposer…

Je ne peux pas m'empêcher de l'embrasser.

— Merci pour tout, je chuchote devant son visage.

— On dirait que tu t'es bien amusée, dit-il d'un ton ravi et sensuel.

Il sait pertinemment que je me suis follement amusée et qu'il est la source principale de cet amusement.

— Oui, assez bien, je confirme dans un sourire en coin.

— Assez bien ? proteste-t-il en me lâchant.

— La prochaine fois, tu te donneras un peu plus de mal.

Je le regarde par-dessus mon épaule, et c'est son tour de me rattraper pour dévorer mon sourire aguicheur. Notre baiser est tellement passionné qu'Eldas se retient de me plaquer contre le mur. Il se prolonge néanmoins et déborde d'un désir plus profond que toutes les émotions que j'ai connues jusque-là.

— Ne me provoque pas, grogne-t-il en me mordant la lèvre. Ou je pourrais dépasser tes attentes.

— C'est peut-être ce que je souhaite.

— Je n'en doute pas, mais es-tu certaine d'être prête ?

Je le regarde avec détermination et frissonne de ravissement. Cet homme est la sensualité incarnée, un véritable rêve. L'intervention du valet nous empêche de nous abandonner à notre instinct primaire.

— Vos Majestés.

Il s'incline en regardant le sol. Eldas fait un pas en arrière, mais sa main reste sur ma hanche. Il n'a pas peur de me toucher devant les gens, ce qui, je l'avoue, me plaît.

— La voiture est prête, nous informe l'homme.

— Ne perdons pas de temps, déclare Eldas.

Un accès de nostalgie comprime les muscles de ma poitrine comme je quitte la maison. J'imagine la vigne s'agitant et s'étirant vers moi comme les mains d'un enfant. La terre elle-même m'appelle dans un murmure que je ne peux entendre mais que je sens. Il résonne à travers mes pieds.

Lançant un dernier regard à l'oasis de la reine perdue dans un désert de magie sauvage et de châteaux gris, je monte dans la voiture.

Nous ne parlons pas pendant la majeure partie du trajet. Ce silence est un compagnon confortable, un ami rencontré une nuit, alors que nous étions couverts de transpiration, épuisés et satisfaits. Un ami que nous connaissons bien, désormais. Le journal d'Eldas est de retour sur ses genoux, et nous passons le gros du voyage vers Westwatch à écrire et à lire. Je peux enfin profiter de plusieurs heures de lecture ininterrompue sans être trop distraite par sa présence.

— Oh ! je lâche, les yeux rivés sur ma page.

Je sais qui a écrit ce journal ! Mon cœur s'emballe. Mon obstination est enfin récompensée. Ce journal attendait sur ce vieux bureau que je le trouve.

Je tiens entre mes mains le journal intime de la toute première Reine humaine.

— Nous y sommes, dit Eldas d'un ton affirmatif.

Il a mal interprété mon exclamation. Je relève la tête pour lui expliquer, mais je suis distraite comme la voiture s'engage sur un large pont-levis. Eldas désigne une muraille qui s'élève très haut vers le ciel et se déroule jusqu'à l'horizon, à l'est et à l'ouest.

— Notre frontière, dit-il. Mon arrière-arrière-grand-père a fait ériger cette muraille pour empêcher les guerres intestines des Faés et autres agitateurs de se propager sur les terres elfiques. Et là, il y a la rivière, la protection supplémentaire dont je t'ai parlé.

— Les Faés sont démasqués lorsqu'ils entrent en contact avec de l'eau, n'est-ce pas ?

Il hoche la tête.

Parler des Faés me fait penser à cette fameuse journée, en ville. Je réprime un frisson et me concentre sur Harrow et le Semblant. Je ne me suis absentée que quelques jours, qui me font l'effet d'une éternité.

— Harrow sera là ?

— Oui, et notre mère aussi, vu que c'est une visite familiale, semble s'excuser Eldas.

— Si elle est polie, je le serai aussi.

Je sais depuis bien longtemps qu'on ne peut pas être apprécié de tout le monde. Bien sûr, j'aurais préféré que la mère d'Eldas – surtout elle – m'apprécie, mais je devine que sa haine est dirigée vers Alice et non vers moi, du fait de la relation qu'entretenait son époux avec cette dernière. Dans le meilleur des cas, elle finira par m'accepter si je reste – ou plutôt si je reviens – ici. Pour le moment, cependant, je préfère ne pas penser à Sevenna.

— Nous verrons, conclut Eldas, pessimiste.

Derrière le cours d'eau, s'étire l'arc de la ville. Une ville qui, à défaut de pouvoir s'étendre, s'est élevée. Je reconnais l'architecture familière de Quinnar dans les hauts immeubles en pierre grise. Au centre se dresse un donjon massif, dont la base est percée d'un tunnel très bien gardé, seul point d'accès au territoire des Faés, je suppose.

Nous descendons de la voiture, et une foule de serviteurs nous saluent en s'inclinant. Je marche à côté d'Eldas en ajustant ma jupe. Je regrette qu'il ne m'ait pas conseillé de revêtir quelque chose de plus formel. N'est-ce pas la raison pour laquelle nous avons apporté tant de bagages ? Je voulais l'habituer à mes vêtements décontractés, et il semblerait que j'aie réussi au-delà de mes espérances.

Drestin, le frère d'Eldas, est à part dans la fratrie. Il n'a pas hérité des cheveux noirs de leur mère ; il est juste châtain foncé, comme leur père, sans doute. Sa coupe est encore plus courte que celle de Harrow, comme il sied à un soldat.

Son épouse, Carcina, donne l'impression de pouvoir accoucher à tout moment. Comme ils nous accompagnent à nos appartements, elle se tient le ventre et s'excuse de ne pouvoir s'incliner, ni faire la révérence comme elle le devrait. Je lui dis de ne pas s'en faire, mais elle n'en est que plus gênée, semble-t-il.

— Que penses-tu d'eux ? me demande Eldas dès que nous sommes seuls.

— Ils sont agréables, réponds-je sincèrement.

— Oui, ils sont charmants.

— Puis-je poser une question à leur sujet ?

Je retire ma cape de voyage et la pose sur un fauteuil, près de la cheminée.

— Bien sûr.

— Carcina est la femme de Drestin ?

— Oui ?

— Elle est la mère de son enfant ? je l'interroge timidement.

— Pourquoi ne le serait-elle pas ?

— Eh bien… (Je ne sais pas pourquoi je tourne autour du pot. Je m'éclaircis la voix et je reprends :) Je sais que la Reine humaine n'était pas ta mère. Je sais que les rois elfes ont l'habitude d'avoir des maîtresses. Je sais que les Elfes respectent leurs traditions, mais j'avoue ne pas avoir encore compris comment les seigneurs elfes engendraient leurs héritiers.

— Ah ! Nous n'avons pas encore eu l'occasion de parler de ce sujet.

Un sujet que je n'étais vraiment pas prête à aborder à mon arrivée, lorsque la seule idée d'avoir une relation intime avec Eldas m'était insupportable. Mais à présent…

— Attention, je ne parlais pas de nous…, je me hâte d'ajouter.

— Non, non, c'est une question tout à fait pertinente, me rassure-t-il en riant. (Il déboutonne son manteau, me distrayant momentanément avec les mouvements élégants de ses doigts.) Le roi des Elfes a le droit d'avoir des maîtresses, et la reine des amants. La tradition veut que l'héritier naisse d'une mère elfe – comme ma mère – afin de ne pas diluer le sang elfique et de garantir une connexion profonde avec le Voile.

— Je vois… (Je rumine un peu.) Il n'y a donc jamais eu d'enfant né du roi des Elfes et de la Reine humaine ?

— Jamais.

— Et c'est la tradition ? je demande dans un sourire en coin.

Je me promène dans les appartements, m'arrête dans la chambre, où il n'y a qu'un lit.

— Oui, je me suis dit que ce serait mieux ! explique Eldas d'un ton espiègle. (Il s'appuie contre le montant de la porte, sa tunique argentée tombant comme du métal liquide sur ses épaules musclées.) Mon frère m'a proposé des chambres séparées, mais…

— Sûrement pas ! je proteste en jouant l'outrage. Ce serait un dérangement supplémentaire pour eux.

— C'est ce que je me suis dit aussi.

Il glousse et fait glisser ses mains sur ma taille, m'attirant contre son corps ferme.

— Je préfère quand même te dire que je vais avoir un peu de travail ce soir, le préviens-je en sortant le journal de la poche de mon manteau.

Eldas ne m'écoute pas. Il écarte le journal et me soulève le menton.

— Je comprends bien, mais il est encore tôt, chuchote-t-il sur mes lèvres. Ce qui veut dire que j'ai largement le temps de te déconcentrer.

Je frissonne, mon corps répondant au sien, oubliant le journal. Je suis impuissante, et il fait de moi ce qu'il veut, me caressant la taille, prenant mes seins à travers mes vêtements. Ma respiration devient saccadée, et il plaque sa bouche contre la mienne.

J'ai besoin de lui dire tellement de choses. Il y a tant de travail à faire, tant de sujets de préoccupation. Ce journal est la clé que nous cherchions. Cependant, ses caresses, comme il m'entraîne vers le lit, chassent toute idée de départ.

Sous ses mains si douces, les couleurs de la chambre se brouillent et se mêlent. À la fin, il ne reste plus que lui. Nous basculons sur l'édredon et passons l'après-midi seuls, loin du monde extérieur.

— Harrow et Mère devraient déjà être là, dit Drestin en se tournant vers la vieille pendule coincée entre des rayonnages chargés de livres dans le salon où nous prenons un verre avant le dîner.

— La pluie les a peut-être retardés, répond Eldas, dont la silhouette se découpe sur la toile de fond orangée de la cheminée.

À l'extérieur, la pluie martèle les fenêtres.

— Ce n'est pas la pluie. Je soupçonne plutôt les pitreries de Harrow. Même à Westwatch, on parle du jeune prince. Je suis certain qu'il est responsable de ce retard. (Drestin avale une longue gorgée de sa boisson, tandis que je n'ai pas touché la mienne.) Il nous faut en finir, le marier et lui donner des terres. Il est grand temps qu'il ait des responsabilités.

— Il n'est pas prêt.

— Je n'étais pas prêt non plus lorsque vous m'avez donné Westwatch ; je n'avais qu'un an de plus que lui aujourd'hui, et c'est la meilleure chose qui me soit arrivée. (Drestin tourne son regard scintillant vers Carcina, assise sur le canapé à côté de moi et bien plus à l'aise que lors de notre première rencontre.) À part vous, bien sûr, lui dit-il.

— Inutile de me flatter. Je sais bien que vous aviez l'obligation de vous marier, ajoute Carcina dans un sourire joueur.

— Certes. Pardonnez-moi. Vous n'êtes rien pour moi. Juste la mère de mon enfant, le soleil de ma vie, une déesse parmi les femmes. Mais, comme vous le dites si bien, je n'avais pas le choix.

Drestin plaisante. Nos regards se croisent furtivement, et je suis heureuse de voir de l'amour sincère dans ses yeux. Le contact a été très bref, mais je sais qu'il pense aussi à Eldas et moi.

Un mariage forcé, renforcé par un amour véritable et inattendu… Je bois un peu pour ne pas dire une bêtise. J'ignore si Eldas est conscient de ces non-dits. En tout cas, il ne fait pas de commentaire.

— Nous devrions dîner, suggère-t-il en regardant de nouveau la pendule. Carcina, vous ne devriez pas jeûner si longtemps.

— Ne vous en faites pas pour moi, répond sa belle-sœur en se tapotant le ventre. Et puis, si le bébé a faim, il n'a qu'à s'inviter à notre table, s'amuse-t-elle. J'ai vraiment hâte que cela se termine.

— À ce stade de votre grossesse, c'est bien normal, interviens-je avant de poursuivre sous son regard quelque peu interrogateur. À Capton, dans mon monde… (Je précise dans le cas où ils ne sauraient pas vraiment ce qu'il y a derrière l'Orée.)… j'ai étudié à l'académie qui forme les herboristes. Je n'étais pas spécialisée en accouchements, mais j'ai collaboré avec des sages-femmes. Il existe nombre de baumes et de potions susceptibles de vous soulager. Je pense aux pieds gonflés ou aux douleurs de dos…

J'ai remarqué qu'elle souffrait des deux lorsqu'elle nous a accompagnés à nos appartements.

— Peut-être pourriez-vous partager ces connaissances avec mes guérisseurs. Toute aide serait la bienvenue.

— Si vous disposez des ingrédients nécessaires, je peux vous préparer ces remèdes moi-même.

— Votre Majesté…

— Appelez-moi Luella, j'y tiens.

— Luella… je ne voudrais surtout pas abuser.

— Au contraire, cela me ferait plaisir, réponds-je avec enthousiasme.

— Mieux vaut ne pas la contredire lorsqu'elle a décidé quelque chose, les prévient Eldas en souriant.

Il y a peu, venir en aide à autrui n'était pas digne d'une reine ; désormais, cela coule de source.

— Dans ce cas, je vous montrerai le laboratoire du guérisseur après le dîner, propose Carcina en posant la main sur la mienne. Merci, Luella.

— Il n'y a pas de quoi.

Le dîner se déroule dans l'intimité. Comme Harrow et Sevenna ne sont pas arrivés, nous nous installons dans une salle à manger plus modeste que celle que j'ai aperçue sur le chemin du salon. Ce repas me rappelle notre premier dîner, à Eldas et moi.

Normalement, ces souvenirs réveillent systématiquement des images et fantasmes d'Eldas me plaquant contre la cheminée. Pas ce soir, cependant. Je ne peux pas m'empêcher de me demander pourquoi Harrow n'est pas arrivé.

En revanche, je me félicite de l'absence de Sevenna, d'autant plus que cela me donne l'occasion d'apprendre à connaître Carcina et Drestin. Et à eux de me découvrir sans l'influence néfaste de Sevenna.

Après le dîner, les hommes décident de boire un dernier verre, tandis que Carcina et moi filons vers le laboratoire de Westwatch et les jardins. Les frères ont beaucoup de choses à se dire, et moi, j'ai envie de découvrir ce que renferment les réserves du laboratoire. Comme nous n'avons toujours aucune nouvelle de Harrow, je commence à être paranoïaque.

Il se passe quelque chose de bizarre, je le sens dans l'atmosphère.

— Nous y sommes.

Carcina allume les lumières de la pièce d'un geste de la main et d'un éclair de son regard. La magie sauvage est parfaitement illogique, et j'avoue que cela me rend un peu envieuse.

Le laboratoire est similaire à celui de Quinnar. Au lieu de s'ouvrir sur une serre, toutefois, il donne sur un jardin en terrasses surplombant la ville. La disposition est différente, mais un examen rapide des lieux me permet de déterminer où les guérisseurs locaux rangent leurs ingrédients.

— Je pense que nous trouverons tout ce dont nous avons besoin, dis-je en reniflant un placard. Je pourrai vous apporter les remèdes dans la matinée.

— Je n'ai pas très envie de vous laisser ici toute seule.

— Nous courons un danger ? ne puis-je m'empêcher de demander.

— Nous avons renforcé la sécurité en prévision de votre visite, annonce-t-elle fièrement.

— Alors tout ira bien. Je suis habituée à travailler seule. Dans ma boutique, je suis seule aussi. Je préfère travailler très tôt le matin quand personne n'est là pour me déranger.

— Votre boutique ?

— J'ai ouvert une boutique après l'académie.

Ce passé récent me donne l'impression d'être très ancien. La traversée de l'Orée a déformé ma notion du temps. Sans doute s'écoule-t-il plus vite dans le Midscape car j'ai du mal à me rappeler mes comptoirs usés et mes bols grossièrement taillés. J'ai l'impression d'avoir toujours vécu ici, et cela me terrifie. Je dois vraiment rentrer à la maison. Je ne saurai pas qui je suis vraiment, ni ce que je ressens si je ne rentre pas à Capton.

— Je vois.

Elle est manifestement étonnée, mais accepte mon explication comme si de rien n'était.

— Si cela ne vous dérange pas de me laisser travailler seule dans le laboratoire de vos guérisseurs, je peux m'y mettre tout de suite. Vous avez besoin de prendre du repos.

— Cet enfant n'est pas né qu'il puise déjà dans mes réserves d'énergie et de patience, avoue-t-elle en bâillant, une façon pour son corps de confirmer ce que je pense.

— Allez vous coucher. Tout sera prêt pour le petit déjeuner.

— Merci encore, Luella. (Elle commence à s'éloigner, puis se fige.) Je ne savais pas à quoi m'attendre en recevant la Reine humaine. J'étais nerveuse, c'est vrai, mais je suis très heureuse que ce soit vous.

Carcina s'en va sans me laisser le temps de trouver une réponse appropriée.

Je me lance dans le travail et tente de mettre à profit la nervosité qui anime mes mains. Elle est le fruit d'un sentiment de culpabilité. Mais pourquoi me sentirais-je coupable ?

Parce que je vais partir.

Je fronce les sourcils en contemplant le liquide bouillonnant dans un petit chaudron. Je n'ai aucune raison de me sentir coupable. Je fais ce qui doit être fait pour nos mondes et pour nous. En effet, jamais je ne pourrai rester avec Eldas et être heureuse si je n'ai pas la certitude d'être là de mon plein gré.

— Les potions marchent mieux lorsque tu les regardes avec cet air ?

La voix d'Eldas interrompt le train de mes pensées. Je sursaute et lui fais face. Il est appuyé contre une table, les bras croisés, l'air satisfait.

— Tu es là depuis longtemps ?

— Disons que j'ai eu le temps de te voir à l'œuvre.

Je devais vraiment être perdue dans mes pensées pour ne pas l'avoir entendu entrer.

— Et c'est un sacré spectacle, ajoute-t-il.

— C’est-à-dire ?

J’essaie de déterminer quelles émotions flottent dans les bassins bleus de ses yeux. De l’admiration, une note de tristesse, du désir, de la résignation ?

— Tu es née pour ce travail.

— Tu m’as déjà vue travailler, lui fais-je remarquer en caressant le couvercle d’un bocal, que je range dans la foulée.

— C’est vrai, mais c’est la première fois que je regarde, que je suis attentif, explique-t-il avec une pointe de tristesse. Luella… si nous ne parvenons pas à briser le cercle avant le couronnement… je ferai tout ce que je peux pour t’aider à affronter le trône. Je te donnerai tout ce dont tu auras besoin. Peut-être même pourrons-nous te faire travailler comme guérisseuse à Quinnar. Peut-être que – tout en appartenant au Midscape – tu pourras visiter Capton plus souvent que les reines du passé…

Mon estomac se tord, et lorsque je lui parle, je suis incapable de le regarder. Je sais qu’il essaie de m’aider, mais cette conversation fait remonter l’écheveau d’émotions qui me tourmente lorsque je pense à ma vie d’avant, à ma vie d’aujourd’hui et à ce qui m’attend.

— Ce serait tout sauf conventionnel pour une reine, non ?

— Les conventions changent aussi. J’ai lu les journaux, tout comme toi. Tu n’es pas la première reine à refuser de te contenter de rester assise sur le trône en séquoia. Aider les guérisseurs n’était pas suffisant. Pour les reines du passé, il est trop tard, mais pour toi et pour les reines futures… (Il se passe la main dans les cheveux et regarde ailleurs. Je le vois du coin de l’œil.) Enfin, s’il y a des reines futures.

— À ce propos…, je reprends en m'appuyant contre un plan de travail. Il faut que je te parle de quelque chose.

— Oui ?

Il est étonné par mon changement de ton subit.

— Le journal que je lisais… J'ai découvert qui l'avait écrit.

— Je t'écoute ?

— La reine Lilian.

— Lilian…, murmure-t-il. (Il connaît ce nom depuis sa plus tendre enfance.) La première reine…

Je hoche la tête. Il sait ce que je vais dire.

— Je crois savoir comment les saisons, le trône en séquoia et la magie de la reine sont liés. Je crois comprendre ce que la première reine et le roi ont fait, et comment cela fonctionne. (C'est une grande découverte. Je devrais être plus heureuse. Et pourtant, c'est avec crainte que je regarde Eldas se redresser. Il n'y a pas de retour en arrière possible.) J'ai besoin de lire davantage, de faire des recherches, bien sûr. Le fait que je sache comment l'Orée a été créée et comment les saisons se succèdent ne garantit pas que je puisse faire quelque chose, mais…

Eldas me prend par les épaules. Il arbore un sourire radieux et un regard tellement triste.

— C'est excellent. Si quelqu'un peut comprendre, c'est bien toi. Je le savais depuis le début, et maintenant, tu as ce dont tu avais besoin.

— Je sais, mais…

— Mais ?

Ne t'en réjouis pas, ai-je envie de lui répondre. Je ne veux pas l'entendre ne serait-ce que faire semblant de se réjouir de mon départ. Mon cœur enfle douloureusement à cette idée.

Il sourit et semble se moquer de moi. Ne souffre-t-il donc pas ? Ai-je imaginé les sentiments que je lui inspirais ?

— Eldas, que ressens-tu pour moi ? j'ose lui demander, toute petite et effrayée.

— Quoi ?

Ses mains tombent de mes épaules. Peut-être est-ce une réponse en soi.

— Que ressens-tu pour moi ? je répète avec plus de force.

— Quand tu dis…

— Est-ce que tu m'aimes ?

Il me dévisage comme si je venais de le frapper dans les côtes. Sa bouche s'ouvre et se referme plusieurs fois. Peut-être a-t-il fait les mêmes calculs et abouti au même résultat que moi, à la même conclusion, à savoir qu'il est mieux de ne pas penser à la véritable nature de nos sentiments. Pour nous deux, il est préférable de ne pas savoir.

Comme il me regarde fixement dans un silence de mort, j'ai envie que l'atmosphère épaisse m'enveloppe. Qu'elle m'emporte dans l'Orée immédiatement. Je ne supporte pas d'attendre.

S'il répond qu'il ne m'aime pas, mon cœur sera brisé. S'il dit qu'il m'aime, mon cœur se brisera lorsque – immanquablement – je finirai par partir. Et si je ne pars pas… je me demanderai si ses sentiments et les miens ont pu être manipulés par la magie ou les circonstances. S'ils étaient réels ou non. Je douterai de tout, tout le temps, et ce sera la fin de notre relation.

— Ne me réponds pas, reprends-je en secouant la tête. Ce sera mieux si tu…

— Luella, je…

Nous n'avons pas le loisir de conclure cette conversation. Drestin arrive en courant. Il est essoufflé. Son regard glisse sur moi et se rive sur Eldas.

— C'est Harrow, halète-t-il. Il y a eu une attaque.

Chapitre 33

— Une attaque ? répète Eldas, sonné.

Je suis moi aussi stupéfaite.

— Avant le dîner, j'ai envoyé des cavaliers à leur rencontre car j'étais inquiet. Ils ont retrouvé Mère dans sa voiture à l'extérieur de Westwatch. Harrow n'était pas avec elle. Apparemment, il a voulu s'arrêter à Carron avant de venir ici, et elle ne l'en a pas dissuadé. Elle n'a pas pu dire non à son petit Harrow ! Son cheval et son garde ont été retrouvés morts à l'entrée de Carron. De Harrow, il n'y avait aucun signe.

— Carron, pourquoi…

— Il voulait voir jouer Aria ! je lance. Elle m'a parlé d'une représentation à Carron avec la Troupe des Masques. Leur tournée doit durer jusqu'au couronnement. (Je regarde successivement les deux hommes.) Où se trouve Carron ?

— À une heure d'ici en longeant la muraille, répond Drestin.

— Allons-y.

— Tu devrais rester ici, me dit fermement Eldas.

— Non, je viens. Vous allez avoir besoin de moi.

J'insiste avec tant de force que j'entends presque ma voix se réverbérer dans leurs crânes épais.

Drestin nous regarde tous les deux, les sourcils haussés, l'air ahuri. Au contraire de Rinni, il n'est pas habitué à notre relation décontractée, à Eldas et moi.

—Votre Majesté…

Impitoyable, je balaie ses objections.

—Y a-t-il une porte conduisant aux terres des Faés, à Carron ?

—Non, répond Eldas.

—Il n'y a aucun moyen de franchir la muraille ?

—Non.

—À dire vrai…, commence son frère. Selon des rapports récents, la muraille aurait été affaiblie en plusieurs endroits. Des fermiers parlent d'incursions sur notre territoire, mais rien n'a été confirmé.

Je suis nerveuse, et mon esprit tourne aussi vite que mes mains. Pendant que les hommes discutent, je termine de préparer la potion. Je verse celle-ci dans un bocal, que je mets dans une sacoche en cuir décrochée d'une patère. Je les laisse un moment pour sortir dans le jardin à la recherche de quelque chose de frais pour alimenter ma magie ou prodiguer des soins d'urgence.

Malheureusement, je ne trouve pas de racine de cœur. Willow m'avait prévenue : c'est une plante très rare.

—Luella, reste…, tente Eldas comme je fais mon retour dans le laboratoire.

—Je vous l'ai déjà dit à tous les deux : je viens. (Je soutiens leurs regards céruléens et tente de leur faire comprendre par mon langage corporel que je n'ai aucune intention de négocier.) Je dispose d'informations qui pourront vous être utiles.

— Quelles informations ? demande Drestin.

— Nous perdons du temps, faites-moi confiance. (Je me tourne vers Eldas.) S'il te plaît.

Il hoche imperceptiblement la tête et me tend la main.

— Allons-y.

Mes doigts se referment sur ceux d'Eldas. Ensemble, nous entrons dans la brume noire qui s'élève de sous ses pieds et émergeons sur une route boueuse, à proximité d'une petite ville comparable à Capton. Drestin se matérialise dans un plumet de brouillard, à côté de nous. Les volutes sombres tourbillonnent dans les airs pendant quelques instants avant de se dissiper dans le vent.

Carron est adossé à la muraille, comme Drestin l'a dit. Comme à Westwatch, un pont enjambe la rivière particulièrement étroite à cet endroit. À la place des Faés, si je voulais faire entrer quelque chose en territoire elfe, c'est par là que j'essaierais de passer.

Des tentes ont été installées dans les champs à droite de la ville. Elles brillent de l'intérieur comme des lanternes colorées, faisant luire le paysage humide de pluie. Des fanions rendus petits par la distance flottent dans le vent. Des rires résonnent dans les champs.

— Allez interroger la Troupe des Masques, ordonne Eldas à son frère. Voyez s'ils cachent quelque chose.

— Et vous ?

— Je vais examiner la scène de crime.

Eldas n'attend pas que son frère réponde ; nous arpentons déjà l'Orée.

Nous émergeons un peu plus loin sur la route, devant une véritable boucherie. Un cheval gît, le ventre ouvert, les entrailles dans la boue. Son cavalier – un garde dont je ne reconnais pas le visage, mais qui porte les couleurs de Quinnar – a été presque coupé en deux.

— Des loups ? je demande, remarquant les traces de griffes.

— Non, répond Eldas, sinistre. Ce sont des griffes de Faé.

Je frissonne en repensant à la créature aux bois de cerf, dans l'allée. Les Faés peuvent donc avoir des ailes, des bois *et* des griffes. Ce sont eux qui hantaient mes cauchemars, et non les Elfes.

Eldas s'accroupit à la recherche d'indices sur l'identité de l'assassin et sur ce qui a pu arriver à Harrow. Je ne peux pas m'empêcher de regarder l'Elfe mort : ses yeux écarquillés, le sang répandu dans la boue. Quand j'arrive enfin à détacher mon regard de cette vision d'horreur, j'examine la plaine autour de la route afin de déduire le déroulement de l'attaque.

Il n'y a nulle part où se cacher, ce qui signifie que Harrow et le garde ont dû voir arriver leurs assaillants de loin. Les Faés étaient-ils masqués ? *A priori*, non.

— Eldas, il y a quelque chose de bizarre, ici.

— Mon frère a peut-être été tué ! gronde-t-il en se relevant. C'est plus que bizarre ! Il faut fouiller cette zone. Ils ne peuvent pas être très loin.

Je reste calme en le voyant furieux et paniqué. Il m'est arrivé d'être la cible de familles anéanties par la maladie d'un proche. L'inquiétude tord le cœur des hommes, les rend méconnaissables. Tôt ou tard, cependant, le bon sens reprend le dessus.

— Regarde, dis-je en montrant la route. Il a plu pendant le dîner. La magie des Faés n'aurait pas pu fonctionner. Tu m'as bien dit que l'eau compromettait leurs déguisements, non ? (Comme il se fige, puis hoche la tête, je reprends :) Par ailleurs, les empreintes auraient dû être effacées aussi. Voici les nôtres. Et puis, il y a celles-ci…

Je montre deux séries d'empreintes profondes emplies d'eau : des bottes et des pattes énormes, plus grandes que celles de Hook.

À ce propos… Je mets les doigts dans ma bouche et siffle très fort.

— Hook, aux pieds !

Le loup se matérialise en bondissant entre les ombres de la nuit. Cela fait du bien de le revoir après plusieurs jours, du bien de savoir qu'il est là quand j'ai besoin de lui. En avisant le carnage, cependant, mon Hook normalement câlin se met à gronder. Son regard est en alerte et ses oreilles sont plaquées sur sa tête.

— Hook ! Peux-tu retrouver Harrow ?

Comme à son habitude, il semble comprendre ce que je lui dis. Il s'approche des chevaux, les renifle. Comme je m'y attendais – et l'espérais –, Hook isole l'odeur de Harrow.

— À quoi penses-tu ? me demande Eldas.

— Les cadavres ont été déposés ici.

— Pourquoi ?

— Pour nous induire en erreur et nous faire perdre du temps en recherches inutiles. (Je me tourne vers Carron.) Harrow est venu voir jouer Aria. Celle-ci devait savoir qu'il viendrait. Elle aurait très bien pu prévenir les Faés en amont…

— Aria n'agirait pas contre sa famille. En faisant du mal à Harrow, elle risquerait de compromettre les chances de son père.

Cela ne suffit pas à calmer mes soupçons, que je préfère néanmoins garder pour moi.

— Il se peut qu'elle l'ait trahi sans le vouloir, en mentionnant son nom aux mauvaises personnes.

Eldas rumine cette idée, mais ne me contredit pas.

— Il faut chercher dans le village.

J'attrape fermement le sac que je porte en bandoulière, faisant tinter les pots que j'ai préparés en plus de quelques plantes. Dois-je dire à Eldas que j'appréhende de retrouver son frère dans un piètre état ? Dois-je garder le secret de Harrow ou bien est-il temps, pour son bien, de l'éventer ?

— Conduis-nous là-bas, lui dis-je.

Eldas ne répond pas, mais me prend par le bras. Je plonge ma main libre dans la fourrure de Hook, et nous arpentons tous les trois l'Orée pour émerger dans les rues boueuses de Carron. Immédiatement, la truffe du loup balaie le sol.

Il trotte en tous sens à la recherche d'une piste, qu'il finit par trouver.

— Je peux suivre Hook pendant que tu…

— Pas question que je te laisse seule, me coupe Eldas en emboîtant le pas du loup.

Le village est plongé dans le silence. Les maisons sont fermées, et tout le monde assiste à la représentation de la Troupe des Masques. Quelques lampes éclairent de l'intérieur des volets en bois, tandis que d'autres sont suspendues au coin des rues, projetant des ombres dansantes particulièrement sombres et inquiétantes dans les allées.

Ce serait le moment idéal pour attaquer un prince. Harrow a été attiré ici par Aria et, j'en ai la conviction, par l'appel du Semblant qu'elle peut lui fournir. Je l'imagine arpentant ces ruelles silencieuses, ordonnant à son garde de l'attendre le temps que la transaction se fasse en secret. J'imagine sa silhouette dans l'allée où nous conduit Hook. J'imagine de l'argent changeant de main, pendant que le garde est éventré. Le sourire sucré d'Aria, qui n'a rejoint la Troupe des Masques que dans l'unique objectif d'attirer Harrow tout près du territoire des Faés.

Le temps que Harrow comprenne, il était trop tard.

— C'est bizarre, chuchote Eldas en se déplaçant avec la grâce et la discrétion d'un chat. Harrow aurait dû être capable de résister à quelques Faés. Il jouit de la même liaison avec le Voile que Drestin et, même s'il est influençable, il est assez malin pour ne pas se laisser berner de la sorte.

— À moins qu'il ne se soit pas agi de quelques Faés.

— Avec son garde...

— Peut-être a-t-il demandé à son garde de l'attendre quelque part.

— Pourquoi aurait-il fait une chose pareille ? (Eldas s'arrête et se retourne. Mon expression doit me trahir car il plisse les yeux.) Tu sais quelque chose ?

J'en ai trop dit.

— Tout ce que je sais, c'est que nous devons retrouver Harrow.

— Tu mens ! siffle-t-il. (Son front est plissé de colère, mais son regard est blessé.) Je te connais bien. L'atmosphère se modifie autour de toi lorsque tu me caches quelque chose.

—Nous n'avons pas le temps de..., je commence en déglutissant.

—Alors, va à l'essentiel.

—Je ne peux pas. Je dois respecter la parole donnée à mon patient.

—C'est un ordre...

—Mais...

—Luella ! insiste-t-il, l'inquiétude le disputant à la frustration, dans sa voix.

—Harrow prenait du Semblant !

—Quoi ? lâche-t-il en écarquillant les yeux, où le blanc devient dominant. Comment peux-tu... ?

—Il me l'a dit, réponds-je immédiatement.

Effrayée et nerveuse, je me hâte de raconter à Eldas ce que j'ai vu dans l'allée, cet échange auquel j'ai assisté entre Aria et un complice faé. Je lui révèle aussi ce que Harrow m'a dit à propos de son addiction à une substance qu'il n'avait jamais eu l'intention d'essayer. Et je lui fais part de ma théorie : selon moi, Aria a leurré Harrow pour le faire venir jusqu'ici.

—Tout était prévu, lâche Eldas. Ils s'en sont pris à toi, ce jour-là, parce que l'occasion s'est présentée. D'où une opération un peu chaotique. L'occasion a fait le larron. La vraie cible, c'était Harrow. Les commanditaires faés savaient qu'une femme avait son oreille.

J'espère que la colère, dans ses yeux, est dirigée contre les Faés et non contre moi, mais je n'en suis pas sûre.

—Quand mon frère sera en sécurité, nous reparlerons du choix que tu as fait de me cacher tout cela.

—D'accord.

Je pourrais lui expliquer que j'ai bien essayé de concilier ma promesse et notre rapport de confiance à tous les deux, mais le moment serait mal choisi. La sécurité de Harrow est effectivement notre priorité.

Hook pousse un geignement grave, et nous nous empressons de le suivre. Le loup nous guide jusqu'à une partie éloignée et oubliée du village, où des déchets nauséabonds sont empilés contre un mur. Eldas a un mouvement de recul et se pince le nez. Il m'est arrivé de sentir des odeurs encore plus fortes produites par des plantes rares, mais celle-ci est néanmoins affreuse.

Elle n'empêche pas Hook de suivre sa piste, toutefois, et il nous entraîne vers quelques planches posées contre le mur. Hook se met à gratter le sol et à gronder. Comme Eldas et moi nous approchons, nous entendons une conversation étouffée et incompréhensible. À travers des fentes entre les planches sont visibles les parois d'un tunnel.

— Reste ici ! ordonne Eldas.

— Mais tu as besoin…

— Je n'ai pas besoin de toi. Je ne peux pas permettre qu'il t'arrive quelque chose, tu le sais bien. Si tu avais été honnête avec moi depuis le début, tout ceci ne serait peut-être pas arrivé, grogne-t-il avec une rage dont je ne l'aurais pas cru capable.

Je titube en arrière comme s'il m'avait frappée. En dépit de sa colère, je vois qu'il s'inquiète, qu'il a de la compassion pour moi, ce qui confirme que l'Eldas que j'ai appris à connaître est toujours en face de moi.

— Reste ici, cache-toi, et garde Hook avec toi. S'il t'arrive quelque chose, je serai forcé de tuer à mains nues tous les Faés.

Ne me laissant pas le temps de répondre, Eldas écarte les planches et s'engouffre dans les ténèbres. Je serre les dents. Hook émet un grondement grave en grattant le sol.

Des images d'Eldas pris dans une embuscade, blessé et ensanglanté, emplissent mon esprit. Aria devait se douter qu'il viendrait au secours de Harrow, non ? Ou bien pensaient-ils pouvoir emporter le prince loin d'ici avant que quiconque se rende compte de sa disparition ? Ces pensées tourbillonnent autour d'une vision de Harrow drogué et impuissant.

Je croise le regard doré et luminescent de Hook.

— Qu'est-ce que tu ferais, toi ? (Le loup se tourne vers le trou dans le mur.) Bon, eh bien, si tu insistes, je ne vais pas te contredire !

Je sors de ma sacoche une branche d'églantier. J'ai pris avec moi les plantes que j'ai soigneusement choisies dans les jardins de Westwatch, des végétaux sélectionnées grâce aux conseils des reines du passé. Pendant des semaines, je me suis exercée en m'aidant de leurs écrits.

Le souvenir de l'attaque dont j'ai été la victime me hante. Je n'avais pas confiance dans ma magie, à l'époque. J'avais besoin de Hook et d'Eldas. Cependant, je ne suis plus la même femme. Je sais comment utiliser mes pouvoirs et j'ai confiance dans la terre, sous mes pieds, pour me protéger.

— Allons-y.

Je désigne l'ouverture d'un mouvement de la tête, et Hook plonge dans les ténèbres sans hésiter. Je l'imite, le suivant de près. Comme nous marchons, je transfère de l'énergie de ma main vers la branche. Je l'accumule dans le cas où j'aurais besoin de produire une décharge puissante.

Le silence est rompu par un cri distant suivi d'un horrible craquement.

— Va ! j'ordonne à Hook.

Le loup fonce. Je titube dans le noir, la main frôlant la paroi grossièrement taillée. La roche mord dans la chair de ma paume, mais il n'est pas question que je m'en éloigne.

Bientôt, un arc de lumière me guide. Je distingue la silhouette de Hook, qui court toujours. La bête émerge dans le clair de lune avant moi. Des bruits de combat résonnent. Je cours de plus en plus vite.

Je n'ai encore jamais participé à une véritable bataille. J'ai appris à soigner, pas à faire mal. En très peu de temps, cependant, je me suis mariée, j'ai traversé l'Orée, couché avec un homme et aimé passionnément. J'ai connu beaucoup de premières en très peu de temps.

Je peux y arriver.

J'émerge dans une forêt. Instantanément, je note que les terres des Faés sont très différentes du royaume elfe. Des particules de magie flottent entre les arbres, baignant le décor dans une lumière bleue et verte. Des rideaux de fleurs que je ne reconnais pas tombent des hautes branches feuillues. Même la terre semble différente, sous mes pieds ; elle est plus sauvage et magique, comme j'imaginais le Midscape avant de le découvrir bel et bien.

Hook grogne, et j'entends un cri qui me ramène à la réalité. Je cours entre les arbres et me retrouve dans une clairière, une cuvette. Deux Faés gisent morts, la gorge béante. Eldas se dresse face à une bête dont les pattes ont probablement laissé les empreintes que nous avons trouvées sur la route. L'animal a la taille d'un ours, elle a de la fourrure autour de la face et des pattes, mais le reste de son corps est recouvert d'écailles à l'apparence humide, comme celles d'un serpent.

Les gémissements de Hook attirent mon attention. Le loup se trouve de l'autre côté de la clairière, où il affronte un Faé équipé de cornes de bélier. Les yeux du personnage brillent d'un éclat violet, et ses mains dansent dans les airs, tissant une magie vaporeuse. L'animal comme le Faé portent autour du cou un collier chargé de labradorite.

Je brandis ma branche, les pieds ancrés dans le sol.

Soudain, un bras s'enroule autour de moi, et la lame d'une dague se pose sur ma gorge.

— Roi Eldas ! crie Aria par-dessus mon épaule.

Mon oreille résonne. J'avais raison : c'était elle depuis le début. Je n'ai jamais autant regretté d'avoir vu juste.

— Si vous ne voulez pas sauver la vie de votre frère, peut-être que celle de votre reine vous intéresse davantage ?

Les yeux clairs d'Eldas quittent la bête pour se tourner vers nous. Une rage comme je n'en ai jamais vu déforme ses traits si beaux en une grimace de méchanceté pure. Des vagues d'ombre émanent de lui, et la présence de l'Orée se renforce grâce à sa magie.

— Lâchez-la ! gronde-t-il.

— Laissez-nous partir et promettez-nous de nous rendre les terres qui nous appartiennent ! rétorque Aria en pressant la lame contre ma gorge.

— Aria, ne fais pas ça, lance l'homme aux cornes de bélier d'une voix faible et incertaine. Tu étais censée t'enfuir.

Je reconnais une émotion que j'ai vue en Eldas à de nombreuses reprises : admiration, compassion. Je commence à rassembler les pièces du puzzle d'un plan finalement assez simple. Aria a dû tomber amoureuse d'un rebelle faé. L'amour est la seule chose qui puisse pousser une personne à agir contre ses intérêts.

— Vous compromettez les efforts diplomatiques de votre peuple, de votre famille ! (Eldas tend les bras, et des lames argentées se matérialisent dans ses mains. Il lui suffit d'une pensée pour les invoquer, du nom véritable de l'arme.) Tuez-la, et nous mourrons tous !

— Nos terres sont froides et cruelles ! s'écrie Aria. La reine ne donne de la nourriture et du gibier qu'au seul royaume elfe !

— Ce n'est pas…

Je ne peux pas terminer ma phrase. Aria me serre plus fort, et la dague mord dans ma gorge. Un filet de sang s'écoule sur le métal, goutte sur le sol.

— Silence ! De toute façon, nous n'avons plus besoin de vous. Nous connaissons un rituel qui sauvera cette terre.

La ritumancie… Willow m'a expliqué qu'il s'agissait de pratiquer des rituels pour invoquer de la magie. Je ne m'attendais pas à ce qu'Aria me fournisse la solution qui me permettra de briser le cycle. Et pourtant…

J'ai juste besoin de survivre assez longtemps pour tester ma théorie.

— Ne faites pas un pas de plus ! crie-t-elle comme Eldas se met à avancer, le regard rivé sur moi. Je vous connais, vous n'oserez pas risquer la vie de la Reine humaine !

Des gouttes de sang tombent de ma main éraflée et se mêlent à celui qui coule de ma gorge. Je souris d'un air narquois. J'ai appris très vite que mon sang pouvait être très dangereux une fois répandu dans la nature.

— Il n'osera pas, mais moi, oui, je chuchote.

La magie explose tout autour de moi avec une force comparable à celle dont j'ai été témoin ce fameux après-midi avec Harrow, dans la salle à manger. Je relâche mon emprise, et elle s'écoule dans la terre sans entraves.

Je suis comme la rouille qui se propage sur la terre. L'énergie est absorbée, parasitée, et la mort se propage autour de moi. Tout est une question d'équilibre.

La branche tombe de ma main, frémit et grandit. La vrille épineuse s'enroule autour d'Aria, qui pousse un cri. Je sens les minuscules dagues végétales s'enfoncer dans sa chair car la plante est une partie intégrante de mon corps.

Je remarque qu'aucune épine n'est tournée vers moi. Aria est enfermée dans une prison monstrueuse, entravée, mais pas morte, et je suis libre de m'éloigner d'elle, tandis que la plante lui agrippe le bras et le lui tord, éloignant la lame de ma gorge. Comme si la jeune femme n'était qu'une vulgaire marionnette. La terre craque sous mes pieds lorsque je marche. La branche continue de grandir et de me suivre, se déroulant vers la bête, que je désigne d'un index accusateur.

La créature griffue et couverte d'écailles tente de s'enfuir, mais elle ne peut échapper à ma magie. L'air se déforme comme Eldas focalise son attention sur le Faé restant. Les armes qu'il a invoquées tombent comme de la grêle sur son ennemi. Aria pousse un hurlement de terreur pure, froide et persistante.

J'abaisse la main à l'instant où la créature est emprisonnée par ma branche. Subitement, je suis vide d'énergie et je m'affaisse. Mes genoux heurtent le sol rocailleux, à présent craquelé et sec, dépourvu de toute vie. Exception faite de la branche géante et magique.

Chapitre 34

Je suis à quatre pattes. Hook se précipite vers moi et me lèche le visage. J'ai l'impression de m'être assise sur le trône en séquoia. Je tremble et j'ai mal partout. L'épuisement voile mon champ de vision.

— Vous l'avez tué ! hurle Aria. Mon amour, mon amour…

Ses mots se muent rapidement en sanglots. Je ne sais pas si elle cesse de parler ou si mon esprit refuse de l'écouter davantage, occupé qu'il est à me garder consciente.

J'ai été faite pour apporter la vie, non pas la mort. Utiliser cette dernière comme méthode pour préserver l'équilibre me coûte énormément. Des vagues de magie déferlent sur moi comme une mer agitée, tandis que je vacille. Je suis toute collante de transpiration. Mon corps essaie-t-il de se débarrasser de la sensation désagréable d'avoir stérilisé cette terre ?

— Luella…

— Je vais bien, dis-je, tandis qu'Eldas s'agenouille à côté de moi.

Je lève les yeux vers lui, puis me tourne vers Aria qui, les épines de ma branche enfoncées dans la chair, semble regarder le monde sans le voir. Jamais je ne l'aurais tuée. Je n'aurais pas pu. Je m'en remets à Eldas et à son sens de la justice.

— Occupe-toi d'elle, je me charge de Harrow.

— Je vais vous mettre tous les deux à l'abri à Westwatch, déclare-t-il. Je m'occuperai d'eux plus tard.

— Mais…

— Ils ne risquent d'aller nulle part dans les cinq prochaines minutes, explique-t-il en désignant la végétation qui nous entoure. Tu es vraiment incroyable, murmure-t-il en me prenant par le bras et les épaules.

Avec l'aide d'Eldas, je titube vers l'endroit où se trouve Harrow. Il est comme étourdi ; il a le regard brumeux, les yeux mi-clos. Eldas pince les lèvres.

— Je vais l'aider, dis-je.

— J'en suis sûr. (Eldas se penche en avant et pose la main sur son frère.) L'aider à tout prix semble être une de tes obsessions, ajoute-t-il avec une pointe d'amertume.

Les ombres s'épaississent autour de nous avant que je puisse répondre, et nous nous retrouvons aussitôt dans la lumière de l'entrée de Westwatch. Deux gardes sursautent en nous voyant nous matérialiser. Eldas aboie des ordres avant de disparaître, nous laissant, Harrow et moi. Je remarque que Hook ne nous a pas suivis, et j'espère égoïstement qu'il protégera Eldas lorsque celui-ci s'occupera d'Aria et du reste.

À ma demande, Harrow est porté jusqu'à une pièce située non loin du laboratoire. Chaque pas est plus difficile que le précédent, mais le bruit des bocaux qui s'entrechoquent dans ma sacoche me fait avancer. Harrow a besoin des potions que j'ai préparées. Entre autres.

Sevenna n'est pas présente comme je m'occupe de lui, ce qui est une bénédiction. Pendant la première heure, je peux travailler sans être gênée. Après cela, d'autres guérisseurs arrivent. L'état de Harrow est stabilisé, aussi je m'éclipse avant que Sevenna fasse son entrée.

Mes appartements sont froids et vides lorsque j'y retourne peu de temps après le lever du jour. Je regarde le lit, mais l'idée de m'y coucher sans Hook ni Eldas pour me réchauffer ne m'attire guère. Je préfère prendre un bain pour me débarrasser des souillures de la nuit, avant de m'installer sur le canapé du salon, où je m'assoupis sans le vouloir.

La moitié de la journée est passée lorsque je me réveille. J'ouvre les yeux, et je découvre Eldas. Le journal de Lilian est posé sur son genou, ouvert au milieu. En dépit de sa capacité de lecture surhumaine, j'en conclus qu'il n'a pas dormi.

— Tu es réveillée, me dit-il sans me regarder.

— On dirait bien. (Je me redresse sans me soucier des cris de protestation de mes muscles. Je pourrais facilement dormir deux jours de plus.) Comment va Harrow ?

— Ils disent que son état est stable. Les guérisseurs ont soigné la… que leur as-tu dit, au juste ? Qu'il avait de la fièvre parce qu'il était resté trop longtemps sous la pluie froide ? Il ne s'est toujours pas réveillé, toutefois, conclut-il en me regardant enfin.

— Je me suis dit que tu préférerais ne pas ébruiter cette histoire de Semblant.

— Tu te dis tellement de choses… (Il referme lentement le journal.) Tu t'es dit que je n'avais pas envie que les gens sachent pour mon frère et le Semblant.

— Et j'ai eu tort ?

— Tu t'es également dit qu'il valait mieux que je ne sois pas au courant.

— C'était sa volonté, réponds-je avec calme.

— L'opinion de mon frère, consommateur de Semblant, importe peu !

— Ce genre de choix ne m'appartient pas !

— Tu t'es dit… (Chaque fois qu'il répète cette phrase, elle sonne un peu plus comme une accusation.)… que tu pensais pouvoir gérer une situation qui te dépassait à tous les niveaux.

— Eldas…, je reprends doucement, mais fermement.

Son regard est hanté et fatigué. Le moment est mal choisi pour avoir cette conversation. Je prends une profonde inspiration et commence depuis le début :

— Je ne t'ai pas parlé du Semblant parce que je ne voulais pas trahir la confiance de Harrow. Je doute qu'il en ait fait mention à qui que ce soit, sauf peut-être à Jalic et Sirro, qui pourraient bien être les complices d'Aria. Je ne sais pas. Si je l'avais trahi, il se serait renfermé davantage et aurait gardé son secret jusqu'à la tombe. (Une tombe dans laquelle il aurait pu finir pour le moins prématurément si la nuit dernière s'était passée différemment.) J'avais peur pour lui, Eldas. Je craignais qu'en lui faisant regretter de s'être ouvert à moi, la situation s'aggrave. Je suis désolée. Je n'imaginais pas que les choses se passeraient ainsi.

Le roi pince les lèvres et se tourne vers la fenêtre. Il pose le bras sur l'accoudoir de son fauteuil et porte une main à ses lèvres comme s'il essayait physiquement de s'empêcher de dire quelque chose qu'il regretterait.

— Les Faés appartenaient à un groupe appelé les Acolytes du Bois sauvage. Vu qu'ils sont incapables de mentir, cela les rend faciles à interroger.

Rinni a déjà mentionné le nom de ce groupe. En revanche, je préfère ne pas m'appesantir sur cette histoire d'interrogatoire. Je n'ai pas envie de savoir ce qu'il entend par là.

— Aria les aidait à infiltrer la cour de son oncle. C'est ce qui leur a permis de se mêler aux dignitaires sans que le roi faé soit au courant. Dire qu'elle se promenait librement dans ma maison.

La frustration d'Eldas est tournée vers l'intérieur. On dirait qu'il se parle à lui-même.

— Qu'as-tu fait à Aria ?

Je n'ai pas forcément envie de savoir, mais j'en ai besoin.

— Nous allons l'enfermer et perdre la clé pendant quelque temps. J'aurais pu la tuer sur place, mais elle reste la nièce du roi faé. C'est à lui de décider de son sort. Ce sera un signe de bonne volonté de notre part. Nous verrons ainsi s'il considère que la relation qu'il entretient avec notre royaume est une affaire sérieuse.

L'homme va devoir juger un membre de sa propre famille, une personne aimée, et cela me fait grimacer.

— Et le reste du groupe ?

— Ceux que j'ai pu rattraper ont subi mon courroux. (Il n'y a aucun signe de remords dans sa voix. *Ils sont donc morts*. Je déglutis difficilement en essayant de ne pas le juger pour ce qu'il doit faire en tant que roi.) Avec un peu de chance, le fait que nous ayons déjoué un plan si long et complexe à mettre en place les calmera. Et puis, lorsque nous aurons brisé le cycle, ils ne pourront plus dire que la Reine humaine favorise les Elfes. Par notre action, nous aiderons tout le monde… même s'ils ne le savent pas encore.

— À ce propos, je crois savoir comment faire. Comment briser le cycle, je veux dire. (Il arque les sourcils, étonné.) Je crois que la solution est plus simple que nous l'imaginions. Il s'agit de restaurer l'équilibre entre le Midscape et le Monde naturel, comme dans le jardin de la reine. (Son regard s'éclaire à mesure que je lui explique.) Je pense qu'avec un peu de ritumancie, nous pouvons assembler les éléments nécessaires à cet équilibre. C'est assez logique car la magie de la Reine humaine ressemble plus à celle des Faés qu'à celle des Elfes… peut-être parce que les Faés sont plus proches des Dryades.

Il me semble que les Faés descendent des Dryades, qui ont également donné les humains. Je n'en suis pas si sûre, toutefois, n'ayant pas trouvé le temps d'aborder ce sujet avec Willow ces derniers temps.

— Bien, acquiesce-t-il en secouant la tête.

— Tu n'es pas content…, dis-je comme il se tourne vers le feu, derrière son fauteuil.

— Évidemment que je ne suis pas content, murmure-t-il, sinistre.

Ma poitrine se serre. Je m'attendais à ce qu'il soit en colère, pas à ce que ce soit aussi douloureux.

— Eldas, je…

— Cela aurait pu mal se finir pour Harrow. Et pour toi, ajoute-t-il en me regardant par-dessus son épaule.

— En vérité, je ne me doutais pas que la situation était aussi grave. Je pensais que ton frère était dans une mauvaise passe, c'est tout.

Je me lève lentement, attendant que le monde cesse de tourner autour de moi. Ma magie et mon corps sont épuisés tous les deux.

— Finalement, c'est une bonne chose, murmure-t-il.

— De quoi parles-tu ?

Eldas me fait face, et son expression est méconnaissable. Je n'avais pas revu son regard de glace depuis notre mariage.

— Je parle de ton départ prochain.

— Tu penses ce que tu dis ?

— Bien sûr. C'est ce que tu voulais, de toute façon. Tu avais déjà une idée sur la question, et d'après ce que j'ai lu dans ce journal, tu n'es pas très loin du but, explique-t-il en me toisant. Ce monde pourra se passer de toi, aussi pourras-tu partir. Tu seras libre de tes engagements. Aucun autre roi n'aura plus à souffrir à cause d'une Reine humaine.

— Arrête… (Chacun de ses mots m'inflige une blessure physique plus profonde que la précédente, et je m'étonne que le sol ne soit pas couvert de sang à mes pieds.) Je sais que tu es furieux… tu as de bonnes raisons de m'en vouloir, mais… Eldas, je…

— Que ressens-tu pour moi ?

Cette question, c'est à son tour de me la poser. Je m'appuie sur la chaise pour ne pas tomber, pour ne pas être écrasée par son regard.

— Tu ne m'as pas répondu quand je te l'ai demandé, lui fais-je remarquer faiblement.

— Si tu m'as posé la question, c'est que tu te doutais des sentiments que j'avais pour toi. (Il se redresse de toute sa taille.) Et toi, Luella ? Que ressens-tu pour moi ? Est-ce que tu m'aimes ?

Le moindre de mes pores, la moindre portion brute de mon essence lui crie « Oui ! ». Mais mes lèvres ne bougent pas. Elles frémissent, tandis que mes yeux me brûlent. *Oui. Réponds-lui oui, Luella.* Mais si je lui dis oui, maintenant… je douterai toujours de moi.

— Dis-moi, Luella, est-ce que tu m'aimes ? me demande-t-il d'un ton presque suppliant.

Je pince les lèvres très fort, luttant contre mon instinct. Mon esprit est en guerre contre mon cœur. Le devoir que j'ai envers Capton et le Midscape contre une réaction impulsive créée par des sentiments. Le silence est préférable pour le moment, même si Eldas n'est pas encore capable de le comprendre.

— Réponds-moi maintenant ou je fais une croix définitive sur toi.

Comment puis-je lui faire comprendre ?

— Eldas, je…

— Est-ce que tu m'aimes, oui ou non ? insiste-t-il en haussant légèrement le ton.

Je le vois se décomposer devant mon silence et mon hésitation.

— Non, évidemment que tu ne m'aimes pas… Qui le pourrait ? (Il glousse tristement en secouant la tête.) De toute façon, je m'en doutais, vu le secret que tu as choisi de garder.

— Eldas, ce n'est pas si simple.

— C'est simplissime ! (Il me transperce du regard, m'empêchant de respirer.) C'est une question simple, qui appelle une réponse tout aussi simple. Mais tes actions et tout ce que tu es incapable de verbaliser me disent ce que j'ai besoin de savoir.

— Je le voulais… Notre situation est… On ne peut pas être sûr… Je dois partir pour savoir…

Je suis incapable d'avoir une pensée cohérente. Le monde s'écroule sous mes pieds. J'entends la terre gémir et se fissurer autour de moi. *Fais-lui comprendre!* Oui, je dois lui faire comprendre. Mais alors que j'ai à tout prix besoin de lui parler, les mots me font défaut, même les plus bêtes.

—Eldas...

Il ferme la porte dans son dos. Le bruit mécanique du pêne qui s'enclenche résonne comme un tambour dans mes oreilles. Je vacille, puis me précipite vers la porte, que j'ouvre en grand. Je sais déjà ce que je vais découvrir, cependant : rien.

Il est parti.

Chapitre 35

Eldas rentre à Quinnar tout seul. Il arpente l'Orée sans un mot pour moi. J'apprends qu'il est parti par Drestin, et c'est un coup dur supplémentaire. Le trajet de retour en voiture est froid et solitaire, tout comme les salles du château qui m'attendent. Même la présence de Hook ne parvient pas à me réchauffer. Je passe ces longues heures à débattre avec moi-même sur ce que j'aurais pu, ce que j'aurais dû faire.

Lorsque le château de Quinnar est visible au loin, dominant les champs comme les sommets des montagnes, je ne sais pas trop quoi penser ni ressentir. Une part de moi est bizarrement nostalgique. Une autre préférerait se trouver n'importe où sauf à proximité de cette forteresse.

Rinni m'attend devant le tunnel d'accès.

— Que s'est-il passé ? demande-t-elle.

Je dirais même qu'elle me somme de répondre.

— Harrow…

— Je sais ce qui s'est produit avec Harrow. Je suis générale, je vous ferais remarquer. Eldas m'a parlé de cela, évidemment.

Elle me rejoint et, bras dessus, bras dessous, m'entraîne vers la porte. Hook nous emboîte le pas. Elle regarde par-dessus son épaule pour s'assurer que mon escorte ne nous suit pas et reprend à voix basse :

— Qu'est-il arrivé entre vous deux ?

— Rien du tout.

— C'est ce qu'il dit aussi, mais c'est clairement un mensonge.

— Rinni…

— J'avais commencé à voir des changements en lui. Des changements positifs. Il était devenu plus chaleureux, plus doux. C'était très encourageant pour la suite.

Nous nous arrêtons dans le vaste vestibule. Le grand escalier se dresse à l'extrémité opposée, permettant d'accéder à la galerie déserte. Sa vue me rappelle mon premier jour dans le château.

C'est incroyable, mais tout était tellement plus simple, à l'époque. Lorsque Eldas n'était rien d'autre qu'un roi. Et que je ne comprenais rien à mon rôle de reine.

— Depuis son retour, continue Rinni, il est redevenu comme avant. J'en conclus qu'il s'est passé quelque chose.

— Je ne peux pas le changer, Rinni.

Je hausse les épaules comme si le poids du monde ne pesait pas dessus. Si j'arrive à convaincre Rinni que cela ne me touche pas, alors Eldas le croira également. Et moi aussi, peut-être. Ce qui rendrait supportable ma position actuelle.

Elle cligne des yeux, surprise.

— Je ne vous demande pas de le changer ; je ne m'attendais pas à ce qu'il change, d'ailleurs. Eldas était devenu différent pour être digne d'amour, de votre amour.

Je ne veux pas entendre ces mots. Je refuse de l'écouter. Ces mots d'amour, je désirais les entendre de la bouche d'Eldas. En fait, non. C'est impossible, nous ne pouvons pas nous aimer. Pas dans ces circonstances, pas si vite.

Je ne connais rien à l'amour. Voilà pourquoi j'ai tout raté. Je n'ai d'autres choix que de revenir à ce que je comprends, à ce qui ne me fait pas souffrir : mon devoir.

— Désolée, Rinni, vous vous méprenez. Mais je n'ai pas trop le temps d'en parler. Les journées se rafraîchissent, et j'ai du pain sur la planche. Hook, tu me suis ?

Rinni me fixe du regard sans rien dire tandis que je prends la direction de mes appartements. Elle finit par me rattraper car elle doit assurer ma protection. Je n'entends plus le son de sa voix comme je m'isole pour travailler.

J'espère qu'elle finira par prendre le parti d'Eldas ; il a bien plus besoin d'elle que moi.

Je ne vois pas Eldas pendant trois jours. Le quatrième, je reçois une lettre. Quatre lignes simples et froides, rien d'autre.

« Une averse de neige est prévue demain.
Mon royaume a besoin que vous montiez sur le trône ou que vous brisiez le cycle.
Que comptez-vous faire ?
Dans combien de temps aurez-vous terminé et pourrez-vous partir ? »

Dans combien de temps pourrai-je partir ? Il veut se débarrasser de moi. Rinni avait tort : il n'a pas plus besoin d'amour que moi. Nous ne sommes pas faits pour l'amour, mais pour le travail.

Alors, je me concentre sur ma tâche.

Le cinquième jour, je suis au laboratoire avec Willow, qui ne cesse de me regarder du coin de l'œil avec inquiétude. Très vite, cela devient insupportable.

— Allez-y, posez votre question, lui dis-je sans lever les yeux de mon journal.

Mon plan est presque prêt. Il ne reste qu'une seule chose à faire. Je peux donc accorder un peu de temps à Willow. Il a toujours été gentil avec moi et n'est pour rien dans la situation.

— Que s'est-il vraiment passé à Westwatch ? (Son regard est tendre, à peine inquisiteur.) Vous n'êtes plus la même depuis votre retour.

— Rien n'a changé, réponds-je calmement.

Rien. Eldas est toujours ce roi elfe glacial. Je suis toujours obligée d'être sa Reine humaine. Ce que nous avons trouvé dans cette maison de campagne n'était qu'un rêve, un instant aussi fragile que des ailes de papillon.

— J'ai du mal à le croire, rétorque-t-il, le front plissé, en s'asseyant en face de moi. C'est à cause de ce qui est arrivé à Harrow ?

— Comment va-t-il ?

Autant faire croire à Willow que mon malaise est la conséquence de l'incident avec les Faés. Depuis notre retour, c'est lui qui s'occupe du traitement de Harrow. Le jeune prince ne s'est toujours pas réveillé. Raison de plus pour Eldas de m'en vouloir. Je ne doute pas qu'il me juge responsable de l'état dans lequel se trouve son frère, vu que j'ai été la première à le soigner.

— Il va bien, mais son état n'évolue pas, répond Willow en me tapotant la main. Je suis sûr qu'il se réveillera bientôt.

— Ouais…

Je finis de passer en revue les détails de mon plan. Deux semaines nous séparent de la cérémonie de couronnement. Je me mords la lèvre et je soupire. Il me manque encore une chose pour atteindre l'équilibre, je le sais. Mes pensées, cependant, sont éparpillées comme des graines de pissenlit dans le vent.

Une part de moi ne pense qu'à Harrow, se demande pourquoi il ne va pas mieux, pourquoi il ne s'est pas déjà réveillé. Une autre part de moi se demande si j'ai fait le bon choix, s'il y avait une autre possibilité. Et puis, il y a Eldas…

— Je vais chercher quelques ingrédients dans la serre, dis-je en m'éclipsant avant que Willow insiste.

Je suis devenue trop fragile. Je suis au bord du précipice, à deux doigts de relâcher tous les sentiments accumulés pour en partager le fardeau. Sauf que je ne peux pas. Mieux vaut faire semblant que rien de tout ceci n'existe.

Dans la serre, la chaleur est étouffante. J'inspire profondément les parfums familiers, les arômes uniques des plantes qui poussent là, la mousse, la terre, le compost que Willow accumule fastidieusement dans le fond.

— J'espère que vous vous porterez bien quand je ne serai plus là, je lance aux plantes, qui semblent bruire pour me répondre.

Je passe entre les rangées de pots à la recherche de spécimens intéressants. Il me faut quelque chose qui puisse contrebalancer la puissance du trône en séquoia. Une plante dont les racines seraient profondes dans le Monde naturel, un contrepoids au trône. J'ai brièvement songé à tailler dans le trône lui-même, mais une autre reine a eu cette idée bien avant moi, et ses lames se sont révélées incapables d'infliger la moindre égratignure à l'objet magique.

La première Reine humaine a planté quelque chose pour créer le trône, comme le montre la statue au milieu du lac, à mon avis. L'Orée et le trône ont été créés en même temps par le même processus magique, le même rituel. Mais que pourrais-je planter qui puisse égaler la puissance du trône ? Que me manque-t-il pour rétablir cet équilibre ?

Soudain, une petite plante bulbeuse attire mon attention. Je fixe des yeux la racine de cœur en clignant plusieurs fois des paupières. J'ai l'impression de la voir pour la première fois.

— La racine de cœur se rappelle, je chuchote, me souvenant des paroles de Willow.

L'espace dans lequel se retrouve ma conscience lorsque je suis assise sur le trône est là. Il est né de cette graine. Dans cet espace, j'ai ressenti la vie des reines du passé, l'énergie du monde.

Lilian a attaché un morceau d'écorce sombre – une écorce qui représente la racine de cœur et la graine à l'origine du trône en séquoia – à un collier. Ce collier, elle l'a caché dans une boîte. Un collier chargé d'une magie incompréhensible pour Eldas.

Lilian voulait que la statue la représente agenouillée. Non pas pour que les reines futures soient soumises, mais pour montrer ce qui était à l'origine de tout… et comment tout se terminerait.

— Oui, c'est bien ça.

Les deux fleurs qui ont éclos instantanément la première fois que j'ai touché la plante semblent m'adresser des clins d'œil, comme si elles se réjouissaient que j'aie enfin compris.

Avec circonspection je soulève le pot contenant la plante en apparence ordinaire. Les souvenirs fantômes qui m'ont traversée lorsque je l'ai touchée s'étirent vers moi.

Ce jour-là, j'ai vu la reine Lilian prendre la racine de cœur et la planter. Comme le montre la statue. Je le sais. Je le sens avec la moindre fibre de mon être. C'est de là qu'est sorti le trône, et c'est elle qui m'aidera à rétablir l'équilibre dans le Monde naturel.

— Avais-tu tout prévu depuis le début, Lilian ?

Une humaine ayant négocié la paix avec un roi elfe guerrier. Elle était intelligente. Elle a intentionnellement réservé la racine de cœur au Midscape. Elle a créé un déséquilibre, une porte de sortie pour une future reine. Une porte qui s'ouvrirait en des temps plus stables, lorsque la présence d'une Reine humaine ne serait plus requise. Elle a laissé des indices dans son sillage – son journal, premier d'une longue série, la statue, la racine de cœur qui se souviendrait d'elle – en espérant que quelqu'un les trouverait.

Je vais rentrer à la maison.

Retournant dans le laboratoire, je pose le pot par terre et serre Willow dans mes bras. Il se raidit, étonné, et alors qu'il s'apprête à me rendre mon étreinte, je m'éloigne.

— Merci. Merci, dis-je.

— Pardon ?

— C'est grâce à vous, grâce à la racine de cœur, grâce… Oh ! peu importe. Écoutez, j'ai besoin que vous fassiez quelque chose pour moi.

— Je suis tout ouïe, répond-il en hochant la tête.

— Prenez ça. (Je coupe une des fleurs avec soin. Il écarquille les yeux.) Faites-en un élixir pour Harrow.

La racine de cœur a toujours aidé lorsque je lui ai préparé des potions. Cette fleur sera parfaite ; elle combinera les propriétés physiques et spirituelles de la plante.

— La fleur ? Mais elle sert à…

— C'est un poison, je sais. Je n'ai pas le temps de vous expliquer pourquoi je suis convaincue qu'elle l'aidera, dis-je d'un ton de regret. S'il vous plaît, faites-moi confiance car j'ai besoin de me concentrer sur une autre tâche.

— Euh… d'accord.

Willow se met lentement au travail. Pendant ce temps, je retourne à mon plan. Je fouille le laboratoire à la recherche de tout ce que je pourrais sacrifier à l'équilibre, afin d'accélérer la propagation de la racine de cœur.

Mes mains se figent, puis projettent ma magie. Si cela fonctionne… Je rentrerai à la maison avant la tombée de la nuit. Mon excitation et mon appréhension me donnent le vertige.

Une autre pensée me traverse l'esprit. Si cela fonctionne, ce sera la dernière fois que je verrai Eldas. Mes doigts tremblent, et je déglutis difficilement.

Le cycle doit être brisé. Je me le répète fermement et me remets au travail.

Avant longtemps, je me retrouve devant la porte de la salle du trône. J'ai peu vu Rinni cette dernière semaine. Parce que j'ai passé énormément de temps dans mes appartements, notamment. Ou bien Eldas lui a-t-il parlé de moi et a-t-elle fini par prendre son parti. Quand je ne serai plus là, peut-être le roi et elle tenteront-ils de raviver leur histoire d'amour. Cette idée me donne la nausée, et je préfère me concentrer sur la racine de cœur, dans mes mains.

— Tu es en retard, me lance poliment Eldas lorsque j'entre dans la salle. Je t'ai convoquée il y a plus d'une heure.

— Je sais. (Je croise son regard, et ma poitrine se serre. Dire que ces yeux de glace étaient pleins de désir, pleins d'amour il y a encore peu de temps.) Mais cela n'a plus d'importance. Tout sera bientôt terminé.

Le cycle.

Nous.

— Tu as trouvé, alors, commente-t-il sans se départir de son masque de froideur.

— Oui, et je pars ce soir.

J'attends de voir un signe d'émotion sur son visage. Il y a bien un éclair dans ses yeux, mais je suis bien incapable de l'interpréter. Est-ce du soulagement ou du regret ? Comme je n'en sais rien, je suis sûre de prendre la bonne décision. La situation ne s'éclaircira que lorsque je serai dans un monde que je connais, un lieu compréhensible par une humaine, où j'aurai la liberté de faire du tri dans les sentiments qui m'étranglent.

— Dans ce cas, je t'aiderai à traverser l'Orée, dit-il lentement. En espérant que tu ne reviendras jamais.

Chapitre 36

Il est tellement tard que les premières lueurs de l'aube embrasent le ciel.

Seuls Willow et Rinni sont venus me voir. Eldas m'a laissée partir dans la nuit sans même me dire au revoir. À peine m'a-t-il souhaité bonne chance en me congédiant de la vaste et solitaire salle du trône. Si je réussis, le Midscape connaîtra une sécurité inédite ; son bien-être ne dépendra plus d'une seule et unique personne. Si j'échoue… Eldas viendra me chercher avant le couronnement, et personne ne saura que sa reine a essayé « de lui échapper ».

Je suis comme un morceau de charbon lentement écrasé par tout ce qui l'entoure. La question étant de savoir si je vais devenir diamant ou poussière.

Willow me regarde avec des yeux rouges et humides en reniflant.

— Je croyais que… J'ignorais que vous comptiez repartir. Pas comme ça… J'aurais aimé… j'aurais aimé…

Je le prends dans mes bras, et cette fois, il me rend mon étreinte sans hésiter.

— Ce n'est pas grave. Je regrette de n'avoir pas partagé ce secret avec vous. Mais je n'avais pas le choix.

J'ai insisté auprès d'Eldas et Rinni pour voir Willow avant mon départ; je ne pouvais pas ne pas lui dire. Il a été bien trop gentil avec moi pour que je me défile sans prévenir. Et puis, il aurait remarqué mon absence et aurait sonné l'alarme.

— Oui, ce n'est pas grave, dit-il d'une voix tremblotante. Je ne vous en veux pas… Mais j'aurais tellement aimé vous faire découvrir Quinnar et le Midscape. J'aurais voulu que vous soyez là pour les rites de printemps, les festivals de la moisson et Yule.

Mon cœur se brise un peu plus à cause de tout ce que je ne verrai jamais. Je me demande si ces fêlures disparaîtront à l'instant où je serai à Capton. La tendresse que je ressens et l'intérêt que j'ai pour ce monde magique disparaîtront-ils lorsque je ne serai plus forcée d'y résider?

— J'aurais adoré que vous me fassiez découvrir tout cela, dis-je. Et, qui sait? Peut-être que… Il se peut que mon plan tombe à l'eau. Il n'est pas exclu que je sois de retour pour le couronnement dans deux semaines.

Eldas a été très clair: deux mois et pas un jour de plus. Que je sois à Capton ou ici à ce moment-là n'y changera rien; si le cycle n'a pas été brisé, je serai de retour pour le couronnement.

Nous nous séparons, et je lui frotte les épaules. Willow a du mal à retenir ses larmes, aussi ma vue se brouille-t-elle également. Je n'imaginais pas, lorsque j'ai commencé à chercher une porte de sortie, qu'il serait si difficile de partir.

— En plus, j'ajoute en reprenant le contrôle de mon visage, dès que je serai à Capton, Poppy pourra rentrer. Vous ne serez plus débordé.

— Je me débrouillais, marmonne-t-il. (Subitement et de façon tout à fait inattendue, Willow m'enveloppe de ses bras et me serre.) Prenez soin de vous, Luella.

— Vous aussi.

Je me tourne vers Rinni. Son visage est plus déformé par l'émotion que je le pensais. Moi qui croyais devoir faire une croix sur l'amitié que nous avions commencé à forger.

— C'est une erreur, dit-elle enfin.

— Non, la lignée des reines s'affaiblit. Lilian n'imaginait pas que cela durerait si longtemps. Nous devons…

— Vous ne devriez pas le quitter, me coupe-t-elle, tandis que Willow regarde ses pieds, regrettant d'assister à cette partie de la conversation. Il vous aime, Luella.

Dans ce cas, pourquoi ne me l'a-t-il pas dit ?

Et pourquoi ne lui ai-je pas dit non plus ?

Je me force à sourire en dépit de la tristesse profonde qui prend racine dans mon cœur. Pour le moment, ses racines sont fines, arachnéennes, comme celles de la racine de cœur que j'emporte à Capton. Avec le temps, elles s'épaissiront, se nourriront de détermination ou de regrets. De détermination, j'espère.

— Certaines choses ne sont pas destinées à durer, tout simplement.

— Excuse pathétique, et vous le savez pertinemment.

— Rinni ! s'offusque Willow.

— Vous le fuyez parce que vous avez peur, parce que vous savez que c'est du sérieux. (Elle me transperce du regard, me cloue sur place.) Vous avez eu le courage de venir chez nous la tête haute. Vous avez été assez téméraire pour tenter de vous évader sans savoir ce que vous risqueriez de notre part.

Vous avez été assez forte pour affronter les Acolytes du Bois sauvage pour sauver… *Harrow!*

—Mais…

—Mais vous avez la trouille de vos vrais sentiments, m'interrompt-elle encore une fois. Pourquoi ?

—Vous ne pouvez pas comprendre, me défends-je en secouant la tête.

—Je confirme ! (Rinni me surprend en faisant un pas vers moi et en m'attrapant pour m'attirer plus près d'elle. Elle est brusque. Je la hais de se comporter de la sorte, mais je la haïrais davantage si elle ne le faisait pas.) Écoutez-moi, chuchote-t-elle. L'Orée n'obéit qu'à Eldas et sa magie. Grâce à son autorisation, vous pourrez la traverser. Une fois que vous serez chez vous, n'oubliez pas que vous avez un atout de taille : un guide. Et quand vous aurez changé d'avis, nous vous attendrons.

—Je ne…

—Maintenant, faites ce que vous avez à faire.

Rinni me pousse sous l'arche et me tourne le dos pour ne pas me voir passer dessous. Elle marche déjà vers la ville. Willow s'attarde. Son regard triste est la dernière chose que je vois avant que l'Orée m'entoure.

La magie d'Eldas est enroulée autour de mes chevilles comme je marche seule dans les ténèbres. « Je t'accorde le passage », m'a-t-il dit comme s'il m'adoubait. Sur mes épaules, j'ai l'impression de porter un manteau froid et solitaire.

Un geignement grave me fait sortir de mes réflexions.

Je m'arrête et me tourne vers sa source. Hook est perché sur un rocher. Sa fourrure se fond dans les ténèbres, et je ne vois que ses yeux. Je suis sûre que c'est bien lui, cependant.

— Viens par ici. (Je m'accroupis, et Hook bondit vers moi. Il me regarde avec tristesse, comme s'il avait compris.) Il le faut, je murmure à l'animal, dont je sais désormais qu'il est une magnifique et étrange extension d'Eldas, un animal que j'ai immédiatement aimé. Tu dois comprendre que je n'ai pas le choix. Il n'y a pas de place pour moi dans le Midscape, pas vraiment. Ce que je fais, je le fais pour nos deux mondes, pour toutes les jeunes femmes qui auraient à me succéder.

Hook geint de nouveau, et je baisse la tête. Il se rapproche, et j'enroule les bras autour de son cou. La digue que j'ai érigée devant mes larmes cède. Je sanglote dans la fourrure de Hook.

Je pleure le temps perdu. Je pleure tout ce qui aurait pu être. Je pleure les beaux souvenirs que je n'aurai pas l'occasion de construire car l'amour qui commençait à naître entre nous – j'ose le dire – était condamné par des circonstances défavorables. Je pleure le contact de sa peau sous mes doigts, ses cheveux soyeux me chatouillant, sa voix rocailleuse. Je me rends compte que même la vue de Quinnar par les fenêtres du château me manque. Et les festivals auxquels je n'assisterai jamais.

J'ignore combien de temps je passe accroupie à pleurer. Je m'arrête lorsque je n'ai plus de larmes. J'essuie mes joues avec mes paumes et me remets les idées en place. Ma respiration est toujours saccadée lorsque je me relève. Ayant fini de pleurer, ne me reste plus que ma détermination.

— Allons-y. Toi et moi. Une dernière fois.

Hook m'accompagne dans l'Orée. Les vrilles de brume qui m'entourent s'affinent, tandis qu'une forêt au crépuscule apparaît devant moi. La frontière entre mon monde et le sien devient fine comme du papier. Lorsque je la traverse, j'ai l'impression de recevoir un coup derrière la tête.

Ce qui reste de la magie d'Eldas me quitte, emportée par le vent. Comme si elle n'avait jamais été là. J'ai fait une dizaine de pas lorsqu'un geignement final me confirme que je suis désormais seule. Je m'arrête et cherche Hook dans mon dos. Il est assis en bordure de l'Orée, n'osant pas aller plus loin. Il a les oreilles et la queue basse, la tête penchée de chagrin.

— Rentre chez toi, j'ordonne faiblement. Et merci pour tout. (Hook aboie une, deux fois.) Fais attention à toi, Hook.

Un hurlement solitaire résonne dans la forêt de séquoia tachetée de soleil, comme je m'engage sur le chemin serpentant vers le temple.

Je ne regarde plus derrière moi. Mes yeux sont rivés sur le monde que je voulais tant revoir. L'atmosphère est exactement comme dans mes souvenirs : l'odeur sucrée de la tourbe, la sève de séquoia, l'iode des embruns. Le printemps touche à sa fin, et la forêt est emplie d'une vitalité que le Midscape ne connaîtra jamais. Ces parfums apaisent ma douleur, me donnent de l'énergie. La vie, la vraie, et non pas l'illusion de vie qui règne dans le Midscape.

Un Gardien balayant le parvis du temple est le premier à me voir. Il fronce les sourcils et penche la tête sur le côté, se demandant sans doute ce que fait une habitante de Capton dans la forêt profonde, à proximité de l'Orée.

— Vous… (Son balai tombe bruyamment sur les dalles de pierre, et ses épaules s'affaissent. Sa mâchoire inférieure se décroche, et il est incapable de faire une phrase entière.) Vous… Vous… Vous êtes…

— Je dois m'entretenir avec votre cheffe.

Je lève les yeux vers le sanctuaire situé dans l'ombre des montagnes qui dominent Capton. Celles-ci ont exactement la même apparence que de l'autre côté de l'Orée. Le temple se dresse là où se trouve le château, à Quinnar.

L'homme disparaît en courant, sans prononcer un mot. Il revient bientôt, non pas avec sa seule supérieure, mais avec tous les Gardiens de l'Orée. Ils sont choqués, abasourdis, comme s'ils venaient de prendre un coup sur la tête.

— Luella ? murmure la Gardienne en chef. C'est vraiment vous ?

— C'est moi, je confirme en opinant du chef. Je suis ici en mission pour le compte de nos deux mondes.

— En mission ? chuchote-t-elle d'un ton révérencieux.

Ils me regardent tous comme si j'étais une déesse marchant parmi les mortels. J'imagine que je suis la première reine à réapparaître hors de la traditionnelle visite estivale. Et sans une escorte d'Elfes.

— Puis-je traverser librement les jardins du temple ?

Certaines parties de ces jardins sont normalement réservées aux Gardiens de l'Orée.

— Bien sûr, Votre Majesté.

La Gardienne en chef s'incline, et j'entre dans le sanctuaire, ne souhaitant pas perdre de temps à expliquer qu'elle n'a pas besoin de m'appeler comme cela. En vérité, j'ignore comment les habitants de Capton devront m'appeler. Je ne sais même pas si je reste ou non.

Je m'arrête devant l'autel, à l'endroit même où Eldas et moi nous sommes tenus quelques semaines plus tôt. Il y a une éternité. Une douleur sourde palpite en moi au rythme du tambour de mon cœur, m'obligeant très vite à détourner les yeux.

Si ma théorie est fondée, si l'équilibre doit être restauré, alors le temple est l'image miroir du château de Quinnar, et ce que les Gardiens appellent le sanctuaire en est le vestibule.

Je marche comme si j'étais de retour dans le Midscape, mais à l'envers. Je progresse lentement, suivie par les Gardiens, jusqu'à arriver dans une clairière, au centre des jardins du temple. Devant moi se dresse le plus grand séquoia de la forêt.

— Le trône est la racine de cet arbre.

Une énergie similaire vrombit dans le tronc puissant. Des gouttes d'eau tombent des hautes branches feuillues.

— Je vous demande pardon ? me demande la femme en me rejoignant.

— Désolée, je vous expliquerai plus tard.

Je franchis le seuil fait de pierres et d'herbe et marche vers l'arbre.

Pour que cela fonctionne, tout devait être équilibré. Lilian avait fondé une part de sa magie sur la ritumancie, sur le placement dans le temps de certains objets et actions. Celle-ci n'était pas strictement identique à la magie de la reine, mais suffisamment proche pour faire illusion, pour que Lilian puisse en retirer un ingrédient sans qu'il y ait de conséquences.

Je m'approche du gros arbre, la contrepartie du trône dans le Monde naturel. Je m'agenouille à sa base et pose la racine de cœur sur le sol à côté de moi. Je commence à creuser avec les mains.

La terre qui a nourri cet arbre et les jeunes femmes de Capton pendant des siècles… Cette terre accueillera la première racine de cœur du Monde naturel. Je retire le collier que j'ai trouvé avec le journal de Lilian et l'enterre d'abord.

Puis je dépote soigneusement la plante et arrange ses racines autour de l'objet.

L'arbre représente le trône.

Le collier de Lilian représente l'endroit sombre où se réfugiait ma conscience.

La racine de cœur recouvre tout cela, elle restaure l'équilibre. La plante se rappelle où elle a été. Je tapote la terre pour la tasser.

Une image miroir du Midscape dans le Monde naturel. La pièce manquante, responsable du déséquilibre, enfin remise à sa place. Je m'assieds sur les talons, levant les yeux vers l'arbre avec un petit sourire. Il a suffi d'une plante, d'un collier et d'un peu de réflexion.

— Merci de m'avoir facilité la tâche, Lilian.

— Qu'avez-vous fait ? me demande la femme.

Les Gardiens m'entourent, me regardent sans comprendre. Ils ne sentent pas la magie qui commence à parcourir l'arbre. Ils ignorent que l'essence de ce monde est aspirée par ses racines et par les branches qui percent les nuages, qu'elle traverse l'Orée pour être déversée dans le Midscape.

Ils ne sont conscients de rien. Au contraire de moi. Et même si je ne retourne jamais dans le Midscape, je resterai pour toujours la dernière Reine humaine.

— C'est fini, dis-je enfin.

Chapitre 37

Pendant cinq jours, j'attends.

J'ai demandé aux Gardiens de ne pas révéler ma présence. C'est une demande douloureuse, et je passe chaque nuit à regarder par la fenêtre de la chambre qu'ils m'ont donnée les lumières scintillantes de Capton. Je réfléchis à mes choix. Comme il se peut que je me sois trompée, je préfère ne pas donner de faux espoirs à mes parents et à Capton. Ce serait trop cruel.

Je ne dors pas beaucoup. Tout est trop normal : cet endroit, ces gens… Tout le monde vit comme si de rien n'était. C'est mon monde qui a changé ces derniers mois, pas le leur. Cette prise de conscience m'empêche de dormir, et je n'arrête pas de me retourner dans un lit soudain trop petit, un lit de clous.

De ce fait, je suis éveillée lorsque le messager elfe arrive. Un Gardien frappe à ma porte, le souffle court.

— Votre Majesté ! Un messager a traversé l'Orée pour vous parler !

— Qu'a-t-il dit ? je demande en m'éloignant de la fenêtre.

— Il ne veut parler qu'à vous.

— Hâtons-nous, dans ce cas. (Je ne sais pas quoi attendre de cette interaction, mais je prends mon courage à deux mains pour demander :) Le roi elfe est-il là aussi ?

— Non, les dieux oubliés en soient remerciés, marmonne le Gardien.

Il ne s'excuse même pas. Sans doute pense-t-il que je partage son sentiment. Après tout, qui à Capton aurait envie de revoir Eldas après ce qu'il a fait la dernière fois ? J'ai moi-même mis des semaines à m'en remettre.

Le messager porte l'armure des chevaliers de Quinnar ; je crois reconnaître un des soldats qui accompagnaient Eldas, ce jour fameux et lointain. Il attend au centre du sanctuaire et semble détendu, alors que les Gardiens le fixent d'un regard circonspect. Instinctivement, je vois que certains d'entre eux agrippent leur labradorite, et je ne peux m'empêcher de sourire. Autrefois, j'étais comme eux, effrayée à la simple vue d'un Elfe.

— Votre Majesté, commence le chevalier en s'inclinant.

— Vous m'apportez des nouvelles de Quinnar ?

Des signes de mon succès ou de mon échec sont probablement apparus de l'autre côté de l'Orée. Lorsque je suis partie, le trône avait besoin d'être rechargé. Je me prépare à entendre qu'il a neigé, que ma présence est requise de l'autre côté. Que c'est un ordre d'Eldas.

— Le trône en séquoia a désormais des branches et des feuilles, dit-il. La générale Rinni me demande de vous transmettre les félicitations de notre roi. Votre travail en faveur du Monde naturel et du Midscape a porté ses fruits.

— Si c'est vrai…, intervient la cheffe des Gardiens en faisant un pas en avant et en me regardant. Ce que vous m'avez expliqué le jour de votre arrivée est donc bien la réalité ?

Ma première nuit au temple, j'ai tout raconté à la femme et à ses conseillers les plus proches. Je leur ai décrit les grandes lignes de ma mission, ainsi que la situation dans laquelle se trouvait le Midscape. Cette nuit-là, j'ai appris que Luke avait été envoyé en prison à Lanton.

—Je le crois.

Je souris pour la forme. Le monde ne brille, ni ne scintille de joie. J'ai accompli quelque chose que l'on croyait impossible. J'ai contribué à sauver deux mondes. Et pourtant… je me sens vide. Il y a un gouffre en moi qui ne peut être comblé. Rien n'est aussi lumineux et coloré que je l'espérais.

—Le roi vous informe que votre mission est terminée et vous souhaite le meilleur, reprend le chevalier. Il me reste à aller chercher Poppy…

Rien ne me semble tout à fait réel comme j'erre d'une pièce à l'autre. Je parle aux gens, je crois, mais je n'en suis pas sûre. Je remercie Poppy pour son travail, je lui demande de serrer Willow dans ses bras pour moi, et je lui dis adieu. Les Gardiens n'arrêtent pas de me poser des questions ; j'essaie de leur répondre du mieux que je peux, de leur expliquer ce qu'ils peuvent comprendre.

Le cycle est terminé. J'y ai mis un terme. Je n'aurai pas à retourner dans le Midscape. Eldas ne viendra pas me chercher.

Je devrais être contente…

Le monde recouvre toute sa netteté à l'instant où je vois ma mère dans l'entrée du sanctuaire, puis mon père. Je cours les rejoindre, les entoure tous les deux de mes bras.

C'est une étreinte maladroite, je pleure beaucoup, mais je ne me suis pas sentie aussi bien depuis des jours.

—Luella… Luella, c'est vraiment toi ! bafouille Mère en essuyant en vain ses yeux.

—Les Gardiens nous ont dit que tu étais revenue, mais nous refusions de les croire, dit Père.

—Je comprends. Mais c'est bien moi. Et je reste ici…

Les mots me font un drôle d'effet dans la bouche.

Comment puis-je être si heureuse et si triste à la fois ? J'essuie mes joues et embrasse de nouveau ma mère.

—C'est vraiment un jour de fête ! reprend Père.

—Je suis entièrement d'accord, acquiesce la Gardienne en chef. Je propose que nous fêtions le retour de Luella sur la place centrale.

—La place ? Mais je…

—Nous l'avons arrangée, explique Mère en écartant mes cheveux de mon visage.

—Disons que nous avons fait avec les changements que tu y as apportés, que nous l'avons transformée en parc, précise Père en gloussant, et je ris aussi. Je vais en parler au Conseil, ajoute-t-il à l'intention de la Gardienne.

—Ce n'est franchement pas nécessaire, interviens-je.

—Bien sûr que si ! insiste Père en me donnant une tape dans le dos. Tu as accompli quelque chose d'extraordinaire, Luella. La ville tout entière voudra t'honorer.

—La ville a déjà fait beaucoup pour moi.

—Plus aucune jeune fille ne sera contrainte de traverser l'Orée et de devenir la Reine humaine. Les gens voudront fêter cela.

—Sans doute, j'acquiesce en retenant un soupir.

— Qu'y a-t-il ? me demande Mère.

— Rien, réponds-je en me forçant à sourire. J'ai juste hâte de retrouver ma boutique.

— Chaque chose en son temps, approuve Père. Pour l'instant, tu as mérité de te reposer.

Trois jours plus tard, je suis dans ma chambre mansardée, à l'étage de notre vieille maison.

— Ce n'est pas grand-chose, mais c'est à moi, je chuchote comme j'en avais l'habitude.

Il y a mon matelas fourré de paille, mes livres alignés dans un coin, mon coffre et mes vêtements, tout ce qui constituait ma vie, en dehors de ma boutique. Autrefois, du moins. C'est la première fois que je revois tout cela depuis mon retour, depuis que j'ai quitté les salles grandioses du Midscape. Je m'attendais à trouver ce décor confortable et rassurant. Il l'est en effet, mais d'une manière bizarrement nostalgique. Comme une paire de chaussures adorée, mais devenue trop petite.

— Luella ? appelle Père en gravissant l'étroit escalier menant à mes combles. (Il a deux mugs dans les mains. Le parfum familier du mélange à base de menthe que j'ai préparé pour lui il y a des années flotte dans l'atmosphère.) Je me suis dit que tu voudrais un petit quelque chose pour te détendre.

— Merci, dis-je en prenant mon mug et en goûtant la boisson.

— Ta mère et moi t'avons préparé quelque chose de neuf à porter aujourd'hui. (Il désigne du menton la robe étalée sur le lit. C'est une jolie robe d'été en coton jaune vif, ornée de rubans de soie blanche.) J'imagine qu'elle est modeste, comparée aux robes de la Reine humaine, mais je pense que tu la porteras avec plus d'enthousiasme !

— Sûrement.

En fait, j'ai envie de mon pantalon en toile et de rien d'autre. Et de ma boutique. Je veux redevenir normale.

Normale ? Qu'est-ce que ça veut dire, au juste ? Comment redevenir quelque chose que je suis incapable de décrire ?

— Tu vas adorer le nouveau parc.

Père sirote son thé en souriant jusqu'aux oreilles. Il voulait me le montrer sur le chemin, mais les Gardiens ont préféré garder le secret de mon retour, réservant son annonce pour plus tard. Nous sommes donc rentrés à la maison directement, afin que je puisse me préparer tranquillement dans ma chambre, avec mes propres affaires.

— Le Conseil propose même de le baptiser « parc Luella », ajoute-t-il.

Cela me fait rire.

— Et après, ce sera quoi ? Une statue, peut-être ?

— Tu ne crois pas si bien dire ! L'idée a été proposée et plutôt bien reçue, s'amuse mon père, tandis que je sombre dans le silence.

Une statue de la première reine à Quinnar. Une statue de la dernière à Capton. L'équilibre sera rétabli d'une autre manière. Finalement, notre séparation, à Eldas et moi, était nécessaire pour préserver l'ordre naturel. La première reine est restée avec son roi ; moi, j'ai quitté le mien.

Je serre plus fort les doigts autour de mon mug.

— Qu'y a-t-il ? me demande Père, remarquant mon silence.

— Rien, je réponds en secouant la tête. Je suis un peu nerveuse.

— Tout va bien se passer. Les gens seront tellement contents de te revoir. Après la laideur du comportement de Luke, ce sera une belle conclusion. Pour tout le monde.

— Je l'espère.

— Laisse-la tranquille, Oliver ! lance Mère depuis le rez-de-chaussée. Elle doit se préparer. Et toi aussi !

— J'arrive, Hannah !

Père m'embrasse sur le dessus de la tête comme il le faisait lorsque j'étais petite et tourne les talons.

— Père… (Il s'arrête.) Après aujourd'hui, tout redeviendra comme avant ?

— Eh bien, oui, pourquoi ?

— Comme ça. Parfait. Merci pour la tisane, hein !

J'en avale une gorgée en le regardant descendre et en espérant qu'il ait raison.

Lorsque mon mug est vide, j'enfile la robe que mes parents ont choisie pour moi. Jupons amples, manches courtes, jolies broderies sur le devant… Elle est bien plus confortable que les vêtements du Midscape et la robe prêtée par les Gardiens.

Je redescends et, comme mes parents ne sont pas prêts, j'en profite pour faire un tour dans ma boutique. Je vois que Poppy y a apporté quelques changements pendant mon absence. Je vais devoir remettre tout cela en place.

Je vois aussi le fantôme de Luke dans l'encadrement de la porte. Même ce souvenir désagréable, cependant, a perdu de son amertume. Il a pris des risques colossaux, il a été bête, mais… sans lui, Eldas et moi n'aurions jamais fini par regarder dans la même direction. Si je n'avais pas été si désespérée au point de vouloir trouver une porte de sortie, j'aurais peut-être accepté Eldas comme il était. Et non pas l'homme qu'il a fini par devenir.

La sensation fantôme de ses mains sur ma peau me fait frissonner. Ce souvenir, cependant, est immédiatement chassé par la voix de ma mère.

— Tu es prête ?

Père et elle attendent au pied de l'escalier.

— Oui.

Nous partons ensemble.

Nous traversons la ville et nous retrouvons derrière l'endroit où se trouve l'estrade. Je constate que les services municipaux ont beaucoup travaillé. Les plantes grimpantes qui avaient poussé sur les façades ont été taillées et empilées dans la rue, attendant d'être brûlées ou transformées en compost.

Père me guide autour de l'estrade. J'aperçois la ville tout entière, les gens pour lesquels je suis revenue. Les gens que j'aime et à qui je dois tant. Je prends une profonde inspiration.

— Allons-y, dit-il.

On me pousse sur scène avant que je puisse réagir. Je crois avoir été annoncée par le président du Conseil, ou la Gardienne en chef. Peut-être par les deux. Je regarde devant moi et je me trouve à l'endroit exact où s'est tenu Eldas plusieurs mois plus tôt. Je regarde tous ces visages, ces gens que j'ai toujours connus.

Mon cœur est dans ma gorge ; il essaie de m'étrangler. *Non, ce n'est pas une bonne idée*, me crie une voix intérieure. *La Reine humaine ne doit pas être vue avant son couronnement.* Je me rends compte que je ne suis pas à ma place. Je ne suis pas censée être ici, devant ces gens. Je les aime tous, et ils feront toujours partie de moi, mais je ne serai plus jamais à ma place dans ce monde.

Alors que tous les regards sont rivés sur moi, je tourne les talons et je m'enfuis.

Chapitre 38

Je traverse la ville, le cœur battant à tout rompre, le souffle court. Mes jupons volettent autour de mes genoux, mes cheveux flottent dans le vent, et mes joues sont maculées de larmes. Je ne sais pas ce que je fuis, ni où je vais. Je ne sais même pas pourquoi je pleure.

Tout ce que je sais, c'est qu'il y a une douleur en moi, une souffrance plus intense que tout ce que j'ai connu. Elle me ronge, insatiable et impossible à décrire. Même si j'ai calmé le trône en séquoia, ses racines sont toujours en moi, qui m'appellent.

Non, ce ne sont pas les racines du trône. Ces racines, je les ai faites moi-même. Elles sont sorties de nulle part, d'un endroit que je n'ai jamais voulu. Elles ont secoué les fondations de mon monde – de mon devoir – et voilà que je tombe dans l'abîme, dans un gouffre dont je ne sortirai peut-être jamais.

Je sors de la ville et j'atteins les collines ondulantes, près de la forêt. Je vois la rivière qui traverse celle-ci, qui serpente dans l'Orée. Je songe un instant à la longer, mais la magie d'Eldas n'est plus avec moi. Je serais incapable de me repérer dans l'Orée, je m'y perdrais comme la première fois.

Je ne peux pas non plus me réfugier dans la forêt ; je n'y serais pas à ma place. Ces arbres poussent trop près de mes souvenirs. Je regarde par-dessus mon épaule, vers la ville. La plupart des habitants sont toujours sur la place. J'imagine qu'ils sont confus, voire blessés.

Mon visage humide me brûle. Ils vont m'en vouloir. Après tout ce qu'ils ont investi en moi, après tout ce que j'ai fait pour leur revenir, je me suis enfuie.

Pourquoi ? Parce que je n'ai plus ma place à Capton. Ma position dans la communauté est assurée, mais tout a changé. Cet endroit n'est plus ma maison. Suis-je condamnée à passer le restant de mes jours à nourrir des regrets ? à préparer des potions sans réel enthousiasme ? Je me tourne vers la mer, je marche vers la falaise, je scrute l'horizon. Je regarde vers la vaste étendue de terre au-delà de Capton.

Je pourrais explorer le monde, je suppose. Je ne suis plus à ma place à Capton, et si je ne suis pas faite non plus pour le Midscape, je puis chercher ailleurs. Comme je m'interroge, un sentiment de culpabilité s'empare de moi, me noie.

Ma poitrine se serre, et je laisse échapper un hoquet étranglé. Ni un sanglot, ni un rire.

— Tu as eu ce que tu voulais, non ? je me demande avec colère. Et maintenant ?

— Et qu'est-ce que tu voulais ?

La voix de ma mère interrompt mes pensées. Elle est bien là. Ses cheveux de feu essaient de se libérer de sa tresse dans la brise marine.

— Mère…, dis-je d'une voix faible. Je suis désolée.

— Ne t'excuse pas. Tu as traversé beaucoup d'épreuves, et je soupçonne les Gardiens – même s'ils sont gentils – de ne pas s'être trop souciés de toi. On peut s'asseoir quelques minutes ?

— Bien sûr, je réponds en m'asseyant dans l'herbe.

Mère m'imite en étalant ses jupons autour d'elle, et je fais de même.

— J'ai dit à ton père que c'était trop, et trop tôt. Il était très inquiet pour toi, mais je pense qu'il l'est encore plus maintenant.

— Quoi ? (Mère arbore un sourire tendre, indéchiffrable.) Mais je suis rentrée…

— Tu n'es plus la même. Qu'est-ce que tu voulais, exactement ? m'interroge-t-elle en mettant une mèche de mes cheveux derrière mon oreille.

— Je voulais me montrer digne des attentes de tout le monde. Je ne voulais pas laisser tomber les habitants de Capton, après tout ce qu'ils ont investi en moi. Je voulais être libre. Je voulais servir à quelque chose. Je voulais…

— Tu voulais… ? m'encourage-t-elle.

— Je voulais savoir si mes sentiments pour lui étaient réels, admets-je à ma mère et à moi-même.

Mes mots sont petits et fragiles, comme si je craignais qu'ils fassent éclater mes sentiments dans ma poitrine.

— Lui ? répète-t-elle. Tu parles du roi elfe ?

— Oui, Eldas.

— Que ressentais-tu pour lui ?

Son expression est difficile à interpréter. Sera-t-elle furieuse si j'avoue être tombée amoureuse d'un homme qu'elle a vu agir en brute ? Pourra-t-elle comprendre que, bien qu'il m'ait arrachée à elle, il y a de la douceur et de la prévenance en Eldas ? Ne leur a-t-il pas envoyé Poppy ? Et puis, il est resté avec moi lorsque j'étais faible, après le trône, il m'a préparé du bacon. Et cette chose qu'il fait avec la langue…

Je rougis et me tourne vers l'océan. Même mes oreilles deviennent bouillantes.

— Je ne sais pas.

— Que pensais-tu ressentir ? insiste-t-elle, bien décidée à ne pas lâcher le morceau.

— De l'amour.

— Et pourquoi le croyais-tu ? me demande-t-elle d'une voix qui ne trahit aucunement ce qu'elle pense.

Je prends une profonde inspiration et lui parle de mon séjour dans le Midscape. Je n'avais raconté que le strict nécessaire à la Gardienne, mais je dis tout à ma mère. Tout, sauf les moments partagés dans la maison de campagne, ces choses qui me font rougir. Elle m'entend décrire les émotions laides, magnifiques ou improbables que j'ai découvertes entre les murs gris du château.

Ma voix est rauque et mon cœur douloureux lorsque j'ai terminé, et le ciel lointain est constellé d'étoiles.

— Je vois, dit ma mère, pensive.

Le silence qui s'ensuit forme dans ma gorge une boule que j'ai du mal à avaler. Je me vautre dans ma souffrance, tandis que ma mère arbore un sourire énigmatique en scrutant les eaux sombres nous séparant de Lanton.

— Pourquoi tu souris ?

— Pour de nombreuses raisons. Parce que je suis très fière de ma fille, de sa force et de son talent. Tu as accompli quelque chose de tellement impressionnant, d'à peine compréhensible.

(Au début, elle a eu un peu de mal à comprendre tout ce qui concerne l'Orée, le trône en séquoia et l'enchaînement des saisons.) Je souris parce que ma fille a trouvé un endroit où elle se sentait bien, où être heureuse. C'est ce que souhaitent tous les parents.

— Mais…

Ai-je été heureuse ? Mentalement, je revois Eldas flottant dans l'eau du bassin pendant que je m'occupais du jardin. Oui, je crois avoir été heureuse.

— Que comptes-tu faire ? me demande-t-elle sans se soucier de mon hésitation.

— Je ne sais pas.

— Tu vas retourner dans le Midscape ?

— Je ne peux pas partir, réponds-je en serrant mes genoux contre ma poitrine.

— Pourquoi ?

— Je ne peux pas vous laisser, Père et toi.

— Ma chérie…, commence-t-elle en me passant le bras autour des épaules. Tous les enfants finissent par partir. Parfois, ils restent dans le même quartier, ou bien ils vont très loin. L'important, cependant, c'est que les enfants soient heureux, aimés, qu'ils se sentent à leur place. C'est tout ce que veulent les parents.

Ses mots réveillent un moi une nostalgie douloureuse. Un peu comme la fin de l'été pour un enfant. Ou lorsque j'ai redécouvert ma vieille chambre. Cela fait mal parce que j'ai été très heureuse dans cette chambre, mais que je ne peux pas y rester.

— Je ne peux pas abandonner Capton.

— Capton survivra sans toi.

— Vous aviez Poppy, dis-je en la regardant d'un air légèrement accusateur. Poppy est partie et elle ne reviendra pas. Qui s'occupera des anciens de Capton ? Des malades ? Des blessés ? (Mère ouvre la bouche pour répondre, mais je ne lui en laisse pas le temps.) Et ne me dis pas que les gens seront heureux pour moi. Ils méritent de récupérer ce qu'ils ont investi en moi. Tout le monde a tellement sacrifié pour moi, surtout Père et toi. Si je partais, je ne ferais rien de l'enseignement qu'on m'a prodigué à l'académie.

Ce serait vous laisser tomber, ai-je envie d'ajouter.

Elle prend une profonde inspiration. Je vois à la manière dont elle inhale qu'elle a beaucoup de choses à dire. Je me prépare.

— Il me semble que tu as déjà utilisé cet enseignement en sauvant le Midscape, en stoppant le cycle des reines. Je trouve que tu as parfaitement exploité tes études. Si quelqu'un a mérité de se reposer, c'est bien toi.

— Mais ce n'est pas…

— Ce n'est pas pour cela que tu es allée à l'académie ? (Mère hausse les sourcils l'air de dire « Ne vous fichez pas de moi, jeune fille ! ».) C'est peut-être vrai, mais tu as quand même bien mis en pratique tout ce que tu as appris, tu ne crois pas ?

— Oui, mais soigner…

— Oui, soigner… Sache que nous nous sommes débrouillés pendant ton absence et qu'il n'y a pas de raison que cela change. Luella, tu as du talent, tu nous as beaucoup aidés, mais la ville survivra sans toi.

Ses mots tristes et forts me secouent violemment. Je me fige et me concentre sur l'herbe qui ondoie devant moi, sur la terre qui m'accueille. Je croyais savoir qui j'étais, qui je devais devenir pour vivre dans cette ville. Mais si ma présence n'est pas nécessaire… Que dois-je faire ?

— Comme je te vois inquiète, sache que ton Père et le Conseil ont reçu un message de Royton, ce matin.

— Royton ? (L'académie de Royton est connue pour former les meilleurs herboristes de cette terre. Elle se situe plus loin sur la côte, dans une région chaude, tropicale, où les plantes poussent toute l'année.) Que dit ce message ?

— Ils nous envoient une étudiante de l'académie. Elle arrivera dans la semaine pour nous aider en attendant que tu t'installes. Elle restera le temps qu'il faudra. Il paraît qu'elle a été payée pour au moins cent ans et que nous pouvons la garder autant que nous le voudrons.

— Royton se trouve à des jours d'ici…, je bredouille comme mes doigts se mettent à trembler.

Eldas. C'est lui qui a prévenu Royton. Il s'est arrangé pour faire venir quelqu'un, pour me laisser le temps de m'installer tranquillement. Il a payé d'avance un siècle de traitements. Autrement, une diplômée de Royton n'aurait eu aucune raison de venir jusqu'ici.

Qu'avait-il dans la tête lorsqu'il a loué les services de cette guérisseuse ?

La cynique en moi est tentée de croire qu'il s'agissait de prouver que je ne suis pas nécessaire à cette communauté. Mais s'il voulait me convaincre de rester dans le Midscape, il me l'aurait sans doute dit avant.

Eldas m'a donné le choix : celui de rester à Capton ou de partir, que ce soit pour le Midscape ou non.

« Aimer, c'est choisir. »

« Rêve, Eldas, rêve et suis tes rêves. »

« Non, il faut que je parte. »

Des mots que je lui ai dits et qui me reviennent en écho. Il m'a écoutée. Chaque fois, il m'a écoutée et entendue. Eldas est imparfait, il est tellement sobre. Il peut être cruel et froid, mais il est capable d'écouter. D'une manière qui m'échappe, il a compris des choses que je n'étais même pas consciente de dire. Il a écouté… moi, pas.

Nos interactions défilent dans mon esprit. Ses regards, son contact, y compris devant des gens. La façon dont il me serrait contre lui la nuit, dont nos magies résonnaient ensemble. Les promesses qu'il m'a faites.

« Eldas, que ressens-tu pour moi ? » Ma question me revient et, à présent, j'arrive à lire entre les lignes. *Il t'aime plus que tout, espèce d'idiote.*

— Luella. (La voix douce de ma mère me fait sursauter.) Ton père et moi avons toujours mis ton bonheur au-dessus de tout. Où seras-tu la plus heureuse ?

— Tout va bien se passer ?

Je ne pense pas à eux, ni à Capton. Je veux qu'elle me rassure, qu'elle me dise que tout va bien se passer.

— Je te connais. Même si la situation est difficile, tu sauras l'arranger, me dit-elle en serrant ma main.

— Si j'y retourne, s'ils acceptent de m'accueillir de nouveau… j'appartiendrai davantage à leur monde qu'à celui-ci.

— Mais tu pourras quand même nous rendre visite de temps à autre ? me demande-t-elle, et je hoche la tête. En quoi sera-ce différent de ce que vivent tous les parents ? Les enfants doivent grandir et vivre leur vie. Si tu le souhaites, Luella, pars.

— Même si je le voulais… je ne peux pas.

Je suis prise de panique. J'aurais dû m'enquérir d'un moyen de rentrer. Pourquoi n'ai-je pas eu l'idée de demander à Eldas l'autorisation de retourner dans le Midscape ?

— Pourquoi cela ?

— Parce qu'Eldas est le seul à pouvoir arpenter l'Orée ou à permettre à autrui de le faire. (Même en tant que reine, je n'ai pas réussi à traverser la frontière pour m'enfuir. Je me suis perdue, j'étais même désespérée, et il a fallu qu'il vienne me sauver.) J'ai traversé l'Orée deux fois : une fois grâce à la bénédiction de sa magie, l'autre, guidée par lui.

« Un guide. » Rinni m'a dit que j'avais un guide. *Hook*. Oui, elle pensait à Hook.

— Attends, je chuchote en regardant l'horizon. Il y a peut-être un moyen.

Mère me sourit comme si elle savait depuis le début.

— Alors, qu'est-ce que tu attends ?

— Mais...

— Va, lance-t-elle d'un ton définitif. Va, et sois heureuse.

Mon cœur bat tellement fort dans mes oreilles qu'il noie presque la voix de mes parents, au rez-de-chaussée, tandis que je fais mes bagages. Mère se charge de tout expliquer à Père. Je tends l'oreille pour entendre sa réaction. Sa voix douce et grave me parvient, mais je ne distingue pas les mots. Lorsque je les rejoins enfin, sacoche en bandoulière, il arbore un sourire circonspect, mais sincère.

Ils me souhaitent bonne chance et me serrent si fort que mes os menacent d'éclater. Je leur dis qu'il se peut que je rebrousse chemin dans dix minutes. Mais il est également possible que je ne revienne que dans une semaine, un mois ou un an. Je n'ai pas la moindre idée des changements que mon retour risque de causer dans le Midscape. Je ne sais même pas si Eldas me permettra de rester ni, le cas échéant, si le couronnement me liera à ce monde au point de m'interdire de séjourner à Capton. La magie a changé, et je présume peut-être du résultat de cette évolution.

Pour la première fois de ma vie, j'agis sans aucun plan, sans ligne directrice. Je n'entends plus que les battements fantastiques de mon cœur.

Je me tiens en bordure de l'Orée. Je risque tout, ici. Rien de nouveau sous le soleil, en somme.

Je prends une profonde inspiration et je fais un pas en avant. Un doigt glacé glisse le long de ma colonne vertébrale. Portant les doigts à ma bouche, je siffle très fort dans le silence surnaturel.

— Hook ? (J'appelle et appelle encore, et lorsque je suis sur le point d'abandonner, les yeux dorés du loup clignent dans les ténèbres.) Hook ! (Il bondit subitement vers moi, et je tombe à genoux. Le loup me lèche le visage. Je ne perds pas de temps.) Il faut que je rentre au Midscape, que je retrouve Eldas. Tu peux me montrer le chemin ?

Comme lors de notre première rencontre, Hook penche la tête à gauche, puis à droite, avant de se retourner. Il s'éloigne dans les ténèbres, et je rassemble mes forces pour le suivre en espérant qu'il ne se contentera pas de me conduire à un jalon. Dès que je distingue la gueule d'une grotte éclairée par le clair de lune, je me mets à courir.

Hook court à côté de moi en jappant joyeusement. Je lui souris, et il sautille autour de moi. *Bienvenue parmi nous !* semble-t-il me dire.

Je m'arrête en dérapant et contemple Quinnar. L'atmosphère printanière est douce, même la nuit ; comparée à celle de l'Orée, elle est moite. Les fleurs se balancent dans la brise, bruissent dans les arbres. Elles complètent les banderoles et fanions qui ornent la ville.

Il y a de la musique. Dans les rues, les gens dansent, rient et boivent. Il y a des éclairs de magie, et des animaux en papier s'animent au milieu des fêtards. Je reconnais l'odeur des gâteaux que m'a fait goûter Rinni. Des acrobates tournoient dans des anneaux suspendus dans les airs, au-dessus du lac.

La ville est en fête comme si elle savait que je suis de retour. Ce monde que j'avais découvert gris et mort est désormais coloré et en fleur. L'ambiance est magique et tellement accueillante.

Je sens la truffe humide de Hook dans ma main et me baisse pour le gratter derrière les oreilles.

— Merci de m'avoir montré le chemin. Tu peux aller jouer, maintenant. Je préfère ne pas me faire remarquer. (Il geint.) Je te sifflerai bientôt, promis.

Hook s'assied, têtu.

— D'accord, tu peux venir !

Je ris nerveusement. De joie aussi. Une joie que je n'espérais plus ressentir.

Je descends les marches à toute vitesse, manquant de trébucher. Heureusement, je suis vêtue d'un pantalon, aussi, lorsque je finis effectivement par dégringoler les dernières marches, je ne retrouve pas mes jupons au-dessus de ma tête.

— Attendez…, commence une Elfe. Vous venez de…

Je n'attends pas qu'elle termine. Je cours à en perdre haleine. Comme d'habitude, Hook sait très bien où je vais.

Il charge dans la foule, aboyant pour que les gens s'écartent de mon chemin. J'essaie désespérément de suivre son rythme.

Nous atteignons l'entrée du château, où une rangée de chevaliers bloque le tunnel. Je m'arrête *in extremis* devant eux. Hook reste dans mon dos, pour tenir à distance la foule un peu trop curieuse.

— Je... je dois... (Je fourre la main dans ma sacoche car je n'ai pas quitté ma boutique les mains vides. J'avale une gorgée de potion fortifiante et me redresse, la respiration redevenue régulière.) Je dois voir le roi.

— Vous êtes...

— Mais vous êtes une...

— N'est-ce pas ?

Les gardes parlent tous en même temps. Une voix familière les fait taire.

— Laissez-moi passer ! lance Rinni en jouant des coudes. (Elle s'arrête lorsqu'elle me reconnaît, le visage barré d'un sourire entendu.) Vous avez failli être en retard.

— Désolée de vous avoir fait attendre. J'avais perdu la notion du temps de l'autre côté de l'Orée. J'ai raté le couronnement ?

— Pas encore.

Rinni me guide dans le tunnel. J'entends un brouhaha derrière les portes du château. Rinni les ouvre d'un éclair de ses yeux.

J'entre dans le château et, pour la première fois, je vois des couleurs. Des tapisseries vertes et bleu électrique s'étirent du sol au plafond entre les colonnes épaisses du vestibule. Des guirlandes de fleurs pendillent de la balustrade de la galerie.

Des vases sont disposés à intervalles réguliers derrière la foule. Des hommes et des femmes de toutes les couleurs et de formes diverses sont là, et leur regard quitte le roi elfe – qui vient apparemment de prononcer un discours, juché sur le grand escalier – pour se poser sur moi.

Je ne m'intéresse qu'à ses yeux à lui, cependant. La bouche est entrouverte. La surprise a eu raison de son masque habituel, et il me fixe en silence, stupéfait.

Je sais qu'il y a des gens importants, des seigneurs, des dames. Des gens venus de tout le royaume. Notre royaume, s'il veut bien le partager avec moi. Je sais que je me présente devant eux avec les genoux sales, habillée comme une roturière. Je sais que je viens de gâcher ma chance unique de faire bonne impression. J'ai ruiné des années de planification, de sacrifice et de souffrance. Rien ne s'est passé comme Eldas l'escomptait.

Que dois-je dire ? Je n'y ai même pas réfléchi. Alors, je me contente d'ouvrir la bouche et de crier la première chose qui me vient à l'esprit. Et mes mots résonnent jusqu'au plafond de la grande salle.

— Roi Eldas, je vous aime !

Chapitre 39

Le silence est assourdissant. Il est tellement absolu qu'on pourrait entendre une fleur de cerisier tomber. Je ne sais pas comment réagissent les invités ; je ne vois qu'Eldas. La seule personne dont l'opinion m'importe, c'est lui.

Après l'horreur suscitée par une intrusion contraire à toutes les traditions, le choc initial se dissipe au profit de quelque chose que j'oserais qualifier de chaleureux. Je reconnais enfin ce regard, ces yeux dont je suis tombée amoureuse et que je rêvais de revoir lorsque j'étais de retour dans le Monde naturel.

— Je vous aime aussi, répond-il enfin.

Quatre mots, et tout s'arrange. Il est tant de choses qu'il me faudra comprendre, ici. À commencer par mon statut, à présent que la présence d'une Reine humaine n'est plus requise pour assurer le cycle des saisons. Je finirai par comprendre, cependant, car l'homme qui se tient devant moi représente toutes les possibilités que j'ai envie d'embrasser.

— Si… (Eldas se racle la gorge.) Si vous voulez bien tous nous excuser quelques instants.

Il me tend la main, et je traverse la salle pour le rejoindre en faisant de mon mieux pour garder la tête haute et marcher dignement.

Je ne ressemble peut-être pas aux reines du passé, mais ils finiront par accepter ma différence. Je gravis lentement les marches, et les doigts d'Eldas s'enroulent autour des miens. Ma magie appelle la sienne, et des étincelles invisibles jaillissent de notre peau, me coupant le souffle.

Il me conduit sur la galerie, puis dans une pièce adjacente, dont il referme aussitôt la porte.

Eldas me contourne. Je m'attendais à ce qu'il me reproche la manière dont j'ai géré cette situation, mais le feu de son regard n'est pas du tout celui de la colère. Il prend mon visage dans ses mains.

— Répète-le-moi, me chuchote-t-il comme s'il poussait un soupir de soulagement.

— Je t'aime. Je t'aime depuis notre séjour au cottage. Depuis… je ne sais pas quand. Quelque part en chemin, je suis tombée amoureuse de toi. Toi et moi… Nous nous sommes rencontrés dans des circonstances peu ordinaires. Mais je t'aime malgré tout cela.

— Dans ce cas, pourquoi t'es-tu éloignée de moi ? Pourquoi ne me l'as-tu pas dit avant de partir ?

— Parce que j'ai été lâche. (C'est un aveu que j'avais besoin de faire et d'entendre.) J'avais peur et je craignais de ne t'aimer que parce que je n'avais pas vraiment le choix. Je croyais que cet amour était une construction de mon esprit, une protection, vu que je risquais d'être coincée ici pour toujours. J'avais peur d'un amour produit par l'absence d'alternative. Et puis, je ne savais même pas s'il s'agissait vraiment d'amour, puisque je n'avais jamais ressenti quelque chose de ce genre.

—Mais quand tu as eu cet autre choix… quand tu as été libre de choisir… tu es revenue, conclut Eldas.

Il me dévore des yeux, et j'en frissonne de plaisir. Jamais un regard n'a été aussi intime. Je me sens déshabillée.

—Je n'avais d'autre choix que de te revenir. J'ai trouvé ma réponse quand j'étais à Capton : je t'aime pour tout ce que tu es et pour ce que nous sommes ensemble. Ce n'est pas mon imagination, ni une question de survie. Oui, Eldas, j'avais la liberté de choisir, et c'est toi que j'ai choisi. Je sais que rien de tout ceci ne s'est passé de manière conventionnelle, mais mes sentiments sont sincères. Alors, je me suis dit que, peut-être, nous pourrions réessayer…

—Réessayer ? répète-t-il en haussant ses sourcils noirs, tandis que je ris doucement.

—On a tout fait à l'envers. On s'est mariés, on s'est retrouvés dans le même lit, et puis on a fini par tomber amoureux. D'habitude, ça se passe dans l'autre sens.

—Je n'ai rien à redire sur la manière dont ça s'est passé, contre Eldas d'une voix de velours, qui frôle ma peau et fait réagir mon corps. Parce qu'elle m'a conduit à toi.

—Oui, tu as raison.

Il presse ses lèvres contre les miennes dans une débauche de désir et de caresses trop longtemps réprimés. Il me plaque contre la porte, m'agrippe les fesses et les cheveux. Pour la première fois de ma vie, je regrette amèrement de porter un pantalon.

Ma ferveur égale la sienne. Je passe les doigts dans ses cheveux noir corbeau, les décoiffant sans vergogne, les éparpillant sur ses épaules. Je lui caresse la joue tandis que nos bouches se rencontrent, encore et encore, et j'espère que ce n'est qu'un avant-goût de ce que cette journée nous réserve.

Lorsqu'il recule, mes genoux flageolent, et je dois m'adosser à la porte. Je suis prête à me déshabiller et à ce que nous basculions au sol, enlacés. Je suis prête à entendre mes cris de plaisir résonner dans cette pièce et à le sentir encore une fois en moi.

— Et maintenant ? je demande en regardant successivement Eldas, le sol et la porte, derrière moi.

Le roi m'attire contre lui et me prend par la taille.

— Maintenant, grogne-t-il en m'embrassant. (Ses doigts ont glissé dans ma chevelure, et je bascule la tête en arrière, lui offrant mon cou.) Maintenant, ma reine, *ma femme*, je vais t'emmener dans notre lit.

— Mais les gens…

— Ils attendront. Nous sommes le roi et la reine, après tout. Notre couronnement aura lieu quand nous le déciderons.

Deux jours me glissent entre les doigts comme les mains d'Eldas dans mes cheveux. Les rumeurs sont allées bon train sur les raisons de mon apparition subite, sur le lien possible entre l'interruption de la Reine humaine et l'annonce faite par Eldas au sujet des saisons. Pourquoi diable la Reine humaine portait-elle des vêtements aussi simples ? Certains ont même suggéré que notre amour lui-même était à l'origine de la fin du cycle des Reines humaines.

Cette histoire, je vais devoir la réécrire un jour. L'amour est puissant, mais Eldas et moi avons travaillé très dur pour obtenir ce résultat. Et nous comptons continuer à le faire afin de diriger cette terre comme elle le mérite.

Si cela n'avait tenu qu'à moi, nous serions restés dans ses appartements pour toujours, mais le devoir a fini par nous appeler. Car il faut bien que le couronnement ait lieu. Le différer d'un jour ou deux était possible ; au-delà, ç'aurait été non seulement scandaleux, mais obscène.

Nous nous tenons devant l'entrée principale de la salle du trône. Je serre la main d'Eldas dans la mienne. Je la serre tellement que j'ai les articulations toutes blanches.

— Ne sois pas nerveuse, murmure-t-il.

— Facile à dire, réponds-je en lissant des plis invisibles sur mes jupons.

La couturière a fait un travail incroyable. Lorsque je suis immobile, les feuilles en mousseline de soie se superposent comme des écailles. Lorsque je marche, on dirait que les feuilles s'envolent comme celles d'un arbre dans le vent, à la fin de l'été. Si j'étais restée à Capton, cette œuvre d'art aurait fini au rebut, ce qui aurait été vraiment dommage.

— Tu n'auras qu'à rester assise.

— C'est à peu de chose près les tout premiers mots que tu m'as dits dans la salle du trône. (Je lui souris, et il glousse. Mon stress, cependant, a rapidement raison de ma bonne humeur.) Nous aurions dû essayer le trône avant, histoire de nous assurer qu'il ne va pas réessayer de siphonner mon énergie.

— Nous étions bien trop occupés pour cela, ricane-t-il.

Je tire sur sa main et l'embrasse sur les lèvres. Mon époux ne peut pas être aussi beau sans finir avec mes lèvres sur les siennes.

— Après la cérémonie, nous tâcherons d'être un peu moins *occupés*. Je veux savoir ce qui se passe.

— C'est-à-dire ?

— Eh bien, je suis censée régner avec toi, après tout. Les saisons n'ont plus besoin de moi pour se succéder, et je compte être plus qu'un joli visage.

Il sourit et s'apprête à me dire quelque chose lorsque Harrow et Sevenna font leur apparition. Harrow est toujours un peu trop maigre et pâle à mon goût. Son regard est brillant et vif, toutefois, et ses mouvements sont assurés.

Je lâche Eldas et, faisant comme si Sevenna n'était pas là, je prends Harrow dans mes bras.

— Par les dieux, elle me serre dans ses bras !

Il se laisse faire et me tapote même l'épaule.

— J'étais inquiète pour vous.

Je le lâche et m'écarte de lui. Entre deux parties de jambes en l'air – il fallait bien que nous nous arrêtions de temps en temps pour manger –, Eldas m'a informée de l'état dans lequel se trouvait son frère, mais c'est la première fois que je le revois.

— On dirait que tout le monde se fait du souci pour moi, remarque Harrow en regardant successivement Eldas et Sevenna.

J'en conclus que l'affaire de son addiction au Semblant et de ses liens avec Aria n'est pas close, mais chaque chose en son temps. Je suis là, désormais, et je compte bien convaincre Eldas de ne pas châtier trop sévèrement son petit frère.

— Nous sommes simplement heureux que vous alliez mieux, dis-je, certaine d'exprimer la pensée de toutes les personnes présentes.

— Harrow, votre frère et vous avez sûrement beaucoup à vous dire, intervient Sevenna d'un ton glacial. J'aimerais échanger quelques mots avec la Reine humaine.

Le jeune homme nous regarde, sa mère et moi, avant de s'éloigner en entraînant Eldas avec lui. Tous les deux discutent calmement en nous espionnant du coin de l'œil.

— Harrow m'a raconté ce que vous aviez fait pour lui, commence-t-elle à contrecœur, les mains jointes devant elle, les phalanges blanchies. Et je crois que la moitié du royaume est au courant de la déclaration que vous avez faite à mon aîné.

— Je sais que ce n'était pas la tradition…

— Oh ! les traditions sont faites pour être changées, dit-elle poliment.

J'ignore si elle est satisfaite, fière, furieuse ou simplement agacée, aussi je m'efforce de rester impassible. Sevenna soupire et ajoute :

— Eldas m'a écrit pour m'expliquer le contexte. Il m'a informée de votre choix.

— Mon choix ?

— Il m'a dit que vous aviez recouvré la liberté et que vous étiez revenue. Vous avez choisi mon fils, vous avez décidé de devenir sa femme. (Elle déglutit difficilement avant de conclure :) Merci.

Je me retiens de lui demander si cela n'a pas été trop douloureux. Peu importe la manière, cependant ; elle l'a dit, et c'est tout ce qui compte. Par ailleurs, elle est la mère de mon mari, de l'homme que j'aime. Le temps est venu de lisser les contours rugueux de notre relation, pour le bien de tous.

— Il n'y a pas de quoi. (Même si cette femme me rend particulièrement nerveuse, je suis capable de lui parler calmement et simplement de mes sentiments pour Eldas.) J'aime votre fils. Et j'ai envie d'aimer Harrow comme un frère, s'il le veut bien. Et Drestin et Carcina aussi.

Je regarde par-dessus mon épaule et constate que Harrow nous épie. Il a sans doute entendu son nom.

Sevenna renifle doucement.

— Bonne chance ! Mon petit est sauvage.

— J'avais remarqué.

Nous échangeons un sourire presque complice. Le travail n'est pas terminé ; Sevenna est une femme complexe, mais j'aurai tout le temps de la découvrir.

Je vais passer le restant de ma vie dans le Midscape.

Mon mari me prend par la main comme les portes s'ouvrent. Des trompettes hurlent, et une cascade de pétales tombe du plafond comme par magie. La démarche d'Eldas est aussi raide que sa couronne, et son visage est sévère. Je ne peux pas m'empêcher de sourire, émerveillée, en découvrant la salle.

Est présente la même masse de personnes que la dernière fois. Ce jour-là, ils étaient venus pour écouter une annonce ; aujourd'hui, ils vont assister au couronnement de la dernière Reine humaine. La salle est chargée de magie sauvage, pleine de toutes les créatures qui la pratiquent. J'y vois ma maison, mon chez-moi, un lieu où rien ne manquera. La maison que je me suis choisie.

Eldas m'escorte jusqu'au trône, puis se tourne vers la foule.

— La Reine humaine est revenue. (Sa voix se réverbère sur les plus hautes poutres du plafond.) Un cycle nouveau commence. Un cycle éternel. (Willow lui présente alors un coussin sur lequel est posée une couronne de feuilles de séquoia dorées. Les yeux du jeune homme scintillent de larmes de joie.) Vive la reine Luella. La dernière reine du printemps.

— Vive la reine Luella ! répète la foule tandis qu'Eldas pose la couronne sur ma tête.

De concert, lui et moi nous asseyons sur nos trônes respectifs, alors que retentit un tonnerre d'applaudissements. Je me détends enfin. Il n'y a plus rien d'autre que le murmure doux de la magie sur ma peau. Une magie qui bourdonne à travers l'Orée et me rappelle l'endroit d'où je viens.

Je tends la main à Eldas, qui s'en saisit en souriant. L'équilibre est revenu, et le monde est comme il doit l'être.

Remerciements

Amy Braun : Sans ton intervention sur mon manuscrit, ce texte serait tout autre. Merci infiniment de travailler avec moi, de ta patience, de ton goût du détail. Merci d'exister, tout simplement.

Miranda Honfleur : Tu m'as énormément aidée à peaufiner les premiers chapitres, les plus importants d'un manuscrit (ne nous voilons pas la face). J'apprécie tes critiques et j'espère que nous retravaillerons ensemble dans le futur.

Alisha Klapheke : Tu as trouvé le temps de m'aider même lorsque tu croulais sous le travail, ce dont je te serai éternellement reconnaissante. Merci d'avoir permis à ce livre de partir du bon pied.

Melissa Wright : Sache que je ne regrette absolument pas que tu m'aies encouragée à faire relire mon manuscrit par plusieurs personnes. Comme tu peux le lire au-dessus, c'est la meilleure décision que j'aie prise. Et désolée d'avoir rendu mon commentaire en retard, mais c'est à cause de ce livre…

Danielle Jensen : La reine de la Romantasy ! Tu es tellement extraordinaire que je n'ai pas les mots pour l'exprimer. Tu m'inspires, tu es incroyable et j'ai vraiment de la chance d'être ton amie. J'espère que nous resterons copines de très nombreuses années et qu'il y aura plein d'autres livres !

Marcela Medeiros : J'ai vraiment apprécié de travailler avec toi sur ce projet. Merci pour ta patience et pour le mal que tu t'es donné afin de donner vie à mes personnages. Je n'aurais pas pu rêver plus belle couverture.

Kate Anderson : Ton enthousiasme est toujours tellement motivant. Merci de m'avoir encouragée et d'avoir pris le temps de me relire lorsque le roman n'en était qu'à ses balbutiements. Tes conseils m'ont énormément aidée.

Rebecca Heyman : Merci de m'avoir poussée à tailler dans la masse du premier acte. Il avait vraiment besoin d'une bonne coupe.

Melissa Frain : C'est le premier manuscrit sur lequel nous avons travaillé ensemble, et j'espère qu'il y en aura beaucoup d'autres.

L'Homme : Ton amour est ma muse. Ce livre est dédié à notre histoire et aux années à venir.

Les Chers Gardes de la Tour : Merci de m'avoir aidée à chaque étape de ce voyage. Je suis tellement contente de vous avoir tous à mes côtés.

Les tortues : Merci à vous toutes de m'avoir motivée et soutenue. D'avoir une chaîne dédiée au vin, aussi. J'en avais vraiment besoin, cette année.

Merci aux instagrammeurs, experts de Facebook, virtuoses de Twitter, blogueurs et autres influenceurs qui ont prêché la bonne parole. Vous êtes tous des champions du monde du livre. Je suis tellement chanceuse d'avoir travaillé avec chacun et chacune d'entre vous pour faire la promotion d'*Un pacte avec le roi elfe.* Ma gratitude à votre égard est infinie.

Achevé d'imprimer en décembre 2022
Par CPI Brodard & Taupin à La Flèche
N° d'impression : 3050304
Dépôt légal : janvier 2023
Imprimé en France
36231719-1